Presságios do Amor

Alexandria Bellefleur

Presságios do Amor

Tradução
Alda Lima

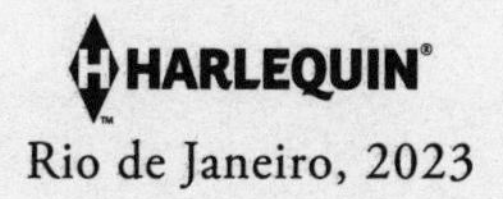

Rio de Janeiro, 2023

Título original: Written in the Stars

A Harlequin é um selo da HarperCollins Brasil.

Contatos: Rua da Quitanda, 86, sala 218 — Centro — 20091-005
Rio de Janeiro — RJ
Tel.: (21) 3175-1030

Diretora editorial: *Raquel Cozer*

Editora: *Julia Barreto*

Assistente editorial: *Marcela Sayuri*

Copidesque: *Marina Góes*

Revisão: *Pérola Gonçalves, Julia Páteo*

Imagens de capa: *Shutterstock*

Ilustração de capa: *Mercedes de Bellard*

Adaptação de capa: *Eduardo Okuno*

Diagramação: *Abreu's System*

CIP-Brasil. Catalogação na Publicação
Sindicato Nacional dos Editores de Livros, RJ

B383p
Bellefleur, Alexandria
Presságios do amor / Alexandria Bellefleur ; tradução Alda Lima. – 1. ed. – Rio de Janeiro : Harlequin, 2023.
400 p. ; 21 cm.

Tradução de: Written in the stars
ISBN 978-65-5970-222-0

1. Romance americano. I. Lima, Alda. II. Título.

22-80898 CDD: 813
CDU: 82-31(73)

Meri Gleice Rodrigues de Souza – Bibliotecária – CRB-7/6439

Capítulo um

Havia um limite para quanto atrito uma garota poderia aguentar, e Elle Jones chegara ao dela. Desviar dos carrinhos na frente da vitrine de Natal espalhafatosa da Macy's e lutar para chegar ao restaurante na hora fizera a calcinha de renda, novinha em folha, enrolar até ficar mais parecida com um cinto do que com o modelo *boyshort* que originalmente a descrevia. Elle já estava quase sentindo o gosto do amaciante que usava.

Tentar ajeitá-la por cima do vestido havia se provado inútil. Contorcer-se definitivamente não adiantara nada, muito menos se apoiar casualmente no poste antes de atravessar a rua e… rebolar? Um movimento de quadril que foi menos *estou aqui no poste trabalhando para ganhar o pão de cada dia* e mais *um urso no meio da floresta com uma coceira horrível.* Enfiar a mão por baixo da saia havia sido o último recurso, o que trouxera a consequência indesejável de fazer parecer com que estivesse cometendo um autoatentado ao pudor na frente da Starbucks. As ruas de Seattle já tinham visto coisas mais estranhas, mas aparentemente o cara observando pela janela do passageiro de um Prius sujo de lama não.

E tudo por culpa *daquela* calcinha, uma calcinha *nova*, mais sexy que o restante das que estavam emboladas na gaveta de sua cômoda. Não que ela estivesse *esperando* que a irmã de Brendon visse a calcinha, mas e se o encontro fosse bom?

E se? Era essa a pergunta de um milhão de dólares, a faísca de esperança que a fazia continuar tentando de novo e de novo — *e de novo*? O frio na barriga era um bálsamo, cada calafrio aliviando a dor de todas as rejeições e foras que já havia tomado, até Elle mal se lembrar de como era a sensação quando o celular não tocava. Quando a faísca simplesmente não estava lá.

O nervosismo de um primeiro encontro? Era uma sensação *mágica*, como ter glitter correndo nas veias. Talvez aquele jantar acabasse sendo bom. Talvez elas se dessem bem. Talvez rolasse um segundo encontro, um terceiro e um quarto e — talvez aquele fosse seu último primeiro encontro. *Boom*. Fim de jogo. Uma *vida inteira* de frio na barriga.

Depois de conseguir ajeitar a calcinha, Elle parou na frente do restaurante e respirou fundo. O suor escureceu o tecido de algodão azul-claro do vestido quando ela secou as palmas das mãos na saia antes de girar a maçaneta prateada. Elle puxou... mas a porta de vidro mal se mexeu, abrindo menos de um centímetro.

A média de preço daquele lugar estava representada por quatro cifrões, o que gerou uma pergunta: pessoas ricas faziam trabalho braçal suficiente para ter a força de abrir aquilo? Ou elas só eram saradas porque podiam pagar *personal trainers* e aulas particulares de pilates? Elle puxou com mais força. Será que era preciso inserir uma senha? Tocar uma campainha? Será que era para ela balançar o cartão de crédito — com seu limite ridiculamente baixo, não adiantava negar — diante da porta?

De repente alguém agitou a mão, com unhas feitas à perfeição e pintadas no tom mais sem graça de nude, por trás do vidro. Elle endireitou a postura e... Santo Saturno. Não era à toa que aquele lugar, com seus preços e portas impossíveis de abrir, era tão famoso. Com um cabelo longo e cacheado em tom acobreado e pernas longuíssimas, a hostess era uma deusa de beleza desleal, do tipo capa de revista, bonita num nível que chegava a doer. E o fato de Elle ver o próprio rosto borrado ao mesmo tempo que a olhava não ajudava muito. Sua franja loira sem graça estava separada e seu delineador havia borrado, fazendo-a pender menos para sexy e mais para gambá suado. Um senhor golpe na autoestima.

— É para empurrar.

A hostess direcionou os olhos castanhos para a maçaneta.

Elle pressionou a palma da mão no vidro. A porta, leve como uma pena, deslizou mais fácil que manteiga derretida. Apesar do vento frio de novembro, ela sentiu o rosto pinicar de tão quente. Que ótimo. Pelo menos sua gafe fora testemunhada apenas por ela mesma e a hostess, e não pela irmã de Brendon. *Aquela sim* seria uma impressão difícil de tirar.

— Obrigada. Vocês deviam colocar uma plaquinha indicando. Ou, quem sabe, não ter maçaneta numa porta de empurrar.

Elle riu e — bem, não tinha sido muito *engraçado*, mas a hostess podia ter sido simpática e fingido. Elle não estava nem pedindo uma risadinha entusiasmada, só um riso discreto, porque ela *realmente* tinha certa razão.

Mas não. Examinando o rosto de Elle, a hostess abriu um sorriso amarelo antes de olhar de volta para o celular e suspirar.

Até aquele momento, a avaliação do atendimento seria "péssimo".

Em vez de testar a sorte e fazer um papelão ainda maior na frente da hostess deslumbrante que preferia mexer no celular a fazer seu trabalho, Elle olhou pelo restaurante em busca de uma pessoa parecida com Brendon.

Ele não contara muito sobre a irmã. Ao ouvir Elle falando sobre os percalços de sair em encontros românticos, não apenas por ser mulher, mas uma mulher que gostava de outras mulheres, Brendon arregalara os olhos, fizera uma cara adorável de cachorrinho e perguntara: "Você é lésbica? Minha irmã, Darcy, também é". Bissexual, na verdade, mas, sim, Elle era toda ouvidos. Brendon deu um sorriso torto, as covinhas se acentuando e os olhos brilhando, travessos. "E sabe de uma coisa? Acho que vocês duas têm tudo a ver."

Como discordar se, segundos antes, a própria Elle estava reclamando com Margot sobre sua má sorte no amor? Dizer não teria sido burrice.

O único detalhe fornecido por Brendon fora que Darcy a encontraria no Wild Ginger às sete horas e que ela não precisava se preocupar, pois ele mesmo faria as reservas. Talvez Darcy estivesse esperando no bar. Havia uma mulher loira, pequena e magra, tomando um Pink Martini enquanto conversava com o barman. Podia ser ela, mas Brendon era alto e tinha ombros bem largos. Talvez fosse a...

— Com licença?

Elle deu de cara com a hostess, que não estava mais olhando fixamente para o celular, mas para ela, as sobrancelhas erguidas de expectativa.

— Sim?

Deus do céu, pessoas bonitas sempre faziam com que ela se sentisse uma imbecil.

A hostess pigarreou.

— Está procurando alguém?

Pelo menos agora ela não teria que passar pelo ritual constrangedor de abordar todas as mulheres desacompanhadas do salão.

— Estou sim. O sobrenome na reserva deve ser Lowell.

A mulher franziu os lábios invejavelmente carnudos e estreitou os olhos.

— Elle?

Espera aí.

— Não, Darcy. A não ser que Brendon tenha colocado meu nome na reserva, com o sobrenome dela. Meio inapropriado, mas tudo bem. — Elle deu uma risada do tipo que parece barulho de porco. — É só que já tive um monte de encontros e nenhum nunca deu *tão* certo assim, se é que me entende.

— Não, eu perguntei se *você* é a Elle — respondeu a hostess lentamente. — *Eu* sou a Darcy.

O coração de Elle começou a martelar, disparando em seguida.

— Darcy... você? Você é a Darcy?

Darcy, que não era a hostess, fez que sim.

É claro que aquela era a irmã de Brendon. Elle era azarada a esse ponto, e, agora que sabia, a semelhança entre os dois era evidente. Eram ambos altos e magros, e tão atraentes que chegava a ser injusto. Tudo bem, Brendon tinha cabelo mais escuro, mas também era ruivo, e os dois tinham sardas. Darcy tinha tantas que sua pele era como um céu cor de pêssego, coberto de estrelinhas em castanho-claro implorando para serem mapeadas e conectadas até desenharem constelações. As pintinhas se espalhavam pela mandíbula e pontilhavam seu pescoço, desaparecendo por baixo da gola do vestido verde rodado, deixando um rastro a cargo da imaginação *fértil* de Elle.

Elle enroscou os dedos do pé e sentiu o rosto corar quando Darcy também baixou o olhar, esperando que terminasse sua análise descarada de cima a baixo. Precisou conter um sorriso largo. Talvez tivesse sido uma boa ideia usar aquela calcinha, afinal.

— Você está atrasada.

Ops. Ou não.

— Eu sei, e sinto muito por isso. Mas foi um…

Darcy levantou uma das mãos, forçando Elle a engolir as desculpas.

— Tudo bem. Tive um dia longo e já paguei o que consumi no bar — disse, apontando por cima do ombro de Elle, na direção da porta. — Eu estava chamando um Uber.

— O quê? Não. — Elle estava atrasada, de fato, mas só alguns minutos. Tudo bem, quinze, mas a culpa não era dela. — Eu sinto muito mesmo. Eu queria ter mandado uma mensagem, mas minha bateria acabou e a calçada da Macy's parecia uma partida de *roller derby* de mães. E olha, as mulheres são cruéis com seus carrinhos de bebê quando está rolando alguma promoção. *Cruéis.* Parecia a Black Friday, juro. Dá pra acreditar que já decoraram tudo para o Natal? Meu apartamento ainda está decorado com teias de aranha e nossa Diana *Rossos*.

Elle sentiu o rosto arder de vergonha ao notar a cara de Darcy de quem não estava entendendo nada.

— Ela é, bem, o esqueleto que eu coloquei de decoração. *Ossos* do ofício. Você sabe, Halloween… enfim. — Elle endireitou os ombros e abriu seu sorriso mais sincero para Darcy. — Estou ansiosa pra conhecer você desde que Brendon mencionou que talvez a gente fosse se dar bem. Posso te pagar mais um drinque?

Elle prendeu a respiração enquanto Darcy pensava na proposta, beliscando a testa como se quisesse espantar uma dor de cabeça.

Depois de alguns agonizantes segundos de silêncio, durante os quais Elle se controlou para não se contorcer, Darcy tirou a mão do rosto e abriu a sombra de um sorriso.

— Um drinque.

Lá vamos nós outra vez, com emoção. Elle sorriu. A cavalo dado não se olha os dentes, certo? Tirando a falta de entusiasmo, era um bom sinal. Promissor. Ainda existia uma chance de consertar as coisas. Ela era capaz. Era *com certeza*.

Os saltos altíssimos dos scarpins de sola vermelha que Darcy usava estalavam a cada passo perfeitamente ritmado pelo salão do restaurante. Elle foi atrás, arrumando a franja com os dedos rápida e discretamente. Sua primeira impressão podia ter sido pífia, mas aquilo também significava que só podia melhorar.

— O que você quer? — perguntou Elle, pegando a carta de bebidas de cima da mesa.

Santo Saturno… Sentiu a carteira imediatamente se encolher em posição fetal.

— O chardonnay. François Carillon.

Darcy chamou o garçom com um leve movimento do pulso.

O François… Elle aproximou o cardápio do rosto e quase engasgou. Cinquenta e seis dólares por *uma taça* de vinho? Não podia estar certo. Devia ser um erro de digitação, uma vírgula fora do lugar, talvez uma ilusão de ótica causada pela luz das velas que refletiam na fonte dourada. Elle olhou outra vez para se certificar de que não tinha confundido o preço da taça com o da garrafa, talvez o de uma caixa, mas… não.

— O que vão querer? — perguntou o garçom, e anotou o pedido de Darcy. Depois se virou para Elle. — E você, senhorita?

Elle releu a página, controlando-se para não expressar seu horror. O lugar tinha alguma coisa contra happy hour? Ou contra o conceito de *happy*, contra a felicidade, como um todo? Lembrou que seu aluguel vencia na segunda...

— Humm. O merlot. Domaine De Pellehaut?

Elle não só esquartejara a pronúncia, como também *detestava* merlot, mas nove dólares eram muito menos intragáveis do que *cinquenta e seis*.

O garçom assentiu e desapareceu.

Salvar aquele encontro. A princípio, era um objetivo simples, porém todas as suas sacadas maravilhosas e brilhantes ficaram presas na garganta como um chiclete engolido por acidente assim que Darcy a *encarou*. A luz de velas transformava os olhos castanho-claros dela em um tom caramelo e, quando Darcy baixou o rosto para o celular, a luz refletiu dos cílios mais escuros e espessos que Elle já tinha visto e...

— Que rímel você usa?

Darcy colocou o celular sobre a mesa, a tela voltada para baixo, e levantou os olhos, franzindo a testa.

— Meu rímel? Yves Saint Laurent.

— Eles são lindos. Seus olhos, eu quis dizer.

As maçãs do rosto de Darcy ganharam um tom sedutor de cor-de-rosa.

— Obrigada.

Elle mordeu o lábio e alisou o guardanapo sobre o colo, tentando esconder o sorriso por tê-la pegado de surpresa. Só quando supôs não correr mais o risco de parecer uma boba, levantou o olhar de novo e... Darcy a encarava outra vez, embora seus olhos tivessem algo a mais que apenas uma tentativa de mostrar interesse por educação.

Incapaz de respirar, Elle só conseguiu observar o rosto de Darcy ir do cor-de-rosa ao roxo. A irmã de Brendon engoliu em seco e umedeceu o lábio inferior, atraindo o olhar de Elle para uma sarda em formato de lua crescente no cantinho da boca e… Meu Deus. Elle não tinha tomado nem um gole de vinho e já estava tonta, muito embora aquilo devesse estar mais relacionado aos seus pulmões, que se recusavam a cooperar.

Magnética. Elle não conseguia parar de olhar. Era como bolhas de champanhe estourando na língua, um mergulho na piscina em um dia escaldante, o momento antes do baixo entrar em uma música perfeita. Faísca, química, seja lá o que fosse aquilo, era o tipo de conexão que Elle vinha buscando.

Antes que conseguisse dizer alguma coisa, o garçom voltou com a bandeja. Encheu primeiro a taça de Darcy com o conteúdo de uma jarra em miniatura, e depois a de Elle com um pouquinho de vinho tinto. Então, se aprumou e pigarreou baixinho, aguardando.

O quê? Ele realmente estava esperando que ela… cheirasse? Provasse? E dissesse o quê? Na semana anterior, Margot e ela tinham matado um galão de cinco litros de rosé barato. Elle sugara o vinho até a última gota e Margot ainda virara o galão de cabeça para baixo, para ver se saía mais. O gosto de Elle para vinho não era muito… refinado.

Ela o cheirou uma vez, bebeu e fez um *hmm* pensativo. Ruim demais.

— Sim. Definitivamente um merlot. Obrigada.

Ela viu uma leve contração dos lábios do garçom, mas ele encheu o restante da taça.

— Já volto para anotar os pedidos.

Elle colocou uma mecha de cabelo atrás da orelha, prendendo o dedo na própria argola. O vermelho no rosto de Darcy praticamente desaparecera, e ela bebia olhando para todos os lados, menos para a frente. Mas tudo bem, porque Darcy não estaria agindo daquele jeito se o momento também não a tivesse afetado.

— Brendon disse que você trabalha com… seguros? É isso?

Darcy deu um gole do vinho e abaixou a cabeça.

— Sou auditora.

— Parece… interessante.

Darcy riu.

— Eu sei, soa muito chato, né?

Elle se recostou na cadeira e sorriu.

— Acho que nem sei o que uma auditora faz.

— Eu ajudo a definir valores exatos e justos para apólices de seguros, analisando variáveis e tendências com base em dados. É basicamente cálculo — explicou Darcy, dando de ombros e pondo a taça de volta na mesa. — Eu gosto.

A palavra *cálculo* fez Elle ter um flashback violento do ensino médio. Matemática não era algo que a animava muito, mesmo que ela soubesse o básico. Mas, se Darcy quisesse passar a noite toda conversando sobre diferenciais e limites, ela escutaria com alegria a cadência agradável de sua voz.

— É isso que importa — disse Elle, cruzando as pernas, e sentiu os tornozelos tocando brevemente nos de Darcy. — A vida é curta demais para desperdiçar fazendo algo que a gente não gosta. Quando aquilo que a gente ama fazer também paga as contas, é o melhor dos dois mundos.

Darcy sorriu, e uma pequena covinha surgiu ao lado de sua boca, um parêntese para aquela sarda especial.

— O que você faz?

— Ah, o Brendon não contou?

Para o cérebro por trás de um aplicativo de *encontros*, Brendon precisava melhorar alguns pontos críticos de seu trabalho de cupido.

— Sou astróloga. Margot, minha amiga que mora comigo, e eu somos as pessoas por trás do Ah Meus Céus.

Darcy inclinou a cabeça de lado, seus cachos acobreados derramando-se pelo ombro.

— Sabe? Do Instagram e do Twitter? Também vamos lançar um livro daqui a seis meses.

Darcy balançou a cabeça.

— Não tenho Twitter. Nem Instagram. Nenhuma rede social, na verdade.

Quem não tinha rede social? Uma coisa era ficar longe do Facebook, que fora infiltrado pelos parentes mais velhos de todo mundo, claro, mas o Twitter? Instagram?

— Bem, nossos conselhos no Twitter se misturam aos ocasionais memes e piadas. Brendon e o pessoal do OTP querem que a gente estude a possibilidade de acrescentar o mapa astral ao sistema de *match* deles, para que os usuários avaliem suas compatibilidades não só com base nos elementos divertidos pelos quais o aplicativo já é conhecido, como aqueles testes de personalidade e de gostos, tipo os do Buzzfeed e coisas assim, mas também os posicionamentos planetários mais relevantes no momento do seu nascimento. — Elle apontou para o celular de Darcy. — Se puder me emprestar seu celular, posso puxar seu mapa em segundos. Só preciso da data, horário e local do seu nascimento.

Darcy apertou os lábios.

— Não precisa.

— Você não sabe que horas nasceu? Porque a maioria dos planetas têm um movimento lento, de modo que daria para... Bem, eu não teria como ver seu ascendente nem suas casas, e sua lua pode ser complicada de encontrar, mas ainda poderíamos ver alguns fatores.

A não ser que… Droga, será que tinha exagerado? Elle estava tão acostumada a fazer leituras, não só a trabalho, mas também por diversão para os amigos e parentes, que perguntar aquele tipo de coisa já era automático.

— Se for pessoal demais, eu entendo.

Darcy pegou sua taça pela haste e rodopiou o vinho.

— Desculpa, é que não acredito muito nesse tipo de coisa.

Elle franziu a testa.

— *Coisa*?

Darcy pareceu estar se segurando para não rir.

— Esse suposto elo entre fenômenos astronômicos e o comportamento humano. Colocar a culpa da sua personalidade nos planetas me parece meio que uma desculpa para se safar.

Elle já ouvira aquele argumento antes.

— Não se trata de *culpar* os planetas pela personalidade. É uma questão de autoconhecimento e conscientização dos motivos pelos quais você talvez seja propensa a certos comportamentos e padrões. Mas o que as pessoas escolhem fazer com essas informações cabe somente a elas.

Darcy tomou um gole de vinho e recolocou a taça na mesa antes de responder:

— Podemos concordar em discordar.

Elle mordeu a bochecha. Tudo bem. Mas ela acreditava em astrologia, e seus *quinhentos mil* seguidores no Twitter também.

Era, *sim*, um pouco desanimador que ela e Darcy não concordassem em relação a este assunto, mas era só *um* assunto. Um muito importante e querido para Elle, sim, mas não era como se as duas discordassem em relação à política. Não pressionaria… pelo menos não no primeiro encontro.

— Bem, em todo caso, eu e Margot estamos superanimadas em ajudar, *assim eu espero*, as pessoas a encontrarem suas almas gêmeas.

Darcy bufou, não de um jeito "Eu concordo", ou "Meu Deus, como você é engraçada". Foi uma bufada sarcástica, até condescendente, se somada ao seu revirar de olhos.

— Você parece meu irmão.

— E isso é ruim?

— É uma ideia meio romântica. — Darcy baixou o olhar, sem entregar nada.

Elle franziu a testa e repetiu:

— E *isso* é ruim?

— Acho uma bobagem. Almas gêmeas. *Par perfeito*... — respondeu, balançando a cabeça como se aquilo fosse ridículo.

O frio na barriga de Elle se transformou em acidez, embora talvez fosse culpa do vinho. O que Darcy estava fazendo ali, em um encontro, se não era para encontrar um amor, ou pelo menos ter essa *chance*?

— Eu acho legal — opinou. — Se a gente não acredita no amor, no que mais acreditar?

Darcy passou a língua por dentro da bochecha.

— Na teoria é lindo, mas é meio ingênuo demais, não acha?

Elle levou a mão até a taça e deslizou os dedos pela haste. A taça oscilou, cambaleou, foi para trás e, por fim, para a frente. Assim como aquele objeto de vidro, o estômago de Elle oscilou. Em câmera lenta, vinho transbordou pela beirada da taça, ensopando a toalha de linho e respingando no vestido de Darcy.

— Merda.

Elle pegou um guardanapo e se levantou depressa, batendo com os joelhos na mesa e...

Derramando cinquenta e seis dólares de vinho direto no colo de Darcy.

Elle congelou, o guardanapo de pano branco pronto para... O quê? Manchar ainda mais a roupa dela? Merda, era melhor agitá-lo no alto e se render logo.

— Eu sinto *muito*. — A vergonha subiu por seu pescoço, deixando-a desconfortavelmente quente.

— Está... está tudo bem.

Darcy empurrou a cadeira para trás, arranhando o piso de madeira. O vinho que ainda não havia terminado de ensopar seu vestido escorreu por suas pernas quando ela se levantou.

— Com licença.

Darcy correu até os fundos do salão, onde havia uma placa indicando os banheiros.

Elle pegou as duas taças, agora vazias, com o coração na garganta e os olhos já cheios d'água. Merda. Aquilo definitivamente *não* era o que estava esperando. Ela não costumava ser desastrada, não mesmo, mas Darcy a deixara na defensiva.

Astrologia era uma coisa — sim, uma coisa importante —, mas não acreditar no *amor*? Como ela podia ser parente de alguém como Brendon, nerd e fofo, *criador* do OTP? Brendon, que falava horas sobre Harry Potter, que gesticulava muito e que transformou o dia quatro de maio em feriado oficial na empresa por causa de *Guerra nas Estrelas*? Brendon, que nas duas reuniões que Elle tivera pessoalmente com a OTP Inc., nos diversos almoços e nas incontáveis mensagens demonstrava mais entusiasmo pela vida no dedo mindinho do que Darcy tinha no corpo — um definitivamente estonteante, sim — inteiro. Elle sentira as faíscas, sem sombra de dúvida, mas será que Darcy também? Se era capaz de zombar tão facilmente da ideia de um amor verdadeiro, pelo visto a resposta era não.

Elle chamou o garçom, que olhou torto para a mesa.

— Vou buscar alguma coisa para limpar isso.

— Eu só... Você pode... Estou indo embora.

Elle ofereceu o cartão de crédito ao garçom, tendo que se obrigar a largar o retângulo de plástico quando ele o puxou.

Uma facada depois, o rapaz voltou, entregando-lhe o recibo dobrado em volta do cartão. Que bom. Ela nem queria olhar o total.

— Tenha uma boa noite.

Boa noite uma ova. Qualquer chance de uma noite boa havia naufragado e não passava de destroços no fundo do oceano.

Era hora de minimizar as perdas. Assim que Darcy voltasse, Elle daria o fora.

Ela cruzou as pernas e tentou ignorar o chamado da bexiga. Por que Darcy estava demorando tanto? Talvez Elle devesse ir ao banheiro de uma vez. Se encontrasse Darcy lá, mataria dois coelhos com uma cajadada só, abreviando a despedida antes de causar mais estragos.

Obstinada, Elle se levantou e atirou o guardanapo na mesa antes de se dirigir ao banheiro.

—... não queria nem ter vindo nesse encontro e agora meu vestido está arruinado, Annie.

Darcy estava no final do corredor, de costas para Elle. Com o celular grudado na orelha, ela andava de um lado para o outro diante da porta do banheiro feminino, em linha reta, como se estivesse se equilibrando numa corda enquanto falava.

As pernas de Elle travaram enquanto ela tentava decidir se devia lutar ou fugir. *Ou congelar*.

Darcy deu uma risada seca.

— Não vejo como isso é relevante, mas sim, ela é bonita. Aposto que é *super*divertida, também. Além de um desastre.

Elle só queria fazer xixi, mas Darcy estava *bem ali*, na porta do banheiro, bloqueando o corredor e *acabando* com ela para essa tal de Annie.

— O que vou dizer ao Brendon? — perguntou Darcy. — A real é que somos totalmente opostas. E agora chega. Esse foi o último encontro que ele me arranja *na vida.*

Elle estreitou os lábios e engoliu o nó entalado na garganta. Pensando bem, dava para segurar a vontade, sim.

O ar no apartamento estava úmido e pegajoso, com um cheiro doce de madressilva. Uma nuvem de vapor se esgueirava pelas frestas da porta do banheiro, preenchendo o corredor enquanto a voz rouca de Stevie Nicks inundava a sala de estar.

Elle trancou a fechadura e se ajoelhou ao lado de Diana Rossos, presa na parede de gesso por um fio de nylon. Foi engatinhando pela sala até desabar de cara no sofá com um gemido. A manta azul dobrada sobre as almofadas tinha um leve cheiro de patchouli, e as moedinhas douradas costuradas nas bordas estavam geladas, colando no rosto de Elle enquanto ela o afundava mais, esfregando o nariz no tecido gasto. Lar, doce lar.

O cheiro de madressilva ficou mais forte e pungente assim que o exaustor do banheiro foi desligado, a porta aberta e o vapor libertado, a música interrompida no meio do refrão.

Margot entrou na sala com o roupão de oncinha amarrado na cintura e uma toalha na cabeça. Seus passos eram hesitantes, os olhos castanho-escuros estavam arregalados e enormes como dois pires por trás dos óculos de armação preta e grau alto. Ela abriu a boca, mas se conteve, mordendo o lábio inferior.

— Como foi?

— Sabe aqueles banheiros públicos perto do mercado?

Elle chutou os sapatos para o outro lado da sala, se encolhendo levemente ao vê-los deixarem uma mancha marrom de terra no chão ao lado do escritório — a mesa de café da manhã — do Ah Meus Céus. Ops.

— Aquele que tem as divisórias tão baixas que você é obrigada a manter contato visual com a pessoa no reservado do lado? — perguntou Margot, atravessando a sala e se agachando ao lado dela.

Elle assentiu.

— Perdi minha calcinha lá dentro.

As sobrancelhas de Margot, muito pretas, ergueram-se até o couro cabeludo, desaparecendo por baixo da toalha.

— Explique-se, porque minha imaginação já está me levando a lugares devassos.

— Que nojo, não. Eu tinha que fazer xixi.

A calcinha — aquele *bodyshort* nada prático, mas bonito — infelizmente se perdera quando, ao agachar, Elle deixou que ela encostasse no chão.

— Minha calcinha escorregou e caiu numa poça de... — Franziu o nariz. — Alguma coisa pegajosa.

Não havia mais volta; a imagem da calcinha escorregando pelos tornozelos até os azulejos era inesquecível.

O rosto de Margot se retorceu de nojo.

— A que você tinha acabado de comprar? Com os lacinhos nas laterais?

— É.

— Era tão fofa.

Elle fungou e mergulhou os dedos dos pés no tapete felpudo.

— Acho que não era pra ser. Mas tudo bem, porque ela ficava roçando de um jeito insuportável.

Margot mais uma vez abriu a boca, fechou e mordeu o lábio inferior. Então pigarreou.

— Estou com a impressão de que o encontro não foi bom.

Elle deixou escapar uma risadinha fraca e desanimada, mas se recusava a chorar. Nem pensar. Darcy Lowell não merecia suas lágrimas.

— Nossa, deu pra notar?

Sem dizer nada, Margot pegou a mão da amiga e entrelaçou os dedos nos dela, apertando-os até a dor nas articulações ficar mais forte do que o aperto no peito.

— Nunca conheci uma pessoa tão bonita e ao mesmo tempo tão condescendente na vida — disse Elle, engolindo em seco antes que sua voz fizesse alguma coisa patética, como falhar. — A pior parte é que eu podia jurar que tinha sentido... *alguma coisa*. Uma faísca, sabe? — Suspirou, os ombros desabando. — Não que faça alguma diferença. Eu não tinha nem chance, independentemente da química.

Existiam opostos e existiam *opostos*. Darcy não acreditava em astrologia nem em almas gêmeas e... Qual palavra ela usara mesmo? Um desastre? Bonita também, mas um desastre mesmo assim. E divertida. Aquela parte Elle não conseguia esquecer.

Isso é divertido, mas...

Você é tão divertida, Elle, mas...

Eu me diverti com você, mas...

Se Elle ganhasse um dólar para cada vez que alguém usou variantes da palavra *diversão* para rejeitá-la, ela... Não, continuaria sendo um lixo, não importava quantos dólares acumulasse.

Não que houvesse algo de errado em ser divertida. Elle *queria* ser divertida, só que ser reduzida a apenas isso era outra coisa.

Ela não podia ser divertida e *mais*? Um relacionamento não podia ser divertido e mais? Aliás, não *deveria* ser assim?

Margot fez um *tsc*.

— Dane-se ela, então. Azar o dela, gata.

— Você sempre diz isso.

— E é sempre verdade.

Elle bufou. *Tá bom.* Depois de Margot usar aquela desculpa algumas vezes, ela perdera todo o efeito. Naquele momento específico, não estava adiantando nada.

— Sabe do que você precisa? — Margot grunhiu baixinho ao apoiar os joelhos para se levantar, limpando os fiapos do tapete verde da pele. — Tequila.

Margot fazia as melhores margaritas do mundo, uma perfeição ácida de tequila com sal colorido na borda. Mas, por mais que quisesse aceitar, Elle não podia.

— Preciso acordar cedo. Vou tomar café com minha mãe amanhã de manhã, lembra?

Acordar de madrugada e se arrastar até o Eastside para o café da manhã mensal de mãe e filha já era difícil o suficiente sem ressaca.

Margot fez um beicinho.

— Imagino que você ainda não contou sobre o contrato com o OTP?

Elle pegou a tigela de cereal puro que deixara em cima da mesa naquela manhã e separou os minimarshmallows das partes sem graça, organizando os pedacinhos em grupos de arco-íris, luas e balões. Ela deu de ombros, evitando o olhar fixo da amiga.

— Elle.

Elle pôs um punhado de marshmallows de arco-íris na boca e mastigou.

— Ainda não encontrei o momento certo.

— Sei que seu anúncio sobre o livro não foi exatamente como você esperava, mas isso não significa que sua família não vai ficar feliz dessa vez. — O sorriso de Margot era quase convincente, mas não chegava aos cantinhos dos olhos. — Qual é. Esse contrato é *enorme*. Se a sua família não enxerga isso...

Margot tinha razão quanto àquilo ser grande coisa. O OTP era o aplicativo de paquera mais incrível da história, feito por nerds, para nerds. O projeto paralelo no qual Margot e Elle se mataram de trabalhar por quatro anos estava prestes a se tornar uma empreitada em tempo integral.

Elle devia estar morrendo de vontade de gritar a boa notícia a qualquer um disposto a ouvir, mas, a julgar por seu histórico, contar aquele tipo de coisa para a mãe só poderia ter dois desfechos. Um, ela faria um milhão de perguntas sobre o que era o OTP, se Elle pedira para alguém de confiança ler o contrato e se ela tinha certeza de que não queria mesmo um bom emprego *normal*, com um salário estável e benefícios para a aposentadoria. Ou dois, ela daria um sorriso amarelo, parando de prestar atenção assim que a filha dissesse as palavras "app de paquera" e "compatibilidade astrológica". Depois, responderia com um "Que bacana, Elle".

Elle conseguira arrancar um "Muito bacana, querida" quando contara à família sobre o livro. Só que sua irmã mais velha, Jane, viera logo em seguida contar as boas notícias dela, dizendo que, após um ano de tentativas de fertilização *in vitro*, ela e o marido estavam esperando gêmeos. Aquilo era muito maior que um livro, óbvio, mas Elle tinha quase certeza de que a família se esquecera de tudo que ela dissera no burburinho que sucedeu ao anúncio de Jane.

Ficar sempre atrás das conquistas da irmã mais velha não era nenhuma novidade, mas também não significava que Elle gostaria de, mais uma vez, ter esperanças de que a família *finalmente* se interessaria pela vida dela em vez de apenas tolerar suas *excentricidades* por educação.

Aposto que ela também é super *divertida. Além de um desastre.*

Um ponto de vista que não era só da família, então.

E daí se Elle buscava conselhos dos astros em vez de ler autoajuda? O convencional era chato, então por que era impossível encontrar alguém que gostasse daquilo que era a praia dela?

Margot sacudiu a mão bem diante do rosto da amiga.

— Terra chamando Elle.

Elle forçou um sorriso.

— Me desculpe. Foi uma noite ruim, só isso. Alguns gatilhos bem chatos.

— Levanta a cabeça — disse Margot, roubando um pedaço de marshmallow. — Esqueça essa garota. Ela não era a pessoa certa para você, vida que segue. Da próxima você vai ter mais sorte, ok?

Elle abriu a boca para responder, mas, assim que o fez, uma névoa úmida embaçou sua visão e ela teve que engolir em seco.

— Quantas *próximas* vezes ainda existirão, Mar? Em quantos primeiros encontros ainda vou ter que ir? Quantas vezes mais vou criar expectativas? Sei que não devo... desistir, mas será que é tão péssimo assim eu meio que querer... dar um tempo disso?

Margot arregalou os olhos escuros, provavelmente porque Elle era a otimista da dupla. Tinha sido chamada até de Poliana algumas vezes, e tudo bem também, porque ela não se importava se as pessoas achavam seu otimismo ingênuo, só que... Talvez ela *fosse* crédula demais. Talvez a praia dela fosse uma praia particular.

— Eu acho... acho que você tem que fazer o que achar certo — disse Margot, assentindo vigorosamente. — Se está se sentindo esgotada e quer dar um tempo dos encontros, vá em frente. Tenho certeza de que a sua pessoa perfeita está em algum lugar por aí, completamente alheia ao fato de que a garota dos sonhos dela está sentada no chão de casa neste momento, comendo só os marshmallows da tigela de Lucky Charms, sem calcinha. Ela pode esperar.

Elle tentou sorrir, mas não conseguiu muito bem, porque a dor da rejeição ainda era muito recente. Era difícil depois de ter tido tanta esperança e, por um momento, sentido uma conexão do tipo que não se pode fingir.

Talvez Margot tivesse razão. Talvez a pessoa perfeita estivesse por aí, mas uma coisa era certa.

Essa pessoa não era Darcy.

Capítulo dois

— ... *e* foi quando eu disse ao meu neto: “Jonathan, você é talentoso demais para se matar de trabalhar para esse chef. Você devia abrir seu próprio restaurante”. E quer saber? Foi isso que ele fez. Ele tem três food trucks agora, um verdadeiro empreendedor. Dá para acreditar?

Os dedos nodosos e artríticos da sra. Clarence tremiam em volta de sua sacola de compras reutilizável. Darcy já estava levando duas delas para o elevador e se ofereceu para pegar a terceira, aceitando o tapinha no braço quando a vizinha permitiu que ela carregasse tudo sozinha. Tentou não se encolher de dor quando sentiu o arranhão da alça da sacola mais pesada na pele fina do seu cotovelo.

— Que bom, sra. Clarence. A senhora deve ter muito orgulho dele.

A mulher suspirou.

— Ah sim, eu tenho. Agora, se ele ao menos encontrasse uma garota, uma *boa* garota — disse ela, e inspecionou Darcy da cabeça aos pés. — Você não está saindo com ninguém, está, minha querida?

Darcy reagiu à sra. Clarence com o que ela esperava ter sido um sorriso de desculpas em vez de uma careta.

— Lamento. Ando muito ocupada com o trabalho.

A idosa deu um resmungo e fez um biquinho de reprovação, uma reprovação *silenciosa*. Quem dera fosse fácil assim desencorajar Brendon…

O elevador apitou, cuspindo as duas no nono andar. Salva pelo gongo. Felizmente, a sra. Clarence morava no apartamento 901, o mais perto dos elevadores.

Darcy carregou as sacolas pela curta distância, os braços tremendo com o peso, enquanto a sra. Clarence destrancava a porta com toda calma antes de deixá-la entrar. Ela levou as sacolas até a cozinha e as deixou sobre a mesa ao lado de Princesa, a gata persa da sra. Clarence.

— Quer que eu ajude a guardar as compras?

Acariciando as orelhas da gata, que já estava ronronando, a idosa recusou com a cabeça.

— Não, não. Pode deixar aí em cima. Fico sempre muito grata por sua ajuda, Darcy. Você é um doce.

Com um breve aceno, Darcy saiu e seguiu pelo corredor até o próprio apartamento. Assim que entrou, deixou as chaves na tigela de madeira na mesinha da entrada e se jogou de costas contra a porta.

Que noite.

Seu vestido preferido — um Oscar de la Renta vintage que pertencera à sua falecida avó — provavelmente estava arruinado, a dor de cabeça lancinante que se instalara no meio da testa durante a tarde só piorara ao longo do dia e, por mais que ela amasse Brendon, por as mãos em volta do pescoço dele e estrangulá-lo até seus olhos saltarem das órbitas parecia uma ideia fantástica naquele momento.

O que o irmão tinha na cabeça? Aliás, ele *tinha alguma coisa* na cabeça? Uma astróloga. E daí se Elle era *absurda-*

mente bonita? Elas não tinham nada em comum além da incapacidade mútua de tirar os olhos uma da outra. O que poderia sim ter sido promissor se Elle não estivesse atrás de uma *alma gêmea*.

Darcy revirou os olhos.

Para início de conversa, jamais deveria ter deixado Brendon bancar o cupido, mas ele estava tão empenhado e ansioso para vê-la voltar a sair que ela permitira. Mesmo quando o que Darcy mais queria era se trancar em casa e jogar a chave fora. Dizer sim tinha sido mais fácil do que explicar os motivos de uma recusa... especialmente quando Brendon mencionou que a reserva era para um restaurante que ela estava louca para conhecer desde que o chef aparecera em um programa de culinária a que ela assistia. Ainda que relutante, Darcy concordara. Um encontro, uns drinques, uma refeição maravilhosa e conversa fiada. Ela teria *se permitido* e deixado Brendon feliz. Qual era a pior coisa que poderia acontecer?

Qual é, Darcy. Você vai gostar da Clarissa.

A Susanna é completamente seu tipo.

Você vai se dar bem com a Veronica, eu juro.

Sério, Darcy. Acho que Arden é a *pessoa certa.*

Brendon não tinha parado na primeira tentativa, ah, não mesmo. A coisa foi virando uma bola de neve de armações semanais — *como*, em nome de Deus, Brendon conhecia tantas mulheres queer solteiras? Agora, depois de três meses de encontros às cegas, Darcy oficialmente chegara ao limite. Sendo sincera, tinha chegado no mês anterior, mas, ao confessar a Brendon que não tinha nem tempo nem vontade de investir em um relacionamento sério e que era melhor ele sossegar, o irmão se recusou. *Uns poucos encontros que não deram certo e você já está jogando a toalha? Qual é, ela é perfeita.*

Ninguém era perfeito.

Da próxima vez, Darcy não ia ceder, não ia apenas revirar os olhos e concordar para fazer Brendon sair do seu pé. Nem se ele fizesse biquinho e usasse a velha cartada de ser o caçula. Ela estava decidida e de saco cheio do irmão projetando as próprias ideias românticas de amor verdadeiro em cima dela. Ela não estava procurando *a pessoa certa*. Não mais.

Depois de tirar o vestido ensopado de vinho e separá-lo para levar à lavanderia a seco — talvez eles conseguissem fazer um milagre na seda —, Darcy parou na cozinha e ouviu a barriga roncar.

Olhou para a despensa em vez da geladeira. Depois de um dia como aquele, a manteiga de amendoim estava *gritando* seu nome.

Com o pote enfiado no cotovelo, um saco de chips de chocolate em uma das mãos e uma colher na outra, Darcy se enroscou no sofá, fazendo o couro ranger baixinho com seu peso. Finalmente. Assim que ligasse a TV, estaria em *Whisper Cove*, vendo as peripécias de Nikolai, Gwendolyn, Carlos, Yvette e a sórdida família Price, que tinha mais esqueletos no armário do que Darcy tinha sapatos.

As noites de sexta-feira, quando colocava em dia os episódios semanais de *Whisper Cove*, eram sagradas. Sagradas e *secretas*. A novela era uma bobagem e era ridículo gostar dela, mas também era uma daquelas coisas tão ruins que acabam se tornando boas.

No terceiro episódio, Nikolai e Gwendolyn estavam prestes a se beijar, o apogeu de meses de tensão e química pontilhados por momentos de carinho. A distância entre os rostos dos dois diminuiu quando Nikolai levou a mão ao rosto dela, acariciando a curva delicada da mandíbula. Darcy prendeu a respiração e estava quase na beirada do sofá, segurando a manteiga de amendoim com força. O momento tinha chegado...

Um barulho alto ecoou pelo apartamento, fazendo o saco de chips voar pelos ares e Darcy pular do sofá, o coração martelando dentro do peito.

Alguém batera à porta.

Jesus. Darcy revirou os olhos para o próprio drama. Tinha sido só uma batida na porta, mas ela estivera tão absorta na cena, tão alheia a todo o resto... Que ridículo.

Na ponta dos pés para desviar da comida espalhada pelo chão, Darcy foi até a porta, mas hesitou ao ouvir mais uma batida estrondosa na madeira.

— Darcy, abre.

Ela fechou os olhos, os batimentos cardíacos desacelerando. Brendon.

Então os reabriu de repente.

Brendon.

Darcy voltou correndo para a sala, desligou a TV e enfiou o controle remoto entre as almofadas do sofá, escondendo as provas de seu encontro com *Whisper Cove*. Brendon bateu de novo, dessa vez mais forte. Santo Deus. Darcy bufou.

— Já vou!

De olhos arregalados e parecendo perturbado, Brendon entrou depressa assim que a porta se abriu e analisou a sala antes de finalmente olhar para ela.

— Você está bem?

— Sim — respondeu Darcy.

Tirando o quase ataque cardíaco.

Brendon fechou os olhos e pôs a mão no peito, como se tivesse sido *ele* quem entrara em pânico segundos antes.

— Eu te liguei *quatro* vezes, Darce.

Darcy deu de ombros.

— Desculpa. Meu celular está no silencioso.

Com motivo. Brendon adorava dissecar os encontros dela, uma espécie de entrevista pós-jogo. Darcy queria evitar aquilo. Não queria falar no assunto, muito menos sobre o que estava ou não sentindo.

Brendon franziu ainda mais a testa e olhou para baixo, observando seu pijama.

— Darcy.

— O quê?

Ela deu as costas e voltou para a sala, se abaixando para recolher os pedaços de chocolate antes que grudassem em seu belo tapete branco.

O irmão se jogou na poltrona, as pernas compridas esticadas e os olhos fixos em Darcy com uma expressão de dar nó no estômago.

— Qual é o problema da Elle? — perguntou ele, mas não deu uma chance sequer da irmã enumerar as muitas e variadas diferenças entre as duas, acrescentando em seguida: — Ela é um doce, ela é hilária, ela é… ela é *divertida*, Darcy. E Deus sabe como você precisa de um pouco de diversão na vida.

A bufada irônica veio à tona antes que ela pudesse se conter.

— E o que exatamente você quer dizer com isso?

— Quero dizer exatamente o que eu disse. — Brendon abriu os braços, indicando a sala. — Primeiro, parece que um designer de interiores e uma organizadora de ambientes tiveram um filho e essa criança vomitou pelo apartamento inteiro. Quer dizer, *quase* vomitou, porque Deus me livre de ter alguma coisa *bagunçada* aqui.

Aquilo era uma falácia, e das ruins.

— Gosto de viver em um ambiente limpo. Não estou entendendo como meu gosto por organização tem qualquer relação com minha capacidade de me divertir.

Brendon passou a mão pelo cabelo, puxando as pontas. Ele estava precisando desesperadamente de um corte.

— Olha, Darce, eu te amo. Se não amasse, nem perderia meu tempo. Mas, meu Deus, você não está fazendo o menor esforço para ter uma vida aqui em Seattle. Passa o dia inteiro analisando planilhas, vem pra casa, olha mais planilhas, come comida de potes organizados por cor e... como esquecer? — pergunta ele, apontando para a TV. — Assiste às vidas *dramatizadas* de outras pessoas.

Não. Darcy sentiu o calor subindo pelo pescoço e precisou se sentar.

— Como é que é?

— Você acha que eu não sei sobre sua quedinha por novelas da tarde? Qual é. Eu posso ser muita coisa, mas cego não é uma delas.

— Não é uma *quedinha.*

Uma quedinha seria escrever fanfic*s* para os fãs de *Days of Our Lives*, e ela não fazia isso desde a faculdade.

— O quê? Achou que eu julgaria você? Justo eu, o rei das obsessões nerds? E com muito orgulho, a propósito.

Darcy teve que morder a bochecha para não rir.

— Nossa, o rei? Meio pretensioso coroar a si mesmo, não?

Não que não fosse verdade, ou que ela não se orgulhasse. Brendon era seu irmão caçula. Darcy parara de zombar dele e dos amigos havia muito tempo por irem para colônias de férias de matemática e engenharia entre os semestres escolares. Independentemente da opinião dela sobre amor e aplicativos de paquera, Brendon transformara sua paixão em um império antes dos 25 anos de idade. Óbvio que ela se orgulhava.

— Ah, acho que a parte que diz "nerd" meio que equilibra a questão — disse Brendon com uma risadinha. Então sua risadinha desapareceu, e o sorriso junto. — Mas é sério, Darce, não me vem com essa história de não estar interessada em relacionamentos. Eu respeitaria isso. De verdade, juro. Mas apenas se não fosse conversa furada. — Ela abriu a boca para discordar, mas o irmão continuou. — Você certamente estava interessada em ter um relacionamento dois anos atrás, quando ficou *noiva*.

O coração dela parou.

— Nem ouse.

— Você se recusa a falar no assunto, então talvez eu deva ousar sim. — O tom de Brendon *gritava* pena, e ela odiava isso. A ponto de doer a barriga. — Nem todo mundo vai ser como a Natasha.

De repente ficou difícil engolir.

— Eu disse para não ousar.

Brendon balançou a cabeça, a mandíbula contraída e uma expressão decidida no rosto.

— Você é minha irmã e também é uma das melhores pessoas que conheço. Você é... você é incrível, Darce. Tem tanto a oferecer, sabe? Eu sei que existe alguém lá fora para você, a pessoa *certa*. Eu tenho certeza. Eu só... não quero que acabe ficando sozinha e infeliz por medo de que alguém parta seu coração de novo.

Darcy piscou rapidamente e cruzou os braços, o olhar passando direto por Brendon para encarar o quadro com uma ostra iridescente na parede atrás dele.

Ela tinha certeza de que era impossível ver o coração ser quebrado se você nunca o tirasse do peito. O que não fazia dela uma pessoa medrosa, mas realista. Por acaso sentia pavor de ser atropelada por um ônibus? Não, mas também não significava que tinha qualquer intenção de sair andando no meio dos carros.

Brendon podia ser um romântico — e se aquilo o fazia feliz, ótimo, bom pra ele. Mas Darcy sabia que a vida de ninguém era um conto de fadas, e a dela não seria uma exceção.

O coração chacoalhava dentro do peito e ela cerrou os dentes, abrindo o sorriso que aperfeiçoara desde que… *desde que.*

— Não estou com medo. Não seja ridículo.

Brendon semicerrou os olhos e inclinou a cabeça, analisando descaradamente a irmã em busca de um ponto fraco. Os músculos do rosto dela se contraíram e o sorriso vacilou. *Merda.*

O sorriso que ele deu em resposta tinha uma mistura irritante de presunção e solidariedade.

— Sabe, acho que você não quer ir a esses encontros porque sabe que um dia vai conhecer alguém que te faça querer correr esse risco, e isso te apavora.

Por algum motivo idiota e incompreensível, a lembrança do rosto lindo de Elle passou pela cabeça de Darcy. Sentiu a nuca começar a ficar molhada de suor e o cabelo grudar na pele pegajosa.

— Eu já *falei* que não estou com medo. — Mas é claro que a voz tinha que falhar. Reunindo o que restara de sua dignidade, Darcy pigarreou e olhou para o irmão com uma cara séria. — Se estou com medo de algo, é das suas habilidades de compreensão oral. Sua audição está legal?

Brendon revirou os olhos.

— Tudo bem, Darce, que seja.

— Que bom que nos entendemos então.

— Então se você não está com medo…

— Eu *não* estou.

Brendon levantou as mãos.

— Então vai achar tranquilo se eu inscrever nós dois em um evento de *speed dating* sábado que vem, em Kirkland. Às oito. Dura duas horas e tem um intervalo no meio. Comida, vinho, gente nova, conversas. Sabe como é, *diversão*.

— Não posso. — Darcy passou a língua pelos dentes e continuou: — Eu tenho… planos. Eu tenho, er… — *Sábado*. — Meu grupo de estudos da Sociedade de Atuários vai se reunir sábado à noite.

E não era mentira. Ela estava a apenas um exame de se tornar FSA, a designação mais alta concedida pela categoria. Em abril, quando Darcy fizera a entrevista para o emprego na Devereux and Horton Mutual Life, o sr. Stevens deixara claro que, assim que ela passasse nesse décimo e último exame, sua promoção para um cargo de gestão estaria garantida.

Então sim, Brendon estava enganado. Não era uma questão de medo, mas de tomar a decisão mais coerente, centrada em suas prioridades. Ela se recusava a ser como a mãe, que se envolvera tanto num relacionamento a ponto de desaparecer nele e se esquecer de tudo que importava: o trabalho, as paixões, até os filhos. Sim, Darcy havia superado Natasha, mas como saber se seria capaz de superar a próxima desilusão, como ter certeza de que alguma coisa dentro dela não se quebraria de forma irreparável? Era melhor não arriscar.

Brendon inclinou a cabeça mais uma vez.

— Não se preocupe. Tem outro evento desses na terça. Você sabe, para as pessoas que não puderam ir no sábado porque tinham *planos*.

Darcy colocou as mãos na cintura.

— Meu Deus, Brendon. Quer parar com isso? Para de me pressionar a fazer coisas que não quero fazer, tá bem?

Brendon contraiu os lábios e a encarou, os olhos arregalados. Darcy desviou o olhar, sem interesse algum em testemunhar a cara de cãozinho perdido dele.

— Falando assim parece até que estou pedindo para você ir ao dentista fazer um tratamento de canal — disse ele, bufando e esfregando os olhos antes de continuar. — Você está em Seattle há seis meses e não tem um amigo, Darcy.

— Eu tenho amigos sim, muito obrigada.

Brendon apenas a encarou sem demonstrar emoção, então ela insistiu:

— Tenho a Annie...

— Que mora do outro lado do país.

— E... meus colegas de trabalho. Meu grupo de estudos para o exame de qualificação.

Brendon arqueou uma sobrancelha.

— *Seu grupo de estudos para o exame de qualificação*. Nossa, vocês parecem superíntimos.

Ela fungou.

— E nós *somos*. Tem a Amanda e a Lin e... a... Ma... Mariel?

— Isso foi uma pergunta?

Atrevido. Darcy lhe lançou um olhar feio, mas Brendon nem se mexeu, só devolveu com um olhar de pena, o que era milhões de vezes pior do que sua tentativa de persuasão.

— Eu sei que o que aconteceu na Filadélfia acabou com você...

— Não acabou, *não*.

— Ok, te deixou mal — o irmão consertou. — Mas você precisa se abrir para as pessoas, Darcy. Precisa aprender a confiar de novo. Sair, fazer amigos, conhecer *alguém*. Por favor, Darce, por mim.

Por mim. Merda. Brendon fazia parecer tão simples quando a questão era tudo menos isso.

— Certo, Brendon. Eu vou me esforçar, ok?

— Então vamos no evento de *speed dating*? — insistiu ele.

Não era isso que Darcy havia dito, mas Brendon não desistiria até que a agenda dela estivesse cheia de aulas de culinária, clubes do livro e encontros. Um monte. Milhares. De. Encontros. Ele não ia parar de tentar arrumar alguém para ela até Darcy estar feliz e comprometida.

Espera...

Era isso.

Brendon não sossegaria até que Darcy estivesse com alguém, até *achar* que ela estava com alguém.

— Não posso. Eu não falei nada porque não queria criar expectativa demais, mas estou saindo com uma pessoa.

Pronto. Assim ganharia tempo.

Mas Brendon franziu a testa.

— Mas você saiu hoje. Com a Elle.

Elle. Maldição.

A não ser que... Com um pouco de destreza, era possível trabalhar a partir desse ângulo.

— Elle, exatamente — disse Darcy, assentindo. — Talvez *saindo com uma pessoa* seja meio precipitado, mas ela... ela é realmente incrível. E linda.

Brendon franziu ainda mais a testa enquanto tentava decifrar o que a irmã não estava dizendo. Depois de alguns segundos, arregalou os olhos até dobrarem de tamanho.

— Calma aí. Você e a *Elle*?

Darcy *não* reviraria os olhos.

— Eu e a Elle.

— Vocês se deram bem?

Darcy mordeu o lábio inferior e encarou fixamente o pote de manteiga de amendoim na mesinha de centro, tentando pensar com cuidado na pergunta e na resposta que daria.

O mais espantoso era que elas *tinham* se dado bem. Não no começo, com o atraso de Elle, mas tinha rolado, sim, uma faísca. Por um segundo. Até suas *muitas* características — e aspirações — diferentes falarem mais alto.

— Elle não é como ninguém que eu já tenha conhecido, isso é certo.

Brendon riu, chamando a atenção de Darcy de volta. Ele sorria como se aquela fosse a melhor notícia do dia e, por um instante, o estômago dela apertou de tanta culpa.

— Você está encantada mesmo, não está?

— Não, eu… — Negar era instintivo, mas Darcy estava tentando ser convincente. — É óbvio que somos completamente opostas, mas tem… alguma coisa. Em potencial.

— E eu aqui pensando que ver você tão cedo em casa, de pijama, significava que o encontro não tinha sido bom.

O sorriso torto dele era tímido, os cantinhos dos olhos enrugados.

— Bem, é isso que acontece quando a gente supõe as coisas — disse Darcy, sorrindo para aliviar a alfinetada.

Brendon deu de ombros como quem dá razão e apoiou os cotovelos nos joelhos.

— Me conta. Sobre a noite.

Na cabeça dele, todos os instantes eram momentos mágicos em potencial, só esperando para acontecer. Ele registrava cada primeiro encontro na memória, caso encontrasse *a* garota certa e precisasse contar aos futuros filhos sobre a noite em que ele e a mãe deles se conheceram.

Darcy precisava vender a história. Bem, para sua sorte, choques de personalidade e desastres em restaurantes eram ingredientes certos para momentos mágicos.

— Na verdade, a história é engraçada.

Brendon balançou a cabeça.

— Para de suspense, estou morrendo aqui.

— Acalme-se.

Se a pausa que Darcy fez a seguir foi longa demais, foi só porque estava organizando os pensamentos. E ok, certo, estava tirando proveito daquilo tudo. Mas só um pouquinho.

— Não vou mentir: a noite começou com o pé esquerdo. Elle se atrasou e você sabe como pontualidade é importante para mim. — Ele revirou os olhos. — Ela se ofereceu para me pagar uma bebida e falou do trabalho, sobre o qual é *extremamente* entusiasmada. Mesmo não acreditando em astrologia, acho esse tipo de paixão bem atraente.

As sobrancelhas de Brendon subiram e desceram. Ela riu.

— *Para.*

— Desculpa, não quis interromper. Continua.

— Ok, vamos ver… Depois tomamos vinho. — Darcy abriu um sorriso malicioso, não porque o que acontecera era *engraçado*, mas porque mal podia esperar pela reação do irmão. — Ou teríamos tomado, se ela não tivesse derramado tudo em cima do meu Oscar de la Renta.

Ele arregalou os olhos.

— Mentira.

— Verdade — confirmou ela, dando de ombros. — Tenho certeza de que a lavanderia a seco vai conseguir fazer um milagre nas manchas.

Cruzando os dedos.

Brendon gesticulou com impaciência para que ela continuasse falando.

— Detalhes, Darce. Anda. Me conte sobre as *faíscas.*

— Ela disse que meus olhos são bonitos.

Darcy não queria ter sussurrado aquilo, mas acabou sendo uma confissão mais honesta do que pretendia.

Os olhos de Darcy eram castanhos. Não havia nada de errado com eles, mas ninguém nunca os elogiava. As pessoas sempre se referiam aos seus atributos óbvios: o cabelo, as pernas, os seios se estivessem sendo mais saidinhas. Mas os olhos?

Ridículo. Se alguém tinha olhos bonitos, esse alguém era Elle. Grandes e azuis, *tão* azuis que era como estar encarando o estreito de Puget à meia-noite sob a lua cheia.

— Você está vermelha.

Ela *não* estava. Mas, ao tocar no próprio rosto, Darcy sentiu a pele quente, quase febril. Pigarreou. Não, nada de mergulhar nos olhos de Elle. Ou de naufragar.

— Eu não gosto de me gabar.

Ao ver os olhos de Brendon arregalarem outra vez, e seu queixo cair, Darcy percebeu que o que acabara de dizer podia ser interpretado de duas formas. *Mal interpretado.* Porém... não era esse o objetivo? Convencê-lo de que tinha sentido faíscas, de que as duas tiveram química e assim fazer com que ele saísse do seu pé?

Darcy *tinha* sentido faíscas, só que não pretendia fazer nada a respeito. Em um caso desses, só havia duas alternativas: deixar as faíscas se apagarem ou pegarem fogo e queimarem você. Feio. Não, obrigada.

Omitir não era, *em tese*, mentir. Brendon podia acreditar no que bem entendesse. *Tecnicamente,* ela só havia enfeitado a história.

— Quando vocês vão sair de novo?

— Estou muito ocupada essa semana — disse Darcy. Ao notar a decepção de Brendon, acrescentou depressa: — Mas vou mandar uma mensagem para ela, vamos ver no que vai dar.

Ela não gostava de distorcer a verdade, ainda mais para o irmão, mas aquilo tinha sido meio que brilhante. Ver no que vai dar, mandar mensagem quando puder. Se o irmão perguntasse, ela inventaria outra desculpa sobre estar ocupada, adiaria respostas, ganharia tempo. Talvez até mandasse mesmo uma mensagem para Elle, só um agradecimento pelo drinque. Seria a coisa mais educada a se fazer, já que não tivera a chance de agradecer no restaurante. Quando voltara do banheiro, Elle já tinha ido embora. Um fato que não deveria ter doído, mas que, por algum motivo inexplicável, doeu. Com o vestido encharcado ainda grudando na barriga, Darcy ficara congelada diante da mesa. A imagem da marca do batom cor-de-rosa de Elle na taça vazia foi como um dedo cutucando uma ferida que Darcy não havia percebido que tinha. Incomodada, deu o fora do restaurante, querendo se distanciar o máximo possível daquela sensação.

O plano era perfeito... desde que Brendon não *comentasse* nada com Elle.

— Mas, Brendon... — começou ela, vacilante.

Darcy endireitou as costas, encarando-o de frente, ou de *baixo*, na verdade. Ele podia ser mais alto, mas ela ainda era a irmã mais velha, e ai de Brendon se esquecesse desse fato.

— Nada de se meter, ok? Não é para comentar *nada* com ela. Não quero que você estrague isso.

Brendon pôs a mão no peito, ofendido.

— Eu? Me meter?

— Brendon.

— Meu Deus, Darce, relaxa — retrucou ele, revirando os olhos. — Não vou comentar nada. De verdade, foi pura sorte eu ter escutado Elle falando sobre como é difícil sair com alguém. Ou como *era*, acho.

Ele deu a piscadinha mais tosca do mundo, com os dois olhos. Se dependesse de Brendon, até o fim do ano Darcy estaria casada.

— Estou falando sério — reforçou ela, encarando-o fixamente. — Deixa comigo, ok? Eu agradeço, mas você já ajudou o suficiente.

— Você gostou mesmo dela, hein?

Não importava se tinha gostado de Elle ou não. Provavelmente jamais se veriam novamente. Mas, se Darcy jogasse as cartas do jeito certo, poderia tirar Brendon do seu pé — se não para sempre, ao menos por tempo suficiente para evitar semanas de *speed datings* inúteis.

Capítulo três

De acordo com seu signo, qual seu brunch perfeito?

Áries – Fritada com linguiça apimentada

Touro – *Croque-monsieur*

Gêmeos – Sanduíche de manteiga de amendoim com geleia

Câncer – Bolo de uma receita secreta de família

Leão – Rabanada com morangos e chantili

Virgem – Omelete de claras e espinafre com torrada integral

Libra – Duas panquecas, dois ovos mexidos e duas fatias de bacon

Escorpião – Refil ilimitado de Bloody Marys

Sagitário – Waffle belga

Capricórnio – Vitamina de açaí com creme de chia

Aquário – Torrada com abacate

Peixes – Croissant com cream cheese e salmão defumado

— Elle. *Elle.*

Elle tirou os olhos do bloco de notas do celular. Do outro lado da mesa, a mãe a encarava com as sobrancelhas escuras erguidas de expectativa. O garçom, de caneta a postos, sorriu constrangido.

— Ah, droga, desculpa.

Elle largou o celular no banco ao seu lado e pegou o cardápio plastificado de cima da mesa, dando uma olhada rápida. Tudo parecia delicioso, e os cheiros vindo da cozinha não a ajudavam a se decidir. Café fresco. Panquecas de banana e castanhas regadas com xarope de bordo. Rolinhos de canela açucarados recém-saídos do forno. *Bacon.* Deus do céu, bacon. Ela queria tudo, *naquele instante*, a barriga disparando um rugido pernicioso de aprovação. Elle lambeu os lábios. A fome a transformava em uma Veruca Salt em busca de gratificação imediata, porém menos perversa, ainda bem.

— Bem, eu vou querer o crepe com canela, açúcar, geleia de framboesa e... Hmmm, vocês têm chantili?

O garçom assentiu e anotou o pedido.

— Claro.

— Elle.

A mãe apertou os lábios, o vinco entre as sobrancelhas se acentuando.

— É para tirar o chantili?

Elle sorriu, olhando da mãe, que parecia dividida entre achar aquilo engraçado ou cansativo, para o garçom, que começara a bater com a ponta da caneta no bloco.

— É, porque senão você vai passar o dia em um coma induzido por carboidratos, meu bem.

— Mas é *por isso* que eu estava pedindo chantili. O laticínio vale como proteína.

A mãe revirou os olhos e pegou seu latte de chá verde.

Elle deu de ombros para o garçom e continuou:

— Uma porção de ovos mexidos também, por favor.

O garçom assentiu e saiu correndo para os fundos do restaurante cheio.

— Como está Margot?

— Bem. Está ajudando na moderação de um festival de fanfics de casais raros em um dos grupos de fãs de *Harry Potter* dela. Eles receberam o triplo de inscrições esperadas, mas ela começou a fazer escalada, o que parece ajudar com o estresse. E o instrutor dela é uma graça, então… — Elle pegou seu mocha com menta e soprou. — Sim, ela está bem.

Passando a língua por dentro da bochecha, a mãe assentiu lentamente.

— Entendi quase tudo.

Elle fungou de um jeito teatral e secou uma lágrima falsa.

— Que orgulho.

— Engraçadinha.

A mãe tomou mais um gole do latte antes de deixá-lo de lado e continuar:

— Engraçado você ter mencionado escaladas, na verdade.

— Ah é?

— Marcus, o namorado novo da sua irmã, é um ávido alpinista, sabia? Ele também adora fazer trilhas e até conseguiu envolver a Lydia.

— Lydia está fazendo *trilhas*? A nossa Lydia?

Pensar na irmã usando botas de escalada era demais para Elle. A mesma Lydia que se recusava a admitir que suava, que em vez disso sempre dizia que estava *reluzindo*? Não que Elle fosse muito inclinada a frequentar academias, mas qual é…

— Espera, volta um pouco. Lydia está de namorado novo? Desde quando?

Quando Elle viu as sobrancelhas da mãe se erguerem, soube que estava em apuros.

— Marcus não é *novo*. Se você não tivesse perdido os últimos três jantares em família, talvez estivesse mais por dentro das coisas.

Elle trincou os dentes. Já tinha passado por versões semelhantes dessa mesma reprimenda por telefone.

— Ando superatolada com...

O acordo com o OTP, mas a mãe não sabia disso e não queria tocar naquele assunto logo após ouvir sobre o novo — pelo menos para ela — namorado de Lydia.

— A vida. Ando superatolada com a vida. Ser adulta. Contas, impostos, crises existenciais. Você nunca me disse que era tão horrível.

A mãe a examinou com uma expressão indecifrável no rosto.

— E você? Está saindo com alguém?

Saindo do espeto e caindo na brasa. Elle tomou um gole demorado de café e lambeu resquícios de chocolate do lábio inferior.

— Eu saio com muita gente, mãe. Estou saindo com você neste exato minuto.

— Sim, meu bem, você é muito engraçadinha, sei disso — respondeu sua mãe, apoiando os cotovelos na mesa e repousando o queixo nos dedos entrelaçados. — Mas não foi isso que perguntei.

— Ai, mãe... Bem, sei que você precisa que ao menos um dos seus filhos te mantenha na expectativa e, como ninguém mais se ofereceu, estou fazendo isso pelo time.

— Que altruísta da sua parte. Agora responda à pergunta.

Elle suspirou.

— Sim. Eu saio e vou a encontros. Um monte. Você sabe disso.

— Encontros, mas nada sério.

— Não por falta de tentativa — balbuciou Elle.

— Tem um gerente novo na equipe do seu pai que...

— Mãe, *mãe.*

Elle encostou a cabeça na parede atrás do assento e gemeu. Se a mãe terminasse aquela frase, Elle acabaria dizendo sim — ela nunca recusava, não quando havia uma chance de que *aquele* encontro fosse *o* encontro —, mesmo que a última pessoa arranjada por seus pais tivesse usado bermuda cargo cáqui e tênis Adidas de paizão. O cara ficou o tempo todo falando sobre CSS e JavaScript, zombou do gosto cinematográfico de Elle e tinha hálito de pepperoni. E eles nem tinham comido pepperoni. Seus pais não eram *completamente* sem noção em matéria de amor, visto que tinham comemorado trinta e cinco anos de casamento em junho, mas, na hora de arranjar encontros para ela, não emplacavam. Para falar a verdade, nem a própria Elle emplacava.

— Craig é bem interessante, Elle. Estive com ele outro dia, quando fui levar o almoço para seu pai. Ele é inteligente e a mesa dele é impecável — relatou a mãe, se debruçando em cima da xícara. — Ele tem um aspirador portátil para as migalhas que caem no teclado e um porta-retratos com uma foto da mãe ao lado do monitor. Achei uma graça.

Elle se encolheu de horror. Obrigada, mas não.

— Valeu, mas acho que prefiro arriscar em um aplicativo de paquera.

— Pelo menos me diga que está usando os *bons*. Como se chamam mesmo, *Timber*? — perguntou e balançou a cabeça, as luzes do corte Chanel realçando as pérolas em suas orelhas. — *Cringe*?

Elle disfarçou um riso com uma tosse.

— Sim, mãe. Experimentei o tal de OkCupid também.

— Ótimo, esse também é… — Ela estreitou os olhos e fez um beicinho. — Você está caçoando de mim.

— Só um pouquinho — disse Elle, levantando uma das mãos, o polegar e o indicador quase se tocando. — Falando em aplicativos de paquera…

Foi interrompida com um suspiro.

— Elle, você sabe que só quero te ver feliz.

Elle prendeu a respiração à espera do inevitável *mas*.

— Mas, às vezes, não consigo deixar de pensar que você dificulta sua vida de propósito.

— O que você quer dizer com isso?

A mãe inclinou a cabeça antes de responder.

— Você podia ter terminado a faculdade e *facilmente* arranjado um emprego com…

Elle levantou a mão novamente, seu estômago se apertando com a voz subitamente aguda da mãe.

— Mãe, quantas vezes a gente vai ter essa mesma conversa?

— Tá bem, tem razão. Isso é passado — respondeu a mulher, dando de ombros. — Mas olha só quantas pessoas seu pai e eu arranjamos para você porque *você* disse que queria algo sério. E você não gostou de *ninguém*? Não estou dizendo que sou expert no assunto, meu amor, mas começo a me perguntar se você não está se autossabotando porque tem medo do sucesso.

Ui.

Elle mordeu a parte interna da bochecha. O amor, assim como todas as outras coisas, tinha surgido com muita facilidade para seus irmãos mais velhos. Jane e Daniel não estavam nem procurando quando conheceram Gabe e Mike. Era como na escola. Elle tirava boas notas, sim, mas precisava ralar por elas. Já os dois mal liam a matéria e tiravam nota máxima.

Só que, pensando bem, Elle não estava atrás do fácil. Queria o *certo*. Teria sido bom se alguns de seus sonhos fossem mais fáceis de alcançar? Óbvio, mas ela queria que a família entendesse que, só porque seu caminho até o sucesso não era uma linha reta e sua definição pessoal de sucesso fosse um pouco diferente, isso não significava que ela era um fracasso.

— Olha, eu...

O sininho acima da porta soou e alguém entrou correndo para fugir da chuva que caía. Elle olhou rapidamente e reconheceu o cabelo ruivo desgrenhado e as sardas.

— Droga.

Deslizou a bunda pelo banco, fazendo um barulho desagradável contra o couro à medida que descia, os joelhos batendo nos da mãe por baixo da mesa.

— O que você está fazendo?

A mãe a encarou como se uma segunda cabeça tivesse brotado de seu pescoço.

De todos os cafés da grande Seattle, Brendon Lowell tinha que ter entrado justo no Gilbert, e logo no dia de seu brunch com a mãe.

Elle gostava de Brendon. Estavam prestes a se tornarem bons amigos. Em qualquer outra ocasião, ela não teria pensado duas vezes antes de acenar para que ele viesse até sua mesa. Só que não naquele dia, não quando estava com a mãe e *com certeza* não depois do encontro desastroso com a irmã dele. Um encontro com o qual Elle jamais teria concordado se tivesse a mais leve suspeita de que daria *tão* errado. Agora rolaria um climão entre eles e ela só podia rezar para que ele fosse decente o bastante para não deixar que aquilo afetasse a relação profissional dos dois. A última coisa da qual Elle precisava era que sua maldita vida amorosa azedasse sua carreira, justo agora que os muitos anos de trabalho duro dela e de Margot estavam finalmente dando retorno…

Olhando por cima do rosto confuso da mãe, Elle viu Brendon conversando com o atendente. Ele deu um tapinha nos ombros do homem e foi até a vitrine de doces. Aleluia, talvez estivesse só escolhendo alguma coisa para viagem.

Os cantos dos olhos de sua mãe estavam enrugados de preocupação.

— Querida, o que deu em você?

Elle balançou a cabeça e apertou com força a beirada da mesa, endireitando as costas e arrumando a postura.

— Nada. Nada, eu só…

A lógica dizia que, se Elle acreditava em *boa* sorte — e ela acreditava muito —, também existia a *má* sorte. Isso foi provado assim que Brendon se virou, as mãos enfiadas casualmente nos bolsos da calça jeans de lavagem clara.

Elle pegou o cardápio e se apressou em abri-lo. Depois de conseguir criar um pequeno cubículo improvisado, ela se escondeu atrás das páginas e deitou a cabeça na mesa.

— Elizabeth Marie, qual é o seu problema?

Mais fácil perguntar qual *não* era.

— Elle?

Já era. Elle tirou a franja de cima dos olhos e tentou sorrir para Brendon, que a olhava de cima com um sorriso de perplexidade.

— Brendon? Uau, oi! Tudo bem?

— Tudo ótimo.

Ele abriu ainda mais o sorriso, a perplexidade se transformando em alegria com direito a uma aparição dos dentes. Então apontou para a própria bochecha. Brendon tinha as mesmas covinhas de Darcy, mas não tinha aquela maldita sarda, a que Elle quis beijar até o encontro ter se tornado um inferno.

— Você está com uma coisinha na...

Elle passou uma das mãos na bochecha e viu os dedos voltarem sujos de marrom, algo que ela rezou para ser apenas chocolate.

— Obrigada. Er... O que está fazendo aqui?

Comprando comida, talvez. *Brilhante, Elle.*

Brendon riu e apontou com o polegar por cima do ombro.

— Eu moro no final da rua, perto do parque. Passo aqui quase toda manhã. O café daqui é melhor que os de franquia, não é tão torrado. O que *você* está fazendo aqui? Você não mora no centro?

Um chute acertou sua canela em cheio. *Ai.* Ok, a mãe a encarava com olhos arregalados e um sorrisinho.

— Moro, mas minha família não — disse Elle, indicando a mulher. — Brendon, esta é minha mãe, Linda. Mãe, este é meu amigo Brendon.

Brendon abriu um sorriso ainda mais largo e estendeu a mão.

— Prazer em conhecê-la.

— O prazer é meu.

O olhar de Linda disparou de volta para a filha enquanto apertava a mão de Brendon.

— É sempre bom conhecer um *amigo* da Elle.

Elle revirou os olhos com a insinuação nada sutil, mas Brendon parecia estar achando a confusão hilária.

— Ah não, Elle e eu somos apenas amigos. E parceiros de negócios também, eu acho.

Ele deu um sorriso torto e o estômago de Elle deu um mergulho anatomicamente impossível, afundando até uma profundidade irreal antes de ameaçar sair pela bunda.

— Apesar de eu gostar de pensar que nossa amizade é maior que esse tipo de coisa.

— Não é? — disse Elle, rindo de nervoso e evitando olhar para a mãe, que tinha inclinado a cabeça de curiosidade.

— Não que sua filha não seja incrível — continuou Brendon, cavando ainda mais o buraco. — Mas eu teria que brigar com a minha irmã, e estou bem certo de que Darcy me derrotaria fácil, fácil.

Ouvir o nome de Darcy revirou novamente o estômago já inquieto de Elle e sua risada assumiu um tom histérico que fez Brendon e Linda fitarem-na com curiosidade. Elle fechou o cardápio e se abanou com ele, precisando de ar.

Será que ele não tinha conversado com a irmã ainda?

— Elle?

Com as sobrancelhas erguidas, a mãe a olhou com uma cara de quem não aceitaria objeções.

Elle pigarreou.

— Certo, desculpe. Brendon é o criador do OTP. Sabe, o aplicativo de paquera?

O rapaz assentiu.

— A equipe inteira está nas nuvens por trabalhar com Elle e Margot — disse ele para Linda, suas covinhas ficando mais aparentes. — Nossos algoritmos são fortes, mas esperamos que, com a ajuda delas, nosso sucesso ultrapasse a taxa de quarenta por cento de relacionamentos com mais de um mês de duração.

A julgar pela testa franzida da mãe dela, Brendon podia muito bem estar falando Klingon.

— E você... está trabalhando para essa empresa, Elle? É uma posição assalariada?

O rosto de Elle ficou quente e ela abriu um sorriso para Brendon, como quem pede desculpas.

— *Mãe*. Estamos prestando consultoria para eles como fornecedoras. É... é uma coisa importante, sabe?

Linda franziu ainda mais a testa, tirando completamente o apetite da filha. Que ótimo.

Elle sorria de modo superficial ao se dirigir de volta a Brendon.

— Margot e eu também estamos superanimadas. Inclusive, estávamos falando disso ontem à noite, sobre como estamos empolgadas para começar logo.

O rapaz enfiou as mãos nos bolsos e se balançou para a frente e para trás.

— Falando em ontem à noite... — *Merda. Lá vem.* — Darcy me fez prometer que não comentaria nada, mas o que os olhos não veem, o coração não sente, né?

Brendon arrematou aquilo com uma piscadinha cúmplice que, sob quaisquer outras circunstâncias, a teria feito sorrir. Ele era péssimo em dar piscadinhas, porém de um jeito muito fofo, porque ou ele não fazia ideia do quanto era ruim, ou sabia disso e simplesmente não se importava. Mas, naquele momento, o gesto só serviu para azedar o mocha que Elle acabara de tomar.

— Você falou com Darcy?

Ela engoliu em seco, ignorando o olhar curioso da mãe para reparar melhor no rosto de Brendon, buscando algum sinal de qual bomba ele estaria prestes a soltar, mesmo tendo prometido guardar segredo.

— Sobre... ontem à noite? — continuou.

— Ah sim. Ela…

Em vez de completar a frase, Brendon balançou a cabeça, sua expressão impossível de decifrar. O coração de Elle errou uma batida e ela prendeu a respiração. O rapaz baixou o queixo, dando uma risadinha antes de concluir:

— Eu nunca vi minha irmã assim.

É o quê? Elle queria pegá-lo pelos ombros e sacudi-lo. O que aquilo queria dizer? Ele nunca viu ela *assim como*?

— Ah é?

Ele levantou a cabeça, ainda com um sorriso torto adorável.

— Ela disse que vocês duas se deram superbem.

O queixo de Elle foi no chão. *Como é que é?*

— Disse, é?

— Ela… Nossa, Elle, estou falando sério. Eu nunca vi minha irmã tão… tão *encantada* antes.

— Encantada — repetiu Elle feito uma boba.

— Você não reparou? — perguntou ele, rindo, como se os sentimentos da irmã fossem completamente óbvios.

A única coisa que ela conseguiu fazer foi dar de ombros.

— A Darcy não… não é muito fácil de decifrar.

Brendon assentiu em concordância.

— Bem, é verdade que ela não põe as cartas na mesa de cara, mas pode confiar. Eu juro que ela curtiu bastante.

Não foi o que pareceu.

Ou aquilo era um gigantesco mal-entendido ou Darcy tinha mentido para o irmão. Mas por quê? Foi Elle quem havia se atrasado e derramado vinho por toda parte, então por que mentir?

Ele parou de sorrir de repente.

— Você também gostou, né?

Ah, porcaria.

Elle deu uma olhada rápida para a mãe, que nem sequer estava fingindo não prestar atenção, e beliscou o lóbulo da orelha.

— Eu...

Quase chorei no caminho de volta para casa?

Perdi a calcinha num banheiro público que fui forçada a usar porque fiquei com vergonha demais para confrontar Darcy no banheiro do restaurante?

Realmente esperava que fôssemos nos dar bem e fiquei superdecepcionada quando a química arrebatadora não foi o bastante?

Tudo que ela conseguia pensar em dizer parecia errado.

Brendon parecia tão *esperançoso*, como se realmente acreditasse que a felicidade da irmã dependesse de Elle. Também não ajudava nada a mãe estar ali, encarando-a com a mesma esperança nos olhos azuis.

Elle sempre evitava mentir, mas admitir sua responsabilidade naquele desastre de encontro da noite anterior? Confessar o acidente com o vinho, o atraso e a incompatibilidade devido ao seu trabalho e suas esperanças? Estava cansada de todo mundo olhando-a como se ela fosse uma bagunça, quando só estava dando o seu melhor.

— Eu só... não sei o que dizer — confessou, forçando uma risada.

A mãe olhou com uma cara estranha. Se tinha uma coisa que todos que conheciam Elle sabiam, os que *realmente* a conheciam, era que ela quase nunca ficava sem saber o que dizer.

— Você está parecendo a Darcy. — O sorriso de Brendon tinha um ar malicioso e ele se inclinou para mais perto, baixando o tom de voz: — Até ela finalmente confessar a química absurda entre vocês.

Não era um mal-entendido, então. Pelo menos não entre Darcy e o irmão.

Dividida entre uma indignação merecida (porque, *rá!*, tinham rolado faíscas *sim*, ela *sabia*) e uma melancolia pesada (porque a confirmação daquelas faíscas não significava nada), Elle riu de nervoso.

— Ah… O que posso dizer?

Brendon, que continuava parecendo meio presunçoso, como se suas habilidades de cupido fossem sobrenaturais, a encarou com expectativa, decerto esperando que Elle terminasse a frase, mas… o que ela *poderia* dizer? Darcy a colocara em uma sinuca da qual era impossível se safar.

Felizmente, o garçom apareceu com a comida, evitando que o momento ficasse ainda mais constrangedor. Por mais que fosse grosseiro fazer aquilo enquanto Brendon ainda estava ali em pé esperando, Elle imediatamente enfiou uma garfada de crepe na boca. A canela e o açúcar derreteram na língua, porém não como manteiga, mas como cinzas.

Linda, com os olhos acesos e um sorriso mal disfarçado, parecia satisfeita demais com a reviravolta. Elle engoliu, se encolhendo enquanto a comida descia com dificuldade, grudando no esôfago.

Brendon passou a mão pelo cabelo.

— Bem, vou deixar vocês tomarem o café da manhã, mas fique atenta para uma mensagem de Darcy, viu? Ela disse que mandaria.

Por um instante, o coração de Elle se encheu com uma estranha onda de algo que se parecia com esperança. Será que *ela* havia interpretado tudo errado? Talvez…

Não.

Era impossível. Simplesmente impossível.

Aquilo não significava que Elle não estivesse cheia de perguntas. Darcy teria que se explicar. Ela devia isso a Elle.

Elle forçou um sorriso e devolveu:

— Não se eu mandar primeiro.

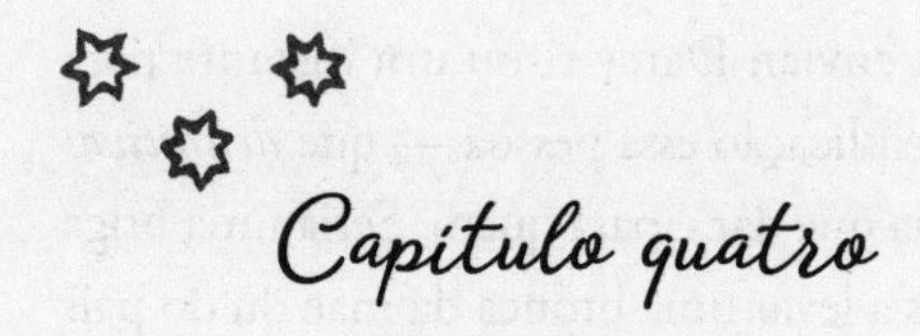

Capítulo quatro

O vapor subiu e fez cócegas no nariz de Darcy quando ela levou a xícara até a boca. Fechou os olhos e tomou um gole, suspirando de contentamento e se afundando ainda mais no sofá.

Glorioso. A casa estava em silêncio, seu café quase escaldante e ela não tinha compromisso algum para o fim de semana. Dois dias inteiros para fazer o que bem entendesse, na hora que quisesse. Nenhum encontro sem sentido ou Brendon reclamando que ela estava agindo como uma eremita.

Darcy abriu um dos olhos e olhou feio para a mesinha de centro. Ou melhor, para seu *celular*, dançando sobre a superfície da mesa, vibrando ruidosamente.

NÚMERO DESCONHECIDO (11:24): vc precisa se explicar

Darcy franziu o nariz e deslizou a tela, desbloqueando o aparelho com a impressão digital.

DARCY (11:26): Acho que você mandou msg para o número errado.

Depois de clicar em enviar, Darcy tirou um instante para pensar em que tipo de explicação essa pessoa — que *definitivamente* não era ela — teria que dar e para quem. Seria uma briga de casal? Alguém prestes a levar uma bronca da mãe ou do pai? Deixou o celular no sofá ao seu lado. Não era da conta dela.

Mas o celular vibrou junto de sua perna, a tela acendendo.

NÚMERO DESCONHECIDO (11:29): mandei, darcy?

Como assim? Darcy se sentou, desbloqueando a tela de novo.

DARCY (11:31): Quem é?

Ela ficou encarando o aparelho, esperando enquanto a pessoa do outro lado digitava. Naquele meio-tempo, fez um rápido levantamento mental de quem poderia ser.

O número de Brendon estava salvo na sua agenda com uma foto horrorosa dele aos 16 anos, largado no sofá, babando e com molho de tomate no queixo. Os contatos dos pais estavam salvos com seus respectivos nomes. Darcy tinha o número de Annie, e seu chefe nunca mandava mensagens. *Nunca.* E havia também... Bem, era isso. Em grande parte. Tirando alguns conhecidos, que podiam ou não ter seu número, seu círculo social era bem pequeno, seletivo. *Selecionado.* Darcy apertou os lábios. Claro que havia sempre a chance de ser... *não*. Ela bloqueara o número de Natasha havia muito tempo.

NÚMERO DESCONHECIDO (11:36): Seu pior pesadelo

Darcy segurou o celular com força, apertando sem querer o botão de volume na lateral e fazendo a coisa apitar alto em suas mãos. A pulsação dela subiu junto, o coração indo parar na garganta. *Mas que merda é essa?*

Com o polegar trêmulo pairando sobre o teclado, Darcy olhou instintivamente para a porta de entrada, verificando se estava trancada. A trinca estava trincada, a corrente acorrentada, e pelo visto ela tinha uma grande habilidade de ter reações exageradas. Entre o susto da noite anterior, com a chegada inesperada de Brendon, e isso, Darcy notou que precisava se controlar, mesmo que a mensagem tivesse sido assustadora.

Pronta para bloquear o número e seguir em frente, outra mensagem a interrompeu antes que ela pudesse continuar.

NÚMERO DESCONHECIDO (11:39): tá, isso pareceu meio coisa de serial killer
NÚMERO DESCONHECIDO (11:39): o que eu não sou

Aquilo era exatamente o que um psicopata com uma faca de açougueiro na mão diria.

NÚMERO DESCONHECIDO (11:40): e isso tb foi totalmente algo que um serial killer diria
NÚMERO DESCONHECIDO (11:40): ops

Pelo menos tínhamos ali um psicopata consciente.

NÚMERO DESCONHECIDO (11:41): era mais pra parecer um estou com raiva de vc e exijo respostas mas não tipo estou respirando alto por cima do seu ombro com uma máscara de caqui
NÚMERO DESCONHECIDO (11:41): *esqui

NÚMERO DESCONHECIDO (11:42): isso não tá ajudando né?

NÚMERO DESCONHECIDO (11:42): deixa pra lá

Darcy pôs a mão no peito, encaixando o polegar na cavidade na base da garganta. Deixa pra lá? Não, deixa pra lá coisa nenhuma. E essa pessoa achava que era ela, *Darcy*, quem precisava se explicar?

Enquanto encarava sem reação aquela conversa absurda, Darcy demorou um pouco para perceber o som de sininhos de vento do toque de notificações e sair do torpor. **Número desconhecido** estava ligando. Os batimentos cardíacos dela aceleraram. Melhor atender ou deixar cair na caixa postal? Odiava falar no telefone, até com Brendon. Mas será que ficaria satisfeita com uma mensagem de voz? E se não deixassem recado? No terceiro toque, a curiosidade a venceu.

— Alô?

Silêncio.

— *Alô?*

Uma súbita irritação fez Darcy se endireitar, esticando a coluna.

— Quem é?

Ela esperava que o *fale logo o que quer* estivesse implícito.

— Certo. Oi. É a Elle. Jones. Elle Jones. Tomamos um drinque ontem à noite e…

— Eu sei quem é você.

Darcy fechou os olhos e uma imagem do belo rosto de Elle surgiu por trás de suas pálpebras. Não era uma imagem de se esquecer facilmente.

Elle deu uma risadinha sem muito ânimo, um pouco afetada.

— Certo. Aposto que deve estar se perguntando por que estou ligando. Além de, sabe, querer garantir que você não pense que *realmente* poderia ser um serial killer.

Chamar aquilo de seu pior pesadelo não seria exagero. Brendon tinha *mesmo* o dedo podre.

— Olha, pode me poupar a enrolação e me dizer o que você quer? Estou muito ocupada.

O café estava esfriando e colocá-lo no micro-ondas seria um pecado capital. Quanto antes encerrassem o assunto, mais cedo a vida de Darcy poderia voltar ao normal.

Uma pausa, seguida por um farfalhar alto suficiente para Darcy ter que afastar o telefone do ouvido.

—... você não vai acreditar em quem eu encontrei hoje de manhã.

Darcy beliscou a ponte do nariz.

— Quem?

Elle deu uma risada seca.

— Seu irmão. E ele me disse umas coisas bem interessantes, sabe.

Ok, e daí que Elle havia encontrado Brendon? Não era como se...

Darcy ligou os pontos e as implicações daquele encontro ficaram claras. *Desastrosamente* claras.

— Merda — murmurou.

— E é por isso — disse Elle, antes de uma pausa dramática — que você me deve algumas explicações.

✫ ✫
✫

Darcy girava o anel simples de platina ao redor do dedo do meio da mão direita enquanto encarava a porta de entrada.

O que era para ser uma manhã calma, produtiva, sem sutiã, estava aos poucos se transformando em uma manhã estressante e improdutiva, de sutiã. Elle chegaria a qualquer momento, tudo porque Brendon não conseguia ficar de boca fechada.

Tudo bem, em algum lugar lá no fundo, parte da culpa era dela mesma, mas foi o irmão que havia arruinado o plano quase perfeito de passar ao menos *um mês* sem intromissões da parte dele. Darcy tinha *pedido* para ele não comentar nada com Elle, para não estragar a coisa toda, mas Brendon havia quebrado a promessa e agora ela teria que explicar toda aquela situação complexa para Elle. E o pior é que ela não tinha nada planejado, nenhuma estratégia; o que *ela* diria dependia do que Brendon dissera, do quanto ele dissera e de como Elle reagira.

A única coisa a favor de Darcy era que Brendon ainda não tinha inundado seu celular de mensagens nem aparecido lá esmurrando a porta. Na melhor das hipóteses, seria uma conversa breve, relativamente indolor, depois da qual as duas poderiam, mais uma vez, seguir cada uma o seu caminho. Com a ressalva de que Elle não poderia dizer nada a Brendon. Pelo menos não ainda. Mas, na pior das hipóteses...

Darcy estalou os dedos. *Indolor* talvez fosse um conceito simples apenas em tese, porque ela já estava sentindo uma dor de cabeça se instalando entre os olhos.

Uma batida rítmica de cinco notas na porta da frente. O coração de Darcy parou por um instante, balbuciando uma reação também ritmada. Hora do jogo. Ela se levantou, esfregando os vincos na calça azul de ficar em casa, e foi descalça até a porta. Respirou fundo e virou o trinco, abrindo a porta de uma só vez, como se arrancasse um curativo.

Apoiada no batente e de braços cruzados, Elle golpeou Darcy com um olhar afiado. Um olhar que ficou ainda mais desconcertante quando, mais uma vez, ela avaliou Darcy da cabeça aos pés. A ferocidade e a velocidade com que o sangue correu para a superfície da pele de Darcy a deixaram zonza. O tom avermelhado que se instalou era como um farol que dose alguma de afetação seria capaz de esconder.

Elle subiu os olhos azuis de volta pelo corpo de Darcy e se demorou um pouco mais em seu rosto, dando uma encarada profunda.

— Você é mais baixa sem saltos.

Darcy fungou.

— É para isso que eles servem, de fato.

Elle bufou e se desencostou da porta. Sem esperar ser convidada, passou pela porta, seus braços tocando levemente nos de Darcy.

Elle estava usando um cardigã azul macio e pesado que deslizava por um dos ombros, expondo grande parte de uma pele aveludada e a saliência do osso da clavícula. Darcy se obrigou a parar de olhar e a focar nas imperfeições dela em vez disso. Em como sua calça jeans estava rasgada e com a barra molhada de chuva, e seu tênis surrado deixaria marcas no tapete.

— Você poderia… — Darcy hesitou, quase perdendo a voz. Então pigarreou e ergueu o queixo para olhar Elle de cima. — Pode tirar os sapatos?

A moça ergueu as sobrancelhas, mas logo em seguida deu de ombros.

— Tudo bem. Imaginei que você quisesse que isso fosse rápido, mas beleza, posso ficar mais à vontade.

Darcy revirou os olhos. Se Elle estava à vontade ou não, não era da sua conta.

— Só não quero que você suje meu tapete.

Elle passou a língua por dentro da bochecha, a expressão facial azedando. Mas, em vez de discutir, se abaixou e deslizou um dedo pelo calcanhar de um dos tênis, depois do outro, endireitando-se para tirar os pés deles. Aquilo fez seu suéter deslizar ainda mais pelo braço, revelando mais da pele aveludada e o volume de seus seios. As chances de ela estar usando alguma coisa por baixo daquele suéter pareciam mais remotas a cada segundo.

Deixando os sapatos bem no meio da entrada, Elle avançou pelo apartamento de Darcy, analisando com ousadia os arredores. Ela avaliou os quadros nas paredes com uma inclinação curiosa do queixo, deslizou o dedo pelas lombadas dos livros na prateleira. De vez em quando franzia a testa, ocasionalmente mostrando a língua de um jeito *nem um pouco* adorável.

Olhando de longe, Darcy engolia em seco o desconforto cada vez maior em sua garganta. Elle era um jorro de cores vivas na tela em branco do apartamento. Suéter azul-cobalto, jeans estonado, meias de cores diferentes — uma verde neon e outra de um lilás suave com ziguezague cor de rosa nos dedos e um furo perto do tornozelo.

Darcy prendeu uma mecha de cabelo atrás da orelha.

— Por favor, fique à vontade.

Elle girou para trás e estreitou os olhos.

— Obrigada — respondeu.

Então sentou-se no sofá impecável de Darcy, levando os joelhos contra o peito, plantando os pés nas almofadas.

Darcy ficou em pé onde estava, de braços cruzados e queixo erguido.

— Bem bonito o seu apartamento. — Elle esquadrinhou a sala, o olhar parando na pilha organizada de guias de estudo antes de prosseguir para a samambaia no canto, o único toque de cor na casa inteira, e franziu a testa. — Se mudou há pouco tempo?

— Não.

— Hum.

O fato de Elle ser capaz de carregar um monossílabo com tamanho julgamento teria sido impressionante se Darcy não tivesse ficado, primeiro, um pouco ofendida, e, segundo, pronta para encerrar a conversa.

— Você tinha perguntas a fazer. — Ela afirmou logo, sem se dar ao trabalho de perguntar.

Elle se esparramou, preguiçosa, no sofá em L de Darcy, em uma postura de falso relaxamento; estava tamborilando nas coxas, balançando os pés e abrindo e fechando as mãos enquanto sua atenção pulava de uma superfície para a outra. Então envolveu as pernas com os braços.

— Já deu de conversa fiada, então?

— Questão de otimizar o tempo. Como eu já disse, estou ocupada.

O olhar observador de Elle foi da única xícara de café, agora frio, para Darcy, demorando-se um pouco mais na calça de moletom e em seu cabelo trançado às pressas.

— Ok, então, para otimizar o tempo, vou direto ao ponto. — Ela ergueu os quadris, tirando o celular do bolso de trás da calça. Deslizou algumas vezes pela tela, como se consultasse algo, antes de pigarrear. — Primeira pergunta, *que merda...?*

Darcy fechou os olhos e respirou fundo contando até quatro, segurou o ar contando até sete, e expirou contando até oito. Ela teria repetido o processo se o modo com que Elle a encarava não fosse tão palpável a ponto de lhe causar uma coceira pelo corpo.

— Será que a segunda pergunta vai ser mais específica?

Elle bufou e olhou para o celular nas mãos.

— Eu não sei. Vamos ver. Pergunta número dois: *como ousa?*

Darcy desistiu da respiração de ioga e resolveu ser direta.

— Sinto muito, ok?

Era melhor um pedido de desculpas genérico, visto que Darcy não tinha muita certeza do que Brendon dissera. Mas a reação de Elle não foi positiva.

Ela deu um tapa no assento do sofá, fazendo o celular pular ligeiramente.

— Você sente muito… Sente muito pelo quê, exatamente?

— Por seja lá o que tenha te deixado tão… — Darcy gesticulou para onde Elle estava. — Irritada.

Os ombros de Elle tremiam com uma risada incrédula. Ela se inclinou para a frente e apoiou a cabeça entre as mãos, antes de deixar escapar um gritinho agudo ofendido e abafado.

— Irritada? — Ela levantou o rosto, agora cor-de-rosa. — Meu Deus. Você toma alguma coisa todo dia para ser escrota assim ou é tipo um DIU, que dura uns cinco anos?

O queixo de Darcy caiu no chão.

— Olha só, voc…

— Não. — Elle se levantou e desviou da mesinha de centro, indo até Darcy. — Eu ainda não terminei. Você quer mesmo saber o que me deixou tão *irritada*? Vamos ver, talvez você sinta muito por ter sido supergrossa ontem à noite? Por ter debochado de uma coisa importante para mim, o meu trabalho? Por ter pedido uma taça de vinho de cinquenta e seis dólares? Por ter me esculachado para sei lá quem estava no telefone com você, sendo que nem sequer me *conhece*? — Elle deu mais um passo na direção dela, contando as ofensas nos dedos. — Ou talvez por ter mentido para o seu irmão, que tal? Por dizer a ele que nos demos superbem quando está nítido que não foi o caso. Você me colocou numa posição em que eu tive que escolher entre concordar com a *sua* mentira, uma mentira que não consigo de jeito nenhum entender, ou admitir sozinha o desastre que foi a noite de ontem. Então eu sei lá. Pode escolher a sua preferida, Darcy.

O sangue de Darcy ferveu, subindo pelo peito e pescoço, a vergonha deixando-a tonta. Ela também sentiu um calor discreto, contraditório e fora de hora surgir abaixo do umbigo, porque a raiva tornara o azul dos olhos de Elle ferozes como um mar em tempestade. Ela estava ruborizada e o coque casual no alto da cabeça se desfizera, fios de cabelo soltos emoldurando o rosto em formato de coração. Por um instante, Darcy se perguntou como Elle ficaria deitada entre os lençóis de sua cama, o suor cobrindo aquele pedaço exposto de pele. A temperatura no apartamento subiu e a camisa de Darcy começou a grudar no suor que escorria por suas costas.

— Sinto muito.

Darcy olhou nos olhos de Elle. A ferocidade do momento foi baixando aos poucos, à medida que ela era tomada pela curiosidade de ver Elle enrolada nos lençóis, por uma vontade de envolvê-la em alguma coisa mais macia, um cobertor ou seu edredom favorito que... *que bizarro*. Darcy pigarreou e continuou:

— Eu não quis... Não foi minha intenção ser rude.

Ou magoá-la.

Elle fungou alto e cruzou os braços, seu olhar cortante mais uma vez.

— É. Bem, só que você foi, mas...

Ela não terminou, deixando uma pergunta em aberto. Por quê?

Esta era a parte que Darcy mais temia: se explicar. Justificar seu comportamento naquele encontro. Contar por que fizera Brendon achar que ela tinha alguma intenção de rever Elle.

Parte dela ficou tentada a nem se dar ao trabalho. Um pedido de desculpas sincero não bastava?

Só que, se Darcy tinha alguma esperança de salvar o plano de tirar Brendon um pouco do seu pé, seria preciso contar tudo a Elle. Sem nenhuma explicação, ela não teria motivo para não ir até Brendon e dizer alguma coisa. Ou no mínimo contradizer sem querer o quadro elaborado que Darcy pintara.

— Olha. — Darcy se aproximou e descruzou os braços, a postura relaxando da atitude defensiva adotada durante o desabafo de Elle. — Meu irmão é… Eu amo Brendon, mas quando ele coloca uma coisa na cabeça, vira o próprio cachorro com um osso. E ele tem essa ideia, por mais nada a ver que seja, de que eu deveria estar em busca de um amor. De que… — Darcy inflou as bochechas, pesando as palavras, cogitando quais delas teriam mais chances de acalmar os ânimos de Elle. — De que eu preciso encontrar a minha pessoa. Só que ter um relacionamento sério não está no meu horizonte. No momento.

Quando, ou *se,* aquilo estaria no horizonte de novo, Darcy não sabia.

Elle inclinou a cabeça de lado, franzindo a testa.

— Por que não?

Alguma coisa nela dizia que Elle não se contentaria com um simples "Porque não". Darcy suspirou.

— Porque estou ocupada. Estou estudando para meu exame final da categoria. Quando eu passar, terei alcançado a designação mais alta que os atuários podem receber do órgão regulador. As provas são bem rigorosas e a média de aprovação é só de quarenta por cento. Os estudos tiram todo o pouco tempo livre que tenho.

— Então, se está ocupada demais no momento, diga isso a ele.

Como se ela já não tivesse dito.

— Brendon acha que preciso equilibrar melhor minha vida profissional e pessoal, e age como se a missão dele na vida fosse garantir isso.

Elle deu de ombros.

— Ele não está tão errado.

Se ao menos fosse tão simples. Darcy já havia tentado, nunca dava certo. Brendon a conhecia bem demais, sabia exatamente quais botões apertar para conseguir o que ele queria. Darcy não estava a fim de contar a Elle que o motivo para Brendon pressioná-la tanto era por saber que, um dia, ela *desejara* ter um relacionamento, se casar, formar uma família, o pacote completo. Levar um puxão de tapete não era algo que Darcy pudesse controlar, mas o modo como seguiria com o resto da vida sim.

Darcy dispensou o comentário revirando os olhos e bufando.

— Falar é fácil. Você conhece Brendon: ele é romântico, obcecado por felizes para sempre. Ele fica armando esses encontros para mim e, quando tento pular fora, fica ressentido, como se eu estivesse desistindo fácil demais. A noite passada teve menos a ver com você do que comigo chegando ao meu limite. Eu estava com dor de cabeça e só queria chegar em casa. Você foi uma… fatalidade. Lugar errado na hora errada.

Em um encontro com a pessoa errada.

Elle contraiu a mandíbula.

— Ok. Não é como se você fosse obrigada a gostar de mim ou coisa assim.

Só que aquilo não tinha nada a ver com gostar de Elle ou não gostar. Se ela não estivesse em busca de um amor, se fosse alguém que talvez se satisfizesse com algo menos sério, mais temporário, Darcy não teria se importado em ver no que aqueles olhares quentes poderiam ter dado. Mas Elle *estava* em busca de algo sério e Darcy não, então não fazia sentido perder tempo com um "e se" quando as duas eram tão incompatíveis.

— Eu poderia ter sido mais gentil — admitiu Darcy.

— É verdade. — Os lábios de Elle estremeceram e seu sorriso foi breve como um raio de sol aparecendo entre nuvens carregadas. — Mas ainda tem uma coisa que não estou entendendo. Por que mentir e dizer a Brendon que você queria me ver novamente quando é óbvio que não queria?

Aquilo não era bem verdade. Ignorando o tema da conversa do momento, falar com Elle não era tão horrível assim. Claro que seria melhor se ela estivesse com menos roupas. Naquele caso, Darcy teria ficado feliz em ver muito mais dela. Com frequência.

— Mais uma vez, uma questão de timing ruim. — Darcy deu de ombros e abriu um sorriso arrependido para Elle. — Brendon entrou aqui me bombardeando, falando de como eu devia me inscrever num evento de *speed dating*, o que, sendo bem sincera, pra mim parece a própria definição do inferno. Quando minhas desculpas… *Meus motivos* de sempre não funcionaram, eu disse que estava saindo com uma pessoa. Mas então ele perguntou por que eu tinha concordado em sair com você se já estava saindo com alguém.

Os olhos de Elle brilharam quando ela entendeu.

— Então você disse que tinha se dado superbem comigo.

Darcy mordeu o cantinho da boca e confirmou com a cabeça.

Elle não disse nada por um instante, mas logo franziu a testa e finalmente perguntou:

— Qual era seu objetivo final?

— Meu o quê?

— Sabe… Você achou que isso daria em quê? Disse a Brendon que estamos saindo, e depois? Não pensou que uma hora ou outra ele sacaria? Ou, sei lá, me perguntaria sobre você?

Darcy coçou a lateral do pescoço. Ela tinha se arriscado, sim. Naquele momento estava claro que devia ter pensado melhor, mas o irmão não lhe dera escolha a não ser pensar rápido. Como consequência, criara um plano bem falho. Que até poderia ter dado certo, não fosse a total incapacidade de Brendon em manter a boca fechada.

— Para começar, fiz ele jurar que não falaria nada, disse que, se ele abrisse a boca, estragaria tudo. Minha ideia era tirar proveito da minha *intenção* de te procurar e fazer a história render pelo máximo de tempo possível até Brendon finalmente descobrir. Eu não menti, só omiti algumas coisas e o deixei preencher as lacunas.

Elle estava boquiaberta.

— Isso… é tão… *Sonserina*.

— Como é?

— Sonserina. — Elle deixou cair o queixo novamente. — Ah meu Deus. Não vá me dizer que não sabe qual é a sua casa de Hogwarts. Pottermore? O teste do Chapéu Seletor?

Quando Darcy continuou encarando-a, Elle gemeu e cobriu o rosto.

— Você não usa redes sociais, não acredita em astrologia e agora não gosta de Harry Potter. Em nome da nossa geração, estou muitíssimo ofendida, sua *mulher das cavernas*.

Darcy riu ironicamente.

— Eu não sou uma mulher das cavernas. Sei do que você está falando, só estava escolhendo ignorar porque sua suposição a meu respeito não tem base nenhuma.

Não que fosse da conta de Elle, mas Darcy era Corvinal.

— Como já falei, eu não menti — reiterou, evitando que a conversa desviasse mais do assunto. — Apenas aumentei a verdade.

— Aumentou a verdade? Você está de brincadeira comigo, né?

Elle soltou o ar com força pelo nariz.

— Olha, quero que *se dane* o que você escolhe contar para seu irmão ou não, isso não é problema meu. Mas, de qualquer modo, você me arrastou para uma narrativa da qual eu gostaria muito de ser removida e, *além disso*, me deixou com um pepino enorme nas mãos.

Engolindo uma risada por aquela escolha de palavras, Darcy a olhou com uma cara que ela esperava que demonstrasse consideração.

— Eu te deixei com um pepino enorme nas mãos?

— Está mais para picles, na verdade.

Como Elle conseguia dizer aquilo com uma cara séria era um mistério. Nem Darcy conseguiria não gargalhar da palavra *picles* sendo usada tão candidamente para descrever o problema de alguém.

— Eu não imaginei que seria um *pepino* tão enorme assim.

Elle jogou os ombros para trás e a fuzilou com os olhos.

— Não tem graça, ok? Eu estava tomando café com minha mãe quando seu irmão entrou desfilando e despejou essa história na minha cabeça. Dizendo como você havia ficado *encantada*. Agora minha mãe, e provavelmente minha família inteira, acham que estou no primeiro relacionamento bem-sucedido da minha vida. Aposto que nesse exato momento minha mãe está decorando um bolo com os dizeres ELLE ENTROU NOS TRILHOS. Preparem o confete!

Darcy parou de achar graça. Este lado de Elle era diferente da garota-sonhadora-em-busca-de-uma-alma-gêmea que ela conhecera na noite anterior.

— Eu… *lamento*. De verdade. Fui descuidada em presumir que meu irmão ficaria de boca fechada. — Darcy umedeceu os lábios, inquietando-se sob o escrutínio de Elle. — Mas olha, nem tudo está perdido — acrescentou. — Por que você não diz à sua mãe que Brendon se confundiu?

Elle mordeu o lábio inferior, ambos os ombros desabando ao mesmo tempo.

— Aham, *tá bom*. Vai dar supercerto. E o que eu vou dizer pra *ele*?

Darcy se encolheu levemente.

— Talvez você possa… não dizer nada? Ainda.

Elle piscou aqueles olhos azuis de um jeito maldoso.

— Desculpe, por acaso está sugerindo que eu minta para o seu irmão? Seu irmão, que também é meu amigo e mais novo parceiro de negócios? Porque é o que está parecendo.

O plano, o promissor, o quase brilhante plano, estava escorrendo por entre os dedos de Darcy.

— Eu não disse *mentir*, só disse para você não comentar *nada*. Existe uma diferença. — Elle a encarava. — Olha, eu não quis arrastar você para isso, eu juro, mas talvez…

Darcy se debatia para tentar preencher aquela lacuna. *Talvez* aquilo fosse frágil demais, impreciso. Ela preferia *probabilidades* e *provas* a um *talvez*.

— Se você olhar pelo lado bom, isso pode funcionar para nós duas.

Aquele era o tipo de otimismo sonhador do qual Elle tanto gostava, certo?

Ela semicerrou os olhos e perguntou:

— Como?

Darcy sabia como beneficiaria a *ela própria*, mas a situação de Elle era menos precisa. Vaga, até.

— Bem, eu já estou de saco cheio das armações do meu irmão. E você… quer que sua família pense que você consegue ter um relacionamento, certo?

— Eu… — Elle fechou a boca e franziu a testa. — O que eu *quero* é um relacionamento de verdade, um sobre o qual eu não tenha que mentir — disse a Darcy.

Quanto mais Darcy sentia que estava retomando o controle da situação, mais o plano se desfazia.

— E ninguém está dizendo que você não pode ter isso. Seria só por… um mês, talvez dois. O bastante para Brendon achar que estou tentando.

Elle cobriu o rosto com as mãos e massageou os olhos antes de reabri-los e olhar fixamente para ela.

— Você está sugerindo que a gente… finja ter um relacionamento? Isso é sério?

Era o que Darcy queria? Não. Nem de longe, mas a coisa tinha escalonado a esse ponto. Era uma estratégia que definitivamente implicava um envolvimento maior, que exigia uma parceria quando tudo o que ela queria era a paz de ser solteira, de ser somente Darcy, sem acompanhante. Mas ela poderia se adaptar. Não tinha escolha.

— Podemos dizer que temos saído. Que estamos nos conhecendo, vendo no que vai dar. Não precisa ser um *rolo*. Só deixar a coisa implícita, sabe? Não temos que definir o relacionamento.

— Parece um plano muito burro. Tipo, *péssimo*. E olha que sou eu achando isso.

— Só por um ou dois meses, Elle. Você só precisa dizer ao Brendon que estamos trocando ideia, e assim vai cumprir a sua cota de boa ação do ano. Depois pode voltar à sua busca por uma alma gêmea.

Darcy lutou contra a vontade de se encolher de horror.

— Você realmente acha que seu irmão vai engolir isso? Sem perguntar mais nada? Tem certeza de que estamos falando da mesma pessoa? — perguntou Elle, erguendo o braço. — Mais ou menos dessa altura, cabelo acobreado, sorriso fofo, não sabe piscar só com um olho?

Darcy suspirou. Era verdade. Brendon vivia pelos detalhes, pelos detalhes *bregas*. E se as histórias das duas não batessem? Ele era esperto também, inteligente demais para aceitar inconsistências. Farejaria bem rápido a mentira e isso deixaria Darcy em maus lençóis.

— Bom ponto — concedeu.

Isso sem falar na irritante ceia de Natal que ele promovia todo ano. Como ela poderia fingir que estava com Elle a não ser que fossem juntas?

— Eu precisaria que você fosse a um evento ou outro.

Elle começou a tremer, e Darcy demorou um pouco para entender que era de rir.

— Está de brincadeira com a minha cara? Você tem muita coragem, sabia? — disse ela, balançando a cabeça. — Por que eu daria a mínima para o que você precisa?

— Eu… eu obviamente retribuiria o favor — respondeu Darcy, se encolhendo levemente. — Se você quisesse.

Elle piscou algumas vezes.

— Está dizendo que você iria comigo a alguma coisa tipo… Sei lá, o jantar de Ação de Graças? Com minha família?

Deus do céu… Darcy engoliu um gemido.

— Eu poderia.

— E você… agiria como se estivesse *encantada* comigo? Como se eu fosse a pessoa mais incrível do mundo?

Ela assentiu.

— Claro. Por mim tanto faz.

O que custava ir a um evento? Desde que Brendon saísse do pé dela, ela poderia aguentar um jantar de Ação de Graças em família com Elle. Não poderia ser tão ruim, poderia?

De braços cruzados, Elle mordeu o cantinho da boca, olhando para algum ponto distante além de Darcy, distraída. Balançando a cabeça, ela espantou o pensamento.

— Darcy…

— Por favor — disse ela, por reflexo, porque diria qualquer coisa para Elle aceitar. — Só… por favor, Elle.

Elle piscou algumas vezes, abriu a boca e fez um biquinho ao fechá-la e bufar.

— Ok.

Darcy ergueu as sobrancelhas.

— Ok?

Um músculo na mandíbula de Elle se contraiu.

— Não acredito que estou dizendo isso, mas tudo bem, tô dentro.

Elle passou por ela, os braços das duas roçando de leve, mesmo que houvesse espaço de sobra para ela passar. Um cheiro de xarope de bordo e especiarias inundou o nariz de Darcy, fazendo-a salivar. Ela engoliu em seco e deu meia-volta, vendo Elle calçar os sapatos e abrir a porta da frente.

Com a mão já na maçaneta, Elle parou e disse:

— Depois a gente acerta os detalhes desse… — ela fez uma careta, torcendo o nariz —… acordo. — Antes de sair pela porta, ela olhou por cima do ombro e completou: — Salva meu número na agenda. Eu entro em contato.

Capítulo cinco

— Eu estou ficando doida ou você disse que vai fingir que está tendo alguma coisa com *Darcy Lowell*?

Elle se encolheu com o súbito tom agudo na voz de Margot.

— Você está perfeitamente lúcida.

A amiga a encarou.

— E *você*, está?

— Eu tenho meus motivos, tá bom?

— Me dê um.

— Ainda não combinamos os detalhes, mas concordamos que será no máximo por um ou dois meses.

— Isso não é um motivo, é uma desculpa. Quer saber, acho que nem quero ouvir. Essa história não faz sentido nenhum.

— Darcy me colocou numa furada gigante, tá? Ela mentiu para o irmão, que depois veio desembuchar a coisa toda logo na frente da minha mãe.

Margot fechou o notebook com força e o largou na almofada ao seu lado.

— Manda essa garota ir se foder, cara.

— Não é tão fácil assim, Mar.

— É sim. Basta abrir a boca e dizer: *Vai. Se. Foder.* — Margot balançou a cabeça. — Elle. *Elle.* Não é isso que você quer. Isso é o *oposto* do que você quer.

Um relacionamento de mentira definitivamente *não* era o que ela queria. Elle tinha sido sincera com Darcy: queria um relacionamento de verdade. E não um relacionamento qualquer, também, mas *o* relacionamento. A cartada final. Elle não era exigente, não importava o que a mãe dissesse, mas estava cansada de primeiros encontros que nunca se tornavam segundos encontros porque ou a pessoa era errada para ela, ou ela era errada para a pessoa.

— Você tinha que ter visto a cara da minha mãe — disse a Margot. — Cinco minutos antes ela estava me acusando de ter medo de as coisas darem certo, dizendo que eu me saboto até fracassar e dificulto a vida mais do que o necessário. Aí Brendon surge do nada, falando sobre como a irmã dele está louca por mim. Eu fiquei sem saída, Mar. O que eu ia dizer?

— Não sei. A verdade, talvez? — perguntou Margot, olhando-a feio. — Mentir para sua família não é a melhor maneira de fazer com que eles te levem a sério. O que você precisa é dizer a eles que, se não gostam do jeito que você conduz sua própria vida, eles que se fodam, porque a vida é sua.

— Meu Deus, Margot. É essa sua solução para tudo? Simplesmente mandar todo mundo ir se foder?

Aquilo, sim, era simplificar as coisas. A família dela podia até ser irritante, mas Elle não estava chateada a ponto de querer cortar laços.

Margot respirou fundo e expirou ruidosamente antes de continuar.

— É melhor do que mentir. Você está tentando encontrar uma solução de curto prazo para um problema de longo prazo. O que vai fazer quando esses dois meses chegarem ao fim, hein?

— Quando a hora chegar eu atravesso essa ponte. Até lá, eu... — Ela daria o seu melhor e cruzaria os dedos. O que, como sempre, teria que bastar. — Vou tirar proveito de uma situação esquisita.

Margot pegou o notebook e o enfiou dentro da bolsa, jogando a alça sobre o ombro.

— Mentir pra sua família já é ruim o suficiente, Elle. Não comece a mentir para si mesma também.

De acordo com seu signo, qual comédia romântica você seria?

Áries – *E agora, meu amor?*

Touro – *Doce lar*

Gêmeos – *Ela é demais*

Câncer – *Enquanto você dormia*

Leão – *Como perder um homem em 10 dias*

Virgem – *A proposta*

Libra – *Sintonia de amor*

Escorpião – *O casamento do meu melhor amigo*

Sagitário – *O amor não tira férias*

Capricórnio – *Amor à segunda vista*

Aquário – *As patricinhas de Beverly Hills*

Peixes – *Nunca fui beijada*

— O que está lendo?

Com o coração na garganta, Darcy apertou com força o botão do celular e lançou um olhar fulminante para Brendon, parado atrás dela.

— Meu Deus. Será que dá pra não me assustar desse jeito?

— Chata. — Ele deu a volta na mesa, sentando-se em uma cadeira em frente à dela. — Como irmão caçula, te infernizar é meu direito de nascença.

— Você tem 26 anos.

Ele pegou um cardápio e desceu o dedo pela lista de bebidas.

— E?

— *E* já devia ter superado essa vontade de me encher o saco todos os dias. Você não tem coisas mais importantes com que se preocupar não? Tipo administrar sua empresa? Sair na lista dos 30 com menos de 30 da *Forbes*?

Virando o cardápio, Brendon deu de ombros.

— Já terminou de desviar o assunto? Podemos falar sobre o fato de que você estava lendo o Ah Meus Céus?

— Eu *não* estava.

Darcy colocou o celular atrás do saleiro, como se tirá-lo da sua frente negasse ainda mais a acusação de Brendon. Porém, do jeito que o sorriso do irmão aumentava enquanto ele examinava o cardápio, não adiantou em nada.

— Eu estava... ok, tudo bem, eu estava *dando uma olhada*. Não significa que acredito em nada do que está escrito ali. É ridículo. Como meu signo astrológico pode ter qualquer relação com meu gosto para comédias românticas? Não tem nada a ver. Eu nem gosto de *Amor à segunda vista*.

Brendon a olhou boquiaberto.

— Que blasfêmia. É com Sandra Bullock e Hugh Grant. A realeza das comédias românticas. Nem pense em dizer esse tipo de coisa de novo ou amarro você e te obrigo a assistir a uma maratona de emergência.

Darcy bebeu um gole da água com gás e estremeceu exageradamente com a ideia.

— Que horror.

— Bem, *eu* acho que você estar lendo o Ah Meus Céus é bem *fo-fo* — disse Brendon, alongando a última palavra, separando-a em duas sílabas detestáveis. — Se interessar pelo trabalho e pelos hobbies da sua parceira é importante, Darce.

Pelo amor de Deus. Bem que ele podia poupá-la daquela baboseira sentimentaloide. Para início de conversa, ela não era analfabeta em relacionamentos, e depois, não havia nada de fofo naquilo. Elle e Darcy não eram parceiras. Parceiras no crime, talvez, mas ter entrado na conta de Elle no Twitter não tinha nada a ver com gostar de astrologia, mas sim com preparação. Era como estudar para uma prova. Estava óbvio que aquela besteirada significava muito para Elle. Se Darcy queria vender bem essa relação, precisaria entender do que ela gostava. Se é que era possível definir quais eram seus interesses de verdade. Até agora, o veredito era de que os mecanismos internos de Elle Jones não eram bem um pacote simples, pronto para ser desembrulhado, mas sim um carro de som cheio de palhaços e excentricidades cada vez mais aleatórias e assustadoramente encantadoras.

Darcy bebeu mais um gole d'água.

— Certo. Era isso que eu estava fazendo.

A garçonete parou diante da mesa, trazendo um café e anotando o pedido de Brendon. Assim que ela se afastou, o irmão se debruçou, apoiou os cotovelos na mesa e abriu seu melhor sorriso babão.

— Falando em Elle…

Darcy tomou um gole demorado do café e o encarou por cima da xícara.

— O que tem ela?

Brendon revirou os olhos.

— Darcy.

Ela alisou o guardanapo de linho no colo e inclinou a cabeça.

— Certo. Devo começar falando de como você fez a única coisa que eu pedi para *não* fazer? Menos de doze horas depois da sua promessa de não comentar nada com Elle você vai lá e faz o quê? Abre a matraca, e na frente da *mãe* dela, ainda por cima. Dizendo que eu estou *encantada*, Brendon. Tem noção de como fiquei morta de vergonha quando ela me contou?

E ficara mesmo, apenas não pelos motivos que Brendon poderia estar pensando.

— Ela te contou?

Ele teve a decência de parecer envergonhado por dois segundos inteiros antes de abrir seu sorriso presunçoso de novo.

— Ah, qual é, me diz que essa história um dia não vai dar um discurso incrível no seu casamento?

Casamento. Era quase pavloviano o modo com que aquela palavra desencadeava uma reação visceral em Darcy: arrepios subindo pelas costas, suor gelado pipocando na nuca, dentes rangendo.

— Calma aí, Brendon. Elle e eu não vamos nos casar.

Darcy ficou espantada com sua capacidade de formar frases inteiras mesmo com a garganta estando mais estreita do que o canudinho de mexer o café. Na verdade, achou um milagre ter conseguido pronunciar a palavra *casar*.

Brendon pegou o café dela, tomando um gole antes de fazer uma careta. E, segundo ele, a esnobe era ela...

— Você não tem como saber.

Darcy tinha, mas não podia contar. Não sem denunciar o próprio blefe.

— Para de tentar me casar como se eu fosse alguma solteirona dos tempos da Regência britânica em um desses seus romances de Jane Austen.

— Bem, o seu nome é Darcy.

— Eu posso, sim, ser uma mulher solteira, em posse de uma boa fortuna, mas não estou em busca de uma esposa.

Um dia até quisera aquilo, mas olha só no que tinha dado, então não, obrigada.

— Você está colocando o carro na frente dos bois. Elle e eu não estamos nem juntas oficialmente, estamos só vendo se dá pé. Nos conhecendo. Não crie expectativas demais, só isso.

A garçonete voltou com o chá gelado de Brendon e anotou os pedidos — salada de salmão para ele e carpaccio para Darcy.

Do jeito que Brendon estava andando por aí dizendo a todos, incluindo Elle, que ela estava *encantada* — ela detestava aquela palavra —, Darcy percebeu que tinha exagerado na atuação. Mas, por outro lado, era parte do plano fazer o irmão achar que ela estava se esforçando, colocando o coração à prova, para eliminar qualquer crença da parte dele de que ela estava com medo de se apaixonar. Mas Darcy também precisava manter as coisas sob algum controle, a fim de tornar o futuro término das duas convincente. Em prol do equilíbrio, deveria parecer casualmente otimista, mas sem prometer demais.

— Não estou acreditando em você.

Darcy levantou a cabeça subitamente.

— Oi?

Brendon relaxou na cadeira.

— Rolou esse lance superlegal com a Elle, a coisa ainda está naqueles dias mágicos de começo de relacionamento, quando a gente fica nas nuvens achando que tudo é possível, e aí está você, sendo pessimista.

— Brendon…

— Não.

Ele empurrou a própria cadeira para trás, fazendo as pernas de metal guincharem, e se endireitou.

— Você está se sabotando, Darce. Sei que nem sempre é fácil quebrar um hábito, não depois do que aconteceu, mas você precisa parar de ver um beco sem saída em toda esquina, senão vai transformar sua vida em uma profecia autorrealizável. E a única pessoa a culpar vai ser você mesma.

Darcy deslizou o indicador pela borda da xícara, parando para limpar as marcas de batom vermelho da porcelana. Se ela estava evitando olhar nos olhos de Brendon, era por pura coincidência.

— Eu não estou me sabotando, nós estamos nos conhecendo e ela… ela é mais do que eu esperava — concedeu, deixando Brendon tirar as próprias conclusões.

Aquela era a primeira vez na vida que Darcy via um semblante humano tão parecido com o emoji com olhinhos de coração. Como sorvete derretido em um dia quente de verão, Brendon relaxou na cadeira, os ombros desabando e as feições ficando mais suaves. Ele contraiu os lábios, sem dúvida alguma para conter um *aiiiinnn.*

— Darcy.

Ela precisou fechar os olhos por um momento para não fuzilar o irmão.

— Juro por tudo que é mais sagrado que se você fizer uma única piadinha ou destroçar a letra de uma música romântica qualquer, eu vou entrar no seu apartamento e fazer uma fogueira com a sua coleção de quadrinhos. *Capisce?*

Brendon sabia que a irmã ladrava mas não mordia, mas ainda assim a ameaça o fez estremecer da cabeça aos pés.

— Saquei.

Ele agradeceu a garçonete quando ela trouxe a salada e, com o garfo a postos para atacar, parou, com o rosto sério e sincero.

— Estou feliz por você estar feliz.

O estômago de Darcy deu um nó até virar um pretzel.

— Obrigada, Brendon.

— Sabe — continuou ele, tirando os tomates de salada e colocando-os no prato dela. — Você meio que me deve, por ter te apresentado à Elle. — Aham, até parece. — Sabe como pode me agradecer?

— Como? — perguntou ela, arqueando a sobrancelha.

As covinhas de Brendon se acentuaram.

— Sábado, às oito. Você, Elle, eu e Cherry. Encontro duplo. Diz que sim?

Darcy fechou os olhos.

— Perdão, mas você disse *Cherry*?

Quando voltou a olhar para ele, Brendon estava tentando conter um sorriso.

— Ela é uma delícia.

Darcy tentou ignorar o duplo sentido envolvido naquela frase porque *que nojo*.

— Brendon, eu não sei se…

— Por favor, Darce — implorou ele. — Diz que sim. Por favor diz que sim. Por favor, por favor, por favor…

— *Meu Deus*, tá bom!

Ela pôs as mãos para o alto, se rendendo. Qualquer coisa para fazê-lo *parar*.

A expressão de Brendon mudou. Ele relaxou e retomou sua postura usual, o péssimo *laissez-faire* de sempre. Então deu um sorriso largo, parecendo satisfeito em ter manipulado Darcy direitinho para conseguir o que queria.

— Obrigado. Você e Elle, eu e Cherry. Vai ser o máximo.

Capítulo seis

DARCY (16:57): Acho que precisamos conversar sobre os detalhes desse acordo agora, não depois.
ELLE (17:08): pq?
ELLE (17:09): quer dizer, td bem
ELLE (17:09): só queria saber se tem um motivo
ELLE (17:09): algo q eu precise saber

Elle não estava a fim de ser pega de surpresa de novo tão cedo.

DARCY (17:16): Meu irmão nos convidou para sair com ele e com a menina que ele está ficando no sábado. Por convidar, quero dizer que ele me coagiu até eu concordar. Para vender bem nossa história, acho que seria melhor alinharmos as coisas antes.

Elle já tivera vários sonhos estressantes nos quais Brendon descobria que era tudo uma farsa e passava a odiá-la. No último, ela estava num programa de auditório tosco. Brendon tinha obrigado Elle a passar por um detector de mentiras e, quando ela reprovou, ele rasgou o contrato entre o OTP e o Ah Meus Céus e saiu do set, furioso. Depois, a família inteira dela, que estava na plateia, tinha vaiado. Darcy não estava presente.

Tinha sido só um sonho — Elle não acreditava de verdade que o acordo com o OTP estivesse baseado ou de alguma forma ligado ao sucesso de seu relacionamento —, mas o que Darcy estava dizendo naquele momento fazia sentido. Ela não sabia nem o aniversário de Darcy ou… bem, não sabia *nada* sobre ela a não ser que era atuária e *workaholic*. Elas precisavam se conhecer melhor antes desse encontro, senão ia ficar óbvio que era tudo fachada.

ELLE (17:20): o q vamos fazer?

ELLE (17:20): no encontro

DARCY (17:24): Eu não perguntei. Faz diferença?

Elle revirou os olhos. Pelo visto ela teria que perguntar a Brendon.

ELLE (17:25): ok, ñ

ELLE (17:26): tá livre hj à noite?

ELLE (17:26): lá pras 19h?

ELLE (17:26): pode ser na sua casa já q sei onde fica

DARCY (17:33): Pode ser.

Elle guardou o celular dentro da bolsa e passou a alça pelo ombro. Eram — ela olhou para o relógio de gatinho pendurado torto na parede ao lado do micro-ondas — dez para as seis. Tempo suficiente para passar no mercado antes de ir ao apartamento chique onde Darcy morava.

Descendo do banco, Elle olhou para Margot, que continuava teclando no notebook, parando de vez em quando para lançar olhares feios e ameaçadores para a tela.

— Estou saindo. Vejo você mais tarde, se estiver acordada.

Ela estava quase na porta da frente — o que levou incríveis dois passos — quando Margot suspirou e disse:

— Elle, espera.

Elle mordeu a bochecha e se preparou para mais uma crítica sobre o que ela e Darcy estavam fazendo.

— O quê?

Margot colocou o notebook de lado e apoiou os cotovelos nos joelhos, os dedos entrelaçados diante dela.

— Na outra noite, quando eu falei que você estava cometendo um erro histórico, fui meio longe demais. Me... me desculpe.

Elle fechou a boca. Receber um pedido de desculpas de Margot era raro. Tão raro quanto as brigas entre as duas.

— Não precisa...

— Não, preciso sim. — Margot bufou, sua franja pesada se repartindo como uma cortina. — Eu só estou com raiva, tá? Por você. E sei que você acha que, como Darcy pediu desculpas, está tudo bem, mas às vezes pedir desculpas não é o bastante, Elle. A última coisa que quero é ser dura ou estraga-prazeres, mas é que não suporto esse tipo de merda acontecendo com você. Não desde o dia em que começamos a dividir um quarto, no primeiro ano da faculdade, e você exigiu que ficássemos acordadas a noite toda conversando e comendo pipoca de micro-ondas queimada porque, citando você mesma, "estava com a sensação de que era para sermos melhores amigas". E não vou começar agora.

Elle não sabia se ria ou chorava. Pega de surpresa, fez as duas coisas, esfregando o rosto e sem dúvidas borrando todo o delineador. Mas a pressão que havia se instalado em seu peito durante a breve desavença com Margot diminuiu, abrindo espaço para que o coração se inflasse de novo.

— Margot, isso foi há nove anos.

— Para de chorar — disse Margot, fungando e com uma expressão de desagrado. — Assim você vai *me* fazer chorar. Eu *detesto* chorar. E, não me odeie, mas pode por favor escutar?

Margot teria que fazer alguma coisa completamente atípica, tipo assassinar alguém, para Elle odiá-la. E, mesmo assim, Elle ao menos faria algumas perguntas antes de julgar.

— Você ficou chateada de verdade na noite do encontro. Sei que estava tentando parecer forte, mas ficou evidente que Darcy te magoou. Mais do que você deixou transparecer. Agora está concordando em fingir ter um relacionamento com ela? Por causa da sua família? Elle, se eles não enxergam o quanto você é incrível, isso não vale o esforço.

Elle esfregou o bico da bota no tapete, contornando o pequeno chamuscado que o Incidente com a Vela de Aniversário em 2017 causou na estampa.

— Não sei exatamente o que estou fazendo — admitiu, o nó na garganta ficando mais apertado e fazendo-a engolir em seco para a voz não falhar. — Só estou cansada de deixar a desejar, Mar.

Margot franziu o rosto.

— Elle…

Ela levantou o queixo e fungou, piscando para conter a cortina de lágrimas embaçando sua visão. Então sorriu e deu de ombros.

— Se eu puder fazer minha família me levar a sério em *alguma* coisa, ver que posso estar no controle da minha vida de uma maneira que faça sentido para eles, talvez eles comecem a enxergar todo o resto.

Margot balançou a cabeça.

— Então está jogando a toalha? Você vai ser como a Lydia agora? Sair com o tipo de gente que seus pais querem e se diminuir para agradar a pessoas que não te *entendem*? Que nem tentam?

Não. *Meu Deus*, não. Elle não abriria mão de quem era ou mudaria seu modo de viver a própria vida. Não, essa coisa com Darcy era uma leve interferência no radar, um pit stop, um meio justificado por um fim. Elle não estava desistindo. Só queria que seus pais se orgulhassem dela por quem ela era. Se fosse preciso falar a língua deles por aquele curto período de tempo, que mal tinha?

— De jeito nenhum, Mar. É tudo encenação. Só quero que eles entendam que não sou a decepção que eles pensam que sou. Talvez ouvir de outra pessoa o quanto sou incrível, uma pessoa como Darcy, que satisfaz a vibe "emprego tradicional de adulta séria" deles, ajude.

Margot mostrou a língua e revirou os olhos.

— Chata, você quer dizer?

Elle deu de ombros e continuou:

— Além disso, está chegando aquela época do ano em que é bom ter companhia, e Lydia está namorando. Jane tem Gabe, Daniel tem Mike e eu sou apenas… *Elle*. Não estou muito a fim de passar mais um fim de ano sozinha como a anormal da família.

— A *apenas Elle* é excelente — disse Margot, sorrindo. — Mas entendo. Digo, nunca estive em seu lugar, mas entendo seu ponto. Eu só quero que você se lembre de que merece estar com alguém com quem não precise fingir. — Ela ergueu as sobrancelhas. — E isso vale em todos os sentidos.

— Obrigada.

— Mas sério, você já pensou no que vai fazer quando esses dois meses terminarem? Como vai explicar o término de um jeito que não pareça que você não consegue fazer um relacionamento durar?

Elle fez uma careta. De fato, aquilo soava incoerente.

— Estou pensando em dizer que terminamos por causa de alguma incompatibilidade irremediável, mas que não seja culpa de ninguém, como… sei lá, eu querer filhos e ela não.

Términos aconteciam o tempo todo, não era obrigatório existir um culpado. Poderia ser uma separação madura, que de forma alguma representaria uma falha de caráter de Elle.

— Ela *quer* filhos?

— Não sei.

— Você não acha que isso talvez deva ser discutido antes de começarem a fazer planos? Filhos pode ser um pouco exagerado, mas outras coisas, quem sabe? A cor preferida dela. Alergias alimentares, sei lá.

Elle assentiu.

— Na verdade, estou indo na casa dela agora mesmo. Para a gente se conhecer melhor e tentar tornar essa história toda um pouco mais crível.

Margot fez um biquinho. Elle sabia que a amiga ainda não estava muito convencida, mas um pouco era melhor do que nada. Deu de ombros uma última vez e insistiu.

— Não é o ideal, mas pelo menos é melhor que nada, né? É como contratar uma garota de programa, só que melhor, porque beneficia a nós duas e não preciso pagar.

— Nossa, existe mais alguma vantagem além dessa, algo que você tenha esquecido de mencionar? — perguntou Margot, subindo e descendo as sobrancelhas.

O rosto de Elle ficou quente.

— Acho que não tem nada a ver com isso.

— Mais uma coisa que talvez devam elaborar, não? — retrucou a amiga, ficando mais séria. — Se cuida, ok? Não quero que você se magoe.

— Não é como se Darcy fosse capaz de me magoar mais ainda. Eu sei que ela não gosta de mim, então qual é a pior coisa que pode acontecer?

✡ ✡ ✡

Elle mudou as sacolas do braço esquerdo para o direito e tentou — fracassando logo em seguida — conter o sorriso quando Darcy abriu a porta, dessa vez usando uma saia lápis bege, justa nos quadris, e uma blusa de bolinhas com um laço em um tom de *off-white*, cor que Darcy devia chamar de algo mais chique, como cru ou mascarpone. Em qualquer outra pessoa ficaria bem sem graça, mas o cabelo avermelhado dela caindo sobre o ombro e suas curvas deixavam o visual menos chato e mais estilo bibliotecária sofisticada. Elle jamais conhecera alguém assim, tão bonita que chegava a irritar.

Darcy mudou o peso de um pé para o outro, e a inclinação do quadril enfatizou a curva de sua cintura. Ela reparou nas sacolas penduradas do braço de Elle, parecendo parte intrigada, parte desconfiada.

— Oi.

Elle levantou as sacolas.

— Trago néctares e materiais de papelaria.

Darcy ergueu as sobrancelhas.

— *Papelaria?*

Passando por ela ao entrar no apartamento, Elle precisou se segurar para não rir. Dez pontos por deixar Darcy sem reação.

— Ahã. Achei que podíamos combinar os detalhes desse acordo e dividir algumas coisas sobre nós.

Elle pôs as sacolas no chão, ao lado da mesinha de centro. Da primeira, ela tirou dois caderninhos, um preto e um branco, e um estojo com doze canetinhas em gel.

— Coisas que podemos escrever nesses caderninhos úteis. Trouxe canetinhas caso você queira classificar alguma coisa por cor. Porque, se tem uma coisa que você precisa saber a meu respeito... Ok, há muitas coisas que você precisa saber a meu respeito. Mas, no momento, é importante que saiba que não tenho muito Virgem no mapa. Bem, tirando o Júpiter retrógrado e a sétima casa em Virgem, mas isso já é outra história. — *E coisa demais para revelar em uma noite*, pensou. — No entanto, eu gostaria de ter uma atenção aos detalhes digna de virginianos, e faço isso classificando as coisas por cor. Entendeu?

Ela havia resumido bastante a questão, mas o mais provável era que Darcy não quisesse detalhes. Elle acreditava em astrologia, tinha uma crença de que o cosmos controlava mais do que se pensava, então Darcy precisava entender isso se quisesse fazer dar certo, se quisesse que aquele relacionamento de mentira enganasse uma alma sequer. Darcy precisava entender e, mesmo que revirasse os olhos por dentro e se desesperasse ao ver o quanto Elle era *boba*, por fora não poderia fazer nenhum tipo de piada. Mesmo que toda aquela história fosse puro fingimento, Darcy teria que respeitar as crenças de Elle. Respeitar *Elle,* e ponto-final.

Elle prendeu a respiração enquanto a outra franzia a testa, pensativa.

— Tá bom, entendi. Posso fazer uma pergunta?

— Claro. Não existe pergunta boba. Com certeza vamos aprender alguma coisa com ela.

— Certo. Seu Júpiter está… em Virgem, certo?

Elle assentiu.

— Onde fica o seu Ur*ânus*?

— Meu Uran… — Elle congelou. — *Uau*.

Darcy sorriu maliciosamente, tornando suas covinhas mais marcadas.

— Desculpa, eu não podia deixar passar. Você deve escutar isso com frequência.

— De calouros de faculdade e crianças de 5 anos, não de… — Elle se interrompeu, resumindo-se a apontar na direção de Darcy, mas então completou: — Pessoas como você.

— Pessoas como eu? — repetiu Darcy, erguendo as sobrancelhas. — Como eu em que sentido?

Pessoas que tomavam vinho de cinquenta e seis dólares a taça e que usavam saia lápis justa, sapatos Christian Louboutin e trabalhavam como atuárias. Sabichonas insuportáveis com sardas beijáveis em formato de meia-lua. Pessoas com olhos cor de caramelo tostado e lábios carnudos que pareciam ter gosto de maçã do amor. Pessoas que…

Elle balançou os cadernos.

— Não sei dizer, e é justamente por isso que estou aqui. Pensei em tomarmos um vinho, trocarmos algumas perguntas e respostas, fazermos nossas anotações e nos conhecermos melhor. Tornar essa farsa um pouco mais crível, se não confiável. Ao menos o bastante para tranquilizar minha consciência.

Darcy deu uma encarada, os olhos castanhos examinando Elle do outro lado da sala. Era só uma expressão, e ainda assim fazia Elle se sentir estranhamente nua.

— Mas, se você acha isso bobagem, a gente pode…

— Não — respondeu Darcy.

Ela balançou a cabeça e se aproximou, cutucando a outra sacola com o dedo do pé coberto pela meia-calça. *Meia-calça. Merda.* Elle mordeu o lábio inferior. Meias-calças eram sua ruína — bastava tentar vesti-las que fazia um rasgo —, mas em Darcy… Elle se forçou a parar de olhar e fingiu interesse em abrir o pacote de canetinhas. Darcy continuou:

— Não é bobagem. Brendon sem dúvida vai querer detalhes. É importante estarmos na mesma página. Boa ideia.

Boa ideia. Entre o visual de bibliotecária sexy, com meia--calça e tudo, e aquele breve elogio, Elle teve um flashback de quando sua professora bonita da quinta série colava estrelinhas douradas nos seus melhores trabalhos.

— Você falou em vinho? — perguntou Darcy.

Elle permaneceu muda por um instante, silenciada pela fantasia constrangedora se passando pela sua cabeça. Uma fantasia com trilha sonora de filme pornô dos anos setenta e cabelo ao vento em câmera lenta.

— Vinho! Sim, vinho. — Elle se agachou e largou os cadernos para pegar o… — *Voilà*! Vinho!

De nariz torcido e lábios entreabertos em repulsa, Darcy olhou para o vinho rosé em caixa nas mãos de Elle como se aquilo fosse uma afronta pessoal.

— Que merda é essa?

— Vinho. Meu vinho favorito. Aquele merlot que tomei na outra noite? Nojento. Eu não ligo para vinhos chiques e drinques da moda, gosto de beber coisas que sejam de fato gostosas. Se vierem em versão frozen, melhor ainda.

Darcy franziu ainda mais a testa, digerindo aquela informação.

— E precisa vir em *caixa*?

Ainda segurando o galão, Elle foi até a cozinha. Taças, taças… Onde Darcy guardava as… *Bingo*. Perto da pia, lógico. Lógico deveria ser o sobrenome de Darcy.

— Todas as minhas comidas favoritas vêm em caixas. Vinho. Cereal. Comida chinesa.

Elle tirou o selo da caixa de papelão e abriu a tampa. Ela encheu as taças de rosé, passando uma delas para uma Darcy circunspecta.

— Um brinde a…

Elle ergueu a taça, seu ímpeto derramando um pouco do líquido em seu pulso, fazendo uma gota pingar no piso de Darcy, uma pequena poça rosa-clara se formando sobre um azulejo impecavelmente branco e limpo.

— Um brinde a não derramar.

Darcy olhou fixamente para Elle antes de voltar a atenção para a poça e arquear uma sobrancelha, um comando silencioso para que Elle a limpasse. Ela saiu da cozinha balançando a cabeça, o quadril e o cabelo.

Elle tomou um gole do vinho barato e suspirou.

— Saúde.

✡ ✡
✡

Com o rosé em mãos, Elle se sentou, acomodando-se no chão diante da mesinha de centro. Bebeu um gole generoso, depois baixou a taça, abrindo o caderno.

— Certo. Vamos começar a nos conhecer, certo?

— Se importa em usar um porta-copos? — perguntou Darcy, indicando a pilha de porta-copos em mármore de Carrara.

Elle pegou um e em seguida uma caneta.

— Fato número um: compulsiva em relação ao uso de porta-copos.

Darcy bufou baixinho e tomou um gole de vinho, ignorando o caderno ao seu lado no sofá.

— Não sou compulsiva.

Elle clicou na carga da caneta.

— O que você é então? Quer dizer, me conte alguma coisa sobre você. De onde vem, onde estudou, teve animais de estimação? Qual seu maior desejo, seu maior sonho? Algum segredo megassórdido sobre o qual eu deva saber?

Darcy agitou o vinho dentro da taça por puro hábito, obviamente, porque até Elle sabia que girar vinho barato era inútil, mesmo que parecesse sofisticado.

— Acho que você não precisa saber disso tudo se só nos conhecemos há uma semana.

Elle desenhou uma flor sorridente na margem da folha.

— Sobre o que *você* conversa em um primeiro encontro? Em um dos bem-sucedidos.

— Nasci em São Francisco — ofereceu Darcy, sem responder à pergunta. — Mas cresci do outro lado da baía, em Marin County.

Elle pegou a canetinha verde e escreveu aquilo.

— Califórnia, hein? Devia ser legal.

O canto esquerdo da boca de Darcy curvou-se para cima.

— Era sim.

Elle esperou Darcy dizer mais alguma coisa, continuar, contar uma curiosidade, *qualquer coisa*. Mas ela apenas ficou encarando sua taça de vinho rosé, e Elle prendeu um suspiro.

— Certo. Então você nasceu em São Francisco e tem um irmão mais novo, claro. Tem mais irmãos ou irmãs?

Quando Darcy balançou a cabeça sem dizer mais nada, Elle pegou sua taça e tomou mais um gole. Arrancar detalhes dela era mais difícil que arrancar um dente.

— E o resto da sua família?

Darcy mordeu o lábio inferior por um segundo e virou todo o conteúdo da taça em um só gole.

— Nós éramos… Nós *somos* uma família pequena. Brendon, minha mãe, meu pai e eu. Minha avó, a mãe da minha mãe, faleceu há cinco anos.

Elle largou a caneta enquanto escrevia e olhou para ela.

— Sinto muito. Vocês eram próximas?

— Minha avó e eu? — perguntou Darcy, erguendo as sobrancelhas.

Elle assentiu.

— Éramos. — Darcy bateu com o anel de platina na haste da taça vazia. — Meu pai viajava muito a trabalho. Mamãe odiava o fato de ele estar sempre fora, então Brendon e eu passávamos o verão na casa da minha avó para que minha mãe pudesse ir junto com ele nessas viagens de trabalho. — Darcy estreitou os lábios. — No verão antes do meu primeiro ano no ensino médio, meus pais se divorciaram. E aí nós, eu, mamãe e Brendon, fomos morar com minha avó. Eu amava morar lá. — Darcy pôs uma mecha de cabelo atrás do ouvido. — E isso é provavelmente mais do que você precisa saber depois de estar saindo comigo há uma semana. Saindo *de mentira*.

Elle entendeu o recado.

— Certo. Cidade onde nasceu, família… E quando você veio morar aqui? *Por que* veio morar aqui?

— Há seis meses.

Darcy girou a haste da taça entre os dedos, um gesto elegante que Elle jamais teria conseguido imitar sem derramar o vinho ou deixar a taça cair.

— Eu vim da Filadélfia, onde me formei em Ciências Atuariais na Escola de Administração da Temple University. Depois fui trabalhar em uma seguradora. Quanto ao motivo de ter vindo… — Ela fez um biquinho e deu de ombros. — Sei lá, estava na hora de uma mudança.

— Na hora de uma mudança — repetiu Elle. — Isso não é, tipo, código para "cometi um crime e agora estou foragida", é?

Darcy ergueu uma das sobrancelhas, sorrindo.

— Se eu contasse, teria que te matar depois.

Elle ficou arrepiada ao notar os olhos semicerrados de Darcy e como sua voz se tornara provocante, atrevida. *Evasiva*. Ela endireitou a postura e sorriu.

— É sério. O que te trouxe a Seattle?

Darcy parou de sorrir, olhando para as janelas do outro lado da sala.

— A empresa onde eu trabalhava não oferecia muitas oportunidades de crescimento e… E eu passei por um término ruim e infelizmente, tirando minha amiga Annie, a maioria dos meus amigos eram amigos dela também. Os grupos se misturavam, então minha vida social meio que estagnou. — Darcy engoliu em seco. — Então estava na hora de uma mudança. — Ela se virou, estreitando um pouco os olhos e erguendo o queixo. — E isso é *definitivamente* mais do que você precisa saber depois de uma semana saindo comigo de mentira.

Um término. Interessante, mas Elle não bisbilhotaria. Não era da conta dela.

— Então você fez as malas e veio morar do outro lado do país para começar do zero. Legal. Tipo uma faxina na alma.

Darcy sorriu.

— Essa comparação é surpreendentemente precisa.

— O que posso dizer? Sou cheia de surpresas.

— Estou vendo.

Darcy deu uma risadinha.

Elle teve que morder a bochecha para não abrir um sorriso largo.

— E você? — perguntou Darcy, gesticulando com a taça vazia para Elle.

— Eu?

— Você entendeu. Sua história. De onde você é, sua família, esse tipo de coisa.

— Ah.

Certo, ela ficara tão envolvida em descobrir mais sobre Darcy, que até então era um livro fechado, que se esquecera de que era para as duas estarem compartilhando.

— Hum, nascida em Seattle em 22 de fevereiro, mas criada em Bellevue. Tenho dois irmãos mais velhos, Jane e Daniel. Ambos casados. E também tenho uma irmã mais nova, Lydia. Jane tem um filhinho de 3 anos, Ryland, e está grávida de gêmeos.

— Família grande. — Darcy fez uma cara que Elle não conseguiu identificar se era de surpresa ou melancolia. — Seus pais ainda são casados?

— Perdidamente apaixonados. Meu pai ainda leva flores para minha mãe toda sexta-feira.

Darcy sorriu.

— Que bonitinho.

Até era, mas falar sobre aquilo estava desencadeando efeitos idiotas e dolorosos em Elle.

— Isso é um resumo da minha família mais próxima, mas posso dar mais informações quando estivermos mais perto do Dia de Ação de Graças, ok?

Darcy assentiu e pegou uma caneta preta, diferente da cor berrante com glitter que Elle escolhera. Ela anotou o básico que havia descoberto até então.

— Muito bem. Nascida e criada em Seattle. Fez faculdade aqui também?

Elle beliscou o lóbulo da orelha.

— Sim, na UW. Foi lá que conheci Margot. Fomos colegas de quarto no primeiro ano e, assim que estávamos desfazendo as malas, reparei no monte de livros sobre astrologia que ela tinha. Eu já gostava do assunto desde o ensino médio e, assim que tirei carteira de motorista, me inscrevi para um emprego na Bem-Querer, uma livraria esotérica não muito longe de onde moro hoje. Nos fins de semana e férias de verão, quando eu não estava no caixa ou arrumando as prateleiras, a dona meio que me acolhia como aprendiz. Margot e eu ficamos mais amigas por causa disso, e começamos o Ah Meus Céus no ano seguinte. A coisa não chamou muita atenção até alguns anos atrás, quando enfim conseguimos um trabalho escrevendo a coluna de astrologia de um jornal aqui de Seattle, o *The Stranger*. Nosso número de leitores aumentou, um dos posts viralizou, e depois meio que explodimos.

Se duas semanas antes alguém tivesse perguntado a Darcy se ela tinha curiosidade em saber o que era preciso para ser uma astróloga nas redes sociais, sem sombra de dúvida ela teria respondido que não. Mas agora, depois de ter se familiarizado com o Twitter do Ah Meus Céus, era preciso admitir que tinha curiosidade, sim... mas só do ponto de vista de alguém que gosta de entender um pouco sobre tudo.

— E agora você faz memes para ganhar a vida?

Elle jogou a cabeça para trás e gargalhou.

— Não. Quer dizer, mais ou menos? É muito mais que isso.

— Então o que você *faz* de verdade? Como seria um dia na vida da Elle?

Elle deu de ombros.

— Acordo, me abasteço de cafeína, vejo meus e-mails e checo as redes sociais. Isso leva uma hora ou duas. Margot e eu dividimos as tarefas por igual, mas cada uma tem os seus pontos fortes. Como Margot é formada em comunicação, ela tende a lidar mais com a manutenção do site e de nossas contas nas redes, já eu fico mais com as leituras e mapas, visto que tenho mais experiência com isso. Entre as consultas, fazemos sessões ao vivo de Perguntas e Respostas, e no nosso tempo livre criamos conteúdo porque, sim, memes garantem retuítes e seguidores, o que aumenta nosso público. Mas não é com isso que ganhamos dinheiro. Não exatamente.

Darcy tentou não franzir a testa.

— Como, então? Se não se importa com a pergunta.

Elle deitou de barriga para cima no tapete e se apoiou nos cotovelos.

— Ganhamos um pouquinho com anúncios e patrocínios pagos, mas só se for um produto ou serviço que de fato a gente apoie, como roupas com temas astrológicos que usaríamos ou perfumes inspirados no zodíaco que são realmente bons e se alinham com nossos mapas astrais.

Como um cheiro poderia se alinhar com o *mapa astral* de uma pessoa era um mistério, mas Darcy não queria interromper.

— Nosso livro, que consiste em uma cartilha astrológica e um guia para compatibilidade, está em pré-venda, mas a maior parte da nossa renda vem das leituras de mapas. Oferecemos sessões on-line de meia ou uma hora, durante a qual revisamos e analisamos o mapa da pessoa ou, dependendo do quanto ela já saiba, falamos sobre um ponto específico sobre o qual queira se debruçar, como o retorno de Saturno. Se o cliente for daqui e preferir fazer isso pessoalmente, temos um acordo com a livraria onde eu trabalhava, usamos uma sala nos fundos. Às vezes eu passo o dia lá e atendo sem hora marcada. Também temos planos de assinatura, em que as pessoas pagam mensal ou anualmente por sessões mais curtas de atualização via mensagem de texto, onde elas podem fazer perguntas urgentes sobre trânsitos ou movimentos retrógrados. Esse tipo de coisa.

— As pessoas pagam por isso? — perguntou Darcy, se encolhendo assim que deixou escapar as palavras. — Desculpe, isso foi grosseiro. Eu só quis dizer... Não é algo do tipo que se faz uma vez e pronto? Alguém explica seu mapa para você e acabou? Isto é, quando se acredita... nesse tipo de coisa.

Se Elle tinha ficado ofendida, não demonstrou. Apenas inclinou a cabeça de lado, um sorriso ameaçando surgir. Darcy olhou cabisbaixa para sua taça, desejando que estivesse cheia, mesmo que o vinho fosse doce demais.

— Assim como nós, planetas não são estáticos. É bom se manter atualizado com os astros e, no mínimo, também serve como um tempo para autorreflexão — explicou Elle, que estava com os dedos do pé enroscados no pelo macio do tapete, a unha rosa-choque do dedão refletindo a luz. Então acrescentou: — Agora, quanto a leituras como um todo, não julgue antes de ter feito a sua.

Darcy colocou a taça de lado.

— Você já trabalhou em alguma empresa que pediu que você preenchesse um questionário para aquele teste de personalidade MBTI? INFJ? ENTP? Ou um eneagrama? — perguntou Elle.

Simplesmente todas as empresas onde Darcy havia trabalhado, incluindo estágios.

— Aham. E?

— Muita gente considera o MBTI pseudociência, e o teste tem aspectos reconhecidamente duvidosos em relação à validade e repetibilidade. Mas mesmo assim as pessoas adoram, porque dá a elas uma forma de descreverem a si mesmas e o que elas valorizam. Seu funcionamento.

Darcy nunca ligara muito para aquelas descrições de quatro letras. Suas respostas quase sempre mudavam dependendo do seu humor, hora do dia, se ela já tinha comido e quantas horas de sono tivera na noite anterior.

— É por isso que somos obcecados com testes de personalidade. Sim, há estudos sobre como eles nos transformam em narcisistas, mas não acho que isso seja verdade. Nós só estamos assustados e confusos. A angústia existencial é uma coisa genuína. Todo mundo gosta de ser *visto*, então nos agarramos a significados onde quer que eles estejam, mesmo que seja em coisas básicas como "O que seu prato preferido na Cheesecake Factory revela sobre você"?

Darcy riu.

— Meu prato preferido na Cheesecake Factory não reflete uma faceta profunda da minha personalidade. Eu nem *gosto* da Cheesecake Factory. O cardápio é grande como um livro e eles usam azeitonas recheadas de gorgonzola nos martínis. Isso sem falar na decoração, que é confusa. Greco-romana misturada com egípcia, com um Olho de Sauron. O lugar inteiro é uma palhaçada. Eu prefiro ir a um daqueles jantares do Medieval Times, que podem até ser bregas, mas pelo menos têm consistência.

— Como se isso já não dissesse muita coisa a seu respeito — disse Elle, batendo com a caneta nos dentes, um sorriso largo nos lábios. — O que estou dizendo é que só estamos tentando entender quem nós somos, quem são os outros e o significado de tudo. A importância dessas coisas. E a astrologia fornece uma linguagem para isso. Ela nos ajuda a praticar empatia. O que faz de nós pessoas melhores. — Elle esticou a perna e cutucou o tornozelo de Darcy com o pé, fazendo-a congelar com o contato inesperado. — Vamos lá. Que horas você nasceu?

— Não sei.

— Como você não sabe que horas nasceu?

— Eu apenas não sei — mentiu ela.

Darcy sabia *exatamente* que horas tinha nascido, mas já contara a Elle mais sobre si mesma do que havia planejado.

Elle ficou encarando Darcy, que implorou ao próprio olho para que ele não... *Droga.* Sua pálpebra tremeu. Elle largou a caneta e engatinhou pela sala, subindo no sofá.

— Você está mentindo na cara dura. Você não quer me contar.

Darcy bufou e fechou os olhos.

— Meio-dia e onze.

Elle pegou o celular e deslizou pela tela, inserindo números em campos em branco antes de chegar ao que parecia uma roda dividida em fatias de diferentes tamanhos.

— Hum.

Darcy pôs os dedos sobre os de Elle, tampando a tela.

— Para. Isso é estranho.

Elle lambeu o lábio inferior.

— Pensei que você não acreditasse.

Darcy diminuiu o aperto sobre a mão de Elle, seus dedos roçando o dorso de leve, mal tocando na pele do pulso. Então pôs as mãos de volta no colo.

— E não acredito. — Mas Elle acreditava. — Tá bom, que se dane. Pode ler.

Elle passou alguns segundos analisando o mapa de Darcy.

— Interessante.

— Você não pode dizer que uma coisa é interessante e não explicar por quê — reclamou Darcy.

Elle levantou a cabeça, sorrindo com sarcasmo.

— Onde foi parar o lance do "não acredito nisso"?

— Eu continuo *não* acreditando. — Com um suspiro ofendido, Darcy apontou impaciente para o celular de Elle. — Mas você acredita, e é óbvio que está me julgando baseada nessas suas crenças. Então vá em frente. Revele alguma coisa a meu respeito.

— Não se trata de julgar, se trata de empatia, lembra? — Elle deslizou o polegar pela tela e rolou a página de volta ao começo. — Certo. Vamos ver. Sol em Capricórnio, ascendente em Touro e lua em Peixes.

Nenhuma palavra ali fazia o menor sentido.

— Seu sol simboliza seu ego, seu senso de eu. Capricórnio é um signo de terra. Você é realista, reservada, talvez um pouco prudente. Não é do tipo que gosta de correr riscos. Mas é responsável, então ponto para você nesse aspecto. Seu ascendente é o signo que estava nascendo no horizonte oriental quando você nasceu. Frequentemente, é ele que dá às pessoas uma primeira impressão sua, mais até que seu signo solar. Touro significa que você pode ser teimosa e resistente a mudanças, mas também leal e confiável. Além disso, você busca estabilidade e certos confortos, como roupas e comidas de boa qualidade. Considerando esses dois posicionamentos, não é de admirar que seja tão cética — concluiu Elle, cutucando-a de leve.

Darcy revirou os olhos.

— Agora, essa lua em Peixes é interessante. Sua lua representa seu eu interior; ela representa como você expressa e lida com as emoções. Você tem uma imaginação ativa, é compassiva e de vez em quando gosta de fugir da realidade.

Darcy coçou o pescoço, recusando-se a olhar para a televisão onde dois dias de novela gravada a aguardavam.

— Há também um stellium em Capricórnio, o que significa que você tem quatro ou mais planetas nesse signo. Muita energia capricorniana, em resumo. Não vou entediar você com todos eles, mas sua Vênus também é em Capricórnio, o que indica que você deve ser muito cautelosa quando se trata de amor e gosta de parceiras que tenham objetivos próprios. Você leva o amor a sério e entende que é preciso comprometimento e devoção para que um relacionamento dure. E deseja a pessoa certa com quem dividir a vida.

Darcy fez uma careta, bufou, balançou a cabeça. Tirou o cabelo do pescoço e o jogou por cima do ombro esquerdo. Meu Deus, mas como estava calor ali.

— Seu Mercúrio é em Aquário, então pode ser que valorize debates intelectuais e até contradiga a opinião dos outros só pelo prazer de fazer isso.

— Está falando isso para me criticar.

Elle se inclinou para mais perto, mostrando a tela do celular para Darcy.

— Está tudo bem aqui. Escrito nas estrelas. Sou apenas uma intérprete.

— Bom, e já terminou de interpretar?

Elle revirou os olhos de forma exagerada e esticou o braço até a mesinha de centro para deixar o celular. Mal equilibrada, Elle oscilou. A almofada do sofá mergulhou e afundou com o peso das duas, forçando-as a se aproximarem ainda mais, tão próximas que Elle estava praticamente no colo de Darcy. Algo que as duas notaram ao mesmo tempo, porque Elle arregalou os olhos, baixando-os até onde apoiara a mão para se equilibrar: a coxa de Darcy. A saia dela tinha subido, deixando à mostra a barra de renda da meia-calça. Elle ficou vermelha e um pouco sem ar, seus dedos trêmulos. Alguns centímetros acima e estaria tocando em pele ao invés de nylon.

Elle levantou a cabeça, vendo que Darcy a estava encarando.

O ar na sala crepitava e o corpo inteiro de Darcy estava formigando, dos pés à cabeça. Ela tremeu quando Elle se inclinou um pouco mais para perto, o bastante para sentir o calor irradiando dela, além de seu hálito doce de vinho. *Perto demais.* Não era para Darcy estar próxima de ninguém daquele jeito.

Ela se levantou em um pulo, vacilando ligeiramente antes de se equilibrar na beirada do sofá.

— Quer mais vinho?

Sem esperar pela resposta, foi até a cozinha levando ambas as taças.

Darcy apoiou a testa na porta de aço inoxidável da geladeira e respirou fundo. *Se controla.* Estava claro que havia uma química ali, mas, por mais satisfatório que aquilo pudesse ser no momento, as consequências seriam catastróficas. Elle estava atrás de amor, Darcy não. Fim de papo.

Depois de encher as duas taças pela abertura de plástico daquela caixa atroz de vinho, Darcy tomou um gole generoso e voltou para a sala, sem saber se precisaria desencorajar Elle com delicadeza.

— Chega de astrologia — disse a outra, aceitando a taça com um sorriso no rosto. — Talvez fosse melhor a gente falar sobre como vamos vender essa história.

A tensão nos ombros de Darcy diminuiu. Então elas estavam de acordo.

— Mais do que já falamos?

Elle fez um barulhinho baixo com a garganta.

— Eu quis dizer a logística toda.

Darcy gostava de logística. Logística era uma coisa segura. Elas poderiam conversar sobre isso.

— Certo.

— Temos nosso encontro de casais no sábado, o Dia de Ação de Graças nos meus pais e a festa de Natal de Brendon. É só isso?

Só isso? Como se já não fosse demais.

— A não ser que Brendon apronte mais alguma coisa pra cima da gente, o que está totalmente dentro do universo de possibilidades. Mas só temos um evento seu. Não está equilibrado.

Elle riu baixinho.

— Você diz isso porque não conhece minha família. E o feriado de Ação de Graças é um dia inteiro, então é como se fossem dois eventos. Não se preocupe.

Sim, eu me preocupo.

— Se você diz…

Elle puxou um fio solto na barra de seu suéter e continuou.

— Voltando ao tópico *vender*... Com o que exatamente você se sente confortável?

— Confortável em relação a...?

— Você sabe. É preciso mais que saber os sobrenomes uma da outra e onde fizemos faculdade para que as pessoas acreditem que estamos juntas. Tipo, confortável com um certo grau de... intimidade. Mãos dadas, toques...

— Tudo bem — disse Darcy segurando a taça com força, sua coxa ainda quente com a lembrança do toque de Elle. — Por mim... tudo bem.

Elle franziu a testa.

— Tudo bem? Você estaria de acordo com...

— Qualquer coisa. — Uma onda de calor atordoante tomou conta dela assim que se deu conta do que dissera. Quando ela tinha transado pela última vez? Pelo visto fazia um bom tempo. Darcy tossiu. — Qualquer coisa que seja necessária para convencer.

— Ok. — Elle mordiscou de leve o canto do lábio inferior e reuniu as canetinhas espalhadas pela mesinha de centro. — Bem, isso era tudo que eu tinha em mente. A não ser que você queira acrescentar alguma coisa.

Certo. Tinha uma coisa. Ela fizera uma lista mental, se ao menos conseguisse se lembrar, se conseguisse parar de se distrair com...

— Na verdade, quero sim. Eu estava pensando que seria bom marcarmos uma data para o término.

Elle endireitou as costas, que estavam curvadas enquanto ela mexia nas sacolas de itens de papelaria.

— Desculpe, uma o quê?

Darcy puxou a barra da saia e cruzou os tornozelos, inclinando os joelhos para o lado.

— Uma data de término, a data na qual o contrato acaba e o acordo vence. Devíamos estabelecer uma.

Elle assentiu.

— Qual dia você tem em mente?

Darcy pegou o celular de cima da mesinha e, depois de deslizar por algumas telas, mostrou a Elle seu calendário. O aparelho tremia levemente na sua mão, e ela torceu para a outra não reparar.

— Hoje é 5 de novembro. Por que não simplificamos e marcamos 31 de dezembro?

Elle assentiu depressa, enérgica, como um bonequinho de painel de carro.

— Claro.

— Sei que nenhuma de nós pediu por isso — acrescentou Darcy. — Aposto que ambas ficaremos felizes por não termos mais que fingir.

Pelo menos ela ficaria. Aquilo tudo já era mais envolvimento do que imaginara. Conhecer Elle melhor, estar tão próxima dela era demais, impedia Darcy de pensar direito, fazia com que desejasse coisas que não tinha que desejar.

Mal podia esperar pelo ano novo.

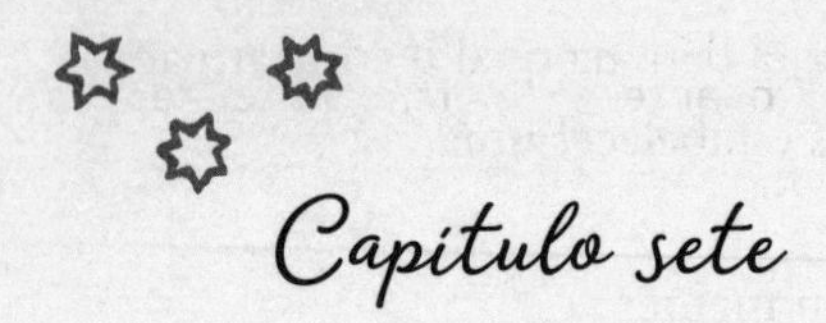

Capítulo sete

ELLE (19:15): sobre esse encontro em dupla

ELLE (19:15): sua irmã esqueceu de perguntar o q vamos fazer

ELLE (19:16): então, o q vai ser?

BRENDON (19:20): Sabe o Seattle Underground? Entrada na Pioneer Square?

ELLE (19:22): sei

BRENDON (19:24): Tem um escape room, achei q seria legal. Corrida contra o tempo, sabe?

BRENDON (19:25): Depois um drink? Uma noite de quiz e drinks. O q acha?

ELLE (19:27): um escape room?!?

ELLE (19:27): eu sempre quis ir num desses!

ELLE (19:28): e sim para os drinks e o quiz tb

BRENDON (19:30): Boa!

BRENDON (19:32): Ah! Os contratos estão andando no RH. Vc deve receber um esboço final por e-mail no começo da semana q vem.

ELLE (19:33): 😀 obaaaaa

ELLE (19:34): ansiosa!

ELLE (19:35): timing perfeito, antes de mercúrio ficar retrógrado

ELLE (19:35): não se deve assinar contratos com mercúrio retrógrado

BRENDON (19:36): Viu, até o universo está dando um peito pra trabalharmos juntos.

BRENDON (19:37): Putz. Jeito. Foi mal. 😟

ELLE (19:38): 🤣

— Fala a verdade. Como estou?

Elle deu uma voltinha, a barra de seu vestido esvoaçando ao redor das coxas enquanto ela girava, terminando com um gesto afetado dos dedos.

No sofá, sentada de pernas cruzadas, Margot inclinou a cabeça de lado, a expressão impossível de decifrar.

— Você me pediu a verdade?

Elle baixou os braços e suspirou.

— Você não gostou.

Margot mordeu o lábio.

— Não é isso. Eu gostei. Você está parecendo uma Rainbow Brite punk-rock.

Hum. A comparação dela não havia sido tão nada a ver. Elle combinara seu vestido azul-marinho preferido da ModCloth, com estampa de unicórnios nas cores do arco-íris, com Doc Martens de vinil preto holográfico que comprara numa promoção. Sapatos, ela esperava, perfeitos para uma noite no Seattle Underground. Mas, sem sombra de dúvida, a parte mais importante da roupa não era o sapato, e sim a calcinha, confortável. Ela estava pronta para qualquer coisa que o universo lançasse na sua direção, incluindo, mas não se limitando a, calamidades incômodas.

Trinta minutos depois de se despedir de Margot, que mais uma vez a assegurou de que ela estava ótima, Elle entrou no interior aquecido da sala de atendimento do Underground e viu o cabelo ruivo de Darcy perto da bilheteria. Bem na hora.

Elle cutucou Darcy na cintura e se apoiou no balcão de ingressos.

— Bu!

Darcy engoliu em seco e analisou Elle da cabeça aos pés.

— *Uau.*

Os joelhos de Elle ficaram tão bambos que ela resolveu trabalhar com sua reação corporal, em vez de lutar contra. Dobrou os joelhos e fingiu fazer uma reverência, levantando levemente a barra do vestido.

— Vou escolher ver isso como um elogio, benzinho.

Darcy franziu o nariz.

— *Benzinho*?

— Amor? Querida? Meu sol e estrelas? — O prazer que Elle estava sentindo com a crescente repulsa no olhar de Darcy era inigualável. — Esquecemos de combinar apelidos.

Darcy pegou os bilhetes por baixo da divisória de vidro e agradeceu à atendente.

— Nem vamos. Estamos tentando fazer meu irmão acreditar num relacionamento, não pensar que eu passei por um transplante de personalidade.

— E *cadê* Brendon, aliás?

Elle esticou o pescoço, procurando o corpo alto e o cabelo acobreado do rapaz no meio da multidão.

— Procurando a garota. — Darcy indicou um banco vazio junto à parede atrás de uma placa que dizia INÍCIO DO TOUR. — Ela achou que a gente tinha marcado primeiro no bar.

Elle seguiu Darcy pela sala e tentou não encará-la. Darcy estava usando uma calça jeans justa de cintura alta e botas de montaria marrom que tornavam a diferença de altura entre as duas um pouco menos discrepante. Usava também um suéter verde que realçava os risquinhos cor de mel em seus olhos. Não que Elle se importasse com os olhos de Darcy, tampouco se a cor que ela estava usando os realçava. Era uma simples observação, só isso. O céu era azul, a grama era verde, Darcy era uma mulher bonita. Verdades universalmente aceitas.

Darcy mal se sentou e logo se levantou de volta.

— Lá vem eles.

Ela apontou para a porta dupla na entrada, então se virou de volta para Elle. Darcy franziu os cantos da boca, abrindo as narinas delicadamente.

— Ok, o plano é o seguinte: se Brendon começar a tentar arrancar detalhes demais, deixa que eu respondo.

— Péssimo plano, amor.

— É um ótimo plano, e não me chame de amor.

— Não vou ficar muda só para te fazer feliz. Vai parecer que fui *eu* quem fez um transplante de personalidade. Além disso, temos um plano. Conversamos sobre ele. Você não tem direito a escolher o jogo *e* criar todas as regras, Darcy.

Elle havia concordado, sim, em fingir um relacionamento, mas se recusava a não ser ela mesma. Não fazia isso nem por sua família, ou pelas pessoas que eles arranjavam para ela, e com certeza não faria por Darcy. Se a ideia de estar namorando com ela era tão desagradável que alguns apelidos bobos a deixavam irritada, ela devia ter pensado duas vezes antes de mentir para o irmão.

Darcy olhou rapidamente para trás e franziu a testa.

— Tá bom. Só tenta não exagerar e não dê informações a não ser que Brendon peça.

Antes que Elle pudesse responder, Brendon avistou as duas no meio da multidão e acenou, se aproximando com uma morena de pernas compridas. Uma morena que estava arrasando scarpins de salto agulha em um tom de vermelho-escuro. Sapatos de babar, mas meio inadequados para o programa.

— Oi, que bom que você veio!

Brendon deu um abraço apertado em Darcy e um rápido, mas animado, em Elle.

— Meninas, esta é a Cherry. Cherry, estas são minha irmã Darcy e a namorada dela, Elle.

Namorada, é? Elle olhou para Darcy, que parecia prestes a refutar, mas pareceu pensar melhor e apenas estendeu o braço e pôs a mão nas costas dela. Elle relaxou com o toque e sorriu reluzente para Darcy. Não tinha sido tão difícil, tinha?

— É um prazer.

Cherry assentiu, passou os dedos pelo cotovelo de Brendon e comentou:

— Que vestido fofo.

— Obrigada — agradeceu Elle, puxando a barra da saia. — E tem bolsos.

Um homem com um bigode extravagante se aproximou.

— Reserva para quatro em nome de Lowell?

Brendon apalpou os bolsos.

— Sim, estou com os ingressos… Um segundo…

— *Eu* estou com os ingressos. Você pediu para que eu os buscasse na bilheteria, lembra?

Darcy entregou-os ao homem, cujo nome, segundo a plaquinha em seu peito, era *Jim*. Ele os verificou e os guardou no bolso do blazer.

— Venham comigo e cuidado com as escadas. — Ele deu um suspiro audível, o bigode torcendo-se ligeiramente ao reparar nos saltos de Cherry. — O piso pode ser meio acidentado.

Depois de um lance em uma escada frágil de madeira, o homem os conduziu até um saguão iluminado por diversas lâmpadas incandescentes oscilantes. O ar estava frio, úmido e um pouco bolorento, talvez até terroso. Havia musgo — ou talvez fosse mofo — nas paredes de tijolo, concentrando-se nas argamassas das juntas. Em algum lugar, um cano pingava, o gotejar em intervalos regulares favorecendo a atmosfera geral de abandono.

— Já estiveram no Underground antes? — perguntou Jim.

Todos balançaram a cabeça negativamente.

— Então vamos com um pouco de história antes de eu dar o pano de fundo para sua experiência única. Em 1889, trinta e um quarteirões foram destruídos no Grande Incêndio de Seattle. Os prédios foram reconstruídos e as ruas dispostas em um nível um pouco mais alto do que o anterior, uma decisão estratégica para evitar inundações da baía de Elliott. — Jim gesticulou ao redor deles, dividindo o saguão entre esquerda e direita. — O Seattle Underground, como nós chamamos hoje em dia, é uma rede de passagens composta pelo que existia na rua antes da reconstrução. Por um tempo, pedestres e donos de lojas continuaram usando essas calçadas subterrâneas, mas tudo mudou em 1907, quando a prefeitura fechou o Underground, por medo da peste bubônica. Como resultado, partes dele foram abandonadas até que se deteriorassem. Salões para uso de ópio, bares clandestinos, salas de jogo, bordéis e hotéis baratos surgiram no lugar, operando nas sombras da sociedade, sob os pés de todos. — Se aquelas paredes pudessem falar, não dava nem para imaginar todas as histórias sórdidas e assustadoras que teriam para contar. — O que nos leva à sala do Escape Room.

Jim se dirigiu à saída da esquerda rapidamente, gesticulando para que o grupo o acompanhasse. Quando Cherry tropeçou num paralelepípedo solto, Darcy revirou os olhos.

— Existe algum tema? Ou só estamos presos no subterrâneo tentando escapar? — perguntou Elle.

Jim alisou o bigode com os dedos.

— Você perguntou se existe um tema? — Ele parou diante de uma porta comum de madeira, sem janelas ou nada de especial. — O ano é 1908. Vocês tiveram o azar de perder familiares durante a reconstrução pós-Grande Incêndio, e a falta de um desfecho os fez buscar uma sessão mediúnica para se comunicar com os entes queridos.

Darcy bufou, cética como sempre.

Elle não podia deixar passar a oportunidade de provocar.

— Ei, seu capricórnio está aparecendo.

Era possível ver o rosto de Darcy ficando vermelho mesmo sob a luz fraca do subterrâneo.

— Shh. Isso não faz nem sentido.

— Você é uma graça quando fica vermelha — Elle deixou escapar.

Brendon sorriu de modo presunçoso. Darcy preferiu olhar para o nada, o rosto ficando ainda mais vermelho, a tal ponto que as sardas sumiram.

A sala era fria e tinha correntes de ar, mas mesmo assim Elle ficou quente de vergonha com sua tentativa fracassada de filtrar as palavras.

Jim continuou seu lenga-lenga:

— Indicaram a vocês uma espiritualista chamada Madame LeFeaux. Ela trabalha em um dos ilustres salões de jogos do

Seattle Underground. Na escuridão, vocês se reúnem. Madame LeFeaux começa a conduzir a sessão espírita, quando um frio agourento se instala pelo espaço antes fresco, um vento impossível soprando pela sala fechada, apagando as luzes. Alguém grita.

Os olhos azuis claros de Jim percorreram as três mulheres. Elle estreitou os olhos, irritada pela presunção dele.

— Eu — disse Brendon, apontando para o próprio peito. — Eu gritaria com certeza.

Darcy sorriu para o irmão com carinho.

— Do nada, as luzes se acendem novamente. Vocês piscam, se ajustando à claridade, e veem que Madame LeFeaux desapareceu.

— Talvez porque ela fosse uma charlatã — murmurou Darcy.

Tão cética.

— Vocês se veem presos dentro da sala e os espíritos que Madame LeFeaux convocou estão irados por terem sido perturbados. Vocês terão uma hora para encontrar a chave que abre a porta, a porta *certa*, para sair do Underground e estarem finalmente seguros. Mas cuidado: há outras portas. Escolham bem, caso contrário não chegarão à rua, e sim a um dos perigosos salões de jogo ilegais. E se não conseguirem escapar em uma hora? — Jim arqueou uma das sobrancelhas, deixando a pergunta no ar por alguns segundos para aumentar o suspense. Ele girou a maçaneta da porta e os fez entrar. — Estarão à mercê dos espíritos, que a cada instante ficam mais fortes.

Dentro da sala simples de paredes de pedra, havia uma grande mesa redonda, coberta com uma toalha de linho que ia até o chão. Uma bola de cristal estava em cima. Diversas cadeiras se encontravam reviradas, compondo ainda mais a cena e, contra uma das paredes, havia um espelho pesado com uma moldura de madeira ricamente esculpida.

— Lembrem-se. — Jim fez uma pausa dramática. Era tão exagerado que chegava a ser engraçado. Elle estava *adorando*. — Quer vocês sejam céticos ou crentes, por mais que algumas coisas sejam um reflexo fiel da verdade, outras não passam de cortinas de fumaça. Boa sorte, e o tempo de vocês começa a contar… agora.

Jim fechou a porta e os trancou lá dentro.

Por um instante, os quatro ficaram em silêncio, examinando o espaço. A sala era austera, toda de pedra e superfícies ásperas, mas, ainda assim, começar era meio intimidante. Ainda mais com o cronômetro vermelho gigante na parede, contando os segundos em ordem decrescente, lembrando a eles o que estava em jogo, mesmo que não fosse *real*.

— Então. — Brendon se balançou sobre os pés, esticando o pescoço para olhar para o teto. — Alguém tem uma ideia de por onde começar?

Darcy apontou para a mesa onde estava a bola de cristal, apoiada num tripé.

— Ali.

Até que não era má ideia.

Não havia nada de especial na bola, pelo menos nada que Elle pudesse notar de cara. Bem, nada a não ser o fato de que ela não era exatamente lisa, parecendo mais um eneágono do que uma esfera, e que seu suporte estava colado na toalha de mesa. A toalha simples também estava colada no centro da mesa. Ao levantar suas beiradas, não havia nada a não ser a superfície lisa de madeira do tampo. Bufando baixinho, Elle se ajoelhou.

— O que você está fazendo? — indagou Darcy, se aproximando.

— Um palpite — respondeu ela, levantando o rosto e olhando para Darcy por debaixo dos cílios.

— Acho que Elle teve uma boa ideia. Vocês duas procuram na parte de baixo, e Cherry e eu procuramos no alto, ok? — sugeriu Brendon.

Darcy pôs a bolsa no chão ao lado da porta, se ajoelhou ao lado de Elle e perguntou em voz baixa:

— O que foi aquilo?

— O *quê*?

Darcy estreitou os olhos.

— "Eu fico bonitinha vermelha".

— Bom, é verdade — admitiu Elle, tateando o chão.

Darcy bufou com desdém, deixando o elogio de lado e fazendo com que Elle se sentisse uma tola por ter se dado ao trabalho de ser gentil.

— Sei que é *muito* difícil, mas pelo menos tente fingir que gosta de mim, ok? É para isso que estamos aqui, não é?

Elle enfiou a cabeça por baixo da toalha de mesa, tentando enxergar em meio à escuridão e à poeira. Ela espirrou duas vezes e fungou. Encantada uma ova. Se Darcy não se esforçasse, Brendon decerto perceberia algo, e aquela era a última coisa de que Elle precisava. Talvez aquilo tudo não tivesse sido ideia dela, mas agora estava comprometida. Se desse tudo errado, Brendon acharia que ela era uma mentirosa de primeira. E aquela *não* era a melhor forma de começar uma parceria de trabalho.

Elle tateou as pernas da mesa em busca de alguma coisa que se destacasse, algo *diferente*, qualquer coisa que pudesse servir como pista. Do outro lado da mesa, podia ouvir Darcy se mexendo, mas não dava para vê-la, ou ver qualquer alguma, na verdade.

— Não é — sussurrou Darcy.

— Não é o quê? — perguntou Elle, seu nariz começando a coçar enquanto ela tentava conter mais um espirro.

— Muito difícil. Gostar de você... fingir... isso — concluiu Darcy, suspirando. — É que você me pegou de surpresa, ok?

De repente, Elle sentiu a mão de alguém na sua coxa, onde a barra do vestido tocava na perna. Ela prendeu a respiração e Darcy arfou, decerto se dando conta do que estava tocando, e *onde*. Só que ela não tirou a mão de imediato. Em vez disso, seus dedos hesitaram e Elle a ouviu engolindo em seco e sua respiração se acelerando. Elle ficou tão imóvel que quase tremeu, enquanto o toque de Darcy se demorava, congelado, até ela finalmente recuar a mão como se tivesse se queimado. Não seria surpresa se o restante de Elle estivesse quente como seu rosto.

Surpresa era pouco. Se Darcy não tivesse balbuciado um "merda", Elle poderia ter se perguntado se tinha imaginado a cena toda.

— Ei, vamos manter a censura para menores de idade — brincou Brendon, fazendo a irmã gemer.

Elle espantou o choque da situação e deu um risinho, apesar de seus batimentos cardíacos ainda estarem disparados e a pele formigando no local onde Darcy havia tocado.

— Nada em mim é para menores de idade, Brendon.

Brendon gargalhou.

— Não quero estragar o clima, mas temos só cinquenta minutos.

Elle mudou sua trajetória, passando os dedos por baixo do tampo da mesa. Seu polegar roçou então em alguma coisa entalhada, uma inconsistência na madeira.

— Encontrei alguma coisa.

Ela engatinhou de costas para sair de debaixo da mesa e piscou algumas vezes, ajustando-se à luz. Baixou a toalha de mesa de volta enquanto Darcy, o rosto vermelho como um pimentão, se endireitava, limpando uma poeira invisível dos joelhos. Seus olhares se encontraram e Darcy deu um sorrisinho muito discreto, fazendo o coração de Elle disparar mais uma vez.

O aperto naquela pequena alavanca ejetara um compartimento secreto na lateral da mesa. Dentro dele, havia um chaveiro com algumas chaves-mestras e, ao lado, um baralho velho, gasto e com os cantos puídos. E não era um deque de cartas qualquer, era um tarô.

Brendon deu um soco no ar de felicidade.

— Irado. Estamos mandando bem.

Sempre realista, Darcy olhou para o cronômetro.

— E agora?

— Podemos experimentar as chaves. — sugeriu Cherry.

Brendon balançou a cabeça, fazendo uma leve careta.

— Não sabemos qual é a porta certa.

Havia meia dúzia de chaves, cada uma marcada com um número. *8, 26, 34, 42, 55, 90.*

Elle olhou o baralho. Não havia nada de especial nele. Todos os arcanos, maiores e menores, estavam lá.

— Hum, acho que encontrei alguma coisa.

Do outro lado da sala, Cherry tinha levantado a ponta do tapete com seu sapato, revelando uma série de símbolos desenhados no chão de pedra em uma tinta vermelha sinistra.

Brendon inclinou a cabeça.

— São hieróglifos?

Elle deu pulinhos na ponta dos pés. Era como estar em *Indiana Jones*, ou, melhor ainda, em *A múmia*. Aquilo era *tão* legal.

— Certo, então temos um código para desvendar — disse Darcy.

Ela colocou as mãos na cintura, franziu a testa e olhou dos hieróglifos para o cronômetro.

Cherry pôs a mão dentro da bolsa e tirou o celular.

— Podemos pesquisar no Google?

— Não! — gritaram Darcy e Brendon ao mesmo tempo.

Darcy olhou feio para Cherry.

— Estaríamos trapaceando. Nós vamos ganhar e vamos fazer isso do jeito certo e honesto.

Brendon concordou com a cabeça.

— Deve haver um códex em algum lugar. Você viu algum destes símbolos nessas cartas?

Um *códex*. Elle mordeu o lábio, escondendo o sorriso. Brendon e Darcy levavam aquela bobagem a sério, e ela estava adorando. Teve uma breve visão de Darcy com um chapéu fedora de abas largas, jaqueta de couro e um chicote pendurado na cintura.

— Elle? — chamou Brendon, que a encarava com expectativa.

O quê? Ah. É. Ela olhou as cartas novamente. Nada.

— Não.

Darcy estalou os dedos e disse:

— Confiram tudo. Só temos mais 42 minutos.

Vinte minutos depois, todas as cadeiras tinham sido reviradas, a toalha de mesa examinada e o tapete levantado e virado do avesso. Darcy estava passando os dedos pelo cabelo, puxando a raiz.

— *Meu Deus*. Mas que palhaçada.

Alegando que estava com dor nos pés, Cherry se sentara no chão, saindo do jogo e ocupando-se com o celular.

Brendon olhou exasperado para ela e coçou o queixo.

— Deve ter alguma coisa que não estamos vendo. Alguma coisa óbvia.

Ele tinha razão. A pista só podia estar na cara deles. Zombando por não estarem vendo. Faltavam vinte e quatro minutos, e Elle se recusava a perder as esperanças.

— Vamos lá, pessoal, a gente consegue. Vamos olhar esses símbolos mais de perto.

Elle se ajoelhou, se encolhendo um pouco quando o chão de pedra arranhou sua pele. Darcy suspirou e se ajoelhou junto dela, o jeans macio e gasto da calça encostando no braço de Elle, fazendo-a estremecer. Ela engoliu em seco e ficou encarando o chão.

O primeiro símbolo era uma estrela de cinco pontas. E depois dele, um faraó? Deitado de lado. Morto? Uma múmia? Elle conteve um suspiro. Ao lado dele havia uma crescente. A lua? E depois um…

— *Ah!* Ah!

Levantando-se desajeitadamente, Elle correu até a mesa e pegou as cartas de tarô, folheando o baralho com rapidez.

Darcy, que havia corrido atrás dela, perguntou:

— O que foi? Encontrou alguma coisa?

Era tão óbvio que chegava a doer.

— As cartas são o códex. Os símbolos em si não estão nelas, mas representam alguns dos arcanos maiores.

Darcy piscou.

— O que isso significa?

Elle espalhou as cartas sobre a mesa para que Darcy e Brendon pudessem observar por trás dela.

— Aquele primeiro símbolo no chão é uma estrela.

Elle espalhou mais as cartas até encontrar a carta da Estrela, separando-a do resto.

— Depois tem uma múmia.

Ela procurou até encontrar a Morte.

— Depois uma lua. E uma balança. Balança... balança... Temperança! — exclamou, mas franziu a testa para o último símbolo. — Não faço a menor ideia do que aquela coisa com rodas deveria ser.

Brendon estreitou os olhos e olhou pelas cartas, claramente procurando alguma coisa.

— Alguma espécie de carrinho?

Brendon era brilhante. Elle bateu com mais uma carta sobre a mesa e cantarolou:

— O Carro.

O rosto de Darcy se acendeu.

— Isso foi... Bom trabalho, Elle.

Elle mordeu a bochecha para não sorrir como uma boba.

Do outro lado da sala, Cherry tossiu.

— Ei, pessoal? Tem alguma coisa acontecendo.

E havia. Uma neblina espessa como gelo seco estava entrando na sala por debaixo de todas as portas. *Oh-oh.*

— Foco no jogo, galera — disse Darcy, estalando os dedos. — O que a gente tem que fazer com as cartas?

Ela tinha razão. Tinha que haver alguma coisa nas cartas, alguma coisa que Elle estava... *Espera.*

— Esses números estão errados.

— Como assim?

Darcy se aproximou de Elle, que pôde sentir o cheiro delicado de seu shampoo. Lavanda e alecrim, terroso e doce. Teve vontade de mergulhar o rosto no cabelo dela e respirar fundo.

Elle mordeu mais uma vez a bochecha, o ar da sala começando a afetá-la.

— Os arcanos maiores são associados a números. A Estrela é o dezessete. — Ela apontou para a parte superior da carta. — Mas essa aqui tem cinco escrito.

Brendon leu os outros números na sequência de acordo com os símbolos no chão.

— Oito, treze… ei, Darce, você é boa com números, talvez você possa…

— Me dá aqui.

Ela pegou as cartas das mãos de Brendon e, depois de alguns segundos, riu.

— Vinte e um, trinta e quatro — disse ela, atirando as cartas na mesa e cruzando os braços. — É a sequência Fibonacci. Em seguida vem o cinquenta e cinco.

Elle poderia beijá-la bem ali, apesar de todos os motivos óbvios pelos quais aquilo seria uma má ideia. Embora o objetivo fosse convencer os outros… não. Não, senhora, Elle.

— Você é brilhante.

Darcy sorriu e *merda*. Elle mudou de ideia, porque um "sim, senhora" parecia tão mais adequado…

Brendon mostrou a chave-mestra de bronze gravada com o número 55.

— Posso fazer uma breve pausa e observar como várias cabeças pensam melhor que uma?

Darcy apontou com o polegar por cima do ombro, para a porta marcada 55.

— Quer pôr mãos à obra e ganhar essa coisa?

— Por favor — gemeu Cherry. — Estou precisando de um drinque.

O grupo todo, com exceção de Elle, foi até a porta. Mas alguma coisa ainda não *parecia* estar certa. Era fácil demais.

— Espera, gente.

Os três olharam de volta para ela, cheios de expectativa. Elle puxou o lóbulo da orelha.

— Acho que essa não é a porta certa.

Darcy pôs as mãos na cintura.

— Mas tem o número 55 e combina com a chave. Estou certa quanto à sequência de Fibonacci.

Elle não estava sugerindo que ela estivesse errada. Não quanto àquilo.

— Acho que é a chave certa, mas não resolvemos nenhum enigma relacionado à porta.

— Nós não precisamos — retrucou Darcy, balançando a cabeça e estreitando os olhos. — Ela combina com a porta.

Os instintos de Elle não concordavam.

— Eu não sei. Faz sentido demais.

Darcy olhou para Elle como se ela estivesse louca.

— Como é que alguma coisa pode fazer sentido demais?

Brendon baixou a mão que segurava a chave.

Elle não sabia como explicar sua intuição, como verbalizar a sensação de que alguma coisa estava errada.

— Só não *parece* certo.

Darcy ergueu uma das sobrancelhas e contraiu a mandíbula.

Elle a encarou, pedindo com todo o seu ser que ela compreendesse.

— Confie em mim.

Era pedir muito, ela sabia. Pedir que Darcy não só confiasse nela, mas também em sua intuição nebulosa e inexplicável. Nada sólido, nada *real*, não no sentido *ver para crer*.

Darcy olhou para o relógio.

— Certo. Siga sua intuição, Elle, mas *rápido*.

Ela tinha quatro minutos para descobrir o que não parecia certo naquela porta. Com o coração disparado, correu de volta para a mesa, procurando de novo por alguma coisa, qualquer coisa, um sinal de que sua intuição não a estivesse levando — e o grupo inteiro — à conclusão errada.

Nada. Não havia nada que pudesse ser tocado, virado. A névoa rente aos pés deles ficava cada vez mais pesada, começando a subir até os joelhos. Elle se virou de frente para o espelho, vendo o reflexo tenso de Darcy, e sentiu um aperto no estômago.

No alto, o relógio contabilizava menos de dois minutos.

Merda. Ela não conseguia enxergar nada no chão e sentiu sua visão se afunilando, isso sem falar na fumaça pesada demais, praticamente opaca, e a...

Fumaça.

Jim havia dito o que mesmo? Elle mexeu no brinco. Estivera tão ansiosa para começar que tinha parado de prestar atenção.

— Jim falou alguma coisa. Antes de trancar a porta. Alguma coisa sobre fumaça e reflexos.

Darcy relaxou o rosto e entreabriu os lábios.

— O espelho. Vá até o espelho.

As duas o alcançaram ao mesmo tempo, o cronômetro marcando menos de um minuto.

— O que a gente faz?

Darcy passou os dedos pela moldura.

— Façam *alguma coisa* — incitou Brendon.

Elle ignorou os nervos e pegou as laterais do espelho. Aquilo não podia ser só um espelho inútil colado na parede, *não tinha como*. Espera. *Colado*. Colado na parede ou *apoiado* na parede...

Era um tiro no escuro.

— Vamos tentar incliná-lo.

Quarenta e cinco segundos.

Darcy e ela puxaram juntas o espelho até onde havia uma linha quase imperceptível desenhada com giz, afastada o bastante da parede para posicioná-lo num determinado ângulo, tomando cuidado para não o deixarem cair. A sessenta graus, o reflexo da luz no teto ricocheteou na bola de cristal e viajou pela sala, um feixe de luz apontando para a segunda porta, a que *não* estava marcada com o número 55.

— Puta merda — disse Brendon, que riu e correu até a porta iluminada pelo feixe, segurando a chave como se ela fosse um cassetete.

Ele a encaixou na fechadura, girou a maçaneta e abriu. Centenas de confetes e dezenas de balões coloridos choveram sobre a cabeça deles assim que o cronômetro apitou zero.

Eles tinham conseguido.

Tinham vencido.

Elle podia sentir a alegria borbulhando dentro de si como uma fonte de champanhe transbordando, incapaz de conter as risadas.

Darcy pegou um balão azul do ar e bateu em Brendon com ele, gritando quando ele o pegou e o esfregou na cabeça dela, a estática fazendo seu cabelo se eriçar furiosamente, os confetes prendendo-se aos cachos.

No meio daquela névoa e dos confetes caindo do alto, Darcy olhou nos olhos de Elle e sorriu, radiante.

✡ ✡
✡

— A Elle! — disse Brendon, erguendo sua cerveja. — Por seguir sua intuição.

Darcy brindou com sua taça de vinho na garrafa do irmão e assentiu, um sorriso discreto e conciliatório no rosto. Mas tudo bem. Ainda havia pedacinhos dourados de confete presos no cabelo despenteado dela. Aquilo era o mais perto de *bagunçada* que Elle já tinha visto em Darcy e ela gostava. Um pouquinho demais, até.

— A Elle.

Elle riu e levantou seu drinque temático de fim de ano, com direito a uma bengalinha vermelha e branca de enfeite, aceitando o elogio. Tomou um gole pelo canudo, fazendo uma careta com o gosto do rum. Surpreendentemente forte para uma bebida em promoção em plena noite de quiz.

O mesmo instinto que tinha feito com que ela procurasse mais a fundo a fez levantar a cabeça naquele momento. Darcy, do outro lado da mesa, a olhava, mordendo o lábio inferior.

Elle mastigou seu canudo, tentando não sorrir e fracassando na missão.

Uma microfonia no sistema de som ecoou pelo lugar, seguida de queixas e exclamações. Na frente do salão, perto do balcão, um homem de barba ruiva e careca reluzente se encolheu de aflição antes de dar um tapinha no microfone.

— Lamento por isso, pessoal. Quem está pronto para o quiz?

— Cherry já está lá fora há um tempo — observou Darcy. — Fumar um cigarro não demora tanto. Ou cigarro eletrônico. Que seja.

Brendon fez uma careta, levando uma das mãos até a nuca.

— É, ela me mandou uma mensagem. Ao que parece, ela encontrou um amigo e... Acho que ela não estava no clima.

Darcy arregalou os olhos e seu queixo caiu.

— Ela *foi embora*? Sem nem se despedir?

De modo quase imperceptível, Darcy olhou por cima da mesa, suas narinas se abrindo e fechando em movimentos rápidos.

Elle ficou tensa. Aquilo era uma indireta? Uma insinuação sobre quando Elle fugira daquele encontro enquanto Darcy estava no banheiro? Porque se era, não tinha nada a ver. Além de ser injusto, porque as situações não podiam ser mais diferentes. Brendon era um doce, atencioso e engraçado. Darcy tinha sido dura, cética e mal-educada num geral.

E o fato de Elle ter ido embora, com a bexiga estourando, o ego destruído e as esperanças destroçadas não tivera nada a ver com *não estar no clima*. Ela sentira um clima, mas Darcy tinha feito o possível e o impossível para estragá-lo. Faíscas não importavam, não quando as crenças de Darcy, ou a falta delas, fazia as duas serem incompatíveis. Você pode mostrar o caminho das pedras, mas não pode obrigar ninguém a segui-lo.

Ignorando a tensão entre as duas, Brendon deu de ombros com gentileza, fazendo um biquinho.

— Ah, não era pra ser.

Ele estava levando aquilo mais numa boa do que ela, isso era certo.

— Vida que segue — disse Elle, assentindo para ele. — Se ela não viu como você é um espetáculo, não merecia participar do show.

Brendon riu e Darcy olhou para Elle com uma expressão curiosa, uma que Elle não conseguiu analisar direito. Então ela deu um tapinha no braço do irmão.

— Você, hum, vai encontrar. A sua… *pessoa*.

Brendon contraiu os lábios e trocou um olhar com Elle. Os dois caíram na gargalhada.

Darcy se endireitou no banco e cruzou os braços.

— Valeu, Darce — disse ele, dando um beijo rápido na cabeça da irmã. — Mas devo admitir que estou começando a achar que minha pessoa é um unicórnio.

— Eita, aí sim podemos ter um problema — brincou Elle. — Unicórnios são atraídos apenas por virgens.

Ela subiu e desceu as sobrancelhas e pegou seu drinque de novo.

Darcy tentou, sem sucesso, esconder o riso com uma tosse falsa.

— Seria uma ironia e tanto.

— *Darcy* — advertiu Brendon, ficando vermelho. — Não ouse.

Ela dispensou o irmão com um gesto.

— Não é nada do que se envergonhar.

— É *humilhante* — balbuciou ele por trás da garrafa de cerveja. — E eu te contei isso em segredo. Segredo de *bêbado*.

Darcy virou o rosto, focando em Elle.

— Brendon só perdeu a virgindade aos 20 anos porque estava se guardando para Annie, minha melhor amiga, por quem ele teve a *maior* queda do mundo praticamente a infância inteira. Durante anos ele esteve convencido de que o destino dos dois era ficarem juntos. — Brendon deu uma cabeçada no tampo da mesa e Darcy reagiu com uma risadinha. — Seu troco por dizer a Elle que eu estava encantada.

Brendon levantou a cabeça e a olhou furioso.

— Você está me fazendo parecer patético. Está manchando minha boa reputação.

— Boa reputação? — provocou Elle.

Brendon arfou de indignação.

— *Elle*! Pensei que fôssemos amigos. — Então sacudiu a cabeça e continuou. — Já entendi. Você escolheu um lado. Minha própria irmã está colocando meus amigos contra mim.

Darcy beliscou a bochecha dele e deu-lhe um tapinha de leve antes de prosseguir.

— Ah, me poupe. Além disso, Annie achava você superfofo.

— Você é tão cruel, Darce. Depois de tudo que fiz por você — disse Brendon, gesticulando para Elle —, é *assim* que você retribui? Zombando de mim?

Então mais uma explosão de microfonia estourou pelos alto-falantes, seguida pela primeira pergunta do quiz.

Entre o que Elle sabia sobre ciências, Brendon sobre indústria tecnológica, ambos sobre cultura pop e Darcy sobre um pouco de tudo — de artistas do século XVII a estilistas e beisebol —, os três acertaram quase todas as perguntas, empatando em primeiro lugar com outras duas mesas.

Elle estava chegando a um estágio divertido do pileque, vendo as luzes no bar ficando mais fortes e a ponta do nariz ficando dormente, quando o anfitrião pigarreou para fazer a última pergunta.

Ela tomou o resto do seu drinque pelo canudo e viu Darcy apertar o lápis que segurava com força, mordendo o lábio inferior.

— Em 1999, Susan Lucci ganhou um Emmy como Melhor Atriz de Série Dramática interpretando qual personagem no drama matinal *All My Children*, do canal ABC?

E nesse momento aconteceram várias coisas, uma depois da outra.

O bar ficou em completo silêncio, salvo por alguns gemidos de irritação pelas mesas.

Saindo da cadeira tão rapidamente que a derrubou no chão, Brendon se ajoelhou e apontou para Darcy.

Com todos os olhares no bar voltados para ela, Darcy congelou.

— Levanta — sibilou ela, várias manchas cor-de-rosa subindo por seu pescoço.

Brendon inclinou a cabeça, estreitando os olhos.

— Darcy.

Darcy fechou os olhos, murmurou alguma coisa inaudível, escreveu no papel e o atirou para Brendon, que correu com ele até o palco do bar, arfando diante do apresentador surpreso.

A pergunta tinha desnorteado a todos, e eles foram o único grupo a oferecer uma resposta.

A todos menos Darcy, que ficou encarando o tampo da mesa com um biquinho e o rosto vermelho, torcendo as mãos de ansiedade.

O anfitrião balançou a cabeça e levou o microfone até a boca.

— Erica Kane, resposta certa. A mesa três é a vencedora da noite!

Elle demorou uma fração de segundo para se dar conta de que o grito de triunfo estava vindo dela mesma. Darcy Lowell, linda e gostosa, com um cérebro bom para números e sem tolerância para frivolidades, assistia a *novelas*?

Os pés de Elle não estavam mais conectados ao seu cérebro e, antes que se desse conta, ela já tinha dado a volta na mesa e puxado Darcy pelo pescoço, envolvendo-a num abraço afobado que fez com que as duas colassem o corpo uma na outra.

Darcy se enrijeceu nos braços de Elle, o corpo duro como uma tábua. Elle prendeu a respiração e se preparou para soltar, quando Darcy *finalmente* retribuiu o abraço. Apesar do humor cortante, da língua afiada e do belo queixo anguloso, abraçar Darcy era tudo menos incômodo. Da seda perfumada de lavanda que era o seu cabelo ao volume de seus seios, o abraço de Darcy era macio, e a última coisa que Elle queria era sair dele.

Houston, ela tinha um problema.

Capítulo oito

Nem pense nisso era o mantra que Darcy repetia mentalmente ao sair do pub atrás do irmão, com Elle flutuando ao seu lado. A cada passo ou dois, Elle se balançava na direção dela, os braços se tocando, os dorsos das mãos e dedos roçando.

Nem pense nisso.

Aquele encontro em grupo poderia ter sido pior. Óbvio que Elle tinha se deliciado vendo Darcy se encolher de ódio com cada apelido fofo murmurado, mas não houvera nenhum grande problema. Nenhuma briga, nenhum vinho derramado, tampouco vestidos de seda arruinados ou desaparecimentos súbitos cuja lembrança ainda causava em Darcy um aperto no peito. Elas tinham conseguido deixar de lado as diferenças, as maneiras distintas de ver o mundo, para se unir e desvendar o enigma, vencendo a aventura no Escape Room. Brendon tinha razão; vários cérebros realmente pensavam melhor que um, mesmo que a princípio ela estivesse relutante em confiar em algo tão impreciso quanto a *intuição* de Elle.

Elas tinham escapado da sala, vencido o quiz e, de acordo com a percepção de Darcy, Brendon não desconfiava nem um pouco de que a história entre ela e Elle fosse uma farsa. No geral, a noite havia sido um sucesso.

Tirando a parte em que a risada alegre e contagiante de Elle deixara Darcy tonta. Ou como a cara de pura felicidade dela quando aqueles balões e confetes irritantes caíram do teto fizera Darcy se sentir como se tivesse levado um soco no estômago capaz de a deixar de joelhos.

Mas ela não estava pensando nisso. Não. Não pensaria em como a pele da coxa de Elle era macia quando elas se tocaram debaixo da mesa, nem em como ela quisera ficar escondida embaixo daquela toalha. Não pensaria em como o hálito de Elle lhe fizera cócegas no pescoço no meio daquele abraço ou como o lábio dela roçara em seu queixo quando ela desceu da ponta dos pés depois de atirar os braços em volta do seu pescoço.

Não, não daria oxigênio para aquela… aquela *faísca*. Se soprasse, aquilo cresceria e…

Darcy curvou os dedos dos pés e cravou as unhas nas palmas. Ela *definitivamente* não pensaria no que poderia acontecer se deixasse aquilo rolar, porque não fazia sentido. Elle era o caos ao vivo e a cores, e os sentimentos que ela inspirava em Darcy eram tão perigosos como uma caixa de Pandora. Traiçoeiros e *confusos*, feitos para ficarem trancados a sete chaves. Darcy não precisava de desordem em sua vida.

Elle parou de andar e apontou com o queixo para a direita.

— Então, minha casa fica naquela direção.

Ela já estava abrindo a boca para dizer boa noite, mas Brendon franziu a testa e balançou a cabeça.

— Onde você mora?

Elle enfiou as mãos no bolso daquele vestido louco dela, o azul-marinho realçando sua pele — e todo o resto dela também — com perfeição. Ela quase reluzia.

— Subindo a segunda rua em direção a Union, até dar na Pike e depois na Belmont. — Um vento soprou pelo grupo, agitando a franja de Elle e fazendo-a estremecer. — Não é muito longe.

Darcy não estava na cidade havia muito tempo, mas sabia que era uma caminhada de quase dois quilômetros até Capitol Hill. Já passava das onze, estava escuro e a temperatura ficava cada vez mais baixa — não congelante, mas baixa o bastante para fazer sair uma fumacinha pela boca. Elle não estava nem de casaco. Andar — sozinha ainda por cima — não era uma ideia muito inteligente.

— A gente divide um Uber — sugeriu Darcy, grata quando Brendon concordou.

Elle não pareceu convencida.

— Mas não fica fora do caminho de vocês? Você mora em Queen Anne e Brendon no Eastside, então...

— Eu vim de carro. — Brendon pôs as mãos nos bolsos e se balançou. — Deixei meu carro na vaga de visitantes da garagem da Darcy. Era de graça.

Elle pareceu ter se convencido um pouco, relaxando a testa.

— Ah, beleza então. Obrigada.

O carro chegou em cinco minutos, um Prius azul com um banco de trás nem de perto grande o bastante para os três, então Brendon se ofereceu para ir na frente, como se elas fossem optar por alguma outra forma.

Torcendo o nariz para o cheiro de comida para viagem e roupas suadas de academia, Darcy entrou no banco de trás, deslizando para abrir espaço. Elle se sentou, as mãos pressionando a parte de trás do vestido enquanto entrava no veículo, aquelas estranhas botas de combate holográficas refletindo a luz de um poste e dando ao verniz preto um efeito de mancha de óleo contra a pele clara dela, à mostra até a barra do vestido, nas coxas.

Nem pense nisso.

Darcy virou o rosto, pinicando de calor, e encarou a janela com firmeza. As luzes dos bares e restaurantes abertos até aquela hora passavam num borrão, sinais de trânsito espelhados nas poças no chão. A cidade era um cenário em neon, ainda assim nem de perto colorido como a garota sentada ao seu lado.

Os alto-falantes do carro tocavam um tecno-pop alto, o motor elétrico ronronava, as batidas sintonizadas ribombavam pelo corpo de Darcy e penetravam até os ossos, deixando-a consciente dos próprios batimentos cardíacos. Acelerados, disparando ainda mais quando o motorista fez uma curva à direita e o pneu subiu no meio-fio, sacudindo o carro todo até Darcy, mais uma vez, perceber que Elle estava quase em seu colo.

Elle se equilibrou pondo uma das mãos na coxa dela. *Nem pense nisso* não ajudou em droga nenhuma quando aqueles dedos de unhas pintadas de esmalte azul descascado deslizaram até onde estava a mão de Darcy, segurando com força o próprio joelho, os nós dos dedos brancos de tanta força.

Nem pense nisso. Nem pense nisso. Nem pense nisso.

Tudo que Darcy estava conseguindo fazer era pensar, sim, nisso. Em como a mão de Elle era macia, os espaços entre seus dedos quentes quando ela os manobrou entre os de Darcy até que elas estivessem de mãos dadas no banco de trás do carro, enquanto Brendon, na frente, não tinha como vê-las.

Darcy tentou engolir em seco, mas sua boca estava seca demais.

Ela encarou as mãos das duas, seus dedos compridos fazendo com que os de Elle parecessem infantis. Elle era uma força da natureza, um furacão exagerado; as mãos eram pequenas demais, delicadas demais para alguém que irrompera na vida de Darcy com a delicadeza de uma bola de demolição.

O carro freou um pouco rápido demais e o estômago de Darcy virou do avesso como se ela estivesse numa das quedas da Space Mountain da Disney.

Darcy não era de aventuras, e não gostava de montanhas-russas. A probabilidade de se machucar em uma já havia sido calculada e definida em uma em vinte e quatro milhões. Mínimas, mas certamente maiores do que se ficasse em casa lendo um livro. Quando criança, ela as tolerava só por causa de Brendon.

Mas o que ela desgostava não eram as quedas, e sim os momentos antes delas, quando o carrinho frágil subia pelos trilhos de metal, cada vez mais alto, o coração ia até a garganta e você se segurava na barra de metal à frente como se estivesse prestes a morrer. Como se segurar uma barra de metal boba fosse poupá-la caso acontecesse uma emergência, um desastre. Aqueles momentos de ansiedade pouco antes da queda, quando todas as hipóteses de como aquilo poderia dar errado passavam pela cabeça dela e sair do brinquedo não era mais uma opção. Presa, sabendo o que estava por vir, com medo e incapaz de fazer qualquer coisa. Darcy odiava não estar no controle, odiava estar à mercê do *acaso*.

Aquele momento era exatamente igual. O carro acelerando por semáforos amarelos, um borrão de pessoas tropeçando para fora de bares, ela de mãos dadas com Elle no banco de trás. Darcy embarcara naquele montanha-russa e agora não podia mais sair. Ainda não.

O carro parou no meio-fio de um prédio de aparência meio suja, mas não perigosa, e a ansiedade dela continuou aumentando, as palmas das mãos começando a suar. Elle apertou os dedos de Darcy, parecendo estrangular seu coração disparado.

— Eu fico aqui.

— Certo — disse Darcy, tentando sorrir caso Brendon estivesse espiando. — Boa noite.

Ela ouviu uma tosse vinda do banco da frente. Brendon *estava* espiando, com uma das sobrancelhas erguidas.

Darcy revirou os olhos.

— Eu vou com você até a porta.

O motorista desligou o motor, e Elle finalmente soltou a mão dela, para que as duas pudessem sair do carro. Sem os dedos de Elle entrelaçados nos dela, Darcy ficou sem saber o que fazer com as mãos, de repente muito ciente delas, de todas as partes do próprio corpo e de seu lugar no espaço. Deveria enfiá-las nos bolsos? Não, a calça jeans era justa demais, os bolsos pequenos. Por fim, decidiu cruzar os braços, apertando os bíceps com os dedos enquanto as duas seguiam pelos degraus que davam na entrada do prédio.

Elle pôs uma das mãos na nuca, abrindo o fecho do colar. De dentro da gola do vestido, tirou duas chaves, penduradas de um cordão simples de prata.

Nem pense nisso.

— Eu estava pensando.

Elle bateu a pontinha afiada de uma das chaves no lábio inferior. O metal devia estar quente depois de ficar colado na pele dela a noite toda.

— Essa não — brincou Darcy, tentando se recompor.

Elle deu um chute de brincadeira na canela dela e os cantos de seus olhos se enrugaram com um sorriso.

— Eu me diverti hoje.

Darcy também, só que as palavras, um simples "eu também", ficaram presas na garganta quando a luz de um poste da rua reluziu nos olhos de Elle. Aqueles olhos não eram *apenas* azuis, mas também cinza, ranhuras prateadas saindo de uma nuvem negra no meio das pupilas.

— A gente devia se beijar — soltou Darcy.

Os olhos de Elle dobraram de tamanho.

Darcy era mais esperta que aquilo — sabia que beijar Elle era uma péssima ideia. Aquilo não levaria a nada; Darcy não *permitiria* que levasse a nada. E, no entanto, em algum lugarzinho interior, uma parte pequena e ilógica dela queria ter pelo menos um gostinho de Elle. Mesmo que fosse apenas aquilo. Um gostinho.

A parte opressivamente racional dela precisava explicar, se justificar, aplicar lógica a um desejo nem um pouco lógico.

— Meu irmão deve estar olhando.

Elle franziu o nariz.

— E isso deveria me dar vontade de beijar você?

Não, mas tornava aquilo menos perigoso. As probabilidades de se machucar numa montanha-russa eram poucas. Elas eram bem projetadas, testadas. Eram instalados cintos de segurança e medidas de precaução. Em se tratando de riscos, elas eram *seguras*. E aquele risco entre as duas era seguro porque, se era tudo de mentira, não existia a probabilidade de Darcy cair.

Ela riu, o som raspando na garganta.

— Isto é, ele deve estar esperando isso.

Elle baixou os olhos para o pequeno espaço entre as duas. Ela lambeu o lábio inferior, tirando um pouco do gloss. Darcy estava louca para sentir o gosto.

— Certo. Claro. Melhor você… — Então, pigarreou e levantou a cabeça, os olhos cintilando sob o brilho âmbar do poste. — Melhor você ser bem convincente, então.

Darcy parou de pensar em Brendon e se aproximou mais um pouco de Elle, eliminando toda a distância. Ela levantou uma das mãos, tentando ao máximo não tremer, e a pôs na cintura de Elle, puxando-a para perto até os joelhos das duas se tocarem levemente.

Não pense.

Com alguma sorte, o beijo seria horrível e Darcy nunca mais iria querer repeti-lo. Aquele ardor incômodo no peito se apagaria e tudo voltaria ao normal, o mundo voltaria a ser como deveria ser, de volta aos eixos.

Inclinando-se, Darcy tocou suavemente os lábios nos de Elle e a coisa foi como acender um fósforo, a faísca que ela se recusava a reconhecer criando uma chama com a menor fricção entre as bocas.

E foi mútuo, tinha que ser, porque Elle arfou, abrindo os lábios e transformando o que deveria ter sido uma *porra de um beijo falso* numa exploração frenética, selvagem e eletrizante. De repente, os dedos de Elle, os mesmos que tinham deslizado pelas lombadas de todos os livros de Darcy e deixado marcas de canetinha em sua mesinha de centro, estavam enterrados no cabelo dela, puxando-a para mais perto e mantendo-a bem ali.

Darcy cambaleou, a tontura fazendo a cabeça rodar, e pressionou Elle contra uma parede ao lado da porta do prédio. Se não fosse pelas mãos em seu cabelo e a proximidade dos corpos, ela poderia ter desmoronado com a sensação da língua quente de Elle passando por toda a extensão dos seus lábios. Ainda assim, um arrepio conseguiu se esgueirar pela espinha de Darcy, deixando seus joelhos bambos.

Inclinou os quadris contra Elle, desencadeando uma pulsação intensa dentro do próprio corpo. Alguma coisa estalou e ela sentiu o desejo se tornando mais forte que qualquer outra coisa. Darcy pressionou Elle com firmeza contra a parede e sentiu seus dentes retinhos, enfiou a língua mais fundo e explorou o céu da boca, colocando as mãos nos quadris de Elle, que estremeceu e derreteu com o toque. Os lábios dela eram doces, com gosto de morango, e a língua tinha sabor de hortelã. Darcy queria mais, subitamente ávida por um gostinho de…

A realidade a despertou na forma de uma buzina de carro. Elle fechou a boca, desviando o olhar. Darcy se virou, olhando feio para o carro e para o irmão pendurado da janela, com um sorriso idiota no rosto.

— Gente, arrumem um quarto! — gritou ele, piscando. Ou *tentando* piscar.

Brendon ganharia meias de Natal. Meias sem graça, pretas, daquelas com losangos.

Darcy olhou de volta para Elle, que estava mordendo o cantinho da boca. Seu coração apertou, não porque o mundo estava de volta ao lugar e aquele ajuste súbito fosse dissonante. Não, o mundo havia ficado torto, mais do que antes, porque, agora que havia tido um gostinho de Elle, queria mais.

Capítulo nove

Darcy não era boa em dar presentes. Já não era em circunstâncias normais, e aquela situação era tudo menos normal.

O que você dá para alguém com quem está saindo de mentira, alguém de quem você não deveria gostar, mas de quem está — de maneira preocupante — começando a gostar cada vez mais? Alguém que você não consegue tirar da cabeça, não importa o quanto se encha de trabalho, alguém cuja risada você não para de ouvir, alguém cujos lábios você pode jurar que ainda consegue sentir nos seus, mesmo dias depois do beijo? Darcy estava quase certa de que a *Cosmopolitan* não tinha um guia de presentes para a categoria namoradas de mentira. Vai entender.

Fosse o que fosse, o presente precisava dizer "parabéns" sem ser exagerado e precisava ser alguma coisa da qual Elle realmente fosse gostar. Um desafio interessante, visto que, como regra geral, Darcy geralmente se recusava a dar de presente qualquer coisa de que ela mesma não gostasse. Mas o gosto de Elle era tão… *peculiar* que seria necessário pensar fora da caixinha.

E era por este motivo que ela estava em pé no meio da loja de bebidas olhando não para os premiados Cabernet da região de Napa, mas para os — ela conteve um arrepio de horror — vinhos em caixa.

Uma caixa de cinco litros de Franzia Sunset Blush custava 18 dólares e 28 centavos. A caixa alegava conter o bastante para 34 taças, o que fazia cada taça de 147 mililitros custar aproximadamente 54 centavos. *Cinquenta e quatro centavos.* Menos de um dólar por taça de vinho.

Darcy franziu a testa para a caixa. Sua carteira gostava daqueles números, mas alguma coisa em pagar tão pouco por vinho parecia... irreal. Como se alguém fosse aparecer com uma câmera na cara dela, revelando a pegadinha e batendo nela com uma nota de cinquenta dólares.

Darcy segurou na alça e levantou a caixa, o papelão arranhando os dedos. Podia até ser mais barato que ar, mas era pesado como chumbo. Eles não podiam ter pelo menos feito um design um pouco mais ergonômico? Ela pagaria mais cinco dólares só por uma embalagem melhor.

O celular vibrou no bolso interno do casaco. Se aquela não era uma boa desculpa para pôr a caixa no chão, Darcy não sabia o que era.

Annie.

Darcy desbloqueou a tela e pôs o aparelho no ouvido.

— Oi, Annie.

Ela ouviu uma buzina ao fundo, seguida por xingamentos abafados.

— Darce! Como estão as coisas?

Darcy cutucou a caixa de vinho com a ponta do pé. Por onde começar? Ela não falava com a amiga desde o desabafo sobre a confusão em que se metera e sobre estar mentindo para Brendon.

— As coisas estão... complicadas.

— Complicadas. Hmm. E isso não teria a ver com uma certa loira bonitinha, teria? Pequena e com os olhos enormes grudados em você?

— O que você quer dizer com isso?

Ela ouviu mais uma buzina, misturando-se ao som de uma gargalhada de Annie.

— Brendon postou fotos da noite de vocês. Elle está olhando deslumbrada para você em todas, e você não fica muito atrás. Quando você está olhando para ela, ela está olhando para outra coisa. E vice-versa. É tão fofo.

O estômago de Darcy se revirou ao ouvir aquilo, dando uma pirueta em seguida.

— É tudo mentira.

— *Com certeza* — disse Annie, com certeza revirando os olhos. — Vocês vão se ver de novo quando?

Darcy olhou para a caixa aos seus pés.

— Considerando que estou comprando vinho em caixa para ela neste momento, eu diria que em breve.

— Espera, espera. Vamos com calma. Volta — pediu Annie, suspirando. — *Ich spreche mit meinem freund.*

— Isso é *alemão?*

— Estou em Berlim a trabalho. Esqueci de mencionar isso?

A pergunta ali era desde quando Annie falava alemão.

— Desculpe. O motorista do táxi achou que eu estava falando com ele. O que você estava dizendo?

— Não é nada. Brendon me contou que o acordo com o Ah Meus Céus foi finalizado hoje de manhã e perguntou se Elle e eu tínhamos planos para comemorar. Fiquei sem saber o que dizer e ele me olhou como se eu estivesse vacilando. Como se estivesse sendo, sei lá, uma péssima namorada. Então estou comprando um vinho em caixa para Elle, porque é o favorito dela. Sabe. Para parabenizá-la.

Annie ficou tanto tempo em silêncio que Darcy olhou para a tela, verificando se a ligação não tinha caído.

— Bem. Ok. Isso… Hum.

— Foram vários sons para não dizer *nada*.

— Eu estava emocionada, sua vaca. Leia nas entrelinhas.

— Se tem algo a dizer, *diga*.

A amiga riu.

— E seu irmão vai estar presente quando você presentear Elle com esse *vinho em caixa*?

— Você está sendo superesnobe, Annie.

Como a rainha do drama que era, Annie arfou.

— Olha, a suja falando da mal lavada. Pode parar de evitar minhas perguntas?

— Não — disse Darcy, se apoiando no corredor. — Brendon não vai estar. Aonde você quer chegar?

— Só achei interessante. Para que dar um presente à Elle se o seu irmão não vai estar lá para ver? A não ser que você *goste dela*.

— Eu…

Darcy gostava. Ela gostava de Elle. Só não sabia o que aquilo significava, se é que significava alguma coisa. Aquela era a última coisa na qual ela queria pensar, mas, como seu cérebro era um traidor maldito, aquele beijo era *a única coisa* na qual ela conseguia pensar. O beijo. O sorriso de Elle. O modo como os olhos dela brilhavam sob a luz dos postes. Sua *risada*.

Brendon podia até ter plantado a sementinha que a trouxera até a loja de bebidas, mas ela *queria* ver Elle.

Annie arfou.

— Ah meu Deus. Você está de sacanagem comigo. Você está gostando dela? *Elle?* A garota que derramou vinho no seu vestido favorito e que acredita em *amor verdadeiro*? — Annie riu. — Isso é perfeito, sabe disso, né? Você está estrelando sua própria comédia romântica, Darcy. Quando se der conta, haverá só uma cama no hotel e vocês terão que se aninhar juntinhas porque o cobertor é pequeno demais e…

Darcy apertou a ponte do nariz.

— *Annie. Para.*

— Você acabou de choramingar! — disse Annie, gargalhando. — Meu Deus do céu. Estou morrendo. Você está tão fodida. Adorei.

Ela tinha razão. Darcy estava extrema e profundamente fodida.

— Eu te odeio.

— Você me ama.

— Você teve a audácia de comparar minha vida a uma comédia romântica — disse Darcy, bufando. — Está igual a Brendon.

— Por falar no seu irmão, você não tinha me contado que ele tinha ficado tão gatinho.

Alguém por favor me mate imediatamente.

— Não seja nojenta, Annie. É do meu irmão mais novo que você está falando.

— Eu *sei*. — Annie disse mais alguma coisa em alemão para o motorista, rápido demais para Darcy tentar entender. — Ele sempre foi adorável, mas agora ele…

— Para. Pode parar por aí e, não importa o que houver, não termine essa frase.

— Eu só estava comentando! É que ele quase nunca posta fotos dele e, quando posta, são umas selfies com corte esquisito e péssima iluminação, e na metade do tempo ele está cobrindo parte da câmera com o polegar. Você pode até pensar que, com braços compridos como aqueles, ele conseguiria se enquadrar completamente, mas não. Quando vi aquela foto em grupo de vocês, levei um susto. O pequeno Brendon cresceu bem, era só isso que eu estava dizendo.

Darcy fungou.

— Brendon é bonito, sim. É claro que ele é. Ele é *meu* irmão, afinal.

Annie riu.

— Tá bom, tá bom. Chega de babar pelo seu irmãozinho. Saquei.

Eca.

— Obrigada.

Annie ficou em silêncio por alguns segundos.

— Mas, de verdade, como você está, Darcy?

Darcy mordeu o lábio inferior, dando de ombros, mesmo que Annie não estivesse lá para ver.

— Bem.

— *Darcy*.

Ela baixou o queixo.

— Confusa.

Annie suspirou baixinho.

— Eu não vou rir. Não se você não estiver rindo junto.

As duas eram amigas desde a quinta série, e Annie sempre estivera ao seu lado — no divórcio dos pais de Darcy, na mudança de ambas para a mesma faculdade, na morte da avó, em novos empregos, novos relacionamentos, relacionamentos *fracassados*. Annie havia tirado sozinha quase todos os pertences de Darcy do apartamento que ela dividia com Natasha, só para que Darcy não tivesse que fazer aquilo. Ela gostava de provocá-la, mas, se existia alguém capaz de imaginar como Darcy estava se sentindo, aquele alguém era Annie.

— Eu sei que não. Está tudo bem. É só que… Eu preciso me acalmar. Estou fazendo tempestade em copo d'água.

Darcy daria o vinho para Elle e iria embora. Faltavam oito semanas para o exame e ela precisava focar. Não no gosto dos lábios de Elle ou em como a risada dela fazia seu peito martelar, mas nos estudos. No dia anterior, seu chefe havia perguntado como estavam os preparativos, antes de soltar a bomba de que Jeremy, um colega, *também* faria o exame final em janeiro. O sr. Stevens queria dar a promoção a Darcy, visto que Jeremy estava na empresa havia quatro meses e ela seis, mas, se ela não passasse…

Ela passaria.

Darcy ouviu Annie disparando alguma coisa em alemão mais uma vez e olhou para o vinho aos seus pés.

— Olha, Annie, é melhor eu desligar. Me liga mais tarde, tá? Quando não estiver num táxi.

— Darcy? Darcy, só mais uma coisa. Eu não vou ser como seu irmão e te pressionar para sair por aí se você ainda não estiver se sentindo pronta, mas a vida é curta. *Carpe diem.*

De acordo com seu signo, qual é a sua atividade de fim de ano?

Áries – Batalha de bolas de neve

Touro – Uma fornada de rabanadas

Gêmeos – Viagem para esquiar
Câncer – Maratona de filmes de Natal
Leão – Karaokê com músicas de Natal
Virgem – Amigo oculto
Libra – Alguma atividade voluntária
Escorpião – Sessão de fotos com o Papai Noel
Sagitário – Bebemorar
Capricórnio – Decorar a árvore
Aquário – Compras de Natal no brechó
Peixes – Patinação no gelo

Os pés de Elle estavam dormentes e ela sentiu os dedos formigando e pinicando quando tentou se apoiar neles. A pessoa à porta bateu mais uma vez.

— Um segundo!

Foi um minuto, na verdade, até ela conseguir cambalear pela casa e abrir a porta. Darcy estava parada ali com um vinho em caixa embrulhado em um laço rosa-choque. Elle piscou algumas vezes. Só podia estar vendo coisas. Tinha que ser.

Mas Darcy pigarreou, levantando a caixa. *Não* era imaginação.

— Oi.

— Oi — ecoou Elle. — Desculpa, hm, entra.

Recuou para deixar Darcy passar. Ela parou a centímetros da entrada da cozinha, apenas o suficiente para que Elle pudesse fechar a porta.

— Aqui — disse Darcy, enfiando o vinho em caixa nos braços de Elle. — Trouxe pra você.

Elle segurou a caixa, o laço de cetim gelado na pele de seu pulso.

— Obrigada?

— É para te parabenizar pelo fechamento do contrato. — Darcy pôs uma mecha de cabelo atrás da orelha e deu de ombros. Ela estava mais uma vez de saia lápis, dessa vez azul-marinho, ajustada nos quadris de forma perfeita, o que deixou a boca de Elle seca. — Meu irmão me contou.

— Aí você me trouxe um vinho em caixa?

— Sim?

Elle deu uma risadinha.

— Uau, que surpresa… Não foi sofrimento demais comprar vinho em caixa?

Darcy cruzou os braços.

— Bom, mas você gosta, então…

Elle mordeu o lábio inferior, alguma coisa em seu peito se apertando e esquentando.

— Não precisava, mas obrigada. Quer entrar? Tomar uma taça?

Darcy franziu o nariz arrebitado, uma ruguinha aparecendo.

— Preciso ir pra casa e estudar para o exame. Eu só vim deixar isso e…

— E?

Te ver? Te beijar de novo? Elle prendeu a respiração.

— E te dar parabéns.

Claro.

Não que Elle não estivesse feliz — para não dizer aliviada. O acordo com o OTP havia, sim, sido oficializado, mas ela esperava que a visita de Darcy significasse que talvez aquele beijo tivesse mudado as coisas para ela. Que ela também tinha sentido a Terra chacoalhar. Que havia sido algo a mais.

Talvez não.

Mas, mesmo assim, lá estava Darcy, parada na entrada da casa dela.

— Certo. — Darcy pigarreou e apontou para o vinho. — Eu não sabia se você ia querer postar isso em alguma rede ou coisa assim. Já que Brendon segue você.

Elle sentiu aquilo como um soco no estômago. Claro que aquilo tudo era só para convencer Brendon. Era disso que se tratava o acordo entre as duas. Que tolice da parte dela pensar outra coisa.

— Claro. Boa ideia.

Darcy contraiu a mandíbula, levantando o queixo, o olhar duro, determinado.

— Olha, Elle…

Um ronco diabólico subiu do estômago de Darcy, tão alto e horroroso que Elle arregalou os olhos. Darcy ficou vermelha, fechou os olhos e apertou os lábios.

Elle teve vontade de tocar onde o rosto dela estava vermelho, sentir o calor nas pontas dos dedos.

— Está com fome?

— *Claramente* — respondeu Darcy, bufando. — É melhor eu ir antes que meu estômago se autodevore.

— Bem sexy — disse Elle, apoiando o ombro na parede e mudando a caixa de vinho de braço, o bíceps começando a doer. — Ou você pode ficar. Eu tenho… — Ela fez uma breve recapitulação mental do que havia na geladeira. Salsa. Suco. Sanduíches congelados. — Ou podemos sair para comer.

Darcy apertou os lábios, parecendo realmente arrependida.

— Não posso, eu tenho…

— Que comer, certo? Podemos fazer isso juntas. — Como Darcy demorou para dizer não, Elle resolveu insistir. — Posso postar uma foto nossa no Instagram. E te dar um resumo sobre o Dia de Ação de Graças. Explicar o que você deve esperar.

Darcy baixou a cabeça e deu um risinho.

— É, estou com fome demais para cozinhar.

— Isso é um sim?

— Claro. Por que não?

✡ ✡
✡

O Katsu Burger ficava a apenas quatro quarteirões e era um pé-sujo que servia os melhores sanduíches empanados japoneses que Elle já tinha provado. Não era nada sofisticado, mas a comida era fantástica, barata, o atendimento excepcional e o lugar não muito barulhento, uma combinação difícil de encontrar naquela parte da Broadway.

Elle apontou com o polegar por cima do ombro.

— Quer pegar uma mesa enquanto eu peço?

Darcy olhou para o cardápio na parede com os olhos esbugalhados.

— Não faço a menor ideia do que vou querer.

— Vai sentando. Eu sei o que é bom aqui, sério. Confie em mim.

— Nada com laticínios, tá?

— Entendido.

Caminhando para as mesas desocupadas, Darcy deu mais uma olhada desconfiada para Elle, o que a fez revirar os olhos.

Depois de fazer os pedidos, Elle abriu caminho entre o labirinto de mesas até chegar à que Darcy havia escolhido, num canto no fundo. Ela desabou na cadeira e parou para olhar uma segunda vez o tampo da mesa.

— O que…

O saleiro e pimenteiro, as garrafas de pimenta e de molho shoyu *e* o porta-guardanapo tinham sido posicionados no centro, dividindo o espaço entre Darcy e Elle. Como um fosso, só que sem a água.

Darcy abriu um sorrisinho sarcástico.

— Eu gosto da roupa que estou usando.

— O que isso tem a ver com... Ah. *Ah.*

Elle sentiu o rosto ficar quente, um cor-de-rosa inconfundível que sem dúvidas estava se espalhando do seu pescoço para cima.

— *Um* acidente e você já está tomando medidas de precaução?

— Dois — argumentou Darcy. — Você também derramou vinho na minha cozinha.

— Uma vez é um caso isolado, duas uma mera coincidência. *Três*, sim, é um padrão. Mas sinto muito por aquilo — disse Elle, se encolhendo. — Foi... Ai.

A vergonha daquele dia voltou. A lembrança da taça tombando e batendo na mesa, o vinho caindo em Darcy... fresca, como se tivesse acabado de acontecer. Elle cobriu o rosto com as mãos e gemeu.

— Não foi uma primeira impressão muito boa.

— Não é como se a minha tivesse sido muito melhor — respondeu Darcy, parecendo tensa, os lábios franzidos para um lado. — Olhando agora parece tão trivial. É só que... era meu vestido preferido. Ele foi da minha avó. É isso.

Elle sentiu um embrulho no estômago.

— E saiu? A mancha?

Darcy levantou a cabeça e sorriu discretamente.

— Saiu. Minha lavanderia a seco faz milagres.

Elle suspirou de alívio, relaxando os ombros. Graças a Deus.

— Duas bombas de saquê?

A loira olhou para cima, sorrindo para a garçonete equilibrando uma bandeja com duas cervejas, dois shots de saquê e dois pares de hashis.

— Obrigada.

Do outro lado da mesa, Darcy a fuzilou com o olhar.

— *Bombas de saquê?*

Tudo bem, talvez aquela não tivesse sido *a melhor* escolha, mas também não era algo que fazia sujeira. Dava para beber com cuidado... se tivesse concentração.

Dando de ombros, Elle abriu seus hashis e os apoiou sobre a borda do copo de cerveja, afastados o bastante para que equilibrassem o copinho de shot. Pelo visto, Darcy precisaria de um pouco de persuasão, pois tudo que ela fez foi cruzar os braços e a encarar.

— Qual é. É divertido. Você bate na mesa, faz o shot cair na cerveja, e tenta terminar primeiro — explicou, subindo e descendo as sobrancelhas. — Não está com *medo,* né? Está com medo de perder?

Estreitando os olhos, Darcy pegou seus hashis de cima da mesa e os apoiou sobre o copo. Quando estava prestes a pegar o saquê, a mão pairando acima do copo de shot, mudou de ideia e a levou até o primeiro botão da blusa. Encarando Elle do outro lado da mesa com os olhos castanhos, Darcy curvou o cantinho da boca e abriu os botões de pérola, um por um.

Elle ficou de boca seca.

— O que você está fazendo?

Os dedos hábeis de Darcy alcançaram o meio do peito, revelando a borda de uma renda nude. Uma segunda pele.

— Como já disse, eu gosto dessa roupa. Se quer tanto me desafiar a beber com você, eu não gostaria de estragar mais uma peça.

Elle se forçou a tirar os olhos do decote de Darcy e mexeu nos hashis em cima da cerveja.

— Ah. Boa ideia. Eu, er, gostei desse modo de pensar.

Darcy riu baixinho e terminou de abrir a blusa, deslizando--a pelos braços e pendurando-a nas costas da cadeira ao lado.

— Nunca tomei um desses antes. A gente conta até três?

— Você nunca tomou uma bomba de saquê?

Elle a fitou. O que Darcy fazia na faculdade, se não ir a uma quantidade indecente de festas temáticas bregas com drinques de todos os países? *Estudava?* Elle levantou o copo de shot para demonstrar.

— Vamos lá, você equilibra o saquê sobre os hashis, assim. Depois conta até três, de preferência em japonês. *Ichi, ni, san*, e aí grita *saquê* e dá um murro na mesa. O shot cai dentro da cerveja e você bebe tudo de uma vez.

Darcy fechou os olhos e gemeu baixinho.

— Tá falando sério?

Elle riu.

— Você não é *obrigada*.

Darcy jogou os ombros para trás, endireitando as costas e, quando abriu os olhos, seu rosto estava inflexível e determinado. Elle se ajeitou no assento. *Moleza*.

— Pronta?

— Mais do que nunca — murmurou Darcy.

— Certo. *Ichi, ni, san*... saquê!

Elle deu um murro na mesa, sua risada se misturando à gargalhada alta de Darcy antes de as duas virarem suas bebidas. Elle estreitou os olhos e abriu a garganta, engolindo o máximo da cerveja amarga o mais rápido que conseguia. A bebida espumosa, um pouco quente demais, escorreu pelo queixo, descendo pelo pescoço enquanto os olhos e pulmões ardiam, este último exigindo que ela parasse para respirar. *Só mais um pouquinho.*

O estampido do vidro contra o tampo de fórmica da mesa a fez abrir os olhos. De bochechas rosadas e queixo encharcado, Darcy sorria, ofegante, sem fôlego mas orgulhosa.

Elle baixou o copo, um dedo de cerveja ainda por beber.

— Que porra foi essa?

Darcy jogou a cabeça para trás e gargalhou. *Merda.* Uma gotinha de cerveja deslizou por seu pescoço e Elle teve vontade de lambê-la, de sentir o gosto da pele dela. Trincou os dentes.

— O que eu ganho?

Elle bufou e terminou o que restava da cerveja.

— O direito de se gabar? Eu não sei. Tinha alguma coisa que você queria?

Ou a cerveja estava batendo forte, ou Elle estava vendo coisas ao notar o olhar da ruiva.

Darcy deu de ombros e fungou, jogando o cabelo por cima de um ombro delicadamente sardento.

— Vou pensar no assunto.

Elle também ia.

— Você é cheia das surpresas, sabia?

Darcy inclinou a cabeça, franzindo levemente a testa.

— O que quer dizer com isso?

— Exatamente o que eu disse. — Elle rasgou a embalagem de papel de seus hashis ao meio e continuou. — É campeã em virar cerveja e vê novelas? Ou pelo menos sabe o bastante sobre elas para acertar a pergunta de um quiz que ninguém mais soube responder.

Darcy ficou séria, os olhos inexpressivos, fitando a mesa.

— E o que tem isso?

Elle não quis insinuar nada com aquilo, muito menos ofender.

— Nada. É apenas... inesperado. Eu acho legal.

Darcy bufou.

— Tá bom.

— Acho *mesmo.* Por que eu mentiria? Sério, o que eu teria a ganhar sendo qualquer outra coisa que não completamente sincera?

Darcy pareceu pesar as palavras, a desaprovação em seu rosto se desfazendo.

— Ah.

— *Ah* — repetiu Elle, provocando.

— A maioria das pessoas tira sarro das novelas. As tramas são forçadas e... Pelo amor de Deus, os personagens morrem e ressuscitam. Mas a minha avó era obcecada.

O sorriso de Darcy era afetuoso e nostálgico, sua voz mais baixa ao continuar a explicação:

— Todo verão, e também depois que nos mudamos para a casa dela, nós assistíamos juntas. Era o nosso programa. Todo dia, à uma da tarde, levávamos limonada e sanduíches para a sala e assistíamos a *Whisper Cove* e depois a *Days of Our Lives.* Todo santo dia.

— Parece legal — respondeu Elle, rasgando mais a embalagem de hashi para não fazer nada idiota, como segurar a mão de Darcy.

— Eu sei que é bobagem — continuou Dancy, pelo visto ainda achando que precisava justificar seus interesses, diminuí-los ao se distanciar emocionalmente deles.

— Não é bobagem, não se você gosta. E, mesmo que fosse, bobagem não é algo ruim.

Existiam muitas coisas piores.

— Brendon disse algo parecido.

— Eu sabia que existia um motivo para eu gostar dele — disse Elle, sorrindo. — Ele parece ser um ótimo irmão.

O sorriso de Darcy se tornou imensamente afetuoso, os cantos de seus olhos enrugando.

— Ele é. Às vezes sufocante…

— Tenho certeza de que ele só quer seu bem.

— É, bem, só que ele esquece que não é trabalho dele cuidar de mim. Na verdade é o contrário.

Elle juntou os pedacinhos rasgados de papel num montinho e empurrou o copo vazio de cerveja para o lado, abrindo espaço para apoiar os cotovelos.

— Posso fazer uma pergunta?

Darcy ergueu as sobrancelhas.

— Você pode fazer…

O *não significa que eu vá responder* estava implícito.

— Você e Brendon… Às vezes você fala como se o tivesse criado.

Darcy fez um biquinho e engoliu em seco. Baixou os olhos para a mesa e passou o dedo por uma depressão na superfície.

— Eu… Não foi bem assim. Já contei que nossos pais se divorciaram, certo? Foi no verão do meu penúltimo ano no ensino médio. Minha mãe ficou com a guarda, que meu pai nem tentou pedir, porque passava duas semanas por mês viajando. Mas… — Darcy contraiu a mandíbula, apertando tanto a mesa arranhada com o dedo que a ponta dele ficou branca. — Minha mãe não lidou nada bem com o término. Ela ficou tão arrasada que meio que… desistiu.

Em que *sentido*?

Darcy evitou que Elle tivesse que pensar numa forma educada de perguntar.

— Ela dormia o dia todo e depois ficava acordada até de madrugada. Então parou de sair de casa. Mal saía do quarto, na verdade. Alguém precisava se mexer, então era eu quem levava Brendon à escola, buscava, o levava para as atividades extracurriculares. Ninguém passou fome, mas eu também não pensava em pagar a hipoteca, e pelo visto nem minha mãe, então alguns meses depois a casa foi penhorada e fomos morar com minha avó.

— Penúltimo ano do ensino médio... Você tinha...

— Eu tinha 16 anos. Brendon tinha 12.

Jesus.

— E sua mãe conseguiu...

Melhorar soava tão bobo.

— Minha avó a ajudou a encontrar um emprego. Forçou, na verdade. Era isso que você ia perguntar? Ela era fotógrafa, de retratos, casamentos, fotos de formatura, esse tipo de coisa, mas quando nasci ela parou de trabalhar para cuidar de mim, e depois, quando eu já tinha crescido um pouco, para poder trabalhar com meu pai. Depois do divórcio, ela passou a fazer fotografias de viagens, o que a permite viajar pelo mundo, por onde bem entender. O que ela prefere. — Darcy deu de ombros, a alça de sua segunda pele escorregando do ombro. — Nunca fomos muito próximas.

— Pelo menos você tem Brendon.

Um garçom parou ao lado da mesa equilibrando uma bandeja com dois hambúrgueres gigantes.

— Dois Monte Fuji?

— Que merda é...? — sussurrou Darcy assim que ele saiu. — *Elle.*

Elle encarou seu hambúrguer triplo com os olhos arregalados.

— Eu não achei que seriam *tão* grandes assim.

— O que *tem* aqui? — perguntou Darcy, cutucando o pão do hambúrguer e franzindo o nariz de forma adorável.

— Hum… carne, frango e porco empanados, ovo, bacon, picles, tomate, repolho, maionese de wasabi e alguns outros molhos que eu esqueci. Pedi para tirarem o queijo do seu.

Elle pegou uma penca de guardanapos do porta-guardanapos no meio da mesa. Teve a impressão de que precisaria deles.

— Como se começa a comer essa coisa? — balbuciou Darcy. — Eles não dão talheres?

Elle arfou.

— Comer hambúrguer de garfo e faca deveria ser *crime*. É só enfiar a cara, torcer para não fazer muita sujeira e cair de boca.

— Você tem bastante experiência nisso?

— Geralmente eu peço o Tokyo Classic, que tem… — Então entendeu o que Darcy havia dito. — *Uau.*

Darcy abriu um sorriso malicioso, exibindo os dentes perfeitos.

— Ah, qual é, você estava praticamente *implorando* por uma piada dessas.

Elle bufou e envolveu o hambúrguer gigantesco nas mãos. Ela mal conseguiu abrir a boca o suficiente, dando uma mordida desigual no pão e em um pedaço de repolho e tendo que recomeçar em outra parte.

Darcy, por outro lado, estreitou os olhos para examinar o hambúrguer, então o amassou ao máximo na palma da mão até que ele estivesse da metade do tamanho original. Ela o levou até a boca e deu uma mordida nada elegante, a maionese de wasabi e molho *tonkatsu* escorrendo pelo queixo enquanto ela gemia, revirando os olhos à medida que o sabor ia despertando suas papilas gustativas.

Elle escondeu o sorriso por trás do hambúrguer.

— E aí, numa escala de um a dez, o que achou?

Darcy limpou o queixo e parou para pensar.

— Um belo nove ponto dois. E você?

— Um onze, fácil.

— Você disse de um a dez.

— É uma hipérbole. Às vezes não dá para seguir o protocolo. Como quando você tem duzentos por cento de certeza de alguma coisa. Nunca sentiu isso?

Darcy a encarou sem dizer nada, por um tempo tão longo que Elle se contorceu.

— É um hambúrguer. Não acho que seja algo tão profundo assim.

Elle riu e deu mais uma mordida.

— E você?

— O que tem eu? — perguntou Elle após terminar de mastigar.

Darcy baixou o hambúrguer e pegou mais um guardanapo.

— É próxima de algum dos seus irmãos e irmãs?

Aquilo era… relativo.

— Acho que sou mais próxima de Daniel. Temos só dois anos de diferença, então isso ajuda. Mas hoje em dia Jane e ele são os que têm mais coisas em comum.

Elle pegou sua água e tomou um gole.

— Não que eu brigue com Jane nem nada, só estamos em sintonias diferentes. Mas ela me deixa cuidar do meu sobrinho, então acho que pelo menos me considera confiável o bastante para cuidar de uma criança de colo.

Darcy sorriu com o canudo na boca.

— Por que tenho a sensação de que você é surpreendentemente boa com crianças?

Elle debochou.

— *Surpreendentemente?* Com licença, mas Ryland tem sorte em ter uma tia como eu. Posso até não saber cozinhar, mas faço artes incríveis com macarrão seco e crio vozes diferentes para todos os personagens dos livros dele.

Pedidos de última hora para cuidar de Ryland eram comuns, porque, na cabeça de Jane, como Elle *trabalhava* de casa, os horários dela eram flexíveis. Elle só não reclamava porque gostava.

— E sua outra irmã?

— Lydia? — Elle deu de ombros. — Eu e ela somos água e óleo. Ela idolatra Jane e já descobriu há muito tempo que a única maneira de ter a aprovação dos nossos pais é fazer tudo conforme as regras, mas ainda assim, é duro competir com Jane e Daniel, porque tudo que você faz, eles já fizeram, talvez melhor. Eles foram alunos exemplares, Daniel foi presidente do grêmio estudantil, os dois faziam milhões de esportes e agora ambos têm ótimas famílias e empregos. Prepare-se para Lydia ser meio chata, porque na cabeça dela a única maneira de ficar bem na fita é apontando os meus defeitos.

Darcy franziu a testa.

— Seus pais não aprovam seu trabalho?

Aprovar? Quem dera.

— Eles meio que pararam na fase de "aceitar contra a vontade", e nós quase não conversamos mais sobre eu não ter um emprego tradicional e estável com um plano de aposentadoria. Não que isso ainda exista por aí. Minha mãe faz um comentário aqui e ali sobre o que eu faço e como ela queria que eu sossegasse com uma das pessoas agradáveis e chatas que ela me arranja. De vez em quando, pego Jane me olhando como se eu fosse um enigma estranho, vindo de outro planeta para ela resolver, mas na maior parte do tempo todo mundo apenas me ignora. — *Merda.* Elle fez uma careta. — Quer dizer, eles não me *ignoram*. As coisas que importam para mim só não importam muito para eles.

O vinco entre as sobrancelhas de Darcy ficou ainda mais fundo.

— Mas você queria que importasse. Para eles.

— Bem, é claro.

Óbvio.

— Mas, diferente de Lydia — prosseguiu Elle —, eu resolvi há muito tempo que não vou mudar quem sou só para me adequar aos outros.

— E onde eu entro nisso tudo? No feriado de Ação de Graças?

Certo. *Ação de Graças.* Era esse o motivo para as duas estarem ali, não para se conhecerem *só por conhecer*.

— Para fingir que gosta de mim — respondeu Elle, com uma risada constrangida e evitando encarar Darcy. — Você tem o tipo de emprego que grita "estou no controle da minha vida", então se minha família pensar que você gosta de mim e te ouvir dizendo o quanto me acha incrível, talvez eles me vejam sob um novo ângulo sem que eu tenha que, sabe como é, *mudar* algo.

— Posso fazer isso — disse Darcy, assentindo.

Elle sentiu um aperto no peito, desejando que Darcy não tivesse que *agir* como se gostasse dela.

— Algo mais que eu deva saber ou seguiremos no improviso?

Ha-ha. A própria Elle ainda tinha muito o que aprender para conseguir navegar pelas águas de um jantar formal na casa de seus pais.

— Se serve de consolo, você provavelmente se encaixa melhor na minha família do que eu.

✡ ✡ ✡

Apesar do bom senso que dizia que ninguém deveria jamais comer uma coisa maior do que a própria cabeça, as duas conseguiram terminar os hambúrgueres e ainda dividir uma porção de chips de algas *nori*.

Ao sair, Elle cruzou os braços por causa do frio e sorriu para Darcy, que tinha sido mais esperta e vindo de casaco. Elle ficara surpresa demais com a visita inesperada para lembrar de pegar o dela.

— Bem. Isso foi legal.

Darcy assentiu.

— Foi mesmo. Obrigada pelo hambúrguer. Tem certeza de que não quer que eu pague minha parte?

Elle dispensou a oferta.

— Nah, é por minha conta.

Ela não sabia se as duas estavam paradas ali na esquina porque o sinal estava vermelho ou se por algum outro motivo.

— Certo. Bom…

— Eu te acompanho — soltou Darcy. — O tempo está bom.

Estava *congelando*, mas tudo bem, Elle não ia discutir. Era bom ter companhia.

Elas desceram dois quarteirões, parando na esquina da Pike com a Broadway para esperar o sinal abrir. Quando Elle olhou para ver se estavam vindo carros, um letreiro de neon pendurado em uma janela chamou sua atenção. Ela pegou o pulso de Darcy e a puxou para a direção contrária.

— O que foi? Aonde vamos? Sua casa fica para lá.

— Mudança de planos — declarou Elle, parando na frente de uma loja com uma placa dizendo O LIXO DE UNS..., o que a fez rir baixinho. — É o meu brechó favorito.

— E estamos aqui porque...?

Darcy olhou para a vitrine de manequins seminus posicionados como se estivessem numa orgia.

— Porque estava quase me esquecendo da minha tradição de Ação de Graças preferida. É a única coisa *estranha* que a minha família faz, se é que se pode chamar assim. — Elle pôs a mão na maçaneta da porta, ansiosa para entrar e fugir do frio. — Nós usamos os suéteres de Natal mais feios e bregas que encontrarmos — explicou. — Fazemos isso há anos. Você também vai *ter* que usar um.

Darcy não discutiu, apesar de fazer uma careta e torcer os lábios como se começasse a se arrepender do plano todo, se é que já não tinha se arrependido.

O interior da loja tinha cheiro de amaciante, produto de limpeza e, por baixo daquilo, naftalina e suor, que Elle tentou ignorar ao máximo. Contornando a arara da entrada, repleta de casacos de inverno, Elle puxou Darcy para o meio da loja, onde ficavam as peças mais diferentes.

Darcy puxou um vestido bufante com crinolina enfiado entre uma velha camiseta com os dizeres DIGA NÃO ÀS DROGAS e uma jaqueta de couro.

— Meu Deus. A disposição das peças não faz o menor sentido. Como é que se procura alguma coisa aqui?

— Não procura. Não de verdade. Aqui, são as coisas que tendem a encontrar você.

— Como se isso não fosse um mau sinal. — Darcy pendurou o vestido de volta na arara. A barra sustentando os cabides fez um rangido baixo, e de repente a arara inteira despencou sozinha. — Merda.

Darcy se abaixou, tentando arrumar a confusão. Alguma coisa verde e brilhante no meio da pilha de roupas chamou a atenção de Elle.

— Calma, calma aí.

Ela pegou o item em questão e lá estava: um suéter. E não era um suéter qualquer, mas uma monstruosidade em tricô, esdrúxula, com um Grinch bordado em paetês.

Darcy recuou, esbarrando com o cotovelo em uma prateleira de sapatos.

— Ui. *Não*. Com certeza não. Nem se você me pagar.

Elle fez tudo o que tinha direito: um biquinho que esperava ser convincente e olhos arregalados.

— Eu avisei. Aqui, são as coisas que encontram você.

— Não — disse Darcy, sacudindo a cabeça. — Isso é *odioso*.

— Melhor ainda! É para ser feio mesmo.

— Feio é um eufemismo, Elle. Isso chega a ser ofensivo.

Elle atirou o suéter para Darcy, que deu um gritinho e recuou mais um passo.

— Só experimenta.

Darcy ficou pálida.

— *Experimentar?* Está de sacanagem comigo? Não sei onde isso esteve nem quem usou. Eu não vou comprar, mas, se fosse, pode apostar que eu lavaria antes.

— *Affe*. — Elle jogou a cabeça para trás e gemeu. — Meu Deus do Céu. Não me admira que você tenha encontrado logo uma peça com o Grinch. Você está de segunda pele. Vai ficar tudo bem.

Bufando, Darcy pegou o suéter de Elle e foi pisando forte até os provadores, balbuciando alguma coisa baixinho.

Elle esperou do outro lado da cortina, rindo ao ouvir Darcy murmurando sozinha alguma coisa sobre *maldito suéter* e como ela *esperava não pegar sarna ou coisa assim* e é bom *que Elle fique satisfeita.*

Satisfeita era pouco. Quando Darcy abriu a cortina e saiu do provador, Elle se dobrou de tanto rir. Darcy estava praticamente se afogando no suéter três números maior do que o dela, indo quase até os joelhos. Quando levantou o braço para mostrar o dedo do meio a Elle, o suéter deslizou pela mão dela e o excesso de tecido fez parecer que ela tinha asas. Sem contar com a atrocidade que era o Grinch de paetês, os olhos alinhados com perfeição na altura dos seios de Darcy.

Darcy coçou o pescoço, perto da gola, arregalando os olhos.

— Estou com coceira. Por que estou com coceira?

— Provavelmente é psicológico. Ou você se acostumou tanto a usar tecidos caros que poliéster te dá alergia?

— Argh.

Darcy tirou o suéter, o cabelo se arrepiando com a estática. A alça da segunda pele deslizou por seu ombro mais uma vez, e a do sutiã fez o mesmo. Elle engoliu em seco.

— Feliz?

— *Hmmm.* Vou ficar se você comprar.

Darcy largou o suéter no chão e pegou sua blusa.

— É *horrível.*

— É incrível. Você *tem* que usar.

— Usa você, já que gostou tanto.

Elle já tinha um suéter.

— Ele encontrou você, Darcy. Foi o *destino.*

Darcy suspirou.

— Todo mundo vai estar usando um?

— Aham. E se você não usar vai destoar de todo mundo.

Darcy olhou da cara de pidona de Elle para o suéter jogado no chão.

— *Por favor.* É uma tradição.

Darcy relaxou os ombros e disse:

— Certo. Mas vou lavar antes.

Elle não conseguiu evitar. Correu e atirou os braços em volta de Darcy, abraçando-a com força.

— Obrigada.

Como da primeira vez em que Elle a abraçara, Darcy a princípio ficou dura. Mas dessa vez ela relaxou em menos tempo e a abraçou de volta, também pela cintura. Teria sido impossível não sentir as batidas fortes do coração de Elle debatendo-se dentro do peito, seus corpos juntos.

Darcy foi a primeira a se soltar, recuando, as mãos deslizando para baixo e os dedos tocando na parte baixa das costas de Elle. As duas ficaram cara a cara, tão próximas que Elle poderia chegar o rosto mais perto e beijar Darcy bem ali. Ela vacilou, sentindo os joelhos ficarem bambos com o sorriso gentil que foi aberto para ela.

— Não... não é nada. É só um suéter.

Não era só um suéter, mas Elle ficou quieta, por medo de falar demais. Em vez disso, ela se afastou e apontou para a arara das peças recém-chegadas.

— Vou dar uma olhadinha no resto da loja, tudo bem?

Darcy assentiu e começou a abotoar a fileira de pequenos botões de pérola de sua blusa.

O que Elle mais gostava na O Lixo de Uns era que eles tinham um pouquinho de tudo. Prataria antiga? Ternos que pareciam saídos diretamente de *Os embalos de sábado à noite*? Eles tinham acessórios para casa, cacarecos, uma coisinha para cada tipo de pessoa.

Darcy se juntou a Elle, que estava salivando por uma jaqueta estilo colegial que, em vez de ter o nome de um time bordado nas costas, tinha um desenho gigantesco da Samantha de *A feiticeira*.

— Brendon e eu amávamos essa série quando éramos pequenos. Quando passávamos o verão na casa de vovó, ela deixava a gente construir fortes de travesseiros na sala e ficar acordados até tarde vendo *A feiticeira* e *Jeannie é um gênio*, até apagarmos no chão mesmo.

Elle passou os dedos pelo bordado e sorriu.

— Quando eu era criança, tinha certeza de que eu era uma bruxa e os outros integrantes da família meros mortais, e por isso eu era diferente. Mas nunca consegui franzir o nariz como Samantha — disse Elle, sorrindo. — Você tem um nariz bem Samantha, sabia?

Darcy beliscou a ponta dele, franzindo a testa.

— Como assim?

— Por que você sempre acha que o que eu digo tem outro sentido por trás? Foi um elogio. Eu só quis dizer que eu… — *Gosto do seu rosto.* — Que eu acho seu nariz bonitinho.

Parecia que alguém havia aumentado o aquecimento da loja até um milhão de graus. Era como se Elle estivesse na superfície do sol em vez do inverno de Seattle com uma camiseta nada adequada para o clima. Ela ignorou a vermelhidão subindo pela nuca e encarou Darcy de canto de olho, notando um tom idêntico pipocando no queixo dela.

— Ah — disse Darcy, pigarreando. — Obrigada.

Elle mordeu a bochecha e cantarolou, virando a etiqueta na roupa para ver o preço. As sobrancelhas se ergueram de susto. *Deixa pra lá.*

Seguindo um pouco além pelo corredor, Elle parou diante de uma vitrine de bonecas assustadoras que Darcy se recusou a olhar porque ela "já vira filmes de terror o bastante para saber no que aquilo poderia dar, muito obrigada". Quando Elle parou para dar uma olhada em alguns acessórios vintage para o cabelo, Darcy foi pagar pelo suéter.

Olhando uma última vez para o fundo da loja, onde estava a jaqueta com o bordado de *A feiticeira*, Elle foi até a porta esperar por Darcy.

Preparando-se para enfrentar o frio, ela cruzou os braços, se encolheu e baixou o queixo, saindo para a calçada. De repente, sentiu dedos quentes a puxarem pelo cotovelo.

— Toma — disse Darcy, lhe entregando um tecido embolado.

A jaqueta. A que Elle ficara com tanta vontade de comprar. A que custava noventa dólares. Caríssima. O coração de Elle foi parar na garganta e se tornou um caroço difícil de engolir.

— Darcy…

— Você vive se esquecendo de usar casaco. Comecei a me perguntar se você sequer tem um — disse ela, olhando para um ponto acima do ombro de Elle.

Elle apenas segurou a jaqueta contra o peito, sem conseguir dizer uma palavra.

— Não foi nada — continuou Darcy. — Você pagou meu jantar. E os drinques naquela primeira noite. Considere isso como mais um modo de te parabenizar pelo contrato com o OTP.

Darcy fungou baixinho e coçou o nariz. Tudo em que Elle conseguiria pensar toda vez que usasse aquela jaqueta seria em Darcy franzindo seu narizinho arrebitado.

A caixa de vinho não condizia com um "não foi nada" e *aquilo*, a jaqueta, definitivamente não condizia com um "não foi nada". Tinha sido *alguma coisa*, Elle só não sabia o quê. Mas ela gostava, gostava que Darcy tivesse pensado nela, que tivesse feito aquela gentileza sem motivo algum. Apesar do que ela dissera, apesar do que ambas disseram, Darcy não a pressionou nenhuma vez para postar uma foto de forma que Brendon as visse juntas. Elle não sabia o que nada daquilo significava, mas tinha a sensação de que o que havia entre elas tinha mudado.

Ela vestiu a jaqueta e puxou a manga até os pulsos. Coube como uma luva.

— E você gostou dela. Então.

Lá estava aquela palavra mais uma vez. *Então.* Imaginar o que vinha depois daquela palavrinha era tentador demais.

Tão tentador que, mais tarde, quando Elle já estava deitada, encarando as estrelinhas fluorescentes no teto escuro, estrelinhas que a enchiam de alegria, não importasse o que algumas pessoas achavam delas, ela se permitiu desejar que alguma coisa de verdade pudesse nascer daquele acordo de mentira.

✡ ✡ ✡

— E os engenheiros querem saber como os planetas poderiam ser visualmente representados. Tipo, com emojis. Eu estava pensando na berinjela e no pêssego ao lado de Marte, visto que eles são os que melhor representam ação e libido. E o emoji mandando beijo com a aliança de diamante ao lado de Vênus para valores e... Elle? *Elle.*

Elle piscou, tirando os olhos da cortina de contas roxa que encarava distraidamente, a mesma que dividia a sala particular da parte aberta ao público na livraria Bem-Querer. Elle tinha uma leitura presencial marcada para as dezessete e meia e outra para as oito, então Margot tinha vindo junto, para que pudessem trabalhar um pouco entre as consultas.

— Desculpe. Berinjelas — repetiu ela, franzindo a testa. — Quando foi que começamos a falar de pintos?

Margot bufou e atirou uma caneta na amiga.

— Vamos ver se eu adivinho. Estava sonhando acordada com… — Margot fingiu um desmaio, atirando-se sobre o braço da cadeira. — Darcy.

— *Para.*

Elle jogou a caneta de volta para Margot, deixando um risco rosa-choque no braço dela, e abriu a boca para refutar, mas desistiu. Qualquer coisa que ela dissesse para negar as coisas seria uma mentira descarada.

— Ok, tá, eu estava.

Por mais que Margot ainda não estivesse satisfeita com as circunstâncias que tinham unido Darcy e Elle, ou como Darcy se comportara no primeiro encontro, tinha adotado uma postura de, se Elle estava feliz, ficaria feliz por ela.

— Óbvio que estava. — Margot pôs o caderno na mesa, ao lado da vela perfumada de sálvia, cipreste e capim-limão cuja chama oscilava, suave, na sala pouco iluminada. — Foi qual parte dessa vez? O beijo? A jaqueta? O vinho? O *nariz* dela?

— Todas as opções acima — devolveu Elle, abrindo um sorriso tímido para Margot e dando de ombros. — Eu só… quero que ela goste de mim. É bobeira demais? Você deve achar que estou sendo ridícula.

— Se acho que está sendo ridícula por querer que a garota de quem você gosta também goste de você? Claro que não,

Elle. Só estou preocupada porque acho que você pode estar brincando com fogo, mas, se você acha que essa coisa com Darcy, seja o que for, vale seu tempo, então estou do seu lado. Embora, falando em tempo, já pensou um pouco sobre como isso vai terminar?

— Não sei — respondeu Elle, puxando um fio solto na barra do suéter que estava usando, evitando o olhar fixo e perspicaz da amiga. — Quem disse que precisa terminar?

Margot não respondeu, então Elle levantou o olhar, se encolhendo com a expressão no rosto dela. Da testa franzida ao biquinho, tudo gritava pena.

— Elle…

— *Talvez* — continuou Elle. — Talvez não termine. Talvez ela… nós… — Ela deslizou na cadeira com um suspiro. — Só porque começou sendo mentira não significa que não possa se tornar realidade, não?

Margot deu de ombros.

— Claro, Elle. Tudo é possível.

Certo.

— Obrigada. Eu não queria tirar nosso foco. O que você estava dizendo mesmo? Engenheiros e emojis?

Margot pegou o caderno de cima da mesa e subiu os óculos pelo nariz. De volta ao trabalho.

— Precisamos escolher uma amostra de posicionamentos porque, de acordo com a equipe, o mapa completo não será acessível aos usuários a não ser que eles assinem o plano premium.

Era justo. O OTP precisava ganhar dinheiro de alguma forma e, quando se tratava de incentivos, o acesso ao restante do mapa astral de um *match* seria um apelo certeiro para que usuários fizessem upgrade. A curiosidade era sempre uma motivação forte, e Elle sabia bem disso.

— Certo. Uma amostra. O signo solar é óbvio, então eu diria… a lua, o ascendente, Marte e Vênus. Putz, Mercúrio também é importante.

Era difícil estabelecer a compatibilidade sem um mapa completo. No entanto, a maioria das pessoas não sabia muito de astrologia — para falar a verdade, pouquíssimas sabiam, apesar da quantidade absurda de contas sobre o tema pipocando por aí e alegando saber do que estavam falando — e não conseguiria analisar as nuances de um mapa natal.

Nos bastidores, Margot e ela já estavam trabalhando com os engenheiros do aplicativo para aperfeiçoar os algoritmos de compatibilidade e criar uma abordagem mais completa das sinastrias. A maioria dos usuários não precisava dos mínimos detalhes, mas, se quisessem, teriam que pagar por eles.

Margot girou os brincos que estava usando e franziu a testa, pensativa.

— Concordo com você quanto a Mercúrio. A comunicação pode ter muito mais a ver com *como* dizemos do que com *o que* dizemos.

Era a mais pura verdade, e não só quando se conversava cara a cara. Também era importante nas conversas por escrito, algo que hoje em dia importava mais que nunca. Pontos de exclamação em excesso e você parecia afoita demais. O uso de "rs", "rsrsrsrs" ou "hahahaha" dizia pelo menos alguma coisa sobre você ou sobre o tom da conversa. A resposta a um "Tudo bem?" importava, cada interação adquiria um tom. "Td", naturalmente, era um caso por si só, e se ele viesse seguido por um ponto-final? Provavelmente as coisas não estavam nada *bem*, na verdade.

Mas nem todo mundo era bom nisso, em entender que o que diziam importava e como poderia ser recebido. Uma única resposta podia arruinar uma conversa; uma piada mal interpretada podia fazer alguém ser bloqueado. Ou ignorado. Levar a um *ghosting*.

Mensagens de texto eram um campo minado de desentendimentos e incerteza, especialmente porque todo mundo tem estilos únicos de…

— Margot, você é um gênio.

Elle se debruçou sobre a mesa e beijou a testa da amiga.

— O que foi? — perguntou ela, arregalando os olhos por trás do óculos. — O que eu disse?

— O recurso de chat do aplicativo. Sabe como eles já fazem um trabalho incrível em encorajar conversas? Tipo quando a conversa morre e ninguém escreve mais nada durante duas horas e você recebe uma notificação com uma dica útil sobre o perfil da pessoa? "Jenna assiste a *Euphoria*. Por que não pergunta a ela sobre o último episódio?" — Margot assentiu. — E se sugerirmos a Brendon e ao resto da equipe que, além dessas dicas úteis de conversa, os usuários que assinarem o plano premium possam ter orientações sobre como se comunicar melhor com seus *matches* com base no signo em que o Mercúrio deles fica?

— Então os usuários premium estariam basicamente ganhando nós duas como assistentes virtuais do amor?

— Olhando por esse lado… — disse Elle, estremecendo em tom de brincadeira.

Por algum motivo, era mais fácil resolver os problemas dos outros que os dela.

Margot começou a abrir um sorriso.

— Isso é o máximo, Elle. A gente não apenas poderia aumentar o número de conversas que levam a primeiros encontros, como também encorajar os usuários a continuar trocando mensagens pelo app em vez de plataformas tradicionais de texto. Assim a gente aumenta a retenção e, por sua vez, a renda vinda dos anúncios. Brendon vai amar.

Elle pegou o celular, se coçando para contar a ele antes dos engenheiros na próxima reunião.

ELLE: mar e eu tivemos uma ideia super irada sobre o recurso do chat. vc vai pirar

Pensando melhor, ele ia pirar e depois exigir que fossem tomar um café para conversar sobre a ideia o quanto antes, visto que *impaciência* era o sobrenome dele. Aquela conversa inevitavelmente levaria a um papo sobre como estavam as coisas com Darcy, e a cabeça de Elle já estava revirada o suficiente sozinha. Acrescentar uma interferência de Brendon no meio só embolaria mais ainda o emaranhado de coisas que ela estava sentindo. Elle apagou a mensagem antes de enviar. Por enquanto, talvez fosse melhor evitá-lo e deixar Margot cuidando daquilo.

Enquanto Margot anotava algumas observações para a próxima reunião com os engenheiros, Elle começou a escrever uma nova lista, inspirada em *Como os signos do zodíaco escrevem*.

Assim que terminou, foi olhar as próprias mensagens, relendo as últimas que tinha trocado com Darcy naquela manhã.

ELLE (3:14): vc acha que "hotel california" inspirou a quinta temporada de american horror story?

ELLE (3:19): aquele verso de fazer check-in mas não sair com vida?

DARCY (5:32): Por que você estava pensando em "Hotel California" às três da manhã?

ELLE (7:58): pq é a melhor hora do dia para ouvir the eagles

ELLE (7:59): q pergunta

DARCY (8:07): Você sabe que essa música não fala realmente sobre um hotel, né?

DARCY (8:09): É sobre desilusão e o sonho americano.

ELLE (8:16): affff

ELLE (8:16): qual é a música que você vai arruinar da próxima vez, Darcy?

ELLE (8:17): "you're beautiful"? "time of your life"? "every breath you take"?

DARCY (8:20): É só uma sugestão, mas talvez fosse bom você pesquisar essas no Google também.

Elle e Darcy tinham estilos de escrita completamente diferentes. Darcy usava pontuação corretamente e frases completas, enquanto Elle não se dava ao trabalho. Ela podia até tentar, mas por enquanto aquilo não parecera atrapalhar a comunicação entre as duas, nem sua taxa de êxito. Darcy sempre respondia, mesmo que não de imediato, como Elle. O modo como Darcy escrevia suas mensagens permitia que Elle a imaginasse de fato falando aquilo, seu senso de humor — geralmente seco, às vezes meio obsceno — vindo à tona.

Margot ainda estava mergulhada em suas anotações, então Elle começou a escrever uma mensagem nova.

ELLE (16:16): filme favorito

ELLE (16:16): valendo

DARCY (16:19): Só um? Difícil demais.

ELLE (16:20): tá

ELLE (16:20): ação, comédia, comédia romântica e sei lá drama?

DARCY (16:25): Comédia seria "A história do mundo, parte um". Ação... Nossa, não sei. "A múmia"? Comédia romântica... "Queridinhos da América". Drama seria "Sociedade dos poetas mortos".

ELLE (16:26): a múmia?!?

ELLE (16:26): eu devo o meu despertar bissexual a esse filme

Elle esperou, o *digitando* se demorando na tela...

DARCY (16:28): Ah é?

ELLE (16:29): eh

ELLE (16:30): eu queria ser a evelyn ou queria viver feliz p sempre com ela?

ELLE (16:30): os dois, óbvio

DARCY (16:32): Então você saiu do armário depois de ver "A múmia"?

ELLE (16:33): não

ELLE (16:33): na vdd demorei um tempo para entender tudo

ELLE (16:34): tentei heterotextualizar meus sentimentos por um tempo

ELLE (16:34): pensando bem n sei pq

ELLE (16:35): acho q faz parte do processo

DARCY (16:37): Você tentou o quê?

Elle demorou um segundo para entender qual parte ela não tinha entendido.

ELLE (16:39): aplicar um contexto hétero a uma situação super não hétero

ELLE (16:40): hétero + contextualizar = heterotextualizar

DARCY (16:42): Hum. Palavra nova. Obrigada por ampliar meus horizontes.

Elle mordeu a bochecha para não rir.

ELLE (16:43): eu que inventei
ELLE (16:43): mas de nada
DARCY (16:45): 😑 Claro.
DARCY (16:49): E quando foi que parou? De heterotextualizar?

Elle deu uma risadinha enquanto digitava a resposta.

ELLE (16:50): logo dps q tentei heterotextualizar minha amiga ter feito sexo oral em mim na festa de um pessoal do teatro no ensino médio
ELLE (16:51): apenas meninas e suas amizades coloridas
ELLE (16:52): o quanto eu tentei torcer e distorcer aquilo mentalmente pra não admitir chegou a ser, tipo, acrobático
DARCY (16:53): Sorte sua não ter distendido nada.

Atrevida. Elle também sabia ser ousada.

ELLE (16:55): nah, mas foi uma das boas... pode ser q eu tenha distendido alguma coisa sim, não me lembro

Um segundo depois, o celular tocou. Com um súbito frio no estômago, Elle deslizou o dedo pela tela sem nem olhar.

— Era brincadeira. Eu não *torci* nada quando ela fez sexo oral em mim, eu só...

— Elle?

Ela se encolheu tanto que ia precisar de um quiroprata.

— *Mãe?*

Margot arfou baixinho, estremecendo em solidariedade.

Do outro lado da linha, a mãe de Elle pigarreou, constrangida.

— Imagino que estivesse esperando uma ligação de outra pessoa.

Santo Saturno, Maria e José. A morte teria doído menos.

— Bem, podemos fingir que isso nunca aconteceu?

— Fingir que o que não aconteceu?

— Certo, ótimo — disse Elle, tossindo. — Você ligou.

— Liguei. Não tenho notícias suas há um tempo.

— Acho que eu não tinha muita coisa para contar. — Tirando a finalização do contrato com o OTP. Nada demais. Mas ela podia tentar. — Exceto…

— Eu queria confirmar se você ainda vem no Dia de Ação de Graças.

— Por que eu não iria?

Era Ação de Graças. É claro que ela iria.

— Eu não estava sugerindo que você não viria, Elle. Foi uma pergunta.

Não valia a pena discutir.

— Certo. Estarei aí.

— Ótimo. Lydia vai trazer Marcus na quinta-feira e Jane e Gabe evidentemente estarão aqui com Ryland. Daniel e Mike chegam na quarta, então somos nove…

— Eu vou levar Darcy — disparou Elle.

Linda fez uma pausa.

— Quem?

— Você conheceu o irmão dela, Brendon. No nosso café da manhã algumas semanas atrás.

Diversos segundos se passaram até sua mãe murmurar, lembrando.

— *Ah*, é mesmo. A atuária?

A mãe tinha o péssimo hábito de reduzir as pessoas às suas profissões. Jane, a farmacologista, Daniel, o engenheiro de software. Lydia, a estudante de ortodontia. Ela nem conseguia imaginar como sua mãe se referia a ela. *Elle, a decepção.*

— Sim, a atuária.

— Ainda está saindo com ela?

— Ainda estou saindo com ela.

— Já faz algumas semanas.

— Você parece surpresa.

— Sinceramente, Elle, alguém pode me culpar?

Elle apertou os lábios, prendendo as palavras, porque nenhuma parecia a certa.

Linda continuou, indiferente ao suplício da filha.

— Jantar para dez. Vou ter que providenciar outro acompanhamento. Queria que você tivesse me contado com mais antecedência que ia convidá-la. Mas acho que você não tinha como saber, não é?

Depois de mais um ou dois minutos de conversa, Elle deu um jeito de desligar.

Margot observou:

— Pareceu divertido.

— Divertidíssimo. Não vê como estou pulando de felicidade?

Margot bufou.

Elle só esperava que aquele telefonema não fosse um sinal do que a esperava na fatídica noite.

Capítulo dez

Darcy tomou um gole de café e olhou para a sinalização de VERIFICAR O MOTOR no painel de Elle, mordendo a língua. Quando Elle esqueceu de desligar o pisca-alerta ao entrar na I-90, ela não se aguentou.

— Sua seta está ligada.

Elle fez um som de quem acabara de perceber aquilo e a desligou.

— Desculpe, estou um pouco distraída. Não dormi muito ontem à noite.

Darcy também não.

Ela tinha ficado acordada até duas da manhã estudando. *Tentando* estudar. A mente divagava entre os exercícios, os pensamentos sempre voltando para Elle. Na maciez de seus lábios quando elas se beijaram. Em como ela tinha cheiro de morango e fazia um barulhinho, quase um arranhãozinho na garganta, toda vez que Darcy fazia uma piada tosca. Em como ela havia abraçado a jaqueta que ganhara — uma compra incentivada pelo desejo de colocar mais um sorriso no rosto de Elle — com o tipo de reverência que as pessoas guardavam para achados preciosos e inestimáveis que elas planejavam valorizar para sempre.

Elle podia não estar usando a jaqueta agora, mas estava com um suéter de Natal muito bizarro. *Muito.* Havia planetas coloridos estufados com anéis em paetês brilhando no tricô preto, mas eram as estrelas que acendiam *de verdade*, por meio de uma bateria costurada nas costas, que faziam dele uma peça única. Darcy mexeu na barra do suéter atroz do Grinch que ela tinha comprado porque faria Elle sorrir. Mas até que estava se sentindo um pouco menos deslocada do que quando o experimentara.

Tamborilando no couro gasto do volante, Elle parou no meio-fio diante de uma casa de dois andares, pintada em um tom de verde-claro, em um bairro quieto de aparência antiga. Todas as casas pareciam ter sido construídas nos anos 1950, 1960 talvez, mas estavam conservadas, com gramados aparados e varandas sem folhas caídas. Na entrada da garagem, um carro esportivo chique estava estacionado ao lado de um Honda CR-V branco e um Tesla prata.

— Chegamos — disse Elle, segurando o volante com força.
— Lar, doce lar.

— É bonita.

Darcy pôs a mão na maçaneta e abriu ligeiramente a porta. Elle continuou olhando fixamente pela janela, mordendo o lábio inferior. Darcy ficou com vontade de interferir, de fazê-la parar. Ela pigarreou e perguntou:

— Então, vamos entrar?

Elle relaxou o aperto no volante e assentiu.

— Vamos. Acho que é melhor. Pelo visto todo mundo já chegou.

Darcy não diria aquilo, ainda mais porque Elle parecia preferir estar em qualquer outro lugar, mas ela estava ansiosa para ter um jantar de Ação de Graças em família, mesmo que não fosse com a família *dela* e que aquela *coisa* entre as duas fosse armada. O último Dia de Ação de Graças oficial de Darcy tinha sido cinco anos antes, quando sua avó ainda estava viva. E mesmo assim, a família já estava dividida e era pequena — apenas a avó, a mãe, Brendon e ela. Agora, a mãe passava todos os feriados, com exceção do Natal, perambulando por algum país estrangeiro, em um resort de esqui ou destino paradisíaco como Bali com o namorado da vez, deixando Darcy e Brendon de lado. Nenhuma novidade. Era o tipo de comportamento que ela aprendera a esperar da mãe — frívolo, autocentrado, descuidado. Brendon aprendera a deixar para lá. O Dia de Ação de Graças nunca tinha sido o feriado favorito dele de qualquer forma, não importa o quanto Darcy tentara torná-lo uma ocasião para os dois celebrarem juntos, mesmo que fossem apenas eles. Mas, se não incluía fantasias ou estava ligado a alguma franquia cinematográfica, Brendon não estava interessado. Pelo menos, por algum motivo, do Natal ele ainda gostava.

Darcy subiu os degraus de tijolo atrás de Elle. Quanto mais perto chegavam da porta da frente, mais lentos ficavam os passos de Elle, como se estivesse marchando até sua execução, e não para dentro da casa onde crescera. No último degrau, virou-se, quase esbarrando em Darcy, logo atrás dela. Elle fez uma careta.

— Olha, Darcy…

A porta da frente se abriu, a impedindo de terminar de dizer o que queria.

— Elle, você veio.

Aquela devia ser a mãe de Elle. A mulher que abriu a porta tinha os mesmos olhos azuis, a mesma covinha discreta no queixo. Os cantos de seus olhos se enrugaram levemente quando ela sorriu e se aproximou, segurando os ombros da filha e puxando-a para um abraço rápido antes de recuar de volta, examinar o rosto dela e ver Darcy, parada bem atrás.

— E você deve ser a Darcy. É um prazer conhecê-la. Pode me chamar de Linda.

Darcy deslizou a alça de couro marrom da bolsa pelo ombro e tirou de dentro uma garrafa que havia levado de presente.

— O prazer é meu, Linda. Obrigada por me receber. Eu não sabia de qual tipo de vinho você gosta, então trouxe meu preferido.

Linda ergueu as sobrancelhas.

— Acho que vou levar agora mesmo para a cozinha e abrir.

Elle arregalou os olhos.

— Mãe, mal deu meio-dia.

Linda gesticulou para que as duas a seguissem e entrou.

— E?

— Quando eu bebo nas festas todo mundo fica falando, "Elle, seja razoável, tequila não é café da manhã", ou "Elle, tira esse macacão de unicórnio. Está assustando as crianças." Mas agora você está toda: "Em algum lugar do mundo já é happy hour". O que mudou?

Linda a ignorou.

— *Mãe.*

— Ah, me desculpe — disse Linda, sem sequer olhar de volta para ela. — Achei que era uma pergunta retórica.

Elle franziu a testa e a mãe virou o corredor, dando uma bela demonstração de desdém.

Darcy puxou Elle pelo cotovelo.

— Um macacão de unicórnio?

— Para dormir, sim. O que tem?

Darcy tentou não se encolher com a coceira que o poliéster do suéter estava causando em seus ombros.

— Deve ser fofo.

Elas ouviram risadas vindo pelo corredor.

— Vem. Vamos conhecer minha família.

Elle deu a mão para Darcy e a puxou pelo corredor, parando na entrada de uma grande sala de estar. As paredes eram de um tom acolhedor de verde-oliva-claro. A conversa parou e todos voltaram os olhos para as duas.

Elle levantou as mãos para acenar e quase foi derrubada pela força de um menininho berrando:

— Tia Elle!

As vozes de todos se misturaram num "Oi, Elle" uníssono e seis pares de olhos rapidamente se fixaram em Darcy, observando-a com expressões que iam da curiosidade à indiferença.

Elle tossiu de leve, afagando a cabeça do sobrinho.

— Pessoal, esta é a Darcy. Darcy, estes são… bem, todo mundo.

— Eu sou o Ryland. — O sobrinho de Elle olhou para cima de onde estava, agarrado aos joelhos da tia. Ele levantou os dedos, prendendo o mindinho com o polegar. — Tenho 3 anos.

Darcy se agachou e sorriu.

— Eu sou a Darcy. Tenho quase 30 anos.

Ryland arregalou os olhos.

Alguém deu risadinhas do sofá.

— Vem, Rye. Deixe sua tia respirar.

O menino correu até uma montanha de peças de Lego espalhadas ao lado da mesa de jantar.

A irmã mais velha de Elle acenou, uma mão apoiada sobre a barriga arredondada de grávida, esgarçando seu espalhafatoso suéter vermelho e verde que combinava com o do marido.

— Oi, Darcy. Eu sou a Jane, e este é meu marido, Gabe.

O irmão de Elle se levantou e estendeu a mão, sorrindo.

— Daniel — disse, e então apontou por cima do ombro para o homem com um bassê gorducho no colo. — Aquele é o amor da minha vida. E segurando ele no colo está meu marido, Mike.

Mike revirou os olhos.

— É sempre bom saber o meu lugar. A cachorrinha é Penny, aliás.

Darcy retribuiu o aperto de mão e assentiu.

— Prazer em conhecê-los. E Penny também.

Da outra ponta do sofá, usando um suéter azul e creme bordado com flocos de neve, que era festivo, mas não *feio*, acenou uma menina com o mesmo queixo de Elle, mas com um cabelo mais escuro.

— Oi, eu sou a Lydia. E este é meu... — Lydia olhou com adoração para o loiro de corte degradê com um suéter básico de gola redonda ao qual ela estava agarrada. Ele devolveu o sorriso dela com um toque na ponta de seu nariz. — Marcus.

Ele levantou o queixo, cumprimentando Darcy de longe, e disse a Elle:

— Lyds me falou muito sobre você.

Elle enrijeceu, seu aperto no antebraço de Darcy ficando ainda mais forte, e deu uma risadinha.

— Espero que só coisas boas.

Marcus levantou os cantos da boca, mas o que se formou não era bem um sorriso.

Jane pigarreou e deu um tapinha no sofá.

— Sentem-se. Contem as novidades.

Darcy se sentou ao lado de Elle no espaço disponível. Elle tamborilou os dedos sobre a coxa, o que fez Darcy pegar sua mão para que ela se aquietasse. O gesto lhe rendeu um aperto de leve.

— Comigo está tudo bem. Na verdade, eu tenho...

— Aqui está seu vinho, Darcy — disse Linda, voltando à sala de estar com uma taça em cada mão.

— E o meu? — perguntou Elle, franzindo a testa.

Linda tomou um gole de sua taça e se sentou na poltrona mais próxima da lareira.

— Você queria? Devia ter falado.

O vinco entre as sobrancelhas de Elle se acentuou ainda mais, mas sua expressão relaxou ao ver um homem alto de cabelo grisalho entrar na sala.

— Pai.

Ela se levantou e Darcy fez o mesmo.

— Elle-belle.

O homem se inclinou por cima da mesinha de centro, dando um beijo em sua testa.

— E esta deve ser Darcy, que tanto queríamos conhecer.

Mesmo sem estar tão certa quanto ao *tanto queríamos conhecer*, Darcy sorriu.

— É um prazer conhecê-lo, senhor.

Ele dispensou o comentário, rindo levemente.

— Que senhor o quê! Pode me chamar de Simon — disse, voltando os olhos castanho-claros para Elle e oferecendo uma garrafa de cidra. — Deixa que eu cuido de você, garota.

— Obrigada, pai — respondeu ela, sorrindo.

Simon se empoleirou no braço da poltrona ao lado da esposa.

— Então, Darcy, nos conte um pouco sobre você.

Darcy gemeu por dentro. Ela odiava ser o centro das atenções daquele jeito, mas também já havia ido a retiros corporativos o suficiente ao longo dos anos e tinha um resumo pronto.

— Claro. Eu vim da Filadélfia para cá não faz muito tempo, sou de São Francisco. E trabalho na Devereaux and Horton Mutual Life como atuária associada, apesar de estar me preparando para o exame de FSA.

Simon assoviou.

— Impressionante.

Mas a questão ali não era *ela* impressionar a família de Elle. Como efeito colateral, talvez, se isso fizesse bem à imagem dela.

— Não tão impressionante quanto o que Elle faz.

Linda sorriu educadamente do outro lado da sala.

— E sua família? Acho que conheci seu irmão. Mas tem outros?

Elle afundou no sofá, deslizando os dedos pela palma de Darcy e tentando recuar a mão. Darcy apertou o toque, segurando firme.

— Tirando meu pai, que mora em Toronto, e minha mãe, ainda na Califórnia, somos só Brendon e eu. Ele está *super* empolgado em estar trabalhando com Elle.

— Certo — disse Linda, forçando um sorriso. — O *aplicativo de paquera*.

Darcy mordeu a língua para não fazer uma careta com o modo como a mulher fez *aplicativo de paquera* parecer um palavrão.

— Que aplicativo de paquera? — perguntou Daniel, apoiando os cotovelos nos joelhos.

— Se chama One True Pairing* — respondeu ela.

Daniel ergueu as sobrancelhas.

— Você está trabalhando no OTP?

---

* OTP, ou One True Pairing, é uma gíria frequentemente usada em *fandoms* para se referir a personagens que, na opinião do fã, formam o casal perfeito. (N.E.)

Elle pigarreou, endireitando-se no sofá.

— *Com* o OTP. Bem... — Elle coçou a lateral do pescoço e olhou pela sala. Um leve calor subiu e se instalou em seu rosto, mas ela conseguiu explicar: — Margot e eu estamos dando consultoria para eles na implementação da sinastria, ou compatibilidade astrológica, ao algoritmo de *match* do app. É, hum... é bem legal, eu acho.

Bem legal. Eu acho. Darcy notou como Elle se diminuiu, economizando nas palavras e subestimando seu sucesso. Ela não era nenhuma especialista, mas não teve como deixar de se perguntar se Elle diminuía as próprias conquistas de forma inconsciente, apenas para suavizar a dor que sentiria quando a família fizesse o mesmo.

Apesar do vinco formado entre as sobrancelhas, Daniel sorriu.

— Bom, parabéns, mana.

Linda assentiu, distraída.

— Parece uma oportunidade bacana para você, Elle. Aposto que será um... trabalho interessante. Bem do seu feitio.

Uma oportunidade bacana. Darcy contraiu a mandíbula. Sua habilidade de tolerar estupidez era escassa e a de tolerar condescendência menor ainda.

Eles não podiam pelo menos *tentar* parecer felizes de verdade? Darcy podia não acreditar em astrologia — a maior parte não entrava na cabeça dela, aquela história de casas, retornos e interceptados —, mas ela escutava quando Elle falava sobre o assunto porque, por mais que não interessasse a ela, interessava e muito para Elle. Como eles não viam aquilo? Como nem se importavam? Darcy no mínimo compreendia a oportunidade *fantástica* que aquilo era. Bacana uma ova.

Ainda segurando com força a mão de Elle, Darcy endireitou a postura.

— Elle está sendo modesta. O acordo com a empresa do meu irmão é, na verdade, colossal. A indústria dos aplicativos de paquera, como um todo, está bem saturada, e por mais que o OTP faça um trabalho incrível ao oferecer uma experiência de usuário única, foi brilhante da parte do meu irmão ir atrás de um nicho que vem crescendo muito, mas que ainda assim é jovem, como o da astrologia. — Darcy pegou a taça e tomou um gole para criar mais coragem. — Sabiam que investidores de capital de risco investiram mais de *dois bilhões* de dólares em aplicativos de astrologia, devido ao aumento da popularidade entre mulheres da geração Z e millennials? Isso significa muito dinheiro a ganhar. Existem *milhares* de contas de astrologia nas redes sociais, mas o Ah Meus Céus tem mais seguidores no Twitter e no Instagram do que qualquer um dos concorrentes. Então, assim, vocês podem até não acreditar, muita gente talvez não acredite, mas também tem muita gente que acredita. — E deu de ombros ao finalizar: — E, como eu disse, meu irmão é brilhante. Ele não apostaria em qualquer um, muito menos assinaria um acordo grande como esse com qualquer pessoa.

Os olhos de Linda, arregalados de repente, foram de Darcy para Elle.

— Grande como?

Elle olhou para Darcy, seu rosto em um tom adorável de rosa-claro, os olhos enormes e brilhantes, antes de finalmente olhar de volta para a mãe.

— Er. *Grande.*

— Ah, nossa galinha dos ovos de ouro — brincou Daniel.

— Ovos? — perguntou o pai. — Eles vêm com bacon?

Daniel riu.

— Você é tão bobo, pai.

Enquanto a família discutia sobre a origem daquela expressão com Jane insistindo que no original a galinha era uma gansa, Elle se aproximou de Darcy, seus lábios roçando a orelha dela de leve, e sussurrou:

— Dois bilhões de dólares, é?

Darcy revirou os olhos, mas *meu Deus do céu* — a respiração de Elle na sua pele tinha efeitos ultrajantes em seus batimentos cardíacos.

— Eu fiz minhas pesquisas.

Elle não fazia ideia de quantas noites Darcy passara em claro bisbilhotando as muitas redes sociais do Ah Meus Céus e lendo artigos do *New York Times* sobre investimento de capital em aplicativos de astrologia. Começou como uma forma de se certificar de que teria todos os fatos em ordem, para o caso de Brendon suspeitar da veracidade daquele namoro. Mas depois daquele beijo, daquela *porra* de beijo, aquela tinha sido a forma de Darcy tentar entender a mente de Elle. Porque, talvez, se ela entendesse astrologia, poderia entender a astróloga e, se a entendesse, talvez pudesse desvendar o que havia nela que parecia tão impossível de decifrar.

Por que Darcy estava se sentindo assim por aquela mulher impossível, com a cabeça nas nuvens e coração na manga? Ela tinha o paladar menos refinado do mundo e era incapaz de se sentar direito numa cadeira. Darcy deveria desejar alguém o mais diferente de Elle possível, mas a risada dela era tão contagiante que fazia alguma coisa quente surgir dentro do peito, como flores que teimam em nascer em meio a rachaduras nas calçadas de concreto, que insistem em crescer em locais aos quais não pertencem. E a forma como ela olhava para Darcy com aqueles olhos azul-escuros fazia Darcy se sentir *vista*, como se Elle não estivesse olhando para ela, mas para dentro dela. Aquilo era bruto e desconfortável e, ainda assim…

O fato de ela ter pensado nas palavras *ainda assim* deveria ter soado o alarme em sua cabeça. Darcy não queria ser vista. Não daquela forma. Não naquele momento. Ela tinha um exame no qual passar, uma carreira na qual se concentrar. O único lugar onde precisava ser *vista* era no espelho de casa enquanto se arrumava para ir ao trabalho, mas, entretanto, estava passando todo o tempo livre — e até o tempo *não* livre — pensando em Elle. Naquele beijo. No tipo de coisa que Darcy poderia fazer para vê-la sorrir. No…

Alguma coisa bateu na lateral da cabeça dela. Uma tampinha de garrafa. Do outro lado da sala, com os pés só de meias em cima da mesinha de centro, Daniel sorriu.

— Chega de amassos.

Elle pegou a tampinha do chão e a jogou de volta nele.

— Não estávamos de amassos, seu bundão.

— *Elle* — repreendeu Jane.

Ela arregalou os olhos e inclinou a cabeça para indicar Ryland, que estava na sala de jantar com sua torre de Lego, completamente alheio a tudo.

— Ah, qual é.

— Mês passado, depois que ele voltou da sua casa, Ryland veio me perguntar o que era um… — Ela baixou o tom de voz antes de continuar: — Pentelho encravado. E perguntou se podia comer chips de chocolate.

Darcy contraiu os lábios, os olhos cheios d'água e ombros tremendo. Ela se encostou em Elle, que também estava prendendo o riso — mal e porcamente —, mordendo os nós dos dedos.

— Pentelho encravado? — perguntou Daniel, gargalhando. — Essa foi foda, Elle.

— *Olha a língua*! — disse Linda, olhando feio para Elle antes de se voltar para Daniel, a reprovação estampada no rosto. — Eu esperaria esse tipo de coisa da sua irmã, mas sério, Daniel?

— Como assim esperava de mim? — perguntou Elle, franzindo a testa.

Linda fechou os olhos.

— Elizabeth…

— *Ahem* — Lydia pigarreou para chamar a atenção dos presentes, enquanto se endireitava no sofá e puxava Marcus junto com ela. — Mas, aproveitando que estamos falando de boas novas, Marcus e eu temos um anúncio a fazer.

Elle se enrijeceu ao lado de Darcy.

— Ah meu Deus — sussurrou Linda, juntando as mãos diante do peito.

A irmã mais nova de Elle pôs a mão dentro do suéter e tirou uma corrente comprida pendurada no pescoço. Na ponta, estava uma aliança de noivado com um diamante quadrado de tamanho considerável. Lydia deu pulinhos sem sair do chão, rindo de orelha a orelha.

— Marcus me pediu em casamento e eu aceitei, óbvio. Estou noiva!

Darcy conteve o gemido — não que alguém fosse ouvir em meio ao tumulto da família pulando de seus lugares para abraçar Lydia e parabenizar o casal feliz.

Ela não queria pensar nada de mal da irmã caçula de Elle, mas sério? De todos os momentos para se anunciar um noivado, ela tinha que ter feito aquilo logo depois de Elle finalmente ter tido seu momento de glória? Depois de finalmente ter sido vista como a mulher inteligente, bem-sucedida e empreendedora que era? Se Lydia não tivesse de fato uma aliança, Darcy podia até alegar que o timing dela era bem suspeito.

— *Elle*.

Linda indicou Lydia com a cabeça.

— Ah é, *merda*. Digo, foi mal. Parabéns, mana. Isso é... — Elle fechou os olhos por um instante. Quando os abriu, deu um sorriso verdadeiro para a irmã. — Fico muito feliz por você.

Lydia tinha colocado a aliança no dedo e a girou, ajustando a posição.

— Obrigada, Elle — disse, dando uma risadinha antes de acrescentar: — Quem sabe você não é a próxima?

Elle soltou os dedos da mão de Darcy, que de imediato sentiu falta do calor da pele dela.

A risada de Elle soou forçada, falsa.

— Haha. Quem sabe.

✡ ✡
✡

Uma hora mais tarde, da cabeceira da mesa, Linda ergueu a taça de vinho e olhou para Lydia com um sorriso radiante. Deus, o que Elle não seria capaz de fazer para que a mãe olhasse para ela daquele jeito, só uma vez.

— Um brinde à Lydi-bee. Seu pai e eu estamos tão orgulhosos, querida. Não poderíamos estar mais felizes por você e Marcus estarem embarcando nessa jornada tão emocionante juntos. Amamos você, Lydia.

Lydia secou uma lágrima e todos, incluindo Elle, brindaram a eles, suas taças levantadas. Assim que foi possível, Elle bebeu a cidra, tentando dissipar o gosto amargo que se acumulara na boca. A inveja nunca falhava em fazer com que ela se sentisse culpada; ela simplesmente não era essa pessoa, não se sentia à vontade com aquele sentimento, mas parte dela, uma parte secreta, bem escondida, enterrada tão fundo que nem Margot via, temia que ela estivesse se tornando essa pessoa, sim, que seu sentimento de inadequação estivesse se transformando em uma coisa feia. *Ressentimento.*

Estava feliz por Lydia, mas aquilo também não facilitava nada. Sentar, sorrir e assentir com educação enquanto todos a parabenizavam em voz alta, as conquistas de Elle mais uma vez ficando em segundo plano. Caramba. Nem em segundo plano, porque para aquilo acontecer ela teria que ser incluída na cena. Não havia espaço para Elle naquele palco.

Para piorar tudo, Darcy havia assistido ao desenrolar da história, de uma dolorosa e íntima primeira fila. E o comentário que Lydia fizera sobre Elle ser a próxima a se casar? A morte teria doído menos. Lydia não tinha como saber que o relacionamento das duas era falso; Darcy fizera um trabalho admirável interpretando o papel de namorada encantada. Um trabalho *dolorosamente* admirável, tão bom que Elle quase sentia como se tudo aquilo fosse real, o que era quase pior, porque acrescentava uma dose nada saudável de desejo ao ressentimento que germinava. Puxada em direções demais, Elle sentia-se enjoada, indisposta.

Ela concordara em participar da farsa na esperança de que a família a levasse a sério se a visse sob uma nova ótica, se vissem que parte da vida dela estava indo de acordo com um plano que eles pudessem apoiar. Mas, até aquele momento, seu valor não tinha subido nada aos olhos deles, mesmo com Darcy a elogiando. Para piorar ainda mais, Darcy e ela tinham marcado de "terminar" em pouco mais de um mês.

E o que seria de Elle então? Ela estaria de volta à estaca zero. Ou pior: talvez o término fizesse sua família pensar que ela era um desastre maior ainda. Elle tinha esperanças de retratar o fim como um evento mútuo e sem culpadas, mas, conhecendo sua sorte, a família encontraria uma forma de responsabilizá-la, não importava o que ela dissesse.

Linda bateu palmas e arrastou a cadeira para a frente.

— Certo, meus queridos. Podem atacar.

As bandejas foram passadas de mão em mão pela mesa até todos estarem com o prato repleto das melhores especialidades de Ação de Graças. Logo depois, Marcus fez uma careta.

Lydia pôs a mão no ombro dele.

— O que foi?

— Er, acho que tem alguma coisa errada com o peru.

A preocupação no rosto da mãe se transformou em descontentamento e surpresa.

— O que foi? Precisava deixar mais tempo?

Ele mexeu a mandíbula de um lado para o outro, a língua cutucando as bochechas.

— Esse gosto é de sabão? Você o lavou?

A mãe de Elle podia ser muitas coisas, mas dona de casa exemplar não era uma delas. Era o pai quem cozinhava 364 dias por ano, mas, por algum motivo, Linda tomara o jantar de Ação de Graças para si, comandando a cozinha com punho de ferro e se recusando a ceder sequer a preparação de um acompanhamento ou sobremesa a outra pessoa. Seus esforços tinham como resultado graus diferentes de sucesso, que todos eram obrigados a suportar com um sorriso no rosto. Não entrava na cabeça de Elle o motivo pelo qual a mãe resolvera lavar um peru — "ninguém sabe, ninguém viu" era o lema de Elle para aquele dia —, mas, em comparação com o pudim de milho e miúdos de 2008, um pouco de detergente não era nada.

Jane mordeu um pedaço e, depois de engolir, declarou, aparentando surpresa:

— É coentro, não?

— Coentro e limão — esclareceu a mãe, assentindo. — Eu sempre uso sálvia e tomilho, mas dessa vez resolvi fazer uma receita nova para variar um pouco.

Marcus balançou a cabeça, abrindo um sorriso forçado.

— Desculpe, eu sou meio esquisito com coentro. Tem um gosto estranho pra mim. Sem ofensa.

Linda dispensou o comentário.

— Tudo bem, Marcus. Vou lembrar disso na próxima vez.

Lydia comeu um pedaço do peru e murmurou, arregalando os olhos. Ela terminou de mastigar, sorriu e disse:

— Sabe, Elle, você é um pouco como coentro.

Elle baixou o garfo. Ela não queria se precipitar, mas tinha uma leve suspeita de que Lydia não dissera aquilo por causa da habilidade dela em dar mais sabor a um prato.

— O que você quer dizer com isso?

Lydia franziu levemente a testa.

— Você sabe. Coentro é uma coisa que em geral as pessoas ou amam ou… — Lydia se encolheu. — Era pra ser uma piada, porque você é… Ah, deixa pra lá.

O gosto amargo de antes voltou com tudo à boca de Elle.

— Por que eu sou o *quê*, Lydia?

— Relaxa, Elle — repreendeu a mãe. — Acho que o que sua irmã estava tentando dizer é que seus interesses tendem a ser um pouco peculiares, só isso.

— Excêntrica — completou Lydia, assentindo e sorrindo placidamente, como se não tivesse acabado de chamar a irmã de maluca.

Elle pôs o guardanapo ao lado do prato, perdendo o apetite.

— O que há de *peculiar* nos meus interesses?

— Eu só estava dizendo que seus interesses são *singulares*. Para pessoas que não estão acostumadas à sua... filosofia *new age*, pode demorar um pouco para se acostumar. Cristais e chacras, conselhos que poderiam estar impressos naqueles almanaques antigos. Você, *isso tudo*, é algo do qual se acostuma a gostar. Acho que foi só isso que sua irmã quis dizer.

Se acostuma a gostar.

Tudo que Elle ouviu foi "difícil de engolir e intragável".

Ela poderia assinar todos os contratos para livros do mundo e consultorias com empresas listadas na *Fortune 500*, estar com cada setor da vida em ordem, mas só porque ela não vivia a vida do jeito que a mãe queria, só porque não aceitava os empregos, não namorava as pessoas que a mãe arranjava, porque não *se acomodava* com o que era mais seguro, ela nunca estaria à altura.

— Alguém de quem se acostuma a gostar, hein? — perguntou Elle, mordendo o lábio inferior para que ele não fizesse nada idiota, como começar a tremer. — Nada que eu faço jamais será bom o bastante, será?

Simon deixou o garfo cair no prato e Jane arfou, o último som antes de um silêncio coletivo tomar conta da sala.

— *Elizabeth* — sussurrou a mãe com afetação. — O que foi que deu...

— *Qual é*, mãe. Já nem é mais um elefante na sala, sabe? A coisa está... praticamente escrita nas paredes. Só porque não tenho um emprego como o seu ou o do papai, porque não sigo seus passos, porque não faço tudo do jeitinho que você quer, de acordo com seu plano ou seu cronograma, eu sou *peculiar*.

O pai tossiu.

— Elle-belle, ninguém nunca falou que você tinha que ter o mesmo emprego que eu ou sua mãe. Veja só a Jane, ela é...

— Perfeita — interrompeu ela, assentindo. — E não erra nunca. Que novidade. Eu não estava sendo literal, pai. Estava me referindo ao *tipo* de emprego que vocês têm. Num escritório ou hospital, se reportando a um gerente, colando fotos da família nas paredes de um cubículo, bebendo café fraco dentro de uma copa e jogando conversa fora com colegas de trabalho que também devem detestar seus empregos. Vocês querem que eu me enquadre num padrão e eu apenas... não me encaixo. Eu não sou assim.

A mãe a encarou da ponta da mesa, segurando os talheres com força. Respirou profundamente, e então disse:

— Porque você não *tenta*. Seis anos de faculdade, pós-graduação, e você jogou tudo fora. Todo aquele esforço, aquele dinheiro, aquele tempo, só para poder se divertir ficando popular nas redes sociais? O que vai ser de você quando a próxima modinha aparecer, Elle? Quando o Instagram e o Twitter ficarem obsoletos e as pessoas tiverem migrado dessa onda pseudocientífica de astrologia para a última novidade? Você poderia ter sido uma engenheira química ou climatologista, trabalhado até na NASA se quisesse, mas...

— Mas eu não quis! — Os olhos de Elle ardiam e havia um nó ácido em sua garganta, a bile e a indignação escalando esôfago acima, o ressentimento, que por anos ela enterrara sob camadas de humor defensivo e indiferença, vindo à tona aos poucos. — Foi exatamente isso que eu quis dizer. Tudo o que você descreveu agora não era o que *eu* queria. Eu não seria feliz.

A mãe apertou o espaço entre os olhos e deu um suspiro cansado.

— Elle, hoje é Ação de Graças. A família toda está reunida. Sua irmã acabou de anunciar que está noiva. Podemos *não* fazer uma cena?

Elle olhou para Darcy, que estava olhando-a de volta com os olhos arregalados e a mandíbula contraída.

Elle sentia uma pulsação vibrar dentro da cabeça.

Uma cena. É claro. Para piorar, ela também era um desastre ambulante. *Um desastre.* Darcy não estava em busca de um relacionamento, mas e se estivesse? O que Elle tinha a oferecer? Nem a própria família a considerava boa o bastante.

Seu rosto estava quente, as pernas fracas, os pensamentos desconexos numa explosão de cores e palavras soltas, desejos e dores. Ela engoliu em seco duas vezes, a língua pesada, enroscando-se com as palavras conforme se levantava, os braços largados junto às laterais do corpo, as pontas dos dedos formigando à medida que a ira era substituída por uma letargia profunda.

— Vou pegar mais um drinque e tomar um ar. Para não acabar, você sabe, fazendo mais uma cena.

— Elle — chamou Darcy, mas ela continuou andando.

Pé esquerdo. Pé direito. Um na frente do outro até ter atravessado o corredor e chegar à cozinha, com suas bancadas limpas e armários brancos. Elle baixou a cabeça e passou os dedos pelos sininhos de Natal costurados em seu suéter. Em azul, vermelho, azul. Planetas em laranja e cor-de-rosa dispostos contra um céu estrelado. Era como se uma caixa de giz de cera tivesse vomitado em cima dela. Ela *amava* aquele suéter, mas ninguém mais sentia o mesmo. Elle o desenterrara do fundo de uma cesta de brechó em pleno mês de abril, devia ser fruto da arrumação de armário de alguém. Alguém que o considerou inútil.

Mas Elle o amara o bastante para levá-lo para casa.

Ela tinha amor-próprio, mas que sensação boa devia ser também sentir-se amada por alguém, do jeito que você é, com suas esquisitices, defeitos e tudo mais. Ela não tinha como saber.

O rosto de um Papai Noel de tricô apareceu borrado diante dela. Apesar do zunido em seus ouvidos, ela ouviu passos no corredor cada vez mais próximos, e a tábua solta perto da porta da cozinha rangeu. *Droga.* Elle passou a mão no rosto e secou as lágrimas com a manga.

Darcy colocou a cabeça no corredor, os olhos se arregalando ao vê-la. Elle, que estava claramente um caco, o rosto manchado de lágrimas e... ela olhou para a manga do suéter. Lápis de olho roxo manchado na lã. Que novidade. Elle era alguém que ficava feia quando chorava, o rosto cheio de manchas e olhos inchados como em uma reação alérgica, o corpo tentando expurgar as emoções de forma violenta por meio dos canais lacrimais. Óbvio que Darcy tinha que estar lá para testemunhar mais um tom de Elle em toda a sua desastrosa glória.

— Então. Sua família é meio que péssima — constatou Darcy.

Elle bufou de rir, mas seu nariz estava entupido, então o barulho que saiu parecia o de uma buzina estranha.

— Ah, não é grande coisa — disse, forçando uma risada. — Se você parar pra pensar, é idiota. Não sei por que estou tão chateada. Coentro, quer dizer... Que merda. Dizer que eu tenho gosto de sabão para uma parcela mínima da população é... É tão ridículo.

Não *parecia* ridículo.

Darcy levantou um pouco os ombros, ainda encarando-a. Elle cruzou os braços, abraçando a si mesma com força e mudou o peso de um pé para o outro, levantando uma das pernas para coçar a parte de trás do joelho com a ponta do outro pé.

Darcy deu um passo cauteloso na sua direção, depois outro, e outro, até estar tão próxima que dava para Elle contar as sardas em seu nariz. Só que elas eram muitas, e havia incontáveis outras se espalhando pelas maçãs do rosto, escorrendo até o queixo. E havia, é claro, aquela sarda especial em formato de meia-lua ao lado da boca, a que era emoldurada por uma covinha.

Ela estava tão ocupada tentando, em vão, contar as sardas, tentando lembrar do gosto da que ficava perto da boca, que foi só quando Darcy passou o polegar abaixo do olho direito de Elle que ela se deu conta de que estava sendo tocada.

— Se ajuda em alguma coisa — disse Darcy, a mão direita espelhando a esquerda e limpando as lágrimas e o delineador borrado dos olhos dela —, eu gosto de coentro.

Elle piscou algumas vezes, seus pensamentos travando, pois eram muitos deles competindo por espaço dentro da cabeça. Acima de tudo aquilo, estava o fato de que Darcy estava segurando o rosto de Elle enquanto a olhava nos olhos, os dentes perfeitos dela afundados no lábio inferior com tanta força que ele ficara branco da pressão.

Quando Darcy soltou o lábio, a carne se inflou de volta, vermelha de repente. Ela desceu um pouco as mãos, os polegares não mais tocando a pele delicada abaixo dos olhos de Elle, mas a lateral de seu queixo, os dedos se curvando em sua nuca.

— E quando a gente se beijou? Eu gostei bastante do seu gosto.

Elle sentiu o calor descendo do peito até o estômago, como se tivesse virado um shot de tequila. O calor desceu mais e mais, até se acomodar entre as pernas. Seus pensamentos derreteram como mel quando Darcy se aproximou, eliminando a distância entre as duas para um torturante centímetro.

Aquilo estava acontecendo de verdade, e não podia ser pelas aparências, porque as duas estavam sozinhas ali na cozinha, seus rostos cada vez mais colados. Elle sentiu o gosto do hálito frutado e quente de Darcy e começou a sentir uma dor no peito, os braços, pernas e músculos do estômago estremecendo, vibrando, incapazes de se manterem quietos. Esperando… esperando… Aquela antecipação era a tortura mais doce do mundo. Darcy soltou o ar e deixou escapar um sorriso com o gemidinho que saiu da garganta de Elle sem permissão assim que um nariz tocou o outro, assim que as unhas de Darcy…

— Aí estão vo… *Ops*.

Elle deu um passo para trás, batendo com o quadril na bancada. A dor irradiou do osso para toda a lateral do corpo. O rosto de Darcy ficou vermelho e ela recuou, abaixando-o e fixando o olhar no chão.

Congelado na porta, o pai sorriu timidamente.

— Certo. Só vim ver se você estava bem, Elle-belle.

— Tudo bem, pai — respondeu. Pelo menos quase não havia tremor na voz. — A gente já volta.

Ele tossiu de leve, dando meia-volta para sair.

Passaram-se alguns instantes, Elle pesando quais palavras fariam jus ao que ela estava sentindo. Ela queria estender aquele momento, pegá-lo de volta, entrar naquela bolha na qual Darcy e ela tinham respirado o mesmo ar, mas não sabia como retomar aquilo.

Darcy abriu a boca, e um pânico repentino subiu pela garganta de Elle, por não saber o que ela ia dizer, apavorada pela possibilidade de apagar o progresso que tinham alcançado.

— O que vai fazer no final de semana? — deixou escapar.

Darcy fechou a boca e pestanejou.

— Por quê?

Elle engoliu em seco e resolveu arriscar.

— Quer fazer alguma coisa? Comigo?

Aquele momento se fora, mas elas podiam criar um momento novo. Diversos deles. Se Darcy quisesse. Se aquilo — Darcy ter ido atrás dela na cozinha e ter dito o que disse — significasse o que Elle esperava que significasse.

Darcy fez um biquinho e perguntou:

— Não seria com sua família, seria?

— Definitivamente não.

Ela riu com um alívio indescritível por Darcy não ter negado de primeira.

— Nem com meu irmão?

Darcy estava flertando, e não havia ninguém ali para ela enganar, ninguém para convencer de que aquilo significava qualquer coisa que não exatamente o que significava. Algo real.

Elle balançou a cabeça e levantou a mão, afastando uma mecha que estava quase caindo nos olhos da outra.

— Só eu.

Ela esperava que *só ela* bastasse.

O sorrisinho torto no rosto de Darcy se abriu mais, se espalhando, virando um sorriso de verdade, uma visão que fez o estômago de Elle explodir em uma nuvem de borboletas batendo as asas.

— Eu adoraria.

Capítulo onze

— Tem certeza de que temos permissão para estar aqui? — sussurrou Darcy, seguindo Elle por um lance estreito de escadas espremido entre duas paredes de pedra.

O degrau sob o pé direito de Elle rangeu quando ela se virou, uma das mãos no corrimão e a outra segurando o celular, que servia de lanterna para iluminar o breu da escada.

— Não.

Uma quantidade insuficiente de luz refletiu na parede de pedra, lançando sombras no rosto de Elle. Darcy não conseguiu ver sua boca, mas o tom de voz da loira indicava que estava sorrindo.

— Para falar a verdade, nós *não* temos permissão de estar aqui.

— *Elle.*

— Anda, vai — disse ela, os dedos encostando no pulso de Darcy, fazendo-a estremecer. — Quebre as regras comigo, Darcy.

Mal sabia ela que Darcy já estava quebrando todo tipo de regras. Regras que ela mesma havia criado.

Darcy devia ter imaginado que Elle tinha um motivo para se recusar a responder às perguntas sobre aonde elas iam e o que

Elle tinha planejado para o… encontro? *Parecia* um encontro, e tinha todas as armadilhas de um. O estômago de Darcy havia se revirado o dia todo pensando naquilo. Seu foco tinha ido para o espaço e sua habilidade de trabalhar tornara-se inexistente. Em vez de conseguir estudar um pouco, Darcy fizera ela mesma uma avaliação de risco nada confiável. O resultado? Se precisava perguntar se era um encontro, o risco era alto demais. E, mesmo sabendo disso, só conseguia pensar em Elle, em vê-la, no que aquilo significava e em como a apavorava, além de como, apesar do risco, Darcy não conseguia desmarcar de jeito nenhum.

"Vista algo quente e esteja pronta às onze" havia sido a única instrução. A princípio, Darcy pensou que fosse às onze da manhã, porque que tipo de pessoa com o mínimo de bom senso marcaria um encontro às onze da noite? Só que, de acordo com Elle, as melhores aventuras aconteciam no escuro.

Elle sacudiu a maçaneta, balançando quadris e bunda na dancinha da vitória mais adorável do mundo quando a porta se abriu e revelou uma sala redonda iluminada pela lua.

— Ta-da! Bem-vinda ao Jacobsen Observatory, o segundo prédio mais antigo do campus.

Com os braços levantados e apontados para o teto abobadado, Elle girou num círculo vertiginoso, a saia preta rodando em volta das pernas cobertas de meia-calça. Ela estava usando a jaqueta que Darcy lhe dera.

Fingindo interesse na arquitetura do prédio, Darcy se virou, tocando numa das pedras diante dela, escondendo o sorriso em meio às sombras.

— Como você descobriu este lugar?

Ela olhou por cima do ombro o mais discretamente possível, vendo Elle baixar os braços, seu sorriso se desfazendo.

Foi sutil, mas Darcy notou. Ela não tinha certeza de quando aquilo tinha acontecido, mas agora reparava em tudo. Em como Elle puxava o lóbulo da orelha quando estava ansiosa. No mau hábito de morder o lábio inferior, do qual Darcy gostava muito, a propósito. *Demais* até. Ela nunca tinha invejado os *dentes* de alguém antes, mas eles podiam morder aquele lábio quando bem entendessem, e havia alguma coisa que parecia muito injusta no fato de Darcy não ter o privilégio de fazer o mesmo.

Loucura. Darcy estava definitivamente enlouquecendo, perdendo a cabeça, o controle, perdendo tudo por aquela pessoa. Elle tinha conquistado Darcy de fininho e agora ali estava ela, com ciúme da porcaria dos dentes dela. Santo Deus.

— Vamos — disse Elle, inclinando a cabeça para uma das janelas francesas em arco.

Darcy respirou fundo, enchendo os pulmões de ar antes de expirar e segui-la.

Tal como a porta, a janela não estava trancada e se abriu com facilidade quando Elle empurrou o trinco. Ela passou a perna direita por cima do peitoril, sentando-se na beirada e saindo pela janela que dava em uma varanda que contornava metade da construção em formato de torre. Elle ofereceu-lhe uma mão. Aceitando-a, Darcy também passou a perna pelo peitoril e sentiu o ar fresco da noite, o cabelo se agitando com a brisa.

Acima dela, as estrelas piscavam contra uma tela em azul-escuro e a vista abrangente e impressionante a fez perder o fôlego.

— *Uau.*

Elle a puxou, levando Darcy até a varanda de pedra com rapidez.

— A vida seria muito melhor se todo mundo passasse um pouquinho mais de tempo olhando as estrelas.

Algumas mechas do cabelo loiro dela refletiram a luz do luar, criando um brilho parecido com uma auréola em volta da cabeça de Elle ao levantar o rosto para admirar o céu.

— É lindo, não é?

— É, sim.

Darcy não estava olhando para o céu.

— Está vendo aquele aglomerado de estrelas ali? — perguntou Elle, apontando para a direita. — Bem — disse ela, pegando a mão de Darcy e levantando-a para traçar um desenho entre as estrelas — ali. É o Grande Carro. Se você seguir aquelas estrelas, as verticais na ponta, e subir, chega à Polaris, também conhecida como Estrela do Norte. Ela é fixa, nunca se move. Se estiver perdida um dia, pode sempre encontrar o Norte, desde que encontre aquela estrela.

Elle soltou a mão de Darcy e apoiou as palmas no parapeito. Superconsciente de suas pernas e braços agora que Elle não estava mais tocando-a, Darcy baixou os braços e flexionou os dedos, que estavam formigando.

— Eu descobri este lugar porque me formei em astronomia. A última pessoa a quem contei isso presumiu que eu era uma tonta que confundia astronomia com astrologia e que estava prestes a quebrar a cara — disse ela, dando uma risada. — Por mais que seja chocante, não é o caso.

Darcy não achava que era.

— Algumas pessoas são bem cretinas.

— Elas podem ser mesmo.

Os brincos de Elle, bolas em azul-celeste parecendo planetas, se balançaram e roçaram sua mandíbula. Ela pigarreou e inclinou a cabeça de lado, olhando Darcy nos olhos e dando um sorriso torto.

— Fiz mestrado em astronomia com especialização em cosmologia.

Ela roçou os dentes no lábio inferior, fazendo os músculos do estômago de Darcy estremecerem e se contraírem. Era daquele lábio que Darcy sentia ciúme agora, o desejo pela sensação de Elle afundando os dentes nos lábios de *Darcy* tornando-se feroz, consumindo-a.

— Eu estava me programando para um doutorado. Era um programa de seis anos, os dois primeiros voltados à matéria do mestrado e o resto para lecionar, pesquisar, escrever a monografia e se preparar para o próximo passo, seja lá qual fosse. De repente, me vi presa dando uma matéria de introdução para uma turma cheia de calouros querendo tirar nota alta sem muito esforço, passando noites em claro trabalhando na minha tese.... E aí me dei conta de que aquilo não era o que eu queria, mas mesmo assim estava insistindo, porque o que mais eu poderia fazer? Foi quando o Ah Meus Céus, que na época era só um bico para Margot e eu, decolou e conseguimos um trabalho remunerado escrevendo o horóscopo do jornal *The Stranger*. A faculdade tinha acabado com a mágica do aprendizado, mas eu ficava animada com o Ah Meus Céus. Era o que me tirava da cama toda manhã. Até que um dia acordei, resolvi que não ia deixar mais ninguém tirar as estrelas de mim e desisti dos estudos.

— Imagino que sua família não tenha levado numa boa, né? — perguntou Darcy, arqueando uma sobrancelha.

Elle abaixou a cabeça, dando aquela risadinha sarcástica e autodepreciativa que as pessoas tendem a dar quando o que estão dizendo importa mais para elas do que estão demonstrando, ou mais do que querem demonstrar.

— Minha família ficou... Eu gostaria de dizer preocupada, mas acho que todos ficaram mais para *horrorizados*. Eles tentaram fazer uma intervenção, achando que eu estava tendo um *burnout* ou uma crise extremamente antecipada de meia-idade. Minha mãe pensou que eu tinha enlouquecido. — Elle apoiou os cotovelos no parapeito e o queixo nas mãos. — Eu não... eu não espero que eles concordem, tampouco que me entendam completamente, mas queria que eles respeitassem. As minhas escolhas. *Eu*. Eu queria não ter que ser tão... tão *séria* para eles me levarem a sério. Faz sentido?

A mãe de Darcy gostava de brincar que a filha havia nascido séria, mas não era verdade. Ela sabia se divertir; era só que seus interesses tendiam a atividades mais quietas e individuais. Ler. Palavras cruzadas. Ioga em vez de esportes em grupo. Até seus hobbies mais fantasiosos — novelas e seriados — a colocavam na categoria *vovó millennial*.

Mas aquilo não significava que ela não entendia como Elle se sentia.

— Menos de um terço dos atuários são mulheres e ainda assim o número hoje é mais alto que há uma década. Não é a mesma coisa, não estou tentando dizer que... — Darcy suspirou. — Meu emprego é convencional. É comum. Ninguém pensa que você pode ser peculiar quando se é uma atuária. Talvez mais para *chata*. — Elle riu levemente. — Mas já vi pessoas presumindo que eu fosse assistente administrativa — continuou. — Quando ficam sabendo que sou atuária, elas supõem que sou uma consultora. Não que haja problema nisso, não me leve a mal, mas todo mundo é relutante à ideia de me ver chegando à designação mais alta da categoria. Por que eu faria todas essas provas? Não estou feliz com o que tenho? O salário é bom, mas…

— Você quer mais — completou Elle.

Darcy assentiu.

— Eu quero mais.

— Eu sei por que *eu* quero mais, mas e você? É para provar que pode? Que pode ser a melhor? Ou presumo que talvez o salário *seja* melhor…

E era melhor, mas não era esse o motivo. Ou não o único.

O quanto Darcy queria revelar a Elle? Ela *não* queria falar naquilo. O estômago embrulhava só de cutucar as lembranças. Mas Elle fora tão aberta, tão honesta, permitira-se ser tão vulnerável. Darcy devia o mesmo, e uma parte remota de si queria que Elle soubesse. Que a conhecesse.

— Eu contei para você sobre os meus pais — disse Darcy, coçando a base da garganta. — Sobre como minha mãe parou de trabalhar quando eu nasci. Meu pai ganhava o suficiente para sustentar a família toda só com o salário dele, então, mesmo depois que crescemos um pouco, minha mãe não voltou a trabalhar, porque não precisava. Ela se permitia alguns hobbies e fazia trabalho voluntário para ocupar o tempo, e no verão acompanhava meu pai nas viagens a trabalho. Ela não gostava que ele ficasse tanto tempo longe ou… não gostava de não saber o que ele estava fazendo, não confiava nele. Como o motivo do divórcio foi ele tê-la trocado pela secretária de 24 anos, acho que os receios não eram infundados.

— Que merda — murmurou Elle.

— É, foi mesmo. Uma merda.

Um jato de vento frio soprou, o ar cortante mordiscando a ponta do nariz de Darcy e bagunçando seu cabelo. Ela afastou os cachos do rosto e suspirou. Não era como se ela nunca tivesse contado aquela história para alguém. Annie sabia de todos os detalhes sórdidos, assim como Natasha. Talvez por isso fosse algo tão difícil para ela. Não porque as palavras fossem estranhas, e sim porque ela esperara que Natasha, sabendo daquilo, sabendo como ela se sentia em relação à desconfiança e deslealdade e como as duas coisas arruinaram sua mãe, tivesse tido a decência de não partir o coração de Darcy. A decência de não repetir a história, de certa forma.

Darcy mordeu a bochecha, a força de seus dentes afundando o suficiente para conter as lágrimas que já faziam as estrelas piscarem e parecerem borradas.

— Minha mãe ficou com a guarda e uma boa pensão, mas ela nunca foi a melhor pessoa em administrar dinheiro, então em pouco tempo estávamos sem nada. Além disso, ela havia passado dezesseis anos sem trabalhar, então foi difícil arranjar um emprego, se reerguer. Vê-la passar por aquilo fez com que eu prometesse a mim mesma que jamais me colocaria na mesma posição. Eu gostava de números e era boa em matemática, então fazia sentido. Queria um emprego com benefícios, que pagasse bem, e decidi que seria boa nele, a melhor no ramo, assim eu sempre teria segurança profissional. Eu queria um emprego que jamais fosse desaparecer ou se tornar obsoleto. — A mãe de Darcy tivera a própria mãe a quem recorrer, mas Darcy não. Ela só tinha a si. — Enfim. É por isso.

Elle balançou a cabeça, dando um sorriso torto.

— Você deve me achar louca. Tem o tipo de emprego que minha mãe amaria que eu tivesse. Quer segurança e estabilidade, e eu quero... *não* o oposto, não como minha mãe pensa. Não estou jogando minha vida fora ou tentando me autodestruir, só quero encontrar a coisa certa pra mim.

Mas ela não está totalmente errada. Não existe segurança no que eu faço. Todos os nossos seguidores podem desaparecer amanhã ou uma plataforma pode, *puf*, se tornar ultrapassada. Talvez nosso livro seja um fracasso de vendas, ou eu estrague as coisas de alguma outra maneira. — Elle se encolheu um pouco, os ombros se curvando para a frente. — É claro que acho que isso seria uma droga, não me leve a mal. Mas prefiro fracassar em algo que eu ame do que me sair bem em algo que não gosto.

— Você não vai fracassar. — Darcy levantou a cabeça e olhou para o céu, para as estrelas, seus olhos parando na que Elle apontara. Polaris. — Apesar do que sua família pensa, você… você é brilhante no que faz. Não quero parecer convencida por associação, mas meu irmão não teria escolhido trabalhar com você se você não fosse a melhor.

— É?

Lá estavam aqueles dentes frustrando Darcy de novo, afundados no lábio inferior.

— Você acha? — perguntou Elle.

— Não acho, eu sei. E, se vale alguma coisa, eu levo você a sério.

Elle revirou os olhos.

— Ah tá. Obrigada.

— É verdade.

Darcy segurou o corrimão e se balançou ligeiramente antes de continuar:

— Aquilo que eu falei no Dia de Ação de Graças… Eu fiz um pouco de pesquisa sim. Algumas das coisas que você disse sobre astrologia fizeram sentido e fiquei com vontade de saber mais. Eu não disse aquilo tudo para convencer ninguém de nada, Elle. Não foi por isso. Eu estava dizendo a verdade.

Elle virou o rosto, olhando Darcy nos olhos.

— Eu nunca te agradeci direito por ter dito o que disse. Por me defender. Seja lá por qual motivo.

Darcy nem tinha parado para pensar antes de defendê-la. Claro que defenderia Elle, que queria tanto que o mundo fosse cheio de amor e compreensão ou, no mínimo, que sua própria família a entendesse.

Em retrospecto, o impulso apavorava Darcy. Proteger Elle havia sido praticamente instintivo, mas também significava que ela se importava, e era para Darcy não se importar. Não com Elle, não com suas esperanças e sonhos, e com certeza não com de que maneira ela, Darcy, poderia se encaixar neles. Tampouco como Elle poderia se encaixar nos sonhos e esperanças dela.

Darcy se virou, olhando fixamente para o prédio atrás delas.

— Você ainda vem aqui. Mesmo tendo largado a faculdade. Não é uma lembrança forte demais? Dolorosa?

Elle engoliu em seco, apertando os lábios.

— Não, não, pelo contrário. Quando tenho uma semana ruim, venho aqui, olho para as estrelas e me lembro de ter 6 anos e ver minha primeira chuva de meteoros, numa viagem para acampar com minha família. Lembro de sentir uma admiração que nunca tinha sentido antes. Estrelas cortando o céu… Foi como… foi *de fato* mágico. Carl Sagan disse que somos feitos de *poeira das estrelas*, e é verdade, sabia? As estrelas, as grandonas, não produzem apenas carbono e oxigênio, elas continuam queimando, queimando e queimando, e aquilo produz elementos alfa, como nitrogênio e enxofre, neon e magnésio, até virar ferro. Chama-se nucleossíntese de supernova. Agora repita isso cinco vezes depressa. — Elle riu e o peito de Darcy doeu como se alguma coisa dentro dela estivesse se espreguiçando, abrindo espaço. Como dores de crescimento. — Então, quando essas estrelas enormes chegam ao fim da vida, elas explodem, em uma supernova tão brilhante, tão espetacular, que afoga todas as outras estrelas. E, quando isso acontece, elas expelem todos esses elementos que criaram. É disso que somos feitos. Temos cálcio em nossos ossos e ferro em nosso sangue, nitrogênio em nosso DNA… e tudo isso? Tudo isso vem das estrelas. — Os olhos de Elle flamejavam, brilhando tanto quanto as estrelas das quais ela falava conforme piscava e apontava para o céu. — Somos literalmente poeira de estrelas.

A luz da lua dançava nas pontas dos cílios loiros de Elle e fazia seus olhos cintilarem. Se tinha alguém feito de poeira de estrelas, esse alguém era ela.

— Não importa o quanto eu envelheça, ou o quanto todo mundo me diga que preciso *cair na real* ou *ser mais prática*, eu nunca deixei de fazer pedidos para as estrelas ou de sonhar sonhos impossíveis. — Uma risada emocionada escapou dos lábios de Elle, que sacudiu a cabeça e fungou, pigarreando. — Desculpe. Quer você me leve a sério ou não, sei que acha isso tudo bobagem. Astrologia, mágica, almas gêmeas.

— Não acho. Eu acho legal — sussurrou Darcy. — Você ainda acreditar nisso tudo.

Que Elle acordasse todas as manhãs e desejasse o melhor em vez de esperar pelo pior.

— Mas você não acredita, né? Nisso tudo? Almas gêmeas?

Darcy apertou o peitoril como se fosse a barra de segurança de uma montanha-russa, os nós de seus dedos ficando brancos e os ossos das mãos doendo enquanto ela se equilibrava nas pernas bambas. Elle pôs o cabelo atrás das orelhas e virou o rosto, os olhos azuis fitando os de Darcy e, por um instante, um tênue instante, Darcy se esqueceu de como respirar.

Ela não conseguia falar, não saberia o que dizer nem se conseguisse. Em vez disso, soltou o peitoril e esticou o braço, apoiando a mão na cintura de Elle, o polegar alisando o tecido. Elle levantou o queixo, as estrelas refletindo em seus olhos e a curva de seus lábios desafiando Darcy a arriscar, a dar um salto no escuro. A pular.

Com os lábios plantados sobre os de Elle e os dedos amassando o suéter rosa-choque que usava, Darcy se atirou da beira do penhasco e se permitiu despencar. Não até o chão, mas até Elle, aquela pessoa magnética que fazia parecer que nada era impossível, que até a gravidade poderia ser desafiada se Darcy simplesmente *acreditasse*. Que, mesmo se ela não vencesse, tudo bem cair, porque Elle lhe daria um lugar seguro para pousar. E que Darcy poderia confiar em Elle com cada pedaço frágil de seu ser.

O beijo, que começou lento e delicado, como uma exploração hesitante, adquiriu um tom desesperado quando Elle puxou o lábio inferior de Darcy para si, os dentes arranhando a superfície. Darcy se aproximou mais, as mãos em volta do pescoço de Elle, os dedos passando pelo cabelo macio em sua nuca, os quadris se movendo um contra o outro.

Agora que ela havia se dado permissão de querer, de querer Elle, queria tudo, com uma urgência desenfreada. Soltando-se do beijo, Darcy arfou, os pulmões se enchendo enquanto ela deslizava os lábios pelo rosto de Elle, roçando a pele macia e sedosa do pescoço onde sua pulsação batia loucamente, como a da própria Darcy. Permitindo-se saborear a doçura salgada do suor que pontilhava o pescoço de Elle, Darcy também permitiu que suas mãos se perdessem, explorassem, descendo da cintura até os quadris, seus dedos envolvendo a bunda de Elle e apertando, qualquer coisa que ela pudesse fazer para trazê-la para ainda mais perto, para tirar seu fôlego, para acelerar ainda mais a pulsação dela sob os lábios.

Elle deixou escapar o gemidinho mais sexy do mundo quando Darcy sugou o lóbulo de sua orelha e puxou, os dentes arranhando a pele de leve. Aquele som foi direto ao âmago de Darcy, fazendo-a doer por dentro.

— Eu... *Porra*, Darcy.

Elle estremeceu nos braços dela, seu corpo ficando tenso e depois maleável, relaxando contra o parapeito em suas costas.

Porra, *mesmo*. Darcy encaixou uma das pernas entre as de Elle e ondulou contra ela, adorando como Elle gemia, o som reverberando contra seus lábios e viajando até alcançar os dedos do pé, curvados por desejo.

Darcy queria mais. Queria mais daqueles sons, mais daqueles lábios nos dela, mais da sensação de Elle em suas mãos e entre suas coxas. Ela queria arrancar o resto das camadas de roupa e despi-la, fisicamente, do modo como Elle fora corajosa o bastante para despir sua alma sob aquele céu límpido e estrelado. Queria Elle por inteiro — o bom, o ruim, o desastroso.

Com os dedos, os mesmos que tinham se enfiado embaixo do suéter de caxemira de Darcy, as unhas traçando a pele sensível acima da cintura de sua calça jeans, Elle a afastou.

Darcy tropeçou para trás, o coração martelando.

— Me desculpa...

— Cala a boca.

Elle estava ofegante. Seus dedos, os mesmos que tinham puxado Darcy para mais perto e depois a afastado, enlaçaram os passadores da calça dela, impedindo-a de se afastar mais.

— Você é... *argh*. — Elle atirou a cabeça para trás ao gemer, os polegares acariciando a pele fina e suave acima dos ossos dos quadris de Darcy. — Você é impossível, sabia?

Uma gargalhada espontânea borbulhou na garganta de Darcy.

— Eu? *Eu* sou a impossível?

— Eu sonho com coisas impossíveis, lembra? — Elle deslizou uma unha logo abaixo do umbigo de Darcy, fazendo-a se arrepiar. Seu sorriso era ao mesmo tempo malicioso e doce ao dizer: — Vamos para casa.

Capítulo doze

Por favor, que Margot não esteja acordada. Por favor, que Margot não esteja acordada.

Elle se dera conta, assim que as duas chegaram ao estacionamento atrás do prédio dela, que era melhor ter sugerido que elas fossem para a casa de Darcy. Darcy não dividia o apartamento com ninguém, mas Elle já fizera o convite e não tinha coragem de tentar retirar parte do que sugerira, por medo de parecer que estava tentando retirar *tudo* que sugerira.

O que não era o caso. Nem de perto, não agora, não quando aquele relacionamento nebuloso entre elas finalmente começava a tomar forma e se tornar algo real.

Virando a chave, Elle abriu a porta e espiou a sala escura. Todas as luzes estavam apagadas, com exceção da luminária em formato de abacaxi na bancada de café da manhã, a mesma que elas sempre mantinham acesa durante a noite, não importando o que acontecesse.

Suspirando de alívio por sua sorte, Elle deu mais alguns passos pelo apartamento, indicando para que Darcy a seguisse.

Darcy já tinha ido lá, mas só uma vez, e não passara do batente da porta. Agora, seus olhos faziam uma inspeção curiosa da sala de estar minúscula. De vez em quando ela parava, concentrando-se nos diversos cacarecos espalhados nas superfícies, lembrancinhas e recordações preciosas que Elle e Margot tinham acumulado. Era justo, afinal Elle também tinha tomado seu tempo se familiarizando com o mobiliário austero de Darcy.

O apartamento de Elle era bem mais colorido. E bagunçado. Um porta-alfinetes em formato de sushi estava próximo demais da beirada da bancada da cozinha. Havia fotos em molduras de tons Pantone vívidos penduradas tortas nas paredes e um vidro de tempestade em formato de nuvem no parapeito, os pontos pequeninos no líquido prevendo neblina. Uma tapeçaria enorme com a roda do zodíaco ocupava a maior parte da parede ao lado do sofá. Sapatos estavam empilhados ao lado da bancada da cozinha, a maioria de Elle, exceto por um par de botas que pertencia à Margot. Bem no meio da sala, havia uma única meia largada, e Elle não se lembrava de jeito nenhum como aquilo tinha ido parar ali.

— Imagino que não tenha se mudado há pouco tempo — disse Darcy, dando um sorrisinho irônico por cima do ombro.

— Haha. Não. Eu já moro aqui há... quatro anos? Cinco?

— Com Margot? — perguntou Darcy.

— Com Margot.

Darcy olhou pelo cômodo e indicou com o queixo o bonequinho de astronauta na estante de livros, arqueando uma sobrancelha.

— E onde *está* Margot?

Elle apontou por cima do ombro com o polegar.

— Provavelmente no quarto dela.

Seu estômago deu um salto mortal quando Darcy assentiu de novo e deu um passo para mais perto dela, os polegares enfiados no bolso da frente. Casual, elegante. Os passos nem vacilavam conforme ela colocava um pé diante do outro, parando a menos de meio metro de Elle.

— E o seu quarto fica…?

Elle puxou o lóbulo.

— Também no final do corredor. Não confunda com o banheiro. Não que meu quarto se pareça com um banheiro, só que você levaria um susto se por acaso confundisse os dois. Basicamente, fica tudo no final do corredor. É pequeno. O apartamento.

— Posso ver? — perguntou Darcy, prendendo uma mecha de cabelo atrás da orelha.

Elle girou os anéis de seus brincos de Netuno.

— Meu quarto?

Dando mais um passo, parando tão perto que Elle não tinha mais para onde ir, tão perto que os dedos dos pés das duas encostaram, Darcy pôs a mão no quadril dela e assentiu.

— Claro — sussurrou Elle.

Ela pôs uma das mãos sobre a de Darcy, entrelaçando os dedos nos dela, e puxou, levando-a pelo corredor até a última porta à direita. Elle tateou a parede atrás do interruptor e acendeu a luz. Não aquelas luzes comuns, sempre claras demais, fluorescentes e horríveis, que deixavam tudo ao redor num tom nada lisonjeiro de azul e seu cabelo num tom de verde, mas sim fileiras de luzinhas pisca-pisca que ela havia pendurado pelas paredes. Elas banhavam o quarto com um brilho champanhe acolhedor, claro o bastante para enxergar, mas escuro o suficiente para criar um certo clima. Tão interessante quanto velas, mas menos perigoso. Luz ambiente segura, sem mencionar mais barata, que com alguma sorte também não permitiria que Darcy visse a montanha de roupas lavadas para dobrar entre a escrivaninha e a cômoda.

Toda a preocupação foi em vão. Darcy não olhou pelo quarto nem fez julgamentos. Ela continuou olhando para Elle, os olhos semicerrados, mordendo o lábio inferior.

Elle puxou a manga da sua blusa, esfregando o tecido entre os dedos e a palma da mão.

— Então. Meu quarto.

Darcy subiu as mãos pelos braços de Elle, passando pelos ombros, até estarem em volta do pescoço. Sob as pontas dos dedos dela, a pulsação de Elle martelava numa inconfundível demonstração de nervosismo.

Não apenas nervosismo. Elle a desejava tanto que as pontas dos próprios dedos também pulsavam de pura necessidade de tocá-la, a pele ardendo com o desejo da reciprocidade. Só que ela não queria estragar aquilo, seja lá o que estivessem fazendo, que Elle não sabia bem, não queria se arriscar perguntando, por receio de não gostar da resposta e…

— Ei. — Darcy deslizou o polegar sob o queixo de Elle, um toque sutil que a fez estremecer. — No que está pensando?

No que ela estava pensando? Caramba, no que *não* estava pensando? Diversos pensamentos, nenhum bem definido, passavam voando por sua cabeça. O que queria, o que esperava… esperava tanto que chegava a doer, sentia o corpo pequeno demais e quase explodindo na tentativa de conter tudo aquilo. A pele parecia apertada demais, quente, coçando, e Elle queria arrancá-la fora, se despir dela por completo, deixar que Darcy visse o verdadeiro formato do seu coração, bagunçado, imperfeito e com um espaço vazio, um espaço que ela queria havia tanto tempo preencher, mas onde ninguém jamais se encaixava, seus ângulos pontiagudos demais, ásperos demais, as peças de outro quebra-cabeça nunca combinando com as dela. Elle estava esperando, esperando que a pessoa certa aparecesse para se encaixar naquele cantinho em seu coração, reservado só para aquele fim. Para a pessoa dela. Não uma pessoa *perfeita*, mas uma pessoa perfeita *para ela*.

Uma pessoa que ela esperava que pudesse ser Darcy.

Elle virou o rosto e roçou levemente os lábios no pulso da ruiva.

— Sabe… Espero estar usando uma calcinha bonitinha.

A gargalhada explodiu de dentro de Darcy, quente e alegre, substituindo o redemoinho de ansiedade no estômago de Elle com uma leveza um pouco zonza.

— Eu quem deveria julgar isso, não acha?

Com as mãos ainda no queixo de Elle, segurando seu rosto com uma delicadeza que ninguém jamais usara, Darcy se aproximou mais, até que o nariz das duas se tocasse uma vez, duas…

Paciência não era uma das qualidades de Elle. Elevando-se na ponta dos pés, ela pousou os lábios com firmeza nos de Darcy, sorrindo em meio ao beijo, sua barriga parecendo um caleidoscópio de borboletas ao senti-la sorrindo de volta.

Deslizando as mãos e entrelaçando os dedos no cabelo de Elle, Darcy deu uma lambida pelo contorno dos lábios dela, que os abriu e gemeu assim que a ponta de uma língua tocou a outra, saboreando, provocando.

O beijo foi atordoante, Elle sentiu os joelhos ficando bambos demais, rápido demais. Carros esportivos? Pfff… Elle tinha ido de zero a cem melhor do que qualquer um deles. Embolando nas mãos a barra do suéter de caxemira de Darcy, Elle a puxou com força, levando o próprio corpo para mais perto. Gemeu ao sentir a língua de Darcy no céu da boca, enviando um arrepio pelas costas. Os mamilos endureceram contra a lã do suéter.

Elle afastou o rosto para tomar ar, sem fôlego.

— Posso tirar isso? — perguntou.

Ela já se sentia nua, despida até que só restassem sua esperança, seus ossos e o sangue correndo nas veias, totalmente exposta pelo que compartilhara na torre de astronomia e por ter convidado Darcy para sua casa. Era justo que Darcy se despisse um pouco também.

Darcy assentiu e levantou os braços, permitindo que Elle subisse o suéter e o passasse por sua cabeça.

Ah. O sutiã de Darcy era todo preto, de uma renda transparente e delicada e com alças finas, um contraste celestial contra sua pele macia. Seu colo estava avermelhado, a pele salpicada de pontinhos em tons diversos de cor-de-rosa e vermelho, sardas num laranja-escuro realçando o volume dos seios. Elle suprimiu um gemidinho e largou o suéter no chão, deixando os braços soltos ao lado do corpo.

— Sardas, covinhas e… maldição, Darcy — disse, arfando. — Você é tão linda que meus olhos chegam a doer.

E o coração também, da melhor maneira. Uma dor boa, o melhor tipo de dor. Expectativa somada à promessa, a satisfação garantida sendo uma mera questão de tempo.

Darcy jogou a cabeça para trás e riu, o movimento realçando os contornos longilíneos e elegantes do pescoço. Mais um pedaço de pele que Elle desejava tocar, saborear, sardas que ela queria unir até que parecessem constelações que jamais se cansaria de explorar, aquela única sarda ao lado da boca, a preferida de Elle, a estrela para onde sempre voltaria. Sua nova Estrela do Norte.

— Covinhas? São causadas quando o músculo zigomático maior é mais curto que o normal. Na verdade é um defeito.

Ah, me poupe.

— Um defeito sexy.

De rosto vermelho e olhos brilhando, Darcy deslizou um dedo por baixo do decote em V do suéter de Elle, tocando no pedaço de pele logo abaixo do seu coração.

— Vamos, seja justa…

Elle segurou na barra do próprio suéter e o subiu para tirá-lo logo, mas congelou ao sentir o tecido prendendo no seu brinco. *Que ótimo.*

— Ah. Eu fiquei presa. Será que você pode…?

Ela sentiu as mãos de Darcy na gola complicada do suéter felpudo. Darcy soltou o brinco delicadamente e a ajudou a passar o restante do suéter pela cabeça.

De cabelo bagunçado e franja caída em cima dos olhos, Elle piscou algumas vezes, ficando ainda mais vermelha ao ver Darcy baixando o olhar, analisando-a descaradamente.

Darcy subiu o olhar, suas pupilas dilatadas. Ela lambeu os lábios com a língua rosa-chiclete, tão doce quanto um.

— Posso?

Sim, sim. Mil vezes sim. Elle assentiu com tanta força que sentiu a cabeça rodar.

Sentiu os dedos de Darcy dançando pela lateral do corpo, forçando-a a conter uma risadinha pelas cócegas, o toque delicado demais. Mas a risada que ficou presa na garganta se transformou em gemido quando Darcy apalpou seu seio pequeno, sem sutiã, o polegar roçando pela superfície do mamilo com a leveza de uma pluma.

Seus joelhos tremeram e as costas doeram com o toque, o cérebro se esquecendo completamente de como formar palavras quando Darcy baixou a cabeça, deslizando os lábios pelo contorno das saboneteiras e descendo cada vez mais, até chegar ao peito, plantando beijos molhados em sua pele até o seio direito. Darcy envolveu o mamilo de Elle com os lábios, sugando com cuidado, puxando-o entre os dentes até a pele se tornar mais esticada, mais rija. Darcy afastou a cabeça e soprou, a onda súbita de ar frio na pele sensível de Elle fazendo-a arfar e entrelaçar os dedos em seu cabelo ruivo.

Darcy desceu a outra mão, escorregando-a por baixo da saia de Elle até alcançar o meio de suas pernas, apalpando-a por cima da meia-calça e da calcinha já úmida, fazendo pressão, esfregando com a palma, fazendo Elle se contrair e choramingar.

Antes que Elle pudesse sentir qualquer alívio de verdade, Darcy endireitou o corpo e a guiou a andar de costas, até sentir a parte de trás dos joelhos tocarem na beirada da cama desarrumada. Elle se deixou cair na cama, quicando um pouco no colchão e afundando no emaranhado de cobertores macios.

Darcy caiu na cama logo em seguida, as mãos envolvendo o rosto de Elle. Roçou a ponta do nariz no dela outra vez, o hálito soprando em sua boca, fazendo os lábios, inchados de tanto beijar, formigarem. Darcy piscou os olhos escurecidos e pesados, e aqueles cílios compridos e invejáveis — que tanto chamaram a atenção de Elle no desastroso primeiro encontro — roçaram a pele fina sob seus olhos. Darcy engoliu em seco logo em seguida.

— Você tem noção de há quanto tempo estou louca para sentir seu gosto? — A pergunta só podia ser retórica, a julgar pelo modo como Darcy passou a língua pelos lábios avermelhados, transformando aquilo numa confissão. — Eu só consigo pensar nisso. Me diz que eu posso. Por favor.

Agarrando os lençóis debaixo do corpo, Elle arqueou as costas, aproximando-se de Darcy. A urgência entre as pernas se intensificou.

— Porra…. É claro que pode…

Darcy deixou escapar um suspiro de alívio, como se tivesse pensado que Elle poderia ter dito não. Como se houvesse um universo no qual Elle seria *capaz* de lhe dizer não.

Darcy desceu um pouco mais, roçando os lábios na cavidade do pescoço, no espaço entre os seios, as mãos descendo rapidamente pelas costelas até a cintura, quadril, pela curva da coxa, e Elle sentiu o corpo todo arrepiar no rastro daqueles toques. Enfiando os dedos por dentro da cintura da saia e da meia-calça por baixo dela, Darcy puxou, descendo os tecidos pelos quadris e coxas até as panturrilhas e passando pelos pés, as meias descombinadas de Elle deslizando com elas, do avesso, atiradas para o outro lado do quarto e esquecidas.

Nua, com exceção do *boyshort* de renda azul — não tão sexy quanto o que ela perdera depois daquele primeiro encontro, mas quase —, Elle tentou não se contorcer. O quarto estava quente, mas um arrepio percorreu suas costas ao notar o olhar de Darcy. Um olhar que inflamou tanto desejo dentro de Elle que a deixou tonta de desespero, mesmo estando deitada.

— *Darcy*.

Piscando rápido, Darcy se debruçou sobre Elle, os lábios dela traçando um caminho quente por seu rosto, a língua mergulhando no umbigo, fazendo-a se contorcer e mexer os quadris. E então os beijos continuaram descendo, lábios tocando levemente o elástico da calcinha de Elle, dentes puxando o tecido antes dos dedos deslizarem pela barra, dobrando e enroscando-a.

— Tudo bem?

Elle arqueou as costas, descolando os quadris da cama em um convite silencioso. Implorando silenciosamente para que Darcy *por favor* tirasse tudo e fizesse coisas safadas com ela, coisas que a deixassem mole e sem fôlego e mais satisfeita do que ela jamais imaginara ser possível.

Seguindo a deixa, Darcy desceu a calcinha de Elle por sua bunda e pernas. Então, se encaixou entre as pernas, ficando com a barriga encostada no colchão. Seus lábios quentes acariciaram a parte interna da coxa de Elle, deixando beijos provocantes, a língua de vez em quando traçando formas na pele. Darcy lhe deu uma mordidinha suave, uma picada prazerosa que arrancou dela um gemido de ansiedade. Então Darcy passou uma das mãos pelo joelho direito de Elle e o posicionou sobre o ombro, afastando suas pernas, escancarando-a por completo.

Elle prendeu a respiração, o peito ficando apertado ao sentir a respiração de Darcy no ponto em que ela mais ansiava.

— Meu Deus…

Elle arqueou o pescoço contra a cama na primeira lambida generosa de Darcy em seu corpo.

Darcy beijou Elle com o hálito quente e os lábios ainda mais, a boca impaciente, a língua deslizando pela umidade de Elle, lambendo seu sexo. Elle deixou escapar mais um gemido desesperado quando Darcy moveu a língua, entrando nela, as mãos deslizando até envolver o bunda, segurando-a firme contra a boca.

Elle fechou os olhos, puxando os lençóis com tanta força que quase os arrancou da quina da cama ao sentir Darcy lamber da entrada ao clitóris, substituindo a língua por dois dedos esguios. Elle estava tão escorregadia de desejo que aqueles dedos a penetraram com facilidade, flexionando, pressionando com força sua parede frontal, fazendo as coxas tremerem e a barriga se contrair.

Em um piscar de olhos, os dedos ágeis de Darcy escapuliram de dentro de Elle, fazendo-a choramingar com a falta deles.

— *Caramba*... eu...

Darcy se apoiou em um dos cotovelos e levou a mão até a boca, os lábios vermelhos e carnudos envolvendo cada um dos dedos lambuzados. Ela piscou, baixando as pálpebras ao dar um gemido antes de reabri-las. Darcy fitou Elle com os olhos intensos e castanhos, um sorriso diabólico se abrindo no rosto em volta dos dedos que sugava, um sorriso que fez tudo que ficava abaixo do umbigo de Elle se contrair.

Darcy deslizou um dos dedos escorregadios de saliva de volta para dentro de Elle, depois outro, as paredes internas dela apertando-os com força. Elle arqueou as costas trêmulas, fazendo o mesmo com o pescoço quando Darcy espalmou uma das mãos em sua barriga para mantê-la no lugar enquanto lambia seu clitóris, carícias suaves da língua intercaladas com beijos intensos.

Soltando os lençóis, Elle entrelaçou os dedos da mão direita no cabelo sedoso de Darcy e olhou rapidamente para baixo, perdendo o fôlego ao notar os olhos castanhos fixos em seu rosto.

Entre aquele olhar e a sensação perfeita da boca de Darcy, Elle chegou ao ápice, desabando de costas no colchão, uma das mãos ainda agarrando a cabeça dela contra seu sexo, os músculos das coxas tremendo à medida que desmoronava em espasmos lentos e trêmulos, que esvaziaram seus pulmões e incendiaram o interior de seu peito.

Elle soltou um lamento fraco e puxou com ainda menos forças o cabelo de Darcy. Aumentando a pressão e firmeza dos dedos, Darcy não recuou, nem quando Elle se debateu contra as cobertas, quase sensível demais. Elle mal se recuperara daquele primeiro orgasmo e Darcy já estava lhe arrancando mais um, passando os dentes levemente por cima do clitóris sensibilizado.

Então uma explosão de cores se espalhou pelo escuro, uma supernova explodindo por trás de suas pálpebras fechadas. Ela arqueou mais uma vez as costas, libertando um grito alto e desenfreado, quase um choro, enquanto Darcy ainda a lambia, a mão espalmada que a mantinha deitada acariciando a pele suada de sua barriga com suavidade.

Desvencilhando os dedos do cabelo ruivo, Elle permitiu-se descansar as mãos na cama. Darcy deu um beijo de despedida no clitóris de Elle e se sentou sobre os joelhos dobrados, abrindo um sorriso, de lábios reluzentes e queixo molhado, os olhos escuros fulgurantes.

Porra. Elle ficou olhando para cima, de onde as estrelas coladas no teto brilhavam debilmente, a pálida luz esverdeada competindo com as fileiras de pisca-pisca iluminando o quarto em tom champanhe. Os batimentos cardíacos foram desacelerando até se tornarem algo mais parecido com um ritmo normal, e o cérebro foi voltando ao corpo, de volta de algum lugar muito além da estratosfera.

Darcy se posicionou como uma leoa sobre o corpo de Elle, os músculos esguios e as curvas de dar água na boca. Ela ainda estava só seminua, apesar de o sutiã de renda quase inexistente não esconder muita coisa, os mamilos rosados em riste visíveis por baixo. Debruçada sobre Elle, as mãos apoiadas de cada lado de sua cabeça, Darcy se abaixou, tocando a ponta do nariz no dela.

— Foi bom?

Sem forças e com os músculos moles como gelatina, tudo que Elle conseguiu fazer foi dar uma risada fraca.

— Vou encarar isso como um sim.

Ela passou mais uma vez o nariz pelo de Elle, os lábios das duas se tocando levemente. Elle entreabriu os seus preguiçosamente, permitindo a Darcy deslizar a língua para dentro de sua boca. Ela gemeu ao sentir o próprio gosto na língua de Darcy, um almíscar quente e salgado, uma doçura penetrante. *Porra.* Elle abriu mais a boca e segurou Darcy pela nuca, puxando-a para mais perto, querendo sentir-se mais uma vez nos lábios dela.

Montada na coxa de Elle, Darcy começou a movimentar os quadris, roçando-se nela desesperadamente.

Elle deslizou os dedos pela curva suave da barriga de Darcy e abriu o botão de sua calça jeans. O som do zíper descendo em seguida pareceu alto em meio ao quarto silencioso, mas nada comparado ao som que ela fez quando Elle passou os dedos pelo jeans aberto, esfregando o clitóris por cima da calcinha.

— Puta merda... — disse Darcy, recuando e descendo a calça pelas pernas.

É claro que a calcinha combinava com o sutiã. Linhas retas e pretas davam a volta em seus quadris, um triângulo de renda mínimo cobrindo o sexo, pelos ruivos aparados por baixo.

O coração de Elle parou de bater por alguns segundos antes de ricochetear dentro do peito.

— Vem cá... — sussurrou ela, puxando Darcy.

Darcy engatinhou de volta na cama, suas pernas montadas sobre os quadris de Elle. O cabelo esparramado por um dos ombros caía pelas costas numa cascata de cachos acobreados e Elle sentiu vontade de mergulhar as mãos neles, e o fez. Arranhando o couro cabeludo de Darcy com as unhas curtas, a puxou para mais perto, o suficiente para beijá-la.

Elle desceu a mão que não estava enganchada nos cachos de Darcy pela lateral do corpo dela, traçando a curva pecaminosa de sua cintura e descendo ainda mais, os dedos puxando o elástico fino da calcinha e soltando-o suavemente de volta contra sua pele.

Fazendo movimentos circulares com os quadris, Darcy gemeu enquanto ainda beijava Elle, movimentando-se contra suas coxas.

Entendendo o recado, Elle passou os dedos por baixo da calcinha de Darcy e deslizou o dedo por sua abertura. Escorregando dois dedos para dentro dela, Elle deixou o polegar roçar pelo clitóris rijo de Darcy, sorrindo de satisfação ao ouvi-la se lamuriar contra sua boca e movimentar mais os quadris.

— Mais forte — sussurrou. — Por favor...

Elle dobrou os dedos, aplicando mais pressão nas terminações nervosas agitadas em meio ao calor escorregadio de Darcy, e aumentou a velocidade do polegar em seu clitóris.

— Assim?

Darcy atirou a cabeça para trás, o cabelo longo fazendo cócegas nas coxas de Elle, e se endireitou de volta, movendo-se contra a mão dela. Aquilo deu a Elle uma visão perfeita de onde seus dedos desapareciam, e ela os mergulhou ainda mais fundo no ardor apertado e encharcado de Darcy. O fruto do desejo dela escorria pelo dorso da mão de Elle à medida que subia e descia mais, sendo fodida por aqueles dedos, primeiro lentamente e depois acelerando. Gritinhos baixos e desesperados escapavam de seus lábios enquanto Elle movia o polegar mais rápido e mais forte, determinada a fazer Darcy gozar com a mesma intensidade que ela havia gozado momentos antes.

Linda. Darcy era tão linda... Seu pescoço e o espaço entre os seios estavam cobertos de suor. Apoiando-se no cotovelo esquerdo, Elle puxou a taça do sutiã de Darcy para baixo e cobriu o mamilo com os lábios, sugando com força, os dentes arranhando de leve a pele rija, aguçando os sentidos de Darcy, cujas coxas estremeceram ao gozar violentamente nos dedos de Elle.

Acariciando-a durante os espasmos, Elle tentou calcular se Darcy poderia continuar, se ela queria chegar ao clímax novamente. Quando Darcy abaixou a mão de Elle e apertou seu pulso de leve, ela parou, tirando os dedos de dentro de Darcy e esparramando-os sem força ao seu lado sobre o colchão.

Darcy rolou de lado, desabando na cama, o peito subindo e descendo para tomar ar, as pernas emboladas nas de Elle. Sua pele estava corada, sutiã e calcinha retorcidos, e um leve brilho de suor revestia todo o corpo, da testa até o umbigo, que também subia e descia, em sincronia com sua pulsação.

Elle lambeu os lábios, de repente morrendo de sede. Esticou o braço até a mesinha de cabeceira e abriu a tampa de uma garrafa d'água, tomando um gole demorado, arfando levemente ao terminar. Virando-se de volta com a garrafa na mão, olhou para o estado destroçado de Darcy.

Com mechas grudadas na testa e outras espalhadas sobre o travesseiro como um halo de fogo, Darcy ainda arfava levemente, o ar chiando baixinho por entre os lábios vermelhos e úmidos. Devassa, a aparência dela combinava com a forma como Elle se sentia: uma bela de uma bagunça.

— Quer um pouco?

Elle balançou a garrafa, mordendo a pele da bochecha quando Darcy aceitou e levantou o corpo, os músculos do pescoço subindo e descendo ao beber vorazmente até não deixar sobrar uma única gota.

— Desculpe. — Darcy riu, deitando-se de volta nos travesseiros. — Não sobrou nada.

Não era nada. Elle jogou a garrafa de volta na mesinha, de onde o objeto rolou e caiu no chão. Resolveria isso depois.

Suspirando, deitou-se de volta, seus músculos enfim derretendo junto ao colchão quando ela se permitiu ser transformada de pessoa normal a uma poça de geleca sem formato definido. Ou então aquilo aconteceu quando ela se virou de lado, de frente para Darcy, que parecia ter finalmente recuperado o fôlego.

Elle esticou o braço e apoiou uma das mãos, ainda trêmula, na curva da cintura de Darcy, esperando que ela rolasse de costas ou dissesse alguma coisa que cimentasse o fato de que Elle jamais poderia ter tanta sorte assim. Só que aquilo não aconteceu. Elle esperou mais um segundo, só por precaução, e depois traçou um caminho das costelas de Darcy até o quadril, deliciando-se ao ver como seu toque desajeitado conseguiu fazê-la estremecer e se aninhar para mais perto.

Soltando as cobertas do colchão com os pés, Elle esticou o braço e as puxou por cima das duas, encasulando-as em sua cama quente, talvez pequena demais, e escorregando para mais perto, o bastante para seus joelhos encostarem.

— Dorme aqui? — sussurrou.

Darcy contraiu os lábios e olhou para Elle de um jeito penetrante. A astróloga prendeu a respiração, esperando que talvez o destino e o universo tivessem conspirado e resolvido que ela já esperara o suficiente. Que agora ela poderia ter tudo que sempre quis, e mais.

Uma covinha surgiu no rosto de Darcy, dobrando ao meio a sarda preferida de Elle, e sua expressão facial relaxou.

— Acho que posso fazer isso.

Capítulo treze

Seja lá quem tivesse permitido que o sol brilhasse tão forte assim, essa pessoa precisava dar uma segurada.

Elle fechou os olhos com força contra o sol da manhã que entrava pela janela ao lado da cama e, mesmo assim, um brilho alaranjado e quente penetrou por suas pálpebras, forçando-a a mergulhar o rosto no travesseiro. Com um quarto direcionado ao leste, já passara da hora de investir em cortinas blecaute. As verdadeiras, não as que ela comprara numa promoção na Amazon de um vendedor terceirizado com uma única avaliação positiva, que Elle agora tinha noventa e nove por cento de certeza de ter sido escrita pelo próprio vendedor.

O sol não sabia que era fim de semana? Que ela não tinha nenhum compromisso, que não precisava fazer nada a não ser ficar na cama…

Cama.

Darcy. Elle transara com Darcy. Uma transa incrível, aliás.

Elle escondeu o sorriso largo no travesseiro.

Agora com um novo incentivo para enfrentar o dia, ela se virou.

A outra metade da cama estava vazia, as cobertas puxadas e enfiadas debaixo do travesseiro.

Uma verificada rápida revelou que as roupas de Darcy não estavam mais jogadas no chão nem largadas pelo quarto. Darcy não estava mais lá.

A dor brotou entre suas costelas, irregular e intensa, como se alguém tivesse lhe enfiado uma faca e torcido até a lâmina encontrar o ponto certo. Nem um tchau, nada.

As pessoas gostam de dizer que a definição de loucura é fazer a mesma coisa várias vezes e esperar resultados diferentes. Talvez Elle fosse louca por esperar que daquela vez fosse diferente, esperar que Darcy fosse diferente. Talvez ela tivesse enlouquecido por pensar que uma coisa real pudesse nascer de um relacionamento de mentira, mas a noite anterior tinha *parecido* real. Em pé naquele observatório, expondo a própria alma, Elle tinha se sentido de uma forma que nunca se sentira antes. Vista, como se houvesse alguma coisa dentro dela que Darcy tivesse reconhecido.

Não existia uma palavra que definisse o oposto de *solitária*. Algumas chegavam mais perto que outras, mas nada fazia justiça à sensação de alguém olhando nos seus olhos e se conectando a você num nível de alma.

O que Elle queria era conexão. Ver e ser vista, dar mais um passo, e que alguém, que Darcy, gostasse o bastante do que estava vendo para querer ficar e ver mais.

Mas Darcy não ficara. Por qualquer que fosse o motivo, um que Elle talvez jamais saberia, pois o nível de rejeição que ela era capaz de aguentar tinha limites, e havia também um limite para quantas pauladas seu coração podia suportar antes que a esperança por algo melhor não conseguisse mais sustentá-la. Ela já confrontara Darcy uma vez, mas aquilo tinha sido *antes*, quando havia muito menos em jogo. Na época, Darcy não conhecia Elle; a rejeição não tinha sido exatamente pessoal.

Confrontar Darcy agora, exigir saber por que ela foi embora, por que não valia a pena ficar por Elle... não era óbvio?

Não, Elle sabia entender um recado.

Levando o lençol até o peito nu, mordeu com força o interior da bochecha e, com a visão borrada, fechou os olhos e fungou com força, porque ela não queria chorar. Chorar era um saco.

Fungou mais uma vez. Alguém estava fazendo panquecas no prédio. Pelo menos o cheiro era de panqueca. Amanteigadas, com baunilha. Ou isso, ou era seu cérebro tentando consolar a si mesmo, assim como os gatos ronronam, fabricando seus cheiros preferidos mesmo sem eles estarem lá. Será que aquilo era sintoma de um derrame iminente? Uma convulsão? Uma pesquisa no Google decerto decretaria que ela estava com um tumor, resultante de uma condição neurológica fatal que afetava uma em um milhão de pessoas.

Elle fungou de novo. Não, o cheiro era inconfundível e ficava mais forte cada vez que ela puxava o ar.

Baixou as cobertas e vasculhou a montanha de roupas para dobrar, tirando um roupão do final da pilha. Amarrando forte a faixa na cintura, saiu para investigar aquilo mais a fundo.

Margot estava sentada diante da bancada da cozinha e...

Darcy estava na cozinha, na *sua* cozinha, usando uma camiseta de Elle, uma camiseta amarela vibrante com o brasão da *Lufa-Lufa*. E ela estava cozinhando. Havia panelas, tigelas e uma espátula — desde quando elas tinham uma espátula em casa? —, e o apartamento inteiro estava com cheiro de panquecas, porque Darcy Lowell estava cozinhando no apartamento de Elle.

Darcy tinha ficado.

Como não dava para apenas *ficar parada ali*, Elle pigarreou, se aquecendo com o sorriso que Darcy abriu quando a viu.

— Bom dia.

Darcy franziu o nariz daquele jeito adorável de sempre, que Elle amava, e se virou de volta para mexer num dos botões do fogão.

— Por pouco. Já passa das onze.

Já passava de uma da manhã quando elas chegaram ao apartamento, e com certeza passava das duas quando foram dormir. Considerando os fatos, não foram tantas horas de sono assim.

Margot girou na banqueta em que estava sentada, arregalando os olhos e dizendo um "Meu Deus" sem som.

Elle puxou a manga do roupão, enroscando os dedos do pé no tapete. Meu Deus mesmo.

Margot fechou o notebook e desceu da banqueta.

— Certo. Estou indo nessa. Não se divirtam demais — disse, mexendo as sobrancelhas.

— Ei, aonde você vai? É sábado.

— Olha, por incrível que pareça, estou indo escalar com seu... — Ela se virou, apontando para Darcy. — Irmão.

Darcy estreitou os lábios.

— Ah é?

— Se acalmem, eu não vou dizer nada de comprometedor. — Margot parou na porta. — Pelo visto, o *speed dating* não foi como ele planejara, então ele meteu na cabeça que talvez seja melhor entrar numa academia ou algo do tipo. Conhecer alguém por aí. Eu me ofereci a levá-lo para escalar. Volto em algumas horas. Não façam nada que eu não faria!

Enrolando a faixa do roupão nos dedos, Elle entrou na cozinha.

— Você? Cozinhando?

O fato de Darcy não ter ido embora era um alívio, mas panquecas? Aquilo era promissor. Darcy encaixou uma mecha atrás da orelha.

— Era isso ou pedir comida, mas eu não sei quais são os lugares bons no seu bairro.

Elle se aproximou mais e parou ao lado de Darcy, olhando dentro da tigela de massa.

— Ué, todos? Estamos em Capitol Hill. — Elle viu uma pequena pilha de panquecas num prato e salivou. — Como você pode estar fazendo panquecas? Nós não temos farinha. Nem ovos. Nem leite… Nem… sei lá mais o que se usa para fazer panquecas.

Darcy pegou uma caixa de mistura pronta para panquecas do lado dela. O canto estava amassado e havia um adesivo de cinquenta por cento de desconto colado na frente.

— Encontrei isso na sua despensa. Venceu mês passado, mas acho que vai dar tudo certo.

— Eu é que não estou preocupada.

Apoiando as mãos na beirada da bancada, Elle se ergueu e se sentou na superfície de mármore, por pouco não enfiando o traseiro na tigela de massa. Depois de se ajeitar, enganchou um dos pés na parte de trás do joelho de Darcy, puxando-a para perto.

— Você conheceu Margot.

Darcy subiu os dedos pela coxa de Elle. Quando ela alcançou a barra do roupão, desceu a mão de volta até o joelho, e Elle soltou a respiração que estava prendendo. Uma tentação…

— Eu conheci Margot.

— *E?*

Darcy jogou o cabelo por cima do ombro e riu.

— E o quê? Ela é legal. Um pouco assustadora.

Ela pegou a espátula e virou a panqueca já borbulhando na frigideira com uma ágil virada de pulso. O outro lado estava num tom perfeito de dourado.

— Ela me fez jurar não magoar você.

Elle fechou os olhos. Porra, Margot. Obrigada por ser o oposto de "de boa".

— Ela devia estar brincando.

Darcy a olhou por cima do ombro. Havia um chupão em seu pescoço, um roxo no formato da boca de Elle, e ver aquilo a fez enrubescer da cabeça aos pés.

— Ela me pareceu estar falando bem sério.

— E ela disse o que faria? — perguntou Elle, colocando um pedaço de panqueca na boca. — Se você me magoasse?

Darcy riu, o som leve e despreocupado.

— Eu não perguntei.

A forma relaxada com que Darcy falou aquilo, como se aquela hipótese fosse improvável e nem valesse a pena se preocupar com ela, pôs um sorriso bobo no rosto de Elle. Apoiando as costas no armário, Elle balançou os pés, sentindo as pernas leves, a gravidade não parecendo nada diante da força vibrante que inflava seu peito.

— Há algo mais que eu deva saber? Você sabe, algum segredo tórrido que Margot possa ter deixado escapar?

— Você *tem* segredos tórridos?

— Depende do que você considera *tórrido*.

Elle era, na maior parte do tempo, um livro aberto e, mesmo as partes que não costumava mostrar, havia as revelado a Darcy.

Darcy pegou a tigela e colocou uma quantidade perfeita de massa de panqueca na frigideira. Bolhas pipocaram ao longo da borda.

— Na verdade tivemos uma conversa boa. Até que a Margot é engraçada, quando não está fazendo ameaças.

— Uma conversa boa sobre...?

Elle não queria chegar e perguntar o que as duas tinham falado sobre ela, mas estava louca para saber o que havia perdido. Ela poderia perguntar à Margot mais tarde, mas queria ouvir da boca de Darcy.

De frente para o fogão e de costas para Elle, Darcy deu de ombros. Seu cabelo ia até a cintura e Elle sentiu vontade de enfiar o rosto nele.

— Ela estava lendo quando entrei, então perguntei o que era. Nós conversamos sobre fanfics.

— Fanfics? — Elle tinha escutado direito? — Sério?

Darcy enrijeceu os ombros.

— O que há de errado?

Elle franziu a testa com o tom defensivo na voz de Darcy e tirou algumas migalhas da perna.

— Nada. É que Margot escreve fanfic. Ela é uma baita fã de Harry Potter. Até administra alguns fóruns.

— Ela me contou.

Com mais uma virada rápida de pulso, Darcy acrescentou uma panqueca à pilha, substituindo a que Elle surrupiara.

— Margot fez parecer mais popular hoje em dia do que quando eu... — Ela se interrompeu.

— Quando você o quê?

Darcy virou o rosto para trás, sem encontrar os olhos de Elle, mas olhando na direção dela.

— Nada.

Como se aquilo fosse bastar.

— Quando você o quê? Quando você... — *Tá de brincadeira.* — Darcy Lowell, você lê fanfic? Ah meu Deus do céu, qual *fandom*? Você *escreve*? Tem cenas de sexo? *Por favor* me diz que tem cenas de sexo. Qual é o seu…

Darcy levantou uma das mãos. Seu rosto estava neon de tão vermelho, as sardas se misturando ao rubor.

— Eu *não* vou te contar o nome de nada que escrevi. Margot já tentou.

Era bom demais para ser verdade. *Darcy. Escrevia. Fanfics. Inacreditável.*

— Qual é, vai. Eu não tenho privilégios por… — O *namorar você* parou na ponta de sua língua. — Ter te visto nua?

Darcy arqueou a sobrancelha acobreada.

— Me ver nua é o privilégio.

Elle escorregou da bancada e parou atrás de Darcy, afastando suavemente seu cabelo da nuca e passando-os por cima do ombro, antes de se aproximar mais e roçar os lábios no topo da coluna. Quando Darcy estremeceu, Elle sorriu.

— Que sorte a minha.

Darcy desligou o fogo.

— Promete que não vai rir?

Explorando-a mais com as mãos e adorando a forma como seu toque parecia distrair Darcy, Elle passou os dedos pela barra da camiseta que ela pegara emprestada, provocando a pele sobre os ossos dos quadris.

— Por tudo que é mais sagrado.

— Estou falando sério. Nada de rir, senão vou embora.

Elle se forçou a ficar o mais séria possível e esperou.

Darcy mordiscou o lábio.

— Quando eu estava na faculdade, escrevia fanfic de *Days of Our Lives*.

Fanfic de novela. Elle deu um sorrisão.

— *Darcy*.

— *Ugh*… — Darcy franziu o nariz. — Eu disse para não rir!

Elle puxou Darcy pelo pulso antes que ela se virasse de costas de novo.

— Eu não estou rindo, eu juro. Estou *sorrindo*, porque acho legal, e se isso te faz feliz, então… Fico feliz por você.

Contraindo os lábios e ainda evitando o olhar de Elle, Darcy pareceu estar pesando a veracidade daquelas palavras. Depois de um instante, a tensão em seu corpo se desfez, os ombros descendo de onde estavam segundos antes, quase nas suas orelhas.

— Margot não conhece muito sobre o *fandom* de *Days*, mas ela disse que existe um site que arquiva fics e cataloga tudo. Acho que é AO3, Archive of Our Own? — Darcy deu de ombros. — Ao que parece, os filtros de busca deles são incomparáveis, mas mesmo assim é preciso aprender o mínimo. Ela se ofereceu a me mostrar como fazer. Disse que pode fazer um tour pelo site comigo, caso eu queira mergulhar nisso. Ler, talvez escrever.

— Você devia. *Com certeza* devia.

— Bom, eu não tenho o luxo de ter tanto tempo livre no momento. — Darcy apoiou uma das mãos no braço de Elle, logo abaixo do ombro. Ela fez pequenos círculos com o polegar, movimentos que resultaram em arrepios. — Talvez depois de passar nessa prova eu possa pensar nisso. Se não for esquisito demais.

Se Darcy queria ser assegurada de que seus hobbies não eram esquisitos, ela estava falando com a pessoa errada. Ou talvez a pessoa certa, Elle não tinha certeza. Mas uma coisa era evidente: Darcy não tinha tempo livre, mas ainda assim estava ali. Com Elle. Isso só podia significar alguma coisa, algo importante e indefinido. *Ainda* indefinido. Elle sorriu e deu de ombros.

— Eu acho que você devia ir com tudo. Se joga na esquisitice, Darcy.

Darcy subiu as mãos pelo pescoço de Elle, enterrando-as em seu cabelo. Inclinando a cabeça de Elle para trás e aproximando a sua, sorriu e murmurou contra os lábios de Elle, seu toque fazendo cócegas.

— Me jogar na esquisitice, é?

Antes que Elle pudesse responder, Darcy cobriu seus lábios com os dela, fazendo-a se calar.

Em cima da bancada, ao lado da tigela de massa, alguma coisa vibrou. E continuou vibrando. O celular de Darcy.

Elle levou o braço para trás até onde ele estava, querendo silenciá-lo para que elas continuassem se beijando. Ela entregaria o celular a Darcy para que ela pudesse…

Darcy tinha um aplicativo de calendário sofisticado que Elle nunca vira antes, um que dava uma nova definição para o conceito de organização. O mês atual e o seguinte ficavam visíveis mesmo na tela bloqueada. Não foi tanto a notificação perto do topo, *Terminar relatório C.E.*, que chamou a atenção dela, e sim o texto grifado em verde no dia 31 de dezembro. *TRC.*

Alguma coisa naquela sigla deixou Elle com a pulga atrás da orelha. Aquilo significava alguma coisa.

Termo de Rescisão de Contrato.

O dia definido para o término do relacionamento delas.

O coração de Elle murchou como um balão espetado com um alfinete.

A noite anterior tinha parecido real. *Aquilo* ali parecia real, beijar Darcy, comer panquecas juntas e compartilhar segredos. Mas como Elle ia saber? Não se tratava do que ela achava que *parecia*, e sim de fatos irrefutáveis.

Nada. Darcy não dissera nada. Ela beijara Elle em vez de responder sua pergunta na noite anterior, sobre acreditar ou não em almas gêmeas e se aquilo havia mudado. E, talvez, ela não ter perguntado à Margot o que aconteceria caso magoasse Elle tivesse menos a ver com estar sendo otimista quanto ao relacionamento e mais a ver com Darcy sequer achar que existia relacionamento.

— Tá tudo bem? — perguntou ela, olhando para o celular na mão de Elle.

Elle não tinha certeza do que dizer. Não tinha mais certeza de nada.

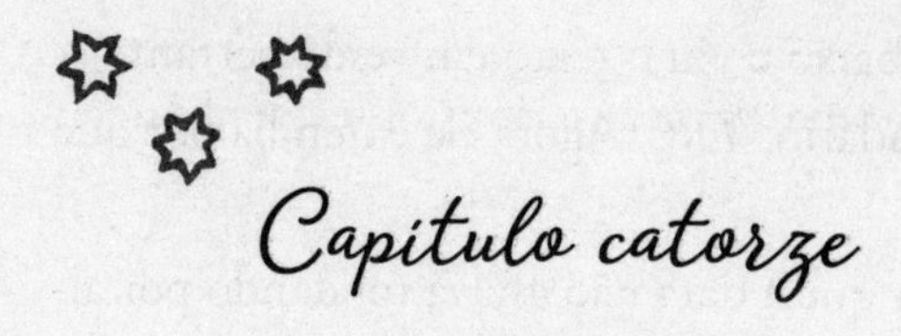

Capítulo catorze

O coração de Darcy foi até a boca, fazendo com que fosse impossível engolir.

Elle tinha ficado pálida, o rosto perdendo toda a cor, o belo rosado de suas bochechas desaparecendo enquanto ela olhava a tela do celular.

— Elle — repetiu, aproximando-se e colocando uma das mãos no joelho dela.

Elle levou um susto e levantou a cabeça, os olhos arregalados.

— Desculpe. — Elle balançou a cabeça e jogou o celular nas mãos de Darcy. Enfiou as laterais do roupão com estampa de pavões entre as coxas e baixou a cabeça. — Estava vibrando com, hm, uma notificação de calendário. Não quis bisbilhotar nem… sei lá.

O celular de Darcy era sincronizado com sua conta no Outlook, então todos os dias ela recebia pelo menos uma dezena de notificações de calendário. Reuniões, compromissos, almoços com Brendon, lembretes de tarefas comuns. Sendo coisas importantes ou não, Darcy gostava de estar preparada, gostava de saber com antecedência e nos mínimos detalhes como seria sua semana. Nada daquilo poderia ter sido motivo para Elle ter de repente ficado tão…

Darcy olhou para baixo e viu o texto em verde berrante, a única cor em seu calendário. *TRC.* Agora ela entendia por que Elle estava chateada.

Seria mentira dizer que a data não estava rondando por algum canto de sua mente. No começo, depois de convencer Elle a participar do plano para tirar Brendon de seu pé, Darcy se viu contando os dias para dar fim ao teatro. Para poder deixar Elle para trás e voltar à vida de sempre, conforme combinado. Mas aquilo tinha sido *antes*, antes de elas se conhecerem de verdade. Antes de Elle ter passado a fazer parte dela, de ter se entranhado ainda mais. Em algum momento, Darcy não sabia bem quando, provavelmente no banco de trás daquele táxi, o que havia entre elas deixara de ser fingimento. A atração esteve presente desde o primeiro dia, mas os sentimentos... sentimentos com os quais Darcy não contara. Com certeza não *estes* sentimentos, um conjunto específico deles que Darcy tentara havia muito tempo enterrar para sempre.

Deletar o lembrete foi instintivo. Ela queria aquele texto verde chamativo longe, queria voltar no tempo e tirar aquela expressão do rosto de Elle. Voltar a como as coisas estavam antes daquela terrível notificação que estourara a bolha das duas e injetara realidade no mundo de fantasia onde Darcy havia mergulhado.

O momento continuou fraturado. Elle segurava um fio solto do roupão entre os dedos trêmulos, recusando-se a fazer contato visual.

Darcy tinha que dizer alguma coisa. Ela nunca se considerara boa nisso, em verbalizar suas emoções. Não por alguma espécie de dificuldade de fala, mas porque ela tentava racionalizar seus sentimentos a tal ponto que se convencia a não os dividir com ninguém. Ao longo do último ano, havia feito o possível e o impossível para se desconectar deles — da maioria deles — por completo.

Dois impulsos brigavam dentro dela, embrulhando o estômago, tornando a barriga um campo de batalha. Havia o desejo de contar a Elle que ela não esperava nada disso, mas que ali estava ela. Completamente virada do avesso, mas Elle era uma estrelinha brilhando no escuro, evitando que ela se sentisse perdida, sozinha naquela história. Que sim, começara como um relacionamento falso, mas agora seus sentimentos eram tudo menos aquilo.

A língua de Darcy parecia presa, as palavras engasgadas, oprimidas por seu segundo instinto: o desejo de nunca falar sobre o motivo pelo qual ela não queria um relacionamento e era tão resistente às tentativas do irmão de arranjar alguém para ela, o motivo real, que ia além de estar sempre ocupada. Na maior parte do tempo, Darcy fazia o possível para nem *pensar* naquilo. Falar estava fora de cogitação.

Precisava existir um equilíbrio entre dizer qualquer coisa e revelar tudo. Ela precisava encontrar aquele meio-termo, encontrá-lo *imediatamente*, porque Elle parecia estar ficando cada vez mais triste.

— Brendon.

Merda. Sua língua realmente estava presa. Ela engoliu em seco e tentou mais uma vez.

— A festa de Natal de Brendon. Você quer… quer ir comigo?

Seu coração bateu contra o peito como um bumbo furioso quando Elle franziu a testa.

— Eu já disse que sim. Era parte do nosso acordo, não era? Você ia ao jantar de Ação de Graças comigo e eu ia à festa de Natal e aonde mais precisasse ir. Para convencer seu irmão.

Darcy era péssima nisso e estava enferrujada em expressar o que sentia. Ela odiava ser ruim em alguma coisa, odiava não saber o que estava fazendo, deixar óbvia sua inaptidão. Então bufou, detestando como suas bochechas estavam quentes, seus sentimentos escancarados no rosto.

— Eu sei disso. *Óbvio* que sei disso. Eu quis dizer... — Darcy respirou fundo, estremecendo, e se aproximou do espaço entre os joelhos de Elle. — Eu perguntei se... se você *quer* ir. Esqueça o acordo. Tirando isso, você ainda quer ir comigo?

Elle levantou a cabeça de súbito.

— O quê?

A voz dela ter saído num sussurro encorajou Darcy, fez seu coração bater mais forte, tanto que parecia estar tentando pular para fora do peito e se atirar em cima de Elle.

— Eu disse para esquecer o acordo, Elle.

Darcy apoiou uma das mãos na parte de fora da perna dela, sentindo a pele quente. Seu dedo mindinho tocou na dobra macia e delicada da parte de trás do joelho de Elle, e Darcy podia jurar que sentiu a pulsação de Elle se acelerar.

— Não é por isso que eu quero que você vá. Não mais.

Elle umedeceu os lábios e piscou duas vezes, seus ombros subindo e descendo com um suspiro, o hálito ainda doce da panqueca.

— Por quê?

Porque Darcy não conseguia parar de pensar nela. Porque ela tinha planos, muito específicos, de não entrar em um relacionamento, mas Elle fez com que ela repensasse todos eles. Elle a fazia querer coisas que ela não devia querer, não naquele momento, não por só Deus sabe quanto tempo. Até ela estar pronta? Darcy não sabia quando seria aquilo, mas ali estava Elle. E Darcy também. Querendo e esperando, se apavorando com tudo, mas nem um pouco disposta a deixar Elle escapar.

— Não sei o que estou fazendo, Elle.

Darcy imediatamente pôs a mão em volta do próprio pescoço. Sua garganta não era a única coisa ferida por aquela confissão.

Elle soltou o lábio que estava mordendo, ficando boquiaberta.

Darcy poderia fazer isso. Poderia ser corajosa, tanto quanto Elle.

— Não sei o que estou fazendo, mas isso não tem nada a ver com Brendon. Não mais. Eu… eu não estou pronta para ver isso aqui terminar. — Darcy não queria acordar num mundo onde Elle não lhe mandasse mensagens, onde não haveria a promessa de revê-la, de ouvir suas risadas. De ser o motivo delas. — Não estou pronta para dar adeus.

E ela ainda não estaria em um ou dois meses. Talvez nunca estivesse.

Atrás dela, a geladeira zumbia. Elle estava quieta, seu silêncio era perturbador enquanto olhava para Darcy de olhos arregalados e queixo caído. Uma nova onda de calor subiu pelo pescoço de Darcy enquanto esperava que Elle dissesse alguma coisa. Qualquer coisa que acabasse com aquele sofrimento.

— Meu Deus — murmurou Elle. — Você gosta de mim?

Que tipo de pergunta era aquela? Só o fato de ser uma pergunta já era absurdo, a coisa mais absurda que já tinha saído da boca de Elle, e isso não era pouca coisa, considerando a quantidade de ideias estranhas e sem filtro que ela verbalizava.

Não estava óbvio? Estampado na cara dela?

— Você parece surpresa.

Elle emitiu um som entre uma risada e uma bufada e tentou dar um chute na perna de Darcy, errando feio.

— Eu *estou* surpresa.

— Sério? — perguntou Darcy, incrédula. — Aquela coisa que fiz com a língua ontem à noite não te deu nenhuma pista?

As palavras tiveram o efeito desejado. Elle ficou vermelha como um pimentão e fechou os olhos, rindo. Lutar contra o próprio sorriso teria sido inútil e, para manter o tema da manhã, Darcy não estava no clima de negar algo a si mesma. Quando se tratava de Elle, era uma verdadeira hedonista.

Elle deu de ombros levemente depois de se acalmar.

— Mas você nunca disse nada de fato e... eu sei lá. Tanta gente transa sem nem conhecer direito a outra pessoa, muito menos gostar dela.

Elle não estava errada, mas aquele não era o caso. Darcy havia tido transas como as descritas, mas a delas não tivera nada a ver com coisas desse tipo. Nem de longe.

— Isso é diferente. Isso é... — Se aproximar de um limite que ela não estava pronta para ultrapassar. — Eu não faço café da manhã para qualquer uma, sabe?

Ou passava a noite na casa de qualquer uma. Ou falava sobre a mãe com qualquer uma. Ou compartilhava suas lembranças mais especiais com qualquer uma. *Compartilhar*, ponto, era algo que Darcy raramente fazia nos últimos tempos.

— Que sorte a minha — foi a resposta de Elle. Ela estendeu a mão até o prato de panquecas, pegou duas do topo da pilha e ofereceu o prato à Darcy. — Quer dividir os frutos do seu trabalho duro? Elas estão deliciosas. — Como se precisasse provar aquilo, Elle enfiou metade de uma panqueca na boca. — *Swério*.

Darcy mordeu a bochecha e pegou o prato de Elle, colocando-o ao lado do fogão. Então segurou Elle pelos quadris, puxou-a até a beirada da bancada, se posicionou no espaço entre as coxas e passou os lábios pelo queixo de Elle, murmurando de satisfação ao senti-la tremer em seus braços.

— Não estou interessada em panquecas.

Capítulo quinze

5 de dezembro

MARGOT (21:43): <link>

DARCY (21:55): Algum motivo para você ter me enviado um vídeo com uma coleção dos melhores tapas de novela de todos os tempos?

MARGOT (22:02): Elle e eu estamos assistindo a novelas no YouTube e uma coisa levou à outra.

DARCY (22:03): Meu Deus.

MARGOT (22:04): Já assistiu "Passions"?

ELLE (22:05): mds tem uma novela com uma bruxa Darcy

ELLE (22:05): o nome dela é *Tabitha* mds

ELLE (22:06): isso é bom demais

DARCY (22:10): Existe uma conexão com "A feiticeira", na verdade. Tabitha alega ser filha de uma bruxa chamada Samantha e um mortal chamado Darrin. Numa das temporadas seguintes ela tem uma filha, a quem dá o nome de Endora. O dr. Bombay aparece algumas vezes, sugerindo que "Passions" e "A feiticeira" se passam no mesmo universo.

ELLE (22:11): #obcecada

MARGOT (22:11): Elle fez um barulho estranho como se estivesse engasgando e não para de murmurar "ai meu deus".

DARCY (22:12): Já tentou desligar e ligar de novo?

MARGOT (22:12): Jesus. Sua nerd.

MARGOT (22:13): Você só está no armário. Uma nerd no armário.

MARGOT (22:14): Aliás, esse lance de deixar a Elle ligada é com você. Blé.

DARCY (22:43): Era para eu filtrar por kudos ou quantidade de acessos no AO3? Não me lembro mais.

MARGOT (22:47): Kudos se quiser qualidade. Você me dá a impressão de ser do tipo que é meio exigente com o vocabulário.

DARCY (22:48): 😒 Me perdoe por gostar de gramática e pontuação adequadas.

MARGOT (22:49): Está perdoada. As mensagens de Elle devem te fazer subir pelas paredes.

DARCY (22:52): Tudo bem. Eu não me importo.

ELLE (22:54): ahhhhhhh

ELLE (22:54): vc não liga pra minha escrita

ELLE (22:55): aInDa GoStaRiA dE mIm sE eU eScReVeSsE aSsIm?

ELLE (22:58): Darcy?

ELLE (23:03): DARCYYYYY

MARGOT (23:05): Tive uma ideia! Você devia escrever uma fic unindo "Passions" e "A feiticeira". Eu faço a leitura beta pra você.

MARGOT (23:06): Você vai ter tipo 2 elogios e 6 acessos porque não existe público pra algo tão específico, mas eu vou amar, e Elle também.

DARCY (23:08): Talvez.

ELLE (23:22): você devia!

ELLE (23:23): 23:23, faz um pedido!

ELLE (23:25): <anexo de selfie com Elle fazendo um biquinho>

ELLE (23:25): Por favor, faz.

DARCY (23:27): Certo. Só porque você usou por favor e usou a pontuação adequada.

ELLE (23:28): 🙌💐🍑🍑💦💦💦

DARCY (23:30): Boa noite. 😬

ELLE (23:31): 😘

DARCY (23:38): 🙂

6 de dezembro

ANNIE (14:43): Elle pediu para me seguir no Instagram. Eu aceito?

DARCY (14:56): Eu não ligo.

ANNIE (14:58): Só queria saber se isso seria ir longe demais ou algo assim.

ANNIE (14:58): Visto que, você sabe, é um lance de mentira.

ANNIE (15:01): Você não tinha me contado que Elle era tão bonita. Ela é uma graça. Aquela foto em grupo que seu irmão postou não fez justiça a ela.

DARCY (15:06): Falando no assunto. Não é um lance de mentira.

ANNIE (15:10): Calma aí. O quê?!

DARCY (15:15): Não é de mentira. É complicado.

ANNIE (15:20): Ai meu deus. Vocês transaram. Você transou com ela.

ANNIE (15:21): Eu sabia.

ANNIE (15:24): Foi bom, né? Deve ter sido.

ANNIE (15:29): <link>

DARCY (15:32): Você realmente acaba de me mandar um link de "Baby Got Back"?

DARCY (15:34): Maldito dia em que fui arranjar um celular. Estou no trabalho e todas as pessoas que conheço ficam me mandando mensagens. Esqueci o som ligado e tentei dar play no vídeo e agora meus colegas estão me olhando como se eu fosse uma aberração.

ANNIE (15:39): 🤣

DARCY (15:40): Annie!

ANNIE (15:43): Ah, para de drama. Você tem amigos que gostam de conversar com você. Pessoas que gostam de você. Seus colegas de trabalho agora sabem que você não escuta só Chopin. Pobre Darcy. 😭

DARCY (15:46): É difícil mesmo.

ANNIE (15:47): Ah, vai se ferrar.

9 de dezembro

ELLE (14:08): então a annie e eu estávamos comentando sobre o seu look mais cedo e concordamos que aqueles macacões dos anos 1970 deviam ser seu novo estilo

ELLE (14:08): você tem a altura pra eles

ELLE (14:09): td bem que ir ao banheiro deve ser um saco mas vc vai ficar sexy msm passando aperto

DARCY (14:15): Desde quando você fala com Annie? E ainda por cima sobre mim?

ELLE (14:27): annie e eu temos um rolo antiiiigo desde terça passada

ELLE (14:28): se atualiza

ELLE (14:29): sim ou não pra macacões?

DARCY (14:31): Pode ser que… sim?

ELLE (14:32): 😂

— Darcy!

Darcy tirou os olhos da fanfic *Passions x A feiticeira* que estava escrevendo no Google Docs do celular e procurou quem estava chamando seu nome. Ali, sentada em um dos sofás no meio do saguão, estava Gillian. *Sua mãe.* O que ela estava fazendo em Seattle, ainda mais no prédio dela?

— Mãe?

Darcy atravessou o saguão, parando na frente de Gillian, que segurou seu braço com os dedos gelados e deu um beijo rápido em cada face. Darcy franziu o nariz com o cheiro de nicotina e perfume Yves Saint Laurent entranhado no cabelo dela, tão pungente que dava pra sentir o gosto.

— O que você está fazendo aqui?

As pulseiras esmaltadas coloridas no pulso esquerdo de Gillian chacoalharam quando ela soltou Darcy.

— Fez alguma coisa no cabelo?

— Não?

— Hum — disse a mãe, rindo. — Está diferente. Bom, mas diferente. Você está linda.

— Você também. — Darcy deu uma olhada na roupa da mãe. Não era seu estilo, mas o vestido longo amarelo de flores com a jaqueta de couro marrom caíam bem nela. — Mas ainda não me respondeu.

Com uma das mãos nas costas de Darcy, sem dizer nada, a mãe a levou na direção do elevador.

— Por que não subimos?

Darcy resolveu morder a língua até o elevador cuspi-las no nono andar.

— Então. O que a traz a Seattle?

— A festa de Natal do seu irmão é no fim de semana que vem.

Gillian examinou o apartamento de Darcy pela primeira vez com uma inclinação especulativa de cabeça. Os quadros na parede arrancaram um murmúrio de interesse, os móveis uma testa franzida sem muita sutileza.

— Ele sabe que você já está aqui?

Sua mãe deu uma risada baixa e tirou um livro da prateleira, examinando a capa antes de guardá-lo de volta, fora da ordem. Quando Elle mexeu nas coisas de Darcy, pelo menos ela as colocou de volta no lugar certo.

— Imagino que saiba, visto que estou ficando no quarto de hóspedes dele.

Por que Darcy só estava sabendo disso agora? Brendon não dissera nada no almoço do dia anterior.

— Quando você chegou?

A mãe deu uma risadinha.

— Nossa, Darcy, por que o interrogatório?

Não era todo dia que a mãe aparecia em seu prédio sem avisar, mas, quando aparecia, aquilo significava problemas. Por mais que Darcy quisesse acreditar que não passava de uma visita surpresa, que talvez a mãe quisesse apenas colocar o papo em dia e ver como Darcy estava se adaptando a uma nova cidade, ignorar seu histórico seria tolice. Gillian não entrava em contato para ver como ela estava, e nunca aparecia só por aparecer. Ela arranjava tempo para Darcy somente quando precisava de alguma coisa — um lugar para dormir durante uma escala, dinheiro rápido quando o último ex ferrara com ela ou, com mais frequência, quando precisava de alguém em quem descarregar sua bagagem emocional.

Toda vez Darcy jurava que colocaria fim ao ciclo, e toda vez ela cedia. Annie — porque Darcy não conversava com Brendon, não sobre isso — a encorajava a estabelecer limites claros, caso contrário a pressão acumulada iria fazê-la explodir algum dia. Não era saudável e não era justo, mas o que na vida era? Darcy aprendera o significado de resiliência ao se tornar forte na marra, sempre pronta a carregar um pouco mais do peso da mãe nas costas.

Darcy passou os dedos pela cintura da saia, mexendo na blusa enfiada para dentro.

— Quer beber alguma coisa, mãe?

Darcy fugiu para a cozinha, presumindo que a resposta fosse ser sim.

— Desde quando *você* bebe vinho em caixa?

Escapar não tinha dado certo. A mãe já estava na porta, de testa franzida.

E era a filha quem fazia interrogatórios, hein?

Darcy se virou e pegou duas taças de dentro do armário. Pegou também a garrafa de vinho tinto mais próxima e puxou a rolha, enchendo rapidamente as taças antes de acrescentar um pouco mais à dela, só por precaução.

— Não é meu — respondeu, entregando o vinho para a mãe e passando por ela para sair da cozinha. — Uma amiga deixou aqui.

— Uma amiga? — perguntou Gillian, tentando parecer desinteressada e fracassando miseravelmente.

Darcy tomou um gole generoso e pôs a taça num porta--copos, na ponta do sofá ao lado da janela.

— Sim, mãe. Eu tenho amigos.

A mãe se empoleirou na outra ponta do sofá, segurando a taça pela haste.

— Bem, continue. Quero ouvir mais sobre essa sua *amiga*. — Ela subiu e desceu as sobrancelhas de forma sugestiva, entrando em território proibido.

Darcy agiu como se a mãe não tivesse dito nada.

— Então. Você está hospedada na casa de Brendon.

Gillian apoiou a bolsa no colo e remexeu no bolso interno.

— Espero que não fique chateada. Liguei para ele pedindo para que me buscasse no aeroporto e ele ofereceu o quarto de hóspedes, então…

Com uma exclamação de satisfação, Gillian tirou um cigarro e isqueiro da bolsa.

— Não, mãe. Não pode fumar aqui — disse Darcy.

Com o cigarro pendurado no canto da boca, a mãe dispensou Darcy com um gesto.

— Se não o quê? Como se o proprietário fosse descobrir que eu…

— Eu não quero que você fume aqui.

Sim, eram regras do prédio, mas também era uma regra de Darcy. Uma da qual ela não abriria mão.

A mãe puxou o cigarro da boca e apontou para a janela.

— E se eu abrir a janela?

Meu Deus.

— Estamos no nono andar. As janelas vão do chão até o teto, elas não abrem.

Bufando, a mãe atirou o cigarro e o isqueiro de volta na bolsa, e em seguida largou-a no chão.

— Tudo bem, *mãe* — disse Gillian. — Nossa, eu não te criei para ser tão careta.

Darcy mordeu a pontinha da língua, engolindo de volta a resposta. A mãe mal a criara, para início de conversa.

— Então você veio para a festa de Natal. Deve estar planejando voltar para casa no mesmo dia que eu e Brendon, então.

— Quanto a isso…

Gillian subiu uma das pernas para o sofá e se virou para ficar de frente para Darcy.

Ah, lá vinha o *mas*. Era apenas uma questão de tempo, quanto a mãe enrolaria antes de revelar o verdadeiro motivo de estar ali. Não apenas na cidade onde ela morava, mas no apartamento de Darcy, no sofá dela, entornando seu vinho como se fosse água, apertando a haste da taça com tanta força que Darcy ficou com medo de que ela a quebrasse.

— Eu estava pensando em passarmos o Natal aqui este ano — continuou a mãe. — Assim você e Brendon não precisam se deslocar.

— Já compramos as passagens.

A mãe abriu a boca, mas parou antes de continuar. Ela respirou fundo e sorriu de leve ao expirar.

— Seu irmão cancelou.

Darcy franziu a testa.

— Ele não me contou nada.

— Porque eu pedi para ele não contar — explicou Gillian, deslizando pelas almofadas do sofá, se aproximando. — Eu mesma queria contar. De preferência pessoalmente.

O coração de Darcy parou de bater por um segundo e depois disparou.

— Está tudo bem? Você não está…

A mãe pôs a mão sobre a dela.

— Está tudo bem. Meu Deus, você é tão preocupada — disse ela, cutucando o espaço entre as sobrancelhas de Darcy. — Um dia desses vai estar com uma ruga aí.

Darcy afastou a mão da mãe. Ela tinha motivos para se preocupar.

— Então o que foi? Por que não vamos passar o Natal em São Francisco?

— Bom, seria um pouco difícil, considerando que estou vendendo a casa.

— Você está vendendo a casa da vovó? — A voz de Darcy quase falhou e ela tossiu.

A mãe apertou seus dedos e continuou:

— É só uma casa, Darcy. Uma casa onde sua avó não mora há anos. Uma casa, na verdade, na qual você mesma não mora há anos.

Não era só uma casa. A construção de três andares em estilo vitoriano com telhado inclinado triangular e amplas janelas de vitrais era repleta de lembranças. Foram muitos fins de semana assando bolinhos e cobrindo-os de geleia de morango, tardes enroscadas no sofá assistindo a novelas com a avó. Eram escadas que rangiam e um corrimão ornamentado no qual Brendon deslizara e quebrara o braço aos 11 anos. Eram noites de verão no balanço da varanda debaixo de um cobertor e festas do pijama com Annie.

Para a mãe era uma casa, mas, para Darcy, era um lar.

Ela girou o anel de platina em seu dedo do meio.

— *Por quê?* Você está precisando de dinheiro? Porque eu posso...

— É hora de fazer uma mudança.

— E se você a colocasse para alugar? Assim, se mudar de ideia...

— Eu não vou mudar de ideia. — A mãe deu uma risada sarcástica, os lábios se torcendo de um jeito que diziam que havia mais por trás daquela história do que ela estava contando. — Eu vou vender a casa e vou me mudar. Ponto-final.

— Tudo bem.

Não estava tudo bem, mas o que mais Darcy poderia dizer? A casa não era dela e, por mais que ela tivesse uma bela soma guardada, não era o suficiente para comprar uma propriedade em São Francisco.

— Darcy, meu bem, você não é tão sentimental assim — disse Gillian, dando um tapinha em seu braço.

Darcy disfarçou a vontade de recuar do toque esticando o braço para pegar seu vinho.

— Eu já disse que tudo bem.

A mãe deu um suspiro.

— Seu irmão e eu estamos combinando de ver algumas casas este fim de semana.

Darcy virou o rosto subitamente.

— Aqui? Está pensando em se mudar para cá?

— Bom, eu não sei para onde exatamente. Talvez Mercer Island. Um lugar perto da água. Lá não te lembra a baía?

Alguma coisa *não* fazia sentido naquela história.

— Se você está procurando um lugar que lembre a baía, então por que vai se mudar?

A mãe apertou o ponto entre as próprias sobrancelhas.

— Darcy. Não posso querer vir morar perto dos meus filhos?

Darcy apenas a olhou de volta.

— Ok — disse Gillian, colocando as mãos no colo e suspirando. — Kenny e eu terminamos.

Óbvio que tinha que ser por causa de um maldito cara. Quando é que *não* havia sido por causa do cara da vez?

— Ah.

— Sim, *ah* — repetiu ela, bufando. — E para onde ele resolveu se mudar? Para um apartamento a dois quarteirões de casa. Eu o vejo o tempo todo. — Gillian pegou sua taça de vinho e tomou quase tudo. — Aposto que você consegue entender melhor do que ninguém o que significa precisar de distância.

E, com isso, ela havia encurralado Darcy com maestria, pois o que ela poderia dizer? Darcy havia colocado sua vida inteira numa mala e se mudara para Seattle depois de... depois de terminar o noivado com Natasha. Depois de ser *forçada* a terminar o noivado. Aquilo tivera mais a ver com autopreservação que escolha. Ela não ia continuar naquela relação, não sabendo o que Natasha tinha feito. E ficar na Filadélfia tinha se tornado difícil demais, as vidas das duas eram integradas demais para terem um término tranquilo. Estava tudo uma bagunça, os grupos de amigos completamente misturados. Darcy não quis recomeçar do zero à toa, ela precisou.

— Claro — disse Darcy, assentindo. — Eu entendo.

Exceto que ela havia aprendido a lição, enquanto era óbvio que a mãe não. Gillian pulava de relacionamento em relacionamento, sempre organizando a vida em torno de fosse lá com quem estivesse saindo. Ela não sabia simplesmente *ser*, muito menos estar sozinha, e assim pulava para o próximo cara, até o padrão se repetir e ela terminar arrasada. De novo.

A mãe curvou os cantos da boca num sorriso, mas a fachada de felicidade era superficial, o sorriso não chegava aos olhos.

— Eu imaginei que entenderia. Brendon e eu vamos olhar algumas casas no sábado. Depois vamos beber e ver um show no Can Can. Você devia ir com a gente, bem que precisa se divertir um pouco.

Ela podia até não levar a mal a tentativa de recomeço de sua mãe, mas ir procurar casas com ela? *Sair para beber?* Darcy já estava sentindo uma dor de cabeça de tensão na base do crânio.

— Vamos ver. Acho que já tenho planos.

— Planos? — repetiu Gillian, subindo e descendo as sobrancelhas de novo. — Com uma amiga?

Darcy pôs a mão no coque que estava usando e tocou no espaço entre a cabeça e pescoço.

— Sim, mãe. Uma amiga.

— A mesma que deixou vinho barato na sua cozinha?

Uma onda de protecionismo tomou conta de Darcy de repente.

— Na boa, mãe.

— Nossa, parece que é um assunto sensível. — Gillian a encarou, os olhos escuros arregalados. Ela levantou uma das mãos e acariciou levemente o próprio pescoço. — Brendon me contou que você estava saindo com uma pessoa e que era sério, mas eu não acreditei. Acho que devo vinte dólares a ele.

Ela não desistia. Darcy cerrou os dentes até seus molares começarem a doer.

— Brendon não sabe do que está falando.

— Então não é sério?

— E você se *importa*?

A mãe arregalou os olhos.

— Darcy, eu sou sua *mãe*.

— É? Bom, então você podia tentar se comportar como se fosse. — As palavras saíram antes que ela pudesse impedir. — Mãe...

A mãe fungou e deu um sorriso amarelo, os olhos úmidos de lágrimas contidas.

— Não. É bom saber o que você realmente pensa. Você, que é sempre tão reservada quanto ao que está sentindo perto de mim. Reservada, careta... Não tem problema.

A farpa quase não doeu, mas a sensação de culpa na boca do estômago falou mais alto. Ela não estava mentindo, mas aquilo não significava que não teria voltado atrás até não ter dito nada, que não apertaria o botão de rebobinar se pudesse.

— Olha, eu e Elle... É complicado, tá?

— Complicado? Darcy, meu amor. Isso não parece nada bom. Já não chega de *complicado* pra você?

Darcy se enrijeceu. *Isso* não tinha nada a ver com *aquilo*, e ela já estava de saco cheio das intromissões de Brendon. Não precisava da mãe se metendo também.

— Eu não estava pedindo sua opinião.

— Você continua sem responder minha pergunta. Mas eu sei me tocar. — Gillian se levantou e pôs a mão na bolsa, tirando seu cigarro e isqueiro. — Vou sair do seu pé, mas vou dizer uma coisa. Seu irmão... ele é como um estilingue. Ele tem uma capacidade enorme de amar, tem altos muito altos e baixos muito baixos, mas sempre volta. O coração dele é elástico. Já você e eu somos mais parecidas do que você gostaria de acreditar. Mas é verdade. Quando sentimos as coisas, sentimos com intensidade, profundamente. Nós não voltamos rápido como seu irmão e nossos corações não são de elástico. Eles quebram e, uma vez partidos, é difícil reunir os cacos.

Ela levantou a cabeça e olhou para Darcy com os olhos arregalados e brilhantes. Darcy não era boa com episódios de choro, nem com os dela nem com os de ninguém. E com certeza não com os de sua mãe. Ela já os conhecia bem demais.

— Mãe...

— Eu sei. Você não quer mais falar sobre a história com Natasha, assim como eu não quero falar sobre a história com seu pai, e entendo isso. De verdade. Você estava pronta para passar o resto da vida com ela, e isso não é pouca coisa. Natasha partiu seu coração e, por mais que eu tenha certeza de que essa Elle é legal, ou pelo menos Brendon acha que ela é, você quer mesmo se envolver em mais uma coisa *complicada* tão pouco tempo depois de reunir os cacos, Darcy?

O peito de Darcy ficou frio, seu coração pesado e duro.

— E não estou dizendo que você deve passar o resto da vida sozinha — continuou Gillian, dispensando a ideia com um gesto. — A vida é curta e você merece se divertir. Mas você é sensata, muito mais do que eu, e sou grata por isso. Só estou sugerindo que nossos corações podem pregar peças em nós. Você tem uma cabeça boa, meu bem. Use-a.

Natasha havia preenchido todos os requisitos, havia sido todas as coisas que Darcy achava que queria. Elas faziam sentido juntas. Ela era uma escolha segura, sensata, e Darcy estava, sim, pronta para passar o resto da vida com ela. Ela jamais, nem por um segundo, imaginara que aquele tipo de traição poderia acontecer, antes de ela ver com os próprios olhos. Mesmo sabendo pelo que a mãe havia passado ao descobrir que o pai a traíra numa daquelas viagens longas a trabalho e ouvindo-a dizer — embriagada — que o amor era uma mentira inúmeras vezes, Darcy não acreditara que poderia acontecer a ela. Até que aconteceu.

Será que a mãe tinha razão? Será que elas eram mais parecidas do que Darcy queria admitir? Porque ali estava ela, em vez de dedicar seu tempo aos estudos, arranjando tempo e espaço em sua vida para Elle, a livre e espirituosa Elle que não tinha como ser mais diferente de Natasha. Na maior parte do tempo, ela não conseguia pensar em mais nada a não ser em Elle, e aquilo era mais que apenas *diversão*, era...

Nossa. Era em momentos assim que Darcy faria qualquer coisa por apenas cinco minutinhos de conversa com sua avó. Ela seria direta, e diria se a neta estava agindo de forma irracional, se estava correndo o risco de perder a cabeça. A avó foi a única pessoa que conseguiu colocar Gillian de volta em algo parecido com trilhos na vida, e Darcy, por mais que tentasse, não conseguia, não sozinha. Era demais, o peso era esmagador.

Mas a avó não estava mais presente e muito em breve nem a casa existiria mais.

Darcy cruzou os braços, fincando as unhas na própria pele.

— Agradeço a preocupação, mas não há necessidade — disse, cruzando a sala na direção da porta, esperando que a mãe entendesse a deixa. — Como vamos passar o Natal na casa de Brendon este ano, você pelo menos trouxe os enfeites da vovó?

A mãe franziu a testa, parando com o cigarro perto da boca.

— Aquelas velharias? Darcy, elas estavam se desmanchando. Eu doei tudo que estava nas caixas do porão. Estavam *fedendo* a naftalina.

O coração de Darcy minguou. Os enfeites não eram *velharias*, eram únicos. Delicados anjos de renda e quebra-nozes esculpidos a mão. Árvores de feltro e bolas de vidro de mercúrio. Eles significavam *tradição* e *família*, e a mãe os jogara fora sem pensar duas vezes.

Darcy abriu a porta com os dedos suados e deu um passo para o lado.

— Não está chateada comigo, está?

A mãe apoiou uma das mãos no ombro de Darcy ao passar, o cigarro entre os dedos fazendo cócegas em seu pescoço.

— Eu… — Darcy sacudiu a cabeça. — Boa noite, mãe.

Assim que Darcy fechou a porta, encostou o corpo contra ela, deslizando lentamente até o chão.

Conversar com a mãe era como falar com uma parede e esperar que a parede entendesse, que tivesse *empatia*. Darcy precisava conversar com *alguém*, senão ficaria louca.

Mas quem? Em geral era com Brendon que ela conversava sobre tudo — *quase* tudo —, mas não sobre isso. Annie ainda estava em Berlim a trabalho, ajudando em uma fusão corporativa para sua empresa de consultoria de recursos humanos. Já passava das sete em Seattle, o que significava que estava tarde lá. E havia…

Ninguém. Ela fizera um excelente trabalho alcançando o que almejara: se isolar. Darcy jamais se dera conta de como era um trabalho solitário proteger um coração fragilizado.

Pegou o celular e passou pela lista de contatos. Não. *Havia* alguém. O celular já estava colado na orelha antes que ela pudesse pensar muito.

— Alô — veio a voz de Elle do outro lado da linha, tão vibrante e alegre que a fez doer por dentro. — Darcy?

Darcy fungou o mais discretamente possível, cobrindo o bocal.

— Oi.

Sua voz hesitou, mas ela conseguiu falar, superficial, mas ainda inteira.

As duas ficaram em silêncio, o som da respiração de Elle um chiado quase inaudível.

— O que você me conta? Espere, deixa eu adivinhar, não consegue parar de pensar em mim, né?

Darcy riu, os resquícios de seu autocontrole se desfazendo, enfraquecendo, rasgando-se em direções demais. Elle não fazia ideia de como estava certa.

— Tipo isso.

— Sabia que é a primeira vez que você me liga?

Darcy respirou superficialmente.

— É que eu odeio falar no telefone.

Elle riu.

— E mesmo assim ligou? Podia ter me mandado uma mensagem.

Darcy fechou os olhos.

— Odeio falar no telefone, mas eu…

Queria falar com você. Elle era a exceção para tantas de suas regras que a cabeça chegava a rodar.

— Darcy?

— Desculpa — pediu, e teve que pigarrear para continuar. — É só que… Minha mãe está aqui.

Ela ouviu Elle se mexer e um barulho de tecido, talvez um cobertor, farfalhando.

— Agora?

— Não, digo, *sim*. Ela está na cidade, mas passou aqui em casa. Acabou de sair, mas vai passar o feriado todo na cidade. Ela, bem, ela vai vender a casa da minha avó. Sem sequer nos consultar, simples assim. Vai vender a casa e já se livrou dos enfeites de Natal e… eu só queria…

Ela não terminou, não por não saber o que queria, mas porque sabia. Sabia, mas não tinha mais a menor ideia do que precisava. Se eram a mesma coisa ou completos opostos.

Elle sussurrou baixinho:

— Ah, Darcy. Você está bem?

— Eu estou…

A palavra estava na ponta da sua língua. *Bem.* Darcy sempre estivera bem, sempre precisou estar bem, porque, se não estivesse, quem estaria? Ela sempre tivera que aguentar firme, ser forte, manter a cabeça erguida. Mas, agora, não estava bem. Estava tudo, menos bem.

— Na verdade, não.

Três palavrinhas e ela partiu ao meio, a voz falhando e o peito rachando, todos os sentimentos que ela mantivera compartimentados, guardados em caixas dispostas em ordem em uma prateleira profunda dentro de si, transbordaram. Sentimentos desastrosos jorrando e vazando para os lugares mais inoportunos, as lágrimas se derramando dos olhos e o nariz escorrendo. *Merda.*

— Darcy...

— Desculpa — repetiu ela, odiando como sua voz estava trêmula. — Eu não liguei para jogar isso em cima de você.

— Não foi isso que você fez. — Elle pareceu estar sendo sincera, até veemente, sua voz firme, contrastando com *tudo* que estava fragilizado em Darcy. — Você não jogou nada em cima de mim, eu juro.

Era gentil da parte dela dizer aquilo, mas não era verdade.

— Ainda assim.

Darcy esfregou o rosto, a palma da mão voltando suja de rímel e de sombra marrom misturada ao corretivo.

— Está ficando tarde. É que não tenho como conversar sobre isso com Brendon, e eu...

Darcy tinha que parar. Não havia motivo para se colocar em uma posição ainda mais vulnerável, ainda mais com Elle, alguém que Darcy não sabia se seria uma presença permanente em sua vida. Ela se permitiria ser vulnerável, abriria tudo de si e... e depois?

— Sabe de uma coisa, é melhor eu desligar. É melhor eu... — Darcy fechou os olhos, os ombros ficando tensos de constrangimento. — Tchau, Elle.

— Espera, Darcy, não...

Darcy desligou e deixou o celular escorregar até o chão, a cabeça batendo contra a porta com um estampido abafado.

Com um zunido nos ouvidos, relembrou tudo que havia dito, quase palavra por palavra, infelizmente. Quando uma vergonha profunda se instalou, sentiu a pele coçar e o estômago revirado.

Talvez Elle pudesse fingir que aquilo não tinha acontecido. Talvez elas pudessem agir como se Darcy não tivesse ligado e sido tão chorona, vomitando o que estava sentindo. Talvez Darcy pudesse trocar de nome e número e se mudar para um pequeno vilarejo no sul da França. Ela comeria tanta manteiga e beberia tanto vinho que aquela humilhação não teria mais a menor importância.

Mudar de identidade poderia levar tempo, mas ela já estava adiantada no quesito vinho. Se ajoelhando, Darcy se levantou e encheu uma nova taça com o rosé de caixa barato e doce demais, porque isso lembrava Elle e porque, pelo visto — algo que ela desconhecia até ter quase 30 anos neste planeta —, Darcy era uma masoquista. Bom saber.

✡ ✡ ✡

Sentada no meio da cozinha, a saia lápis levantada até a cintura para ficar mais confortável, Darcy terminou a segunda taça. Estava indo pegar uma terceira quando alguém bateu na porta da frente.

Brendon. Darcy fechou os olhos. A mãe provavelmente tinha contado a ele sobre como ela havia recebido mal a notícia e agora seria preciso consertar o estrago, ignorar suas emoções e varrê-las para debaixo do tapete. Provar para Brendon que ela estava bem, que, por mais que preferisse que a mãe não estivesse vendendo a casa, aquilo não a afetara de seja lá qual forma Gillian tivesse alegado.

Preparando-se o máximo possível, Darcy ajeitou a saia e pôs a mão na maçaneta. Assim que abriu a porta, deu de cara com um monte de agulhas de pinheiro de plástico.

— Foi mal! Merda, está escorregando. Me deixa só…

Os galhos enfiados no rosto de Darcy se moveram, revelando Elle por trás, parecendo ansiosa. Seu coque baixo e bagunçado estava se desfazendo e as têmporas estavam cobertas de suor, a respiração saindo em bufadas de cansaço.

— Se importa se eu…?

Darcy pegou a — árvore? arbusto? — e deixou Elle passar. Com uma caixa de papelão entupida de coisas nos braços, as abas viradas para cima e tortas devido ao conteúdo quase transbordando, Elle cambaleou na direção das janelas, onde se abaixou e pôs a caixa no chão com um grunhido.

— *Porra*, que peso.

Darcy fechou a porta com um chute, o pinheiro de plástico mordiscando a pele do seu braço.

— O que é isso?

Elle olhou da caixa aos seus pés para Darcy.

— Que bom que você me ligou naquela hora. O Lixo de Um só fica aberto até as oito durante a semana. Consegui chegar um pouco antes de eles fecharem — explicou ela, e deu um cutucão com a bota na caixa. — Como já estamos muito perto da data, eles não tinham mais muitas opções, então os enfeites são… *ecléticos*.

Darcy colocou a árvore ao lado da caixa e encarou Elle sem expressão, tentando entender do que aquilo se tratava, mas sem sucesso.

— Quanto à árvore… — disse Elle, se encolhendo levemente. — Só tinham duas, mas a outra era gigantesca. Tipo, eu não conseguia nem a segurar nos braços… e olha que eu tentei. Não dava. Essa aqui eu consegui carregar e também caberia no banco de trás do Uber que eu peguei para vir. Ela é meio… — Elle fechou um dos olhos e olhou para a montanha de galhos desarrumados. — Arbustosa. Mas achei que tinha um certo charme. Um *je ne sais quoi*, sabe?

Darcy pressionou a junta dos dedos sobre os lábios.

— Mas… por quê?

Elle tentou coçar a ponta do pé com o outro, mas pareceu pensar melhor e se apressou em tirar as botas, vacilando ao quase tropeçar. Sua calça de pijama — socorro, ela estava de *pijama* — era comprida demais e grande parte ficava dobrada por baixo do pé, coberto por meias felpudas. O estômago de Darcy deu uma cambalhota e pareceu despencar por completo em seguida.

— Você falou que sua mãe tinha jogado fora os enfeites de Natal da sua avó, então eu pensei em… — Elle deu de ombros. — Acho que não pensei de fato. Você podia já ter uma árvore e enfeites, ou então Brendon, mas eu só queria ter certeza de que você tinha *alguma coisa*. Sei que a árvore é meio feia e os enfeites não combinam, mas se…

— Ela é perfeita — sussurrou Darcy. Seus olhos ardiam com cada piscada de olho rápida para conter as lágrimas. — Ela é simplesmente perfeita.

Perfeita demais. Tão perfeita que dava *medo*, porque nada que fosse tão bom assim podia durar para sempre. Nunca durava.

O sorriso de Elle não só iluminou todo o seu rosto, como também toda a sala.

— Sério?

Darcy passou por cima da árvore caída no chão e pegou as mãos de Elle. Os dedos dela estavam congelados, então Darcy os cobriu com os dela e a puxou para mais perto. Elle obedeceu, a barra da calça de pijama deslizando pelo piso de madeira, os dedos dos pés das duas se tocando. Darcy se aproveitou do momento, baixando o queixo e roubando um beijo, demorando-se nele. Só mais um pouquinho, só por mais um tempo.

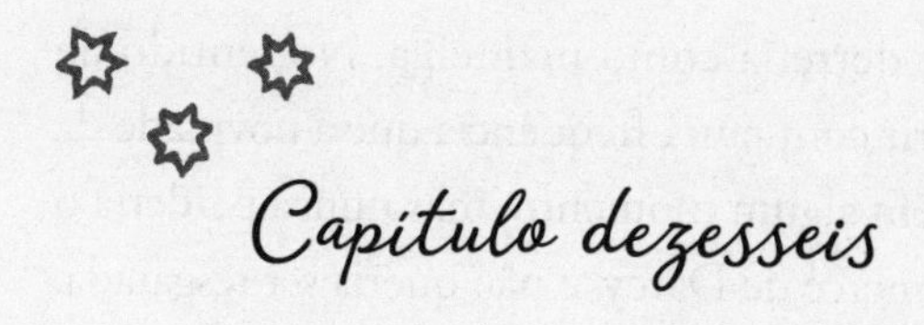

Capítulo dezesseis

— Eu achei que ficou… legal.

Elle inclinou a cabeça de lado, analisando a árvore, não que houvesse muita coisa para analisar. Nenhum dos enfeites combinava entre si — um jipe de glitter cor-de-rosa pendurado ao lado de um floco de neve e, diversos galhos abaixo, um globo de neve batendo numa meia de feltro e um tenebroso elfo de papel-machê. Pelo menos a árvore tinha vindo com seu próprio pisca-pisca, sem nenhuma lâmpada queimada.

Darcy devia ter apertado algum botão do interruptor, porque as luzes cor de âmbar piscaram e de repente a sala foi banhada por um arco-íris de cores. Lâmpadas cor-de-rosa, azul, laranja e violeta piscavam dos galhos, como alfinetadas coloridas de luz.

— Isso é…

Darcy jogou a cabeça para trás e gargalhou.

— Eu amei.

Para alguém que parecia ter um poço sem fundo de recursos de onde abastecer, Elle estava completamente à mercê quando se tratava de Darcy. No sentido de que não havia cura para como ela estava se sentindo. No sentido de que, toda vez que Darcy ria, parecia que ela era pega de surpresa pela própria alegria, e o coração de Elle derretia como manteiga. No sentido de querer fazer Darcy rir com tanta frequência que a novidade da alegria até passaria em algum momento, mas nunca perderia o apelo. Elle estava à mercê de Darcy, e não queria ser resgatada.

Ela segurou a manga de Darcy, puxando com força conforme se ajoelhava diante da árvore.

— Vem cá. Desce aqui.

Sem reclamar, Darcy se abaixou e olhou para Elle, erguendo uma das sobrancelhas como se para perguntar "o que é agora?"

Seguindo seu exemplo, Elle foi descendo na direção da árvore e se deitou de barriga para cima quando viu que tinha espaço para fazê-lo sem bater com a cabeça. Serpentear por baixo dos galhos mais baixos era um feito difícil, mas ela o fez sem esbarrar num único enfeite.

Ficar olhando de baixo para as luzinhas nos galhos não tinha a mesma graça de quando ela era criança, decerto porque aqueles galhos estavam meio que vazios, mas ainda assim era bom. Ainda mais quando ela apertava os olhos e as luzes piscavam como estrelas. E ficou melhor quando Darcy se juntou a ela, aninhando-se e entrelaçando os dedos nos dela.

— Eles não fazem isso em *Grey's Anatomy*? — sussurrou Darcy.

Elle riu baixinho.

— Sim, mas eu fiz primeiro. Eu fazia Jane e Daniel se enfiarem embaixo da árvore comigo. Minha mãe ficava louca, porque desarrumávamos o tapete sobre o qual a árvore ficava montada, e depois a gente espalhava agulhas de pinheiro pela casa toda.

— Brendon e eu nunca entramos *embaixo* da árvore, mas eu me lembro de tentar *subir* nela uma vez.

— O *quê*?

— Bem, nós esquecemos de colocar a estrela do topo — disse Darcy, que deu de ombros e esbarrou no de Elle. — Acho que eu vi aquilo como um erro que precisava ser consertado e Brendon era menor que eu, então eu meio que... o coloquei lá em cima.

— E ele ficou bem?

— Claro. Eu jamais o deixaria cair. Além do mais, vovó pegou a gente no flagra assim que o levantei.

Elle riu, os músculos da barriga queimando ao tentar imaginar a pequena Darcy colocando Brendon no alto de uma árvore de Natal só por causa de um enfeite. A folhagem de plástico do galho mais baixo pinicou seu nariz, uma agulha solitária dando um jeito de *entrar* por uma narina. Elle sentiu uma queimação suspeita no nariz e *droga*. Seria péssimo se ela...

Espirrasse. O impulso do espirro a fez ir de encontro a mais um punhado de agulhas de plástico com o rosto e a boca. Pensando bem...

— Se vamos conversar, talvez seja melhor que não seja embaixo da árvore.

Darcy concordou e se serpenteou para fora primeiro. Quando as duas estavam livres, encostadas no sofá modular, ela deu uma cotovelada de leve em Elle.

— Obrigada. Não por me encorajar a entrar debaixo de uma árvore de segunda mão que pode estar cheia de, sei lá, percevejos, mas por...

— Ah, pelo amor de Deus, relaxa, ela não está cheia de...

Darcy pôs o dedo indicador sobre os lábios de Elle, sorrindo.

— É brincadeira. Sobre os percevejos, não quanto a estar grata. Significa muito para mim você ter vindo, ter *pensado* em trazer uma árvore e as decorações e ainda por cima ter ficado para arrumar tudo.

Darcy balançou a cabeça, mas continuou com a mão onde estava. Em seguida, delineou o contorno da boca de Elle com o dedo de forma tão suave que Elle podia sentir a fricção delicada de cada elevação e cada voltinha da impressão digital de Darcy.

Elle estremeceu e beijou a pontinha do dedo dela, só porque podia.

Com a respiração acelerada e os olhos escuros, as pupilas se dilatando — talvez devido à mudança de luz —, Darcy baixou a mão até o joelho de Elle. O calor da palma atravessou o tecido do pijama que ela usava.

— Eu, er, espero que não tenha estragado algum plano que você já poderia ter.

— Plano… — ecoou Elle, olhando para o pijama.

Assim que Darcy desligara, a única coisa em que Elle pensara foi em colocar uma jaqueta — *a* jaqueta. Ela não via sentido em vestir nada mais que aquilo, não quando o tempo urgia. Não quando Darcy estava precisando dela, precisando dela naquele instante.

— Eu não estava fazendo nada, só criando uns memes. Não estava ocupada.

— Posso ver?

— Sério?

Darcy continuou olhando para ela, esperando.

Elle pegou seu celular, uma luzinha de LED piscando com uma notificação. Mais uma mensagem de Daniel e duas ligações perdidas da mãe. Sentiu um aperto no peito ao ignorar ambas e abrir as anotações que estava fazendo, as que ela completara no Uber antes de chegar. Elle passou o celular para Darcy, observando sua reação, mordendo o lábio enquanto ela lia a lista.

Se os signos do zodíaco fossem músicas de Natal

Áries – "Jingle Bell Rock", Bobby Helm

Touro – "The Twelve Days of Christmas", Bing Crosby

Gêmeos – "Merry Christmas, Happy Holidays", N'Sync

Câncer – "I'll Be Home for Christmas", Elvis Presley

Leão – "All I Want for Christmas Is You", Mariah Carey

Virgem – "The Christmas Song", Nat King Cole

Libra – "Winter Wonderland", Frank Sinatra

Escorpião – "Baby, It's Cold Outside", Idina Menzel e Michael Bublé

Sagitário – "Santa Baby", Eartha Kitt

Capricórnio – "White Christmas", Bing Crosby

Aquário – "Do They Know It's Christmas", Band Aid 1984

Peixes – "Last Christmas", Wham!

— "White Christmas". Está brincando?

— Qual é o problema com "White Christmas"? Todo mundo ama essa música. Significa que você embrulha seus presentes com a precisão de um dos elfos do Papai Noel. Ou da Martha Stewart. E provavelmente curte tradições encantadoras e antiquadas, como mandar cartões escritos à mão pelos correios, assar castanhas portuguesas e coisas assim. Enquanto Margot e eu escondemos um enfeite pornográfico no meio da árvore de plástico e eu tiro o pisca-pisca das minhas paredes e os reaproveito por um mês.

— Bem. Nem todo mundo ama essa música. *Eu* não amo.

— Como? É sobre neve.

— Sim. E eu odeio neve.

Elle cobriu a boca.

— *O quê?* Como? Por quê? Darcy, quem fez tanto mal a você?

Darcy franziu o nariz.

— Você já passou meia hora tirando gelo do para-brisa?

— Isso que você está falando é gelo, não neve. Neve é bonita.

Darcy mostrou a língua.

— Ah, me poupe. É bonita durante dez minutos, até virar uma lama cinzenta que congela de volta e se torna gelo negro, que por sua vez é responsável por vinte e quatro por cento das batidas de automóvel relacionadas às condições climáticas, ferindo mais de sessenta e cinco mil pessoas e matando quase novecentas todo ano.

Aquilo era deprimente, mas, ainda assim, a capacidade de Darcy de citar estatísticas aleatórias — por mais mórbidas que fossem — tinha algo de sexy. Um pornô de competências meio desconcertante.

— Fala sério! Eu mudo a música do seu signo então. — Elle pegou o celular de volta. — Que tal a música do Grinch?

— Engraçadinha — retrucou Darcy, ainda com o rosto impassível, mas um brilhinho em seus olhos traindo a expressão séria. — Não sou como o Grinch só porque não gosto de neve. *Nunca* neva em São Francisco, pelo menos não desde que me entendo por gente, e o clima é em grande parte temperado. No ano em que fui morar na Filadélfia, tivemos quatro nevascas no intervalo de um mês. E a temperatura era de congelar — contou, tremendo como se ficasse com frio só de lembrar. — Odeio sentir frio.

Elle se inclinou para mais perto dela.

— É por isso que está sempre me fazendo colocar um casaco?

— Não que eu não goste de ver seu corpo, mas fico com frio só de olhar para você — respondeu Darcy, sorrindo e olhando para Elle de canto de olho. — Pode manter "White Christmas". Eu gosto, *sim*, de tradições, especialmente as do fim de ano. — Ela olhou para a árvore e suas luzinhas coloridas e engoliu em seco. — Sei que enfeites não passam de... *objetos*. Barbante, feltro e vidro... É meio ridículo ficar chateada porque minha mãe jogou os nossos fora, mas eu fiquei.

O apego de Elle por coisas materiais sempre fora mínimo, tinha poucos pertences estimados, e que eram mais fotografias do que qualquer outra coisa, mas isso não significava que ela não entendia.

— Eles eram... representações físicas de lembranças. Não tem nada de ridículo em ter ficado chateada, Darcy. O que você está sentindo é válido, ok?

Ela assentiu.

— É exatamente isso. São lembranças. Aqueles enfeites eram únicos e inestimáveis, tínhamos até aquelas bolas de vidro superdelicadas com nossos nomes escritos em tinta dourada. Não sei como elas nunca quebraram — comentou, rindo e bufando. — Embora algumas vezes tenha sido por pouco.

— Escalando a árvore?

Darcy sacudiu a cabeça.

— Não, é bobagem.

Até agora, todos os segredos e histórias bobas de Darcy tinham sido reveladores.

— Me conta.

Darcy umedeceu os lábios.

— Eu tinha... uns 12 anos? Acho que eu estava com 12 anos, ou quase. Brendon tinha 7 ou 8. Tínhamos uma tradição de assar biscoitos com nossa avó. Sempre aqueles com uma depressão no meio, cobertos de geleia caseira. E sempre de morango. A gente deixava os biscoitos e um copo de leite ao lado da lareira para o Papai Noel. Meu pai descia de fininho, bebia o leite e comia os biscoitos. Era sempre assim, mas naquele ano meu pai estava viajando a trabalho. O voo de volta dele era naquela noite, na véspera de Natal, e eu não acreditava mais em Papai Noel, mas Brendon sim, então fiquei deitada esperando meu pai chegar para beber o leite e comer os biscoitos. Mas onze virou meia-noite e depois uma e duas da manhã, e depois três, e nada do meu pai chegar. Acho que o voo dele atrasou.

— E ele chegou a tempo? Para o Natal?

Darcy balançou a cabeça, um sorriso desolado no rosto, como se a decepção ainda estivesse vívida em sua memória.

— Para a manhã de Natal sim, mas não a tempo de ser o Papai Noel — disse, dando uma risada engasgada. — *Eu* fui o Papai Noel naquele ano. Quando deu três da manhã, desci as escadas de fininho, tomando cuidado para não fazer barulho algum visto que, juro, *todos* os degraus rangiam. Devorei seis biscoitos e fui beber o leite, mas aí lembrei que nós tínhamos deixado leite comum porque meu pai não era intolerante à lactose, mas eu sim.

Elle arregalou os olhos, começando a entender no que aquilo ia dar.

— *Não.*

Darcy fez uma careta.

— Eu não sabia o que fazer, só tinha 12 anos e estava tentando não ser descoberta. Peguei o copo e estava indo até a cozinha para jogar o leite no ralo, mas ouvi alguém nas escadas. Então entrei em pânico, virei o copo todo e me escondi atrás da árvore. Um dos enfeites de vidro caiu, mas, por pura sorte, bateu no meu chinelo, que amorteceu a queda. Fiquei escondida lá por pelo menos uns vinte minutos até subir de volta. Brendon estava dormindo sem a menor ideia do que havia acontecido. E eu fiquei deitada com cólicas terríveis pelo resto da noite. — O sorriso de Darcy tornou-se mais afetuoso e ela sussurrou: — Mas Brendon acreditou no Papai Noel por mais um ano, e era só isso que importava para mim.

Elle podia imaginar perfeitamente: uma Darcy muito novinha tentando fazer as coisas escondida de Brendon. Ela ainda fazia aquilo, cuidava dele mesmo sendo adultos.

Elle mordeu a bochecha para se preparar.

— Você realmente ama seu irmão, não é? — comentou Elle, e riu. — Quer dizer, dã. É claro que ama. Eu só quis dizer que eu amo meus irmãos e, por mais controversas que as coisas possam ser entre a gente, sei que eles também me amam. Mas não consigo imaginar nenhum deles tendo tanto trabalho para fazer algo desse tipo por mim.

Darcy deu de ombros.

— Eu descobri a verdade sobre o Papai Noel nova demais, aos 6 anos, quando me dei conta de que ele usava etiquetas de presente idênticas às que minha mãe e meu pai usavam. Mas eu queria que Brendon acreditasse pelo máximo de tempo possível. Com papai viajando o tempo todo e minha mãe ou o acompanhando ou sendo óbvia quanto a como queria estar com ele, sei que o que eu fazia era pouco, mas era o que eu conseguia.

Não havia nada de pouco ali. Darcy não fazia o mínimo — ela ia além, mais do que qualquer irmã se sentiria obrigada a fazer. Ela o levava à escola, fazia seu jantar, se certificava de que ele acreditaria em mágica só por mais um tempinho.

Darcy olhou para Elle e apertou seu joelho, sorrindo com ternura antes de olhar de volta para o pisca-pisca da árvore de Natal. Foi uma olhada rápida, mas, naquele breve momento em que seus olhares se encontraram, alguma coisa se reorganizou no peito de Elle, todos os seus *talvez* se tornando *certezas*, seus devaneios ansiosos quanto ao que estava fazendo e o que aquilo significava resolvidos.

Darcy estava sentada ali, fazendo um biquinho adorável, completamente mergulhada em pensamentos, alheia ao tremor da Terra sob o corpo de Elle, o planeta inclinando, virando e girando, como o brinquedo horrível de xícara que ela insistia em ir toda vez que ia à Disney porque, pelo visto, sua memória era meio curta.

Mas Elle não se esqueceria daquilo, de sua bunda ficando dormente de tanto tempo sentada no chão da sala de Darcy, o coração parando e acelerando, a cabeça rodando, o estômago dando cambalhotas.

Ela engoliu em seco, sentindo a boca seca de repente.

— Você cuida do seu irmão. Você cuida de todo mundo. Quem… quem cuida de você?

Ela só conseguia pensar na noite em que ficara sentada no chão de casa ao lado de Margot após aquele encontro desastroso. Sem esperanças, magoada, exausta. Em como ela resolvera guardar aquilo, dar um tempo, desistir de ir atrás do amor e deixar que ele viesse ao seu encontro.

Ele viera, e como.

Alguma coisa parecida com pânico passou pelos olhos de Darcy, um lampejo passageiro, frenético. Ela balançou a cabeça lentamente, os ombros caindo um pouco, abrindo e fechando a boca, antes de deixar uma risada desesperada, que quase parecia um soluço, escapar.

— Você está fazendo um ótimo trabalho em cuidar de mim.

Ninguém jamais dissera aquilo para Elle. Ela nunca estivera em posição de cuidar de alguém, não de verdade, não mais que um fim de semana tomando conta do sobrinho. Margot era cabeça-dura demais, e ninguém mais confiava em Elle o bastante para deixar que ela cuidasse deles.

Com um frio na barriga como na primeira vez que viu uma chuva de meteoros, os detritos celestes despencando do céu, Elle esticou o braço, segurando o queixo de Darcy. Ela virou aquele lindo rosto para ela e se aproximou, pincelando um beijo em sua boca, o que fez seu estômago despencar, como se ela fosse uma daquelas estrelas, caindo, caindo, *sumindo*.

Sair da faculdade e se dedicar de corpo e alma ao Ah Meus Céus não havia sido nada fácil. Pular naquele abismo havia sido *pavoroso*, mas sempre parecera ser a coisa certa, porque ela não era de se acomodar. Sempre queria *mais*. E aquilo — beijar Darcy ao lado das luzes de arco-íris de uma árvore de Natal com mais tronco do que folhagem — era o mais próximo que Elle já chegara de vivenciar uma coisa mágica de verdade, do tipo que incendiava suas veias e a eletrizava da cabeça aos pés.

Elle deslizou o polegar por baixo do tecido da blusa de Darcy, precisando sentir sua pele, precisando de mais. Passou as unhas de leve na pele fina acima dos ossos dos quadris dela, fazendo-a arfar baixinho.

Darcy recuou, piscando os olhos e mirando a boca de Elle como se já estivesse com saudade de beijá-la. Talvez Elle estivesse dando credibilidade demais àquele olhar, talvez não passasse de um simples olhar, nada mais, nada menos, mas a especulação já fazia o coração martelar .

— Elle, eu… — Por um instante, Darcy parecia completamente perdida e apavorada. Ela piscou duas vezes, a respiração trêmula por entre os lábios entreabertos, que logo se tornaram um sorriso. — É melhor a gente ir para meu quarto.

Darcy estendeu a mão, acariciando o rosto de Elle, cada toque aumentando um pouco mais seu desejo. Elle queria o toque dela, queria que Darcy a tocasse por toda parte.

— Ah é? — perguntou, deixando os dedos irem até a barra da saia de Darcy. — Para quê?

Acariciando a pele macia daquelas coxas à medida que deslizava o tecido para cima, Elle mordeu a bochecha para conter o sorriso ao ver Darcy praticamente ofegar. *Pele.* Agora Elle estava se mordendo por um motivo diferente. Darcy estava de meia-calça, mas a barra de renda só cobria até certo ponto.

Fechando os olhos, Darcy umedeceu o lábio inferior.

— *Elle.*

Ela se inclinou na direção de Elle e de seu toque, pressionando os quadris contra a mão dela, como se tentasse se aproximar mais. Elle subiu um pouco mais a mão, os dedos adentrando a calcinha de Darcy e encontrando, em meio aos pelos, seu clitóris.

Darcy soltou um gemidinho suave e esfomeado, cravando as unhas no braço de Elle, balançando os quadris para a frente e para trás de encontro à mão dela, contorcendo-se. Então, foi escorregando até não estar mais encostada no sofá, mas sim deitada no tapete, e olhou do chão para Elle por entre as pálpebras pesadas e os cílios escuros e espessos, seu olhar faminto sugando todo o ar dos pulmões dela.

— Me beija — pediu, sem fôlego.

Ela puxou Elle pelo braço, para cima dela, e a manteve ali com os braços em volta dos seus ombros.

Elle aproximou o rosto e mordiscou o lábio inferior de Darcy. Passou a boca pelo queixo dela da forma mais leve possível, depois desceu mais um pouco, deixando um rastro de beijos por seu pescoço, a língua se esgueirando de vez em quando para provar a pele macia. Ao alcançar o colo, Elle se ajoelhou e segurou a barra da blusa de Darcy.

Darcy ergueu o tronco e a ajudou a tirar a blusa. Quando enfim estava sem ela, Elle parou um segundo para observar a pele à mostra. O sutiã era rosa de bolinhas e transparente. Os mamilos estavam duros contra o tecido, implorando por atenção.

Elle abaixou a cabeça e lambeu o mamilo direito de Darcy por cima da renda delicada, fechando os dentes ao redor e mordendo levemente, aumentando a força ao senti-la levar a mão até sua nuca, entrelaçando os dedos em seu cabelo e mantendo-a ali, encorajando-a com gemidinhos. Puxando um pouco a cabeça de volta, Elle soprou o mamilo, sorrindo quando Darcy moveu os quadris e arqueou as costas.

— *Meu Deus*, Elle... — O grunhido de Darcy era de elogio, as unhas riscando o couro cabeludo de Elle e enviando arrepios por suas costas. — Sua boca... Você me mata.

Darcy deitou a cabeça novamente, o cabelo se espalhando ao seu redor, o acobreado fazendo um forte contraste com o pelo macio de carneiro branco do tapete. Curvou as costas num arco pecaminoso, erguendo os quadris o máximo possível com Elle montada em suas coxas.

Roçando a barriga de Darcy com os lábios, Elle procurou o zíper de sua saia, encontrando-o na lateral do quadril. Ela o desceu, o som do metal alto, fazendo o momento parecer um pouco mais carregado. Então, deslizou os dedos pela cintura da saia e a desceu, esticando a lã pelo bumbum de Darcy e descendo-a por suas coxas. Darcy se contorceu, ajudando-a a descer o tecido por suas panturrilhas e pés, as unhas pintadas visíveis por baixo das meias finas.

Puta merda... Darcy era inacreditavelmente... bonita seria um eufemismo.

Ela estava com uma cinta-liga preta, os suspensórios presos às meias bege-claro até o meio da coxa. Elle engoliu em seco e passou um dedo sob o suspensório fino de cetim, puxando e soltando-o de volta com delicadeza, o súbito ardor, ou talvez aquele som, fazendo Darcy arfar.

Pelo visto, Darcy estava com pressa, porque levou uma das mãos até o meio das pernas e começou a se tocar por cima da calcinha.

— Não. — Elle tirou a mão dela de onde estava e se debruçou, beijando o pedaço de pele onde a perna de Darcy unia-se ao resto do corpo. — Eu cuido de você, esqueceu?

A respiração de Darcy ficou mais acelerada, parecendo rouca, e ela deixou a mão pender no chão. Elle sugou a pele da parte interna da coxa até os músculos de Darcy estremecerem e um suspiro alto escapar de seus lábios.

— *Elle...*

Elle olhou para o pedaço de pele que havia deixado vermelho. Em matéria de coisas que davam um tesão inesperado, ela não havia imaginado que um chupão na coxa de Darcy pudesse excitá-la. Mas a ideia de Darcy andando pelo resto da semana com uma marca em formato de beijo — uma marca com o formato do beijo de *Elle* — sob aqueles vestidos impecáveis e calças de alfaiataria era sexy, sem dúvidas. O segredinho delas, a prova de que Darcy podia até parecer estar no controle, mas que Elle tinha a capacidade de desfazê-la e torná-la também uma coisa delicada e bagunçada da qual se podia cuidar.

Darcy se contorceu no chão e choramingou baixinho, arqueando os quadris para cima.

Forçando-se a tirar os olhos da marca que deixara na pele de Darcy, Elle distribuiu alguns beijos por sua coxa, os lábios finalmente roçando o elástico da calcinha. Tocando nos quadris de Darcy para que ela os erguesse, Elle desceu o tecido pela bunda e pelas coxas, deixando Darcy terminar de descê-la até os pés. Elle se acomodou entre aquelas pernas, abrindo os lábios de Darcy com os polegares. Darcy estava encharcada, brilhando de desejo, as coxas grudentas e molhadas quando se tocavam.

Elle expirou, seu hálito acariciando Darcy suavemente, e se debruçou mais um pouco para passar a língua por sua abertura, gemendo baixinho ao sentir seu gosto. Darcy subiu os quadris, aproximando-os mais da boca de Elle.

Elle movia os próprios quadris contra o chão em busca de alguma fricção, *qualquer coisa* que segurasse seu tesão ao envolver as coxas de Darcy com os braços, mantendo-as no lugar, separadas. Ela balançou a ponta da língua no clitóris inchado de Darcy com força e rapidez, antes de envolver o montinho com os lábios e sugar, acrescentando um toque sutil com os dentes à mistura.

— Porra…

Darcy passava os dedos pelo cabelo de Elle, puxando forte o bastante para fazer sua cabeça formigar. A sensação a atravessou como um raio, deixando-a ainda mais molhada.

— Não para… *Por favor…*

Ignorando o calor entre as próprias coxas, Elle chupou com mais força e movimentou a língua ainda mais rápido, subindo uma das mãos pela coxa de Darcy. Um miado baixinho e satisfeito escapou dos lábios dela, seu sexo se contraindo ao sentir Elle deslizar os dedos para dentro e os curvar para a frente.

— Ah meu… isso…

Darcy jogou a cabeça para o lado. Os músculos de sua barriga se contraíam à medida que se movia nos dedos de Elle.

Certa de que Darcy estava quase lá, Elle dobrou mais os dedos, com mais rapidez e…

Darcy arqueou as costas, as coxas tremendo sobre os ombros de Elle, se fechando quente e molhada ao redor dos dedos. Darcy arfou e em seguida soltou um gemido grave que fez Elle pegar fogo.

Elle tirou os dedos, gemendo baixo ao sentir que seus espasmos ainda não tinham cessado. Ela beijou o chupão que deixara e se deitou, apoiando a cabeça na coxa de Darcy.

Darcy massageou a cabeça de Elle, as unhas arranhando seu couro cabeludo com delicadeza. Apesar de nunca ter sentido tanto tesão na vida, Elle saboreou aquele momento, resolvendo estar presente para guardá-lo na memória. O momento todo, o silêncio, a paz, a expectativa, o modo como a decoração branca de Darcy era o cenário perfeito para as luzes arco-íris que piscavam na árvore quase nua. O modo como, pela primeira vez, tudo na sua vida parecia não apenas certo, mas perfeito.

— Margot?

Elle chamou a amiga ao mesmo tempo que largou a bolsa ao lado da porta e se apoiou na parede. Depois da noite que tivera, ela mal sentia as pernas, e seus braços não estavam num estado muito melhor.

— Está aí?

Margot pôs a cabeça pra fora da cozinha.

— Oiê. Se divertiu?

— Pode-se dizer que sim.

Elle deu a volta na bancada. Darcy a havia entupido de panquecas na casa dela — panquecas de verdade, não as de caixa —, mas ela continuava com fome. Poucas horas de sono somadas a uma maratona de sexo faziam aquilo com as pessoas.

Ela abriu a geladeira... *vazia*. Com exceção de um vidro de picles e um potinho cheio de molhos de pimenta do Taco Bell, que elas colecionavam por causa dos nomes engraçadinhos nos pacotes, elas não tinham nada.

— Mar, precisamos fazer compras.

Margot remexeu na cesta de cápsulas sortidas de café das duas e escolheu uma torra escura extraforte. Do tipo que deixava Elle elétrica só de sentir o cheiro.

— Quer que eu traga algumas coisas na volta?

Elle fechou a geladeira e se encostou nela, franzindo a testa.

— Vai sair?

— Sim. Aquele meu computador idiota é quase uma antiguidade, sabia? Ele me veio com a *tela azul da morte* ontem, então Brendon se ofereceu para ir comigo comprar um novo. Ele vai estar com a mãe à tarde, mas disse que de manhã teria um tempo.

— Não me leve a mal, mas estou achando sua amizade com Brendon um pouco assustadora.

— Como é que alguma coisa pode ser um pouco assustadora?

— Shhh, você entendeu.

Talvez fosse uma consequência dessa história entre ela e Darcy ter começado de forma desastrosa e depois se tornado uma mentira, mas Elle tinha receio de passar muito tempo com Brendon em momentos que não estivessem relacionados ao trabalho. E se ela deixasse alguma coisa escapar, alguma coisa incriminadora, que pudesse colocar toda a mentira a perder? Ela esperava que, agora que Darcy e ela tinham algo real, real *demais*, ela e Brendon pudessem se aproximar. Como ele e Margot, que do nada eram melhores amigos, seu amor mútuo por Harry Potter e escaladas fornecendo a ambos material de sobra para passarem tempo juntos para além da parceria profissional.

A máquina apitou, sinalizando que o café de Mar estava pronto. A amiga pegou a xícara e a levou até a boca, soprando o líquido.

— Nós *quase* não falamos sobre você e Darcy.

— Mas *falam*, então.

— Só no sentido de Brendon estar encantado com vocês duas e ficar dando tapinhas nas próprias costas por, e isso é uma citação direta, "orquestrar o match da década". Eu, é claro, tiro sarro dele porque, convenhamos, "match da década". — Margot tomou um gole do café, mesmo ainda escaldante. — E aí, depois disso, ele fica todo melancólico para ter um relacionamento também. Eu vou te dizer uma coisa, talvez Brendon seja mais romântico que você. Pareceu ofendido quando comentei que ele estava precisando transar.

— Hum, sujo e mal lavado?

— É só uma seca, Elle.

Elle tossiu.

— *Deserto.*

Margot enfiou a mão na pia, pegando um montinho de espuma de sabão e atirando-o em cima de Elle, errando por um triz, porque ela abaixou.

— Outro dia no Tinder esbarrei num cara que achava, de verdade, que ser pansexual significava ter tesão por pão. "Quero ver seu pãozinho bem assado, gata."

Elle engasgou.

— Isso não tem graça.

— Eu rio só pra não cometer uma droga de um homicídio — disse Margot, enxugando as mãos com o pano de prato. — Só porque não estou procurando nada sério não significa que não tenho padrões para quem eu escolho levar pra cama.

Elle entendia como a amiga se sentia. Antes de conhecer Darcy, pelo menos metade dos seus contatos em apps de paquera vinham de casais em busca de alguém para um ménage, achando que, só por ser bi, ela acharia aquilo uma boa. Sair com pessoas, independentemente do tipo de relacionamento que se estava buscando, era dureza.

— Mantenha seus padrões altos, ok? Existe um motivo para fabricarem vibradores.

— Na falta de ação, sempre existe a masturbação — disse Margot, suspirando e se apoiando na bancada. — Você acha que seria muito ruim se eu me cadastrasse no OTP?

Elle fez uma careta. Por mais que não fosse *expressamente* contra os termos e condições de uso, o OTP não era um aplicativo para pegação. Aquilo não impedia que as pessoas o usassem para paquerar, mas o propósito do aplicativo era ajudar as pessoas a encontrarem seu *par único e verdadeiro*, não sua verdadeira bola de vez.

— Não deixe Brendon descobrir.

Margot riu.

— Socorro, não. Ele vai fazer aquela cara de cachorrinho decepcionado e eu vou me odiar por pelo menos uma hora.

— No mínimo.

Talvez fosse cansaço por não ter dormido nada fazendo coisas gostosas e obscenas com Darcy no chão da sala dela, mas foi só naquele momento que Elle reparou no arranjo de lírios-asiáticos cor-de-rosa. Sua flor preferida. Ela sempre parava para babar por elas no mercado, mas pagar trinta dólares por uma coisa que morreria em uma semana — e, com seu dedo nada verde, talvez em menos tempo — era absurdo.

— Quem mandou isso?

Margot deu de ombros, se esforçando tanto para parecer indiferente que deu a impressão do completo oposto.

— Leia o cartão.

Ela tirou o sofisticado cartão do palitinho de plástico enfiado entre as pétalas aveludadas dos lírios.

— Você leu?

— Aham. — Margot pegou a xícara de volta e acrescentou: — Vá em frente.

O modo como Margot estava agindo a fez hesitar. De quem seria? Ela estava com Darcy até uma hora antes; a não ser que Darcy tivesse uma florista de emergência — o que, conhecendo-a, não era impossível — não parecia provável que as flores fossem dela. Mas de quem seriam então?

Só havia uma maneira de descobrir. Elle abriu o cartão.

~~Elle,~~

~~Jane e eu te mandamos mensagens e você não respondeu, mas continua postando no insta, então sabemos que não morreu. Jane acabou de me dizer que essa piada foi tosca e que eu não devia ter começado assim, mas estou escrevendo de caneta e gastei seis contos nesse cartão, então...~~

~~Jane e eu esperamos que você esteja bem. Aquele meme sobre Mercúrio retrógrado foi hilário, e ela acabou de ficar brava comigo por escrever isso, merda, mas eu achei que você gostaria~~

A mensagem recomeçava, dessa vez na caligrafia arredondada de Jane.

Oi Elle,

Daniel e eu queríamos te mandar essas flores como um parabéns atrasado por seu acordo com o OTP! Estamos muito felizes por você, maninha.

Em seguida vinha de novo a caligrafia feia de Daniel.

~~Maninha? Que coisa mais pedante.~~

Uma marca de tinta marcava a nova transição.

Lamentamos muito pelo que aconteceu no jantar de Ação de Graças, porém, mais do que isso, lamentamos por não perceber antes como você se sentia. Você é nossa irmã e devíamos ter percebido que você estava triste.

Você sempre foi boa o bastante, Elle. Nós dois sempre ficamos impressionados com o modo como você corre atrás das suas paixões e não deixa a opinião de ninguém te impedir de fazer o que acha certo. Você é uma inspiração, e fico feliz por Ryland e os gêmeos terem você como exemplo quando se trata de sempre seguir seus sonhos e seu coração.

Daniel roubara a caneta mais uma vez.

~~Sentimento legítimo, mas execução cafona, Jane.~~

Elle podia até imaginar Jane ali, com as mãos na cintura, a imitação perfeita da mãe exceto pela contração muscular no cantinho da boca, indicando um sorriso.

A parte seguinte estava um pouco apertada, o espaço para Jane escrever terminando.

Daniel e eu estamos te devendo um jantar para comemorar, só nós três, a não ser que você queira levar Darcy. De quem nós gostamos muito, aliás.

Daniel pareceu querer dar sua opinião.

~~*Com certeza. Fica só entre nós, mas a gente gostou mais dela do que do Marcus, mas não conta pra Lydia. Juro por Deus que se o cara mencionasse a Lamborghini dele mais uma vez eu ia surtar naquela mesa. O carro dele faz 4,5km por litro. Coisa estranha da qual se gabar, mas cada um com a sua loucura.*~~

O cansaço de Jane era visível em sua caligrafia, agora um pouco mais escura, como se estivesse escrevendo com força.

Eu ligo para marcarmos alguma coisa, tá? Por favor, responda!

Te amamos muito,

Jane e Daniel

P.S. Dei uma olhada no meu mapa natal pela internet e, aparentemente, minha lua é em Leão. Isso é bom, né? E você dá desconto pra amigos e família, certo? =)

Ah meu Deus, alguém devia estar cortando cebolas no apartamento ao lado. Elle fungou, riu e deu de ombros quando viu Margot inclinando a cabeça de lado.

— Vai aceitar o convite?

— Em se tratando de pedido de desculpas, esse foi basicamente perfeito. O que meio que me deixa fula da vida, porque é óbvio que Daniel e Jane pediriam desculpas da maneira mais perfeita. — Elle revirou os olhos, mas de brincadeira.

Por mais magoada e irritada que estivesse, ela odiava a tensão, odiava não responder mensagens e não atender ligações, mas também havia chegado ao limite naquele feriado. O fato de Daniel e Jane terem enxergado o que ela estava sentindo tirava um peso das suas costas, aquela validação sendo alívio maior do que ela poderia ter imaginado. Não resolvia tudo, mas era um começo.

Margot a olhou por cima da borda da xícara.

— E sua mãe? Ainda evitando ela?

— Eu não estou evitando a minha mãe — respondeu Elle, segurando uma pétala entre os dedos. — Estou ignorando as ligações dela. É diferente.

Margot franziu a testa.

— Elle…

— Não me venha com esse *Elle*, como se você estivesse decepcionada — retrucou, largando o cartão na bancada. — Todas as mensagens da minha mãe foram *impessoais, como sempre*. Perguntando se o brunch ainda está de pé. Se irei ao próximo jantar em família. É como se o Dia de Ação de Graças nunca tivesse acontecido, e eu não consigo mais. Não dá para continuar agindo como se nada tivesse acontecido. Como se eu não estivesse magoada.

— Vocês precisam conversar, só vocês duas. Foi bom você finalmente ter dito alguma coisa, mas você mal arranhou a superfície do problema, meu bem. Nada foi resolvido de verdade. Não estou dizendo que deve agir como se nada tivesse acontecido e perdoar sua mãe, a não ser que queira, é claro, mas você não pode deixar as ligações dela irem para a caixa postal para sempre. O que vai fazer quando chegar o Natal? Ter mais uma briga em que nada é resolvido? Dar um gelo nela?

Elle deu de ombros.

— Eu não sei. Vou pensar nisso quando chegar a hora.

Margot suspirou e respondeu:

— E não acha que isso é evitar a situação?

Elle não respondeu.

Margot pôs a xícara na pia e continuou:

— Ok, vamos mudar de assunto. Vamos falar sobre seu jantar com Daniel e Jane. Vai levar Darcy?

Elle não sabia. Ela acabara de receber o cartão e não tinha pensado no assunto, não tinha tido *tempo* de pensar no assunto.

— Talvez? Se ela tiver tempo.

O fim de ano já era caótico o suficiente; e ainda tinha o drama de Darcy com a mãe e os estudos para o exame... Elle não queria pressioná-la.

Tinha sido esse o motivo pelo qual ela mordera a língua na noite anterior ao se sentir tentada a vomitar um arco-íris de sentimentos em cima de Darcy. Cuidar de alguém, *amar* alguém não era para ser um segredo, era para ser compartilhado. Era aquela a beleza, o sentido de tudo, só que Elle não conseguia imaginar uma confissão daquela magnitude tendo um bom resultado tão cedo, não quando elas ainda não tinham nem definido o que era aquele relacionamento.

Não que Elle estivesse preocupada. Não *de verdade*. Darcy sabia o que ela estava procurando. Elle havia deixado bem claro naquele primeiro encontro fracassado — será que ainda podia ser chamado de fracassado, se no final havia unido as duas? — que estava em busca *da pessoa certa*. E não tinha a menor dúvida de que Darcy era aquela pessoa.

E ela lhe contara aquilo. Diferente do que Margot pensava, Elle não estava evitando nada. Tudo bem, *talvez* estivesse evitando a mãe, mas não aquilo. Aquilo era bom, ótimo, *incrível.* Ela só não queria que a primeira vez que dissesse a Darcy como se sentia fosse em um momento em que ela estivesse superchateada com a própria mãe, ou estressada por causa de uma prova. Não havia pressa. Não quando não havia mais uma data de vencimento no final do mês pairando sobre elas. Não quando era uma coisa que Elle queria que durasse.

Capítulo dezessete

13 de dezembro

DARCY (16:57): <link>

ELLE (17:02): drops of jupiter, do train?

ELLE (17:02): música incrível

ELLE (17:02): uma das minhas preferidas

DARCY (17:04): Tocou na minha playlist quando eu estava indo pro trabalho hoje

DARCY (17:05): Me fez pensar em você.

ELLE (17:08): vhjgbuinlkgydsyb

ELLE (17:08): mds

ELLE (17:08): você não pode chegar e dizer coisas assim

DARCY (17:15): Como é?

ELLE (17:16): não! é que isso só me faz querer beijar vc e vc não está aqui agora aí não posso

ELLE (17:17): você devia dizer coisas assim sempre

ELLE (17:18): eu gostei

ELLE (17:18): mas tente fazer quando eu puder demonstrar o quanto eu gostei, tá?

DARCY (17:22): Ah.

ELLE (17:24): ~ah~

ELLE (17:29): e aí, vai fazer o q hj à noite?

DARCY (17:32): Grupo de estudos.

ELLE (17:33): eu posso te ajudar a estudar

ELLE (17:34): pergunta um: o q Darcy vai comer hj à noite?

ELLE (17:34): a) Elle b) Elle c) Elle d) Elle

ELLE (17:34): viu?

DARCY (17:36): 😳

ELLE (17:37): leve um caderno para anotações

ELLE (17:37): sou ótima para incentivar

ELLE (17:38): strip teste

ELLE (17:38): cada pergunta que vc acertar eu tiro uma peça de roupa

ELLE (17:39): se deu certo com o billy madison pode dar com vc

DARCY (17:44): Certo. Mas você realmente vai ter que me ajudar a estudar. E precisa me alimentar antes, eu não almocei.

ELLE (17:46): pizza?

ELLE (17:46): abacaxi e pimenta-jalapenho, né?

DARCY (17:48): E azeitonas pretas.

ELLE (17:49): 😫 eca

ELLE (17:50): mas ok

DARCY (17:52): E eu providencio o vinho.

ELLE (17:54): troca difícil, mas combinado

ELLE (17:55): foi um prazer fazer negócios com vc

DARCY (17:59): Ainda não foi, mas será.

ELLE (18:02): 🔥🔥🔥

Por mais que fosse fisiologicamente improvável, o coração de Darcy parou de bater e voltou quando Elle entrou no salão real do Bellevue Hyatt, que Brendon havia reservado para a festa.

Ignorando os trajes tradicionais de Natal em vermelho e verde, Elle estava usando um minivestido prateado que fazia sua pele brilhar, luminescente sob as luzes cintilantes dos candelabros de cristal. Ela aceitou uma taça de champanhe de um garçom e olhou pelo salão. Seus olhares se encontraram e um sorriso alegre iluminou o rosto de Elle. Darcy se forçou a parar de encarar e olhou para as bolhas em sua taça de champanhe, tentando aplacar o movimento igualmente inquieto em sua barriga.

— Oi.

Elle parou na frente de Darcy e estendeu a mão, tocando numa das alças finas que sustentavam o vestido dela. Darcy lutou contra o estremecimento que o gesto provocou, mas perdeu.

— Gostei. Tem um ar meio década de trinta, bem *vamos transar na biblioteca*?

Darcy tossiu para não rir e secou o champanhe da boca com o dorso da mão.

— Não sei nem como interpretar isso, mas obrigada?

Elle balançou a cabeça.

— *Desejo e reparação*? Qual é, foi o filme que me fez entender que se pode ficar chateada e com tesão ao mesmo tempo.

— Fico surpresa por você deixar uma oportunidade tão nobre de aliteração escapar por seus dedos... Triste com tesão. Você já foi melhor nisso, Elle — provocou Darcy, levando sua taça à boca e tomando um gole.

Os dedos de Elle roçaram de leve seus braços, mas ela logo afastou a mão.

— Seu vestido está tirando minha concentração. Tenho orgulho de sequer estar conseguindo enunciar palavras no momento. Ou frases completas. Ops. Fragmentos de frases

— disse, e os cantinhos de seus olhos se enrugaram. — Olha só o que você faz comigo.

Como se Elle também não distraísse Darcy. Ultimamente, a maioria dos sonhos dela, tanto acordada como dormindo, era sobre Elle. Aquilo a aterrorizava e extasiava em medidas iguais.

Sem saber o que dizer, Darcy tomou mais um gole de champanhe.

Elle deu uma voltinha, a luz do teto refletindo no glitter holográfico salpicado na linha que repartia o cabelo, que descia em ondas imperfeitas sobre os ombros.

— Festa chique. Queria dar oi pro seu irmão, mas ainda não o vi.

Darcy deixou a taça sobre uma mesa de aperitivos atrás dela.

— Ele está perto da entrada, fazendo a ronda com minha mãe.

— Sua mãe? — perguntou Elle, mudando o peso de pé, desconfortável. — Eu vou conhecê-la?

Darcy ergueu as sobrancelhas.

— Você *quer*?

Colocando uma das mãos no braço de Darcy, Elle respondeu:

— A não ser que você prefira que eu não conheça.

Darcy olhou para o outro lado da sala, onde Brendon apresentava a mãe para um grupo de colegas de trabalho que pareciam atentos a cada palavra. Darcy girou o anel em volta do dedo do meio.

— Mais tarde. Quer beber mais alguma coisa? Mais champanhe?

Elle a olhou com os olhos enormes, contornados por delineador escuro e esfumado. Havia caído um pouco de glitter do cabelo nas pálpebras, na bochecha, e no queixo.

— Tá bom, me parece uma... — Ela se interrompeu, inclinando a cabeça de lado e fazendo mais glitter cair do cabelo e flutuar ao seu redor. — Essa música — disse, virando o conteúdo da taça e a deixando de lado para puxar Darcy com a outra mão. — Eu amo essa música.

Darcy não dançava a não ser que fosse forçada. Mas o ritmo era lento e tinha um ar meio sonhador, então talvez fosse fácil de acompanhar sem muito esforço. Além disso, Elle parecia empolgada — tanto que Darcy não queria lhe negar aquilo. Então, permitiu que Elle a puxasse até a pista de dança, onde envolveu a cintura de Darcy, os dedos tocando de leve a pele exposta pelo decote baixo das costas do vestido. Darcy estremeceu e se aproximou um pouco mais, colocando as mãos nos ombros de Elle.

— Seu vestido.

Ela engoliu um nó na garganta que não estava ali antes, não até captar uma lufada do perfume de Elle, doce, mas não floral. Baunilha. Elle estava quase sempre com cheiro de biscoitos ou algum tipo de guloseima de dar água na boca. O mesmo cheiro que havia se entranhado nos travesseiros de Darcy, em seus lençóis. Ela pigarreou e tentou mais uma vez.

— Eu estava tentando dizer que gostei. Você está parecendo...

— Uma bola de discoteca? — sugeriu Elle, rindo, sem parar de traçar linhas aleatórias na pele dela.

Darcy arfou levemente quando os dedos de Elle escorregaram por baixo do cetim do vestido.

— Eu ia dizer que você está parecendo a lua.

E as estrelas também, visto que era esse o assunto. Elle parecia estar coberta pelo céu noturno, mergulhada no brilho das estrelas.

Em vez de rir ou revirar os olhos com a atrapalhada falta de eloquência de Darcy, Elle se aproximou mais e apertou sua cintura. Ela umedeceu os lábios e Darcy não conseguiu evitar fazer o mesmo.

— Curiosidade: a lua não produz luz própria de fato. Ela reflete a luz do sol e é isso que a torna tão brilhante à noite. Então, se eu estou parecendo a lua, acho que significa que estou refletindo a luz ao meu redor.

Ela levantou o rosto, olhando para os olhos de Darcy por debaixo dos cílios mais pretos do mundo.

— Isso foi...

Elle baixou o olhar, interrompendo o momento.

— Cafona? Desculpe.

Não. Ou, se foi, Darcy tinha gostado ainda assim. Ela gostava de *Elle* e de todas as suas excentricidades e manias. No último mês e meio, Elle a fizera sorrir mais do que Darcy sorrira ao longo dos dois anos anteriores.

— Não. Eu ia dizer... — Na verdade, ela não sabia. — Interessante. Isso é interessante. Eu não sabia.

— Então quer dizer que te ensinei alguma coisa? — perguntou Elle, subindo um dos dedos pela coluna dela e sorrindo. — Hum. Ponto pra mim.

— Você já me ensinou diversas coisas.

Mais glitter do cabelo de Elle caiu no pulso de Darcy, sardas cor-de-rosa, azul e prata se misturando aos outros sinais que já sarapintavam sua pele. Em vez de se sacudir para soltá-lo, Darcy deixou o glitter ficar onde estava.

Seu rosto ardeu ao notar Elle a encarando, fazendo um biquinho de curiosidade. Por favor, que ela não perguntasse o que Darcy havia aprendido.

— Então agora me ensine *você* alguma coisa — foi o que ela disse. — De preferência algo que não envolva estatísticas sobre mortes em acidentes relacionados ao clima.

Darcy piscou uma vez.

— Foi relevante.

— Foi *mórbido*.

Darcy bufou.

— Vamos lá. — Elle arqueou uma sobrancelha agora também salpicada de glitter.

Darcy não sabia o que dizer. Não porque seus fatos fossem chatos ou pacatos, mas porque olhar para Elle tinha aquele efeito nela. Olhá-la fazia o foco de Darcy se resumir a uma tentativa de descobrir qual era o nome do tom de azul dos olhos dela. Obsessões românticas que a assustavam mais do que qualquer estatística sobre mortes.

Darcy sacudiu a cabeça.

— Humm... Eu não sei, eu...

Seus fatos *não eram* chatos, mas pareciam irrelevantes diante do conhecimento cósmico de Elle, de sua habilidade de expandir o mundinho de Darcy ao reduzir o universo a algo finito — como o fato de que a lua não tinha luz própria —, mas ao mesmo tempo infinito em sua capacidade de tirar seu fôlego. Estar com Elle, perto dela, em sua simples presença, significava se sentir confortável em estar constantemente fora da zona de conforto. Um paradoxo.

Elle deslizou mais os dedos pelas costas do vestido de Darcy, flertando com a pele escondida sob ele, descendo a um ponto quase indecente de tão baixo. Ela estreitou os lábios de um jeito que *doeu* em Darcy.

— Anda. Qualquer coisa.

— Posso contar uma piada.

Ah, pronto. Uma piada? De onde ela tinha tirado aquilo?

Elle assentiu freneticamente, cambaleando um pouco, errando o ritmo da música.

— Por favor.

— Não é engraçada, não *mesmo*. Não crie expectativas. É...

Darcy suspirou. Baseada na animação no rosto de Elle, Darcy se comprometera e agora precisava cumprir.

— No nosso... no nosso primeiro encontro, você me disse que não sabia bem o que um atuário fazia.

Agora também havia glitter nos cílios de Elle, fazendo brilhar cada piscada que ela dava.

— Eu me lembro.

Aí vai.

— O que eu devia ter dito era que um atuário é a pessoa que espera que todas as outras estejam mortas na hora certa.

Elle pestanejou até entender. Então abaixou a cabeça e riu alto pelo nariz, cambaleando, agora para cima de Darcy.

— Santo Deus.

— Tosco, né?

O peito de Darcy foi invadido por uma onda de calor, o embrulho no estômago se afrouxando. Elle poderia ter revirado os olhos ou ter continuado sacudindo a cabeça, confusa, mas ela riu. Foi um som verdadeiro. Real.

Elle pôs a mão no ombro de Darcy e suspirou. Cada expiração esquentava seu pescoço e lhe causava um arrepio nas costas.

— Isso foi pior que uma piada. Não me leve a mal, eu adorei. Mas uau.

— Foi você quem pediu.

Elle levantou a cabeça, apertando mais forte a cintura de Darcy e continuando a dançar com a melodia lenta.

— Acho que foi, né? E, falando em pedir, o que você quer de Natal?

— Não precisa me dar nada. Você já me deu a árvore, o que foi perfeito.

Ela estimaria aquele toco feio com enfeites desencontrados para sempre. Iria mantê-la bem guardada, começaria uma nova tradição, como Elle dissera.

— Não foi isso que eu perguntei.

— Eu já tenho tudo o que quero.

Quando Elle olhou para ela, o tempo parou, seus olhos brandos e afetuosos brilhando sob a luz de inúmeros lustres. Darcy não sabia se foi ela quem se inclinou ou se foi Elle que encurtou a distância entre as duas, talvez ambas as coisas. Elle roçou os lábios sobre os dela num quase beijo que a fez suspirar e chegar mais perto, derretendo-se. Quando a ponta da língua de Elle surgiu por entre seus lábios, umedecendo-os, Darcy enroscou os dedinhos do pé dentro do sapato de salto alto e sentiu o estômago dando um salto mortal estabanado. Mergulhou as mãos nas ondas do cabelo da loira para puxá-la para mais perto, mantendo-a ali.

Elle recuou um pouco, seu hálito cheirando a champanhe soprando de leve contra os lábios volumosos de Darcy. O glitter do cabelo, do rosto dela, havia voado para os cílios de Darcy e, quando ela piscou, sua visão tornou-se fractal, explodindo num show de luzes cintilantes. Como quando elas haviam se deitado sob a árvore de Natal e ela apertara os olhos para o pisca-pisca, fazendo tudo reluzir.

Agora era o rosto de Elle que reluzia diante dela, iluminado, e Darcy sentiu o peito se enchendo de alguma coisa, uma emoção formigando e crescendo, grande demais para ser contida, muito menos escondida. Darcy olhou para o próprio peito quase esperando ver alguma coisa nele, visível sob a superfície, tentando sair com as próprias garras.

Segurou Elle pela nuca e deixou o polegar descer, alisando a lateral de seu pescoço.

— Estou feliz por você estar aqui.

— Obrigada por me convidar. De verdade — foi a resposta sussurrada.

Mas não tinha sido isso que Darcy dissera, e sim que estava feliz por Elle estar na sua vida, por seus caminhos terem se cruzado, se entrelaçado, mesmo que no começo tivesse parecido a pior coisa que já lhe havia acontecido. Elle revelara ser a *melhor* coisa que poderia ter acontecido, algo muito além das expectativas mais improváveis de Darcy.

— Elle!

Distraída, Darcy nem percebera que tinham dançado até a lateral da pista.

Elle olhou para trás dela e abriu um sorriso largo.

— Oi, Brendon. Que festa incrível.

Darcy tirou as mãos do pescoço de Elle e recuou um passo, imediatamente sentindo falta daqueles braços. Ela se virou para olhar para Brendon e — lá estava sua mãe, parada ao lado dele, os lábios apertados num sorriso cortês.

Certo.

— Mãe, esta é Elle. Elle, esta é minha mãe, Gillian.

— Claro. Você é a… astróloga? — perguntou a mãe, inclinando a cabeça.

— Eu mesma, prazer em conhecê-la — Elle ofereceu-lhe a mão e corou um pouco quando a luz bateu em sua pele. — Desculpe, esse glitter idiota não fica onde tem que ficar. Acho que usar a versão normal vendida em papelaria em vez de torrar uma grana no tipo próprio para cabelos dá nisso. Eu pensei, ah, glitter é tudo igual, certo? Errado.

Elle fechou a boca e deu uma risadinha, soltando o ar pelas narinas.

Gillian fez um *hmm* e aceitou o aperto de mão.

— Bom, é um prazer conhecer você, Elle. Eu gostaria de dizer que Darcy me contou muito a seu respeito, mas infelizmente minha filha foi bem discreta. Foi meu filho quem me atualizou de tudo.

Lá vinha.

Ao seu lado, Elle se mexeu e Darcy pôde *sentir* o peso em seu olhar. Darcy contraiu a mandíbula.

Brendon tossiu.

— Se importam se eu interromper? Sei que é uma festa e tudo mais, mas tem uma coisa com o aplicativo que estou louco para te perguntar, Elle.

— Claro.

Elle seguiu Brendon e olhou para trás, para Darcy, com um sorriso amarelo.

Darcy tentou retribuir, mas falhou miseravelmente, seu sorriso saindo todo errado porque a mãe a estava observando, os olhos queimando-a de curiosidade.

— Acho que preciso de mais um drinque. E você, filha?

Darcy suspirou e seguiu a mãe pela pista até onde um dos garçons — vestido de elfo, como era típico de Brendon — equilibrava uma bandeja cheia de taças de champanhe.

Pegando duas, Gillian passou uma a Darcy e brindou. Ela bebeu metade de um só gole.

— Você e Elle pareciam à vontade lá atrás.

Darcy cruzou os braços.

— Acho que sim.

— Devo admitir que me pareceu bem mais sério do que a impressão que você deu semana passada.

Darcy fechou os olhos.

— Estávamos dançando, mãe. É uma festa, tem música tocando. O que você esperava?

— Eu não *esperava* nada. — Quando Darcy reabriu os olhos, a mãe franziu a testa. — Não sei por que você encasquetou com essa ideia de que eu não estou do seu lado, Darcy. Não sou sua inimiga, meu bem, só estou confusa. Brendon me diz uma coisa, você diz outra e o que eu vejo é... bom, é difícil para mim saber no que acreditar.

— É claro que você está confusa — sussurrou Darcy. — Você está bêbada.

Gillian pareceu ofendida.

— Não estou, não.

Bêbada ou não, sua mãe não tinha que entender nada.

— Eu já expliquei, é complicado.

— Complicado — repetiu ela, com um biquinho. — Lá vem essa palavra de novo. Estou preocupada com você.

— Você? Preocupada comigo? Essa é nova.

— Foi você quem deixou claro que ao longo dos anos não me comportei muito como mãe. Me perdoe por estar fazendo o que posso para tentar compensar isso agora.

Era um pouco tarde demais. A vida de Darcy era um problema *dela*, não da mãe para dissecar e dar conselhos indesejáveis.

— Darcy. — Gillian pôs a mão no braço cruzado dela. — Estou tentando não ser difícil. Elle parece ser… um doce. Mas precisa admitir que ela parece mais o tipo do seu irmão, não?

— O que, em nome de Deus, você quer dizer com *isso*? — perguntou Darcy, que não queria ter mordido a isca, mas aquilo era absurdo.

A mãe fez um gesto de desdém.

— Uma astróloga?

— Como se todo verão você não passasse duas semanas num retiro espiritual em Ojai se drogando até não saber mais quem é.

A mãe revirou os olhos.

— Eu não quis dizer nada demais, só estou surpresa. Ela não parece seu tipo, só isso.

Darcy balançou a cabeça.

— Não sei por que isso é relevante. Na semana passada você estava me dizendo que eu tinha que me divertir mais.

— Aquilo foi quando eu achava que se tratava só disso — falou Gillian, bebendo o resto do champanhe. — Aí vem Brendon me dizendo que você é louca por Elle e você me dizendo que é complicado. Ela parece meio avoada, só isso.

Darcy bufou com desdém.

— Que elogio, vindo de você.

A mãe recuou, ofendida, como se Darcy a tivesse estapeado.

— Eu sei que não estive sempre presente, mas estou tentando.

— Você não sabe de nada, mãe. E com certeza não sabe nada sobre ela.

— E você sabe? Há quanto tempo a conhece? Você achava que conhecia Natasha, não?

Darcy cruzou os braços com mais força, cutucando as costelas com os punhos cerrados.

— Eu conheço Elle.

— Meu Deus, eu…

A mãe pegou mais uma taça de champanhe e tomou um gole rápido.

— O que, mãe? Fala logo e pronto.

A mãe sacudiu a cabeça de leve e olhou para o outro lado da pista de dança, antes de finalmente virar o rosto e cravar um olhar desnorteado em Darcy.

— Se eu não te conhecesse tão bem, diria até que você está apaixonada.

Capítulo dezoito

— Você realmente gostou do acréscimo no recurso de chat?

Brendon assentiu com entusiasmo, puxando Elle pela pista de dança.

— É brilhante. De verdade. Vai exigir um pouco mais dos engenheiros, mas as vantagens são inegáveis. Encorajar os usuários a continuar no chat do aplicativo pelo máximo de tempo possível… *Elle*. As projeções mostraram ganhos… — Brendon deu um sorriso largo e encantador de menino. — Astronômicos. A análise de custo-benefício fala por si só.

— Que ótimo, Brendon. Imagino que já tenha contado para sua nova melhor amiga? Ando me sentindo deixada de lado.

— Para com isso. Você está toda grudada na minha irmã. Não aja como se tivéssemos te deixado na mão. — Ele levantou as mãos, encorajando-a a dar uma rodadinha. Ela riu e aceitou. — Mas sim, eu já contei. Margot me disse que a ideia tinha sido sua.

— Foi trabalho nosso — disse ela, esticando o pescoço para olhar por cima do ombro dele. — Você a viu por aí, aliás? Margot? Nós viemos juntas e ela desapareceu.

Elle estava louca para saber o que Margot diria sobre sua estranha apresentação à mãe de Darcy.

Brendon franziu o nariz e uma coisa doce e delicada doeu dentro do peito de Elle. Nada de desagradável, e sim uma coisa *plena*. A irmã dele franzia o nariz igualzinho.

Ele deu uma olhada rápida pelo salão.

— Acho que a vi conversando com o pessoal de design de produto antes de eu ir falar com vocês.

— Depois eu vou atrás dela.

Elle tropeçou e sorriu de agradecimento quando Brendon amparou a queda.

Por um instante, os dois dançaram com a música, o silêncio entre eles confortável, camarada.

Brendon pigarreou.

— Sobre aquilo com minha mãe.

— É. O que aconteceu ali?

Brendon fechou os olhos, mas não por muito tempo, visto que era ele quem estava conduzindo a dança.

— Não é... nada com que se preocupar. Não leve para o lado pessoal.

Claro, porque aquilo era superfácil. Elle *nunca* fazia aquilo.

— Eu sei, falar é fácil, né? — perguntou ele, tirando as palavras de sua boca. — Mas não se deixe afetar. Darcy sabe bem o que ela sente, é sério. Ela é louca por você, sabe disso, né?

— Você acha?

Brendon a olhou como se ela estivesse maluca.

— Elle. Qual é.

Elle mordeu o cantinho do lábio.

— É sério. Darcy não é muito de mostrar o jogo, mas só um cego não vê como ela olha para você — continuou ele.

Elle só sabia o que *ela* sentia quando Darcy a olhava. Como aquilo fazia seu estômago dar cambalhotas com uma intensidade que a deixava sem ar, fazia sentir um calor da cabeça aos pés, virava-a do avesso.

— Como é que ela olha para mim? — perguntou, mais por curiosidade do que outra coisa. — Me conta.

— Darcy olha para você como se… — Brendon parou e franziu as sobrancelhas. Ele abriu um sorriso, suas covinhas aparentes. — Ela te olha como se você fosse a pessoa mais incrível do mundo.

Se aquela não era a coisa mais fantástica, linda e brega que Elle já ouvira, ela não sabia o que poderia ser. Com as bochechas doendo do sorriso reluzente que ela não tinha a menor esperança de conter, Elle baixou o queixo.

— Você acha?

Brendon riu e, quando Elle levantou a cabeça de volta, ele estava vendo alguma coisa atrás dela com um olhar distante.

— Eu seria capaz de matar para alguém me olhar daquele jeito, sabe?

Brendon havia feito da sua missão de vida ajudar as pessoas a encontrarem seus felizes-para-sempre, mas também merecia o próprio final feliz. Se aquilo podia acontecer a Elle, certamente poderia acontecer a ele. *Deveria* acontecer a ele.

— Ah, Brendon. A garota dos seus sonhos está por aí em algum lugar — disse Elle, dando uma cotovelada de leve no braço dele. — E ela com certeza nem imagina que você também está por aí, um partidão, só esperando que ela caia em seus braços.

Brendon deu uma gargalhada.

— Eu vou acreditar na sua palavra. Embora esteja começando a temer que ela more do outro lado do mundo ou coisa assim. Ou pelo menos do outro lado do país.

— Isso é fácil de resolver. É só fazer as malas e pegar o carro.

— Eu procuraria em todas as cidades se tivesse que… — Alguma coisa atrás dela chamou a atenção de Brendon novamente, e ele arregalou os olhos. — Droga. Um dos nossos investidores acabou de entrar. Se importa se eu…?

Ela recuou, dispensando-o com um sorriso.

— Vai. É melhor eu procurar sua irmã.

Brendon pareceu agradecido.

— Acho que a vi conversando com minha mãe perto da fonte de chocolate.

E, sendo assim, foi para a fonte de chocolate que Elle se dirigiu, porque *nada* com um nome daqueles tinha como parecer uma má ideia. Se Darcy não estivesse mais lá, ainda haveria chocolate. Só vitórias.

Darcy realmente estava com sua mãe ao lado da máquina de fondue. Elle puxou a barra do vestido e se aproximou. Assim que estava perto o bastante para demonstrar sua presença, um grupo de três mulheres, cuja estatura de girafa ficara ainda mais exagerada pelos saltos agulha, parou na frente dela, impedindo sua passagem. Elle tentou dar a volta, resolvendo chegar a Darcy e à mãe por trás.

— Aquilo foi quando eu achava que se tratava só disso — disse a mãe de Darcy. Ela terminou a taça de champanhe e a deixou de lado, perdendo um pouco o equilíbrio, mas então continuou: — Aí vem Brendon me dizendo que você é louca por Elle e você me dizendo que é complicado. Ela parece meio avoada, só isso.

Darcy bufou com desdém.

— Que elogio, vindo de você.

— Eu sei que não estive sempre presente, mas estou tentando.

— Você não sabe de nada, mãe. E com certeza não sabe nada sobre ela.

— E você sabe? Há quanto tempo a conhece? Você achava que conhecia Natasha, não?

Darcy curvou os ombros para a frente.

— Eu conheço Elle.

— Meu Deus, eu…

A mãe de Darcy pegou mais uma taça de champanhe e tomou um gole rápido.

— O que, mãe? Fala logo e pronto.

— Se eu não te conhecesse tão bem, diria até que você está apaixonada.

O coração de Elle parou de bater. Era errado estar ouvindo escondido, mas ela era fraca.

Darcy deu mais uma bufada de desdém.

— Você está bêbada.

— Eu já disse que não estou — retrucou Gillian, se desequilibrando. — Não muito.

— Você está sendo ridícula.

— Quer dizer então que não está apaixonada por ela? — insistiu a mãe.

O arrependimento correu pelas veias de Elle como um veneno. Ela devia ter se afastado. Não devia ficar ali, escutando. Não queria ouvir mais nada, mas também não conseguia sair do lugar. Seus pés, ancorados ao chão como blocos de cimento, não se mexiam.

— Estamos saindo há um mês e meio, se é que podemos chamar de "sair" — respondeu Darcy, sacudindo a cabeça. — Só estou me divertindo. É claro que não estou apaixonada por ela. Não… não seja absurda.

Elle pôs a mão na barriga como se aquele gesto pudesse mantê-la inteira.

Só me divertindo.

Darcy não a amava.

Não.

Porque aquilo seria… Aquilo seria *absurdo.*

Merda. Elle sentiu os olhos arderem. Mas não choraria, ela se recusava. Precisava de ar, de um momento sozinha, um tempo para processar, para virar seu mundo de volta de cabeça para cima e consertar aquela dissonância de acreditar em uma coisa, senti-la lá no fundo, senti-la até os ossos, só para depois ouvir que não era verdade.

Elle havia começado a recuar, seus passos hesitando, quando Darcy se virou. Seus olhares se encontraram, e o peito de Elle ficou apertado, engolindo seu coração, apertando-o até ela não conseguir mais respirar.

Um vislumbre de alguma coisa que Elle não sabia definir passou pelos olhos caramelados de Darcy. Entendimento? Arrependimento? Medo? Pena?

— Elle…

— Achei você! — A entonação daquela frase e a risada de Elle soaram falsas até mesmo para ela. Falsas, forçadas e superficiais, uma fachada fina como papel para encobrir o que ela estava sentindo. — Eu só queria avisar que vou tomar um pouco de ar e já volto.

E então ela deu meia-volta, antes que fizesse algo terrível como cair no choro bem diante da mãe de Darcy. A ideia fez Elle ter vontade de se encolher até sumir, então continuou andando, caminhando rumo à porta de saída do salão, mesmo ao ouvir Darcy chamar seu nome.

Capítulo dezenove

Os pulmões de Darcy ardiam conforme ela acelerava o passo, um dos saltos ficando preso numa rachadura em frente ao hotel. Felizmente, Elle parou no meio da calçada. Darcy não tinha preparo para correr com aqueles sapatos.

Sua respiração se cristalizou no ar, virando fumaça diante do rosto.

— Elle, está frio aqui fora.

O eufemismo do século. Estava *congelando*, o tipo de frio que dava câimbras e fazia os ossos doerem. Darcy abraçou o próprio tronco e sentiu a pele arrepiada, esperando que Elle dissesse alguma coisa.

— Eu estou bem — balbuciou, ainda de costas para Darcy.

A luz de um poste na rua refletiu no glitter que caíra pelos ombros, braços e costas dela. A visão de Darcy ficou caleidoscópica outra vez, todo aquele glitter parecendo diamantes triturados pelo corpo de Elle. Pó de estrelas.

Quando Darcy tentou falar, seus dentes batiam de frio.

— Se vai ficar aqui fora, pelo menos… pelo menos pegue seu casaco ou algo assim. Está…

— Eu já falei que estou bem.

Ao interrompê-la, a voz de Elle soou hesitante, transformando as palavras em algo cortante que atravessou o peito de Darcy.

Darcy deu um passo para a frente, os joelhos batendo de tanto tremer.

— Você não… você não parece bem.

Ela parecia tudo, menos bem. O que raios tinha acontecido? Tudo estava maravilhoso, *perfeito* e, sua mãe tinha sido ríspida, é claro, mas não tinha sido algo tão extremo. Certamente não era algo pelo qual valia a pena sair correndo da festa e ficar ali no frio sem casaco. Mas Darcy tinha ido atrás dela. Porque ir havia sido instintivo, algo em que ela nem havia parado pra pensar. Elle parecera triste, seu sorriso forçado, e depois saíra correndo, e Darcy já estava na metade do salão quando se deu conta de que não havia dito mais nada para a mãe. Ela apenas havia abandonado a conversa, aquela conversa idiota e inútil, no meio e fora correndo atrás de Elle até a calçada.

O céu estava escuro e não se via uma estrela sequer, nem a lua. Elle era, de longe, a coisa mais brilhante que Darcy avistava, mais brilhante que a luz dos postes e das lâmpadas, um farol na escuridão.

Elle encurvou os ombros, a silhueta de sua coluna uma visão sedutora. Mantendo um dos braços ainda em volta do corpo, Darcy estendeu o outro para acariciar as costas dela, para descer os dedos por aquele arco até onde a pele era interrompida pelo tecido brilhante. Mas Elle se virou antes que Darcy pudesse tocá-la, e a fez se sentir tão vulnerável que ela recuou o braço como se tivesse se queimado.

Nada no rosto de Elle parecia *bem*. Ela estava franzindo a testa e estreitando os olhos marejados. Havia passado a língua pelo gloss que antes cobria seus lábios, os mordera até que ficassem vermelhos e o vento frio estava os deixando ainda mais ressecados, evidenciando seu biquinho.

Elle deu de ombros e cruzou os braços.

— Eu...

Uma das alças de seu vestido escorregou pelo ombro e ela a pôs de volta no lugar sem prestar atenção, fungando baixinho. Se era porque estava frio ou por causa de outra coisa, Darcy não sabia. Então, Elle enfim pigarreou e levantou o queixo. A expressão nos olhos azuis fez com que Darcy não conseguisse sair de onde estava.

— Eu ouvi. O que você disse para sua mãe. Eu ouvi sem querer.

O que ela dissera para sua mãe... O coração de Darcy palpitava.

— Qual parte?

Elle bufou baixinho e se abraçou mais forte, os cotovelos para dentro, tornando a curvatura dos ombros e o contorno das saboneteiras mais salientes, mais visíveis.

— Tudo?

Tudo... certo. Era por isso que Elle *não* estava bem. Por isso ela saíra correndo e agora estava ali, no frio. Ela havia escutado alguma coisa da qual não tinha gostado.

Para Darcy, nenhuma parte daquela conversa havia caído bem. Nem a intromissão da mãe, nem o fato Gillian ter diminuído Elle, nem suas suposições e com certeza não a parte em que ela tentara forçar Darcy a admitir o que estava sentindo. Como se aquilo fosse direito dela. Como se Darcy precisasse daquilo. Gillian não tinha a menor ideia do que a filha precisava.

Darcy aumentou a força com que cruzava os braços e olhou pela calçada. Vazia. Ninguém era louco o bastante para estar ali fora num frio daquele. Ninguém exceto elas duas.

— Ok.

Darcy virou o rosto de volta para Elle.

Elle sacudiu a cabeça, pestanejando, as luzes refletindo no glitter.

— Ok? Isso é... — Elle expirou, tremendo.

— Vamos... vamos voltar para dentro.

Darcy gesticulou para trás. O hotel estava mais quente, e ela queria voltar tão desesperadamente quanto queria *não* ter aquela conversa. Queria voltar na noite como um todo, voltar para a pista de dança, para quando tudo estava muito menos confuso e suas ideias bem menos embaralhadas. O medo do que ela estava sentindo ainda estaria lá, mas não tão sufocante como naquele momento, em que as coisas pesavam com uma intensidade que dificultava até tarefas simples como ficar em pé ali, agindo como se estivesse bem. Esse medo estivera ali, à espreita, mas, se Darcy continuasse apenas olhando para Elle, se olhasse para a frente — só não *muito* à frente — tudo ficaria bem.

Elle tremeu um pouco o queixo antes de contrair a mandíbula e levantar a cabeça, encarando Darcy, o azul de seus olhos escuro e espelhado, como um lago no meio da noite.

— É isso? Eu digo que escutei a conversa e você não tem nada... nada a dizer?

Darcy mordeu o lábio.

— O que você quer que eu diga?

Elle continuou olhando-a por um segundo, dois, três, e o coração de Darcy começou a acelerar. O ar ao redor das duas crepitava, frio, elétrico e calmo. Elle mexeu o queixo outra vez, quase um tremor.

— *Alguma coisa*. Eu quero que você diga *alguma coisa* — disse, umedecendo os lábios. — Isso… O que isso significa para você? — sussurrou.

Darcy sentiu o coração e a garganta apertando.

Ela dissera à mãe que estava se divertindo com Elle, o que era verdade, mas havia muito mais. Era divertido, assustador e maior do que qualquer coisa que Darcy sentira em muito, muito tempo.

— É… é complicado — admitiu ela, sentindo que aquele *era* o adjetivo certo, o único que poderia fazer justiça ao seu atoleiro de sensações.

Elle ficou boquiaberta, deixando escapar um leve suspiro antes de rir, um riso baixo e seco, sem um pingo de humor.

— Bem… Você poderia *descomplicar* para mim?

Se fosse tão fácil…

— Não é tão simples assim, Elle.

Elle a encarou, estreitando os olhos e apertando os lábios, dando de ombros em seguida.

— Não é? Não deveria ser? Para mim é.

A garganta de Darcy queimava.

— Você não entenderia…

— Por que não? — perguntou Elle, olhando feio. — Posso ser *avoada*, mas não sou burra, Darcy.

Darcy se abraçou mais forte, até suas costelas doerem.

— Eu nunca disse que você era. Eu nunca te chamei de avoada.

— Mas sua mãe chamou.

Elle contraiu mais a mandíbula e olhou para baixo, onde havia uma rachadura na calçada espalhando-se como veias até o meio-fio.

O peito de Darcy ficou gelado.

— Eu não sou minha mãe.

Elle não respondeu e, por mais que Darcy não quisesse estar tendo aquela conversa, havia uma coisa desconfortável naquele silêncio, algo alarmante no quanto o corpo de Elle estava imóvel, algo em sua postura. Elle era uma força da natureza, sempre em movimento. Sempre se mexendo, vibrando. Estar imóvel daquele jeito não era do feitio dela, não era normal. Não era confortável como alguns outros silêncios que já tinham acontecido entre as duas. Aqueles continham respiros nos espaços entre as palavras. Já o do momento era um silêncio de privação, uma asfixia devido à triste ausência da voz de Elle, da sua risada, do som que ela fazia quando suspirava com doçura e de como ela estava simplesmente *lá*. Palpável.

A distância entre elas agora parecia enorme, e Darcy não tinha a menor ideia de como atravessá-la. Se é que podia.

Com mais um tremor de queixo quase imperceptível, Elle franziu a testa.

— Não estou pedindo um… um pedido de casamento, Darcy.

A bile subiu por seu esôfago, o coração tropeçando, se debatendo, falhando.

— Não estou pedindo que você me prometa a eternidade — continuou Elle, fungando com força. — Fazem apenas algumas semanas, mas eu só consigo pensar em você, só quero que você saiba disso. A gente era de mentira e agora não somos mais, mas o que nós somos? O que eu sou? Sua namorada? Isso… Como você se *sente*?

Como se fosse vomitar.

Tirando aquele momento, nunca tinha se sentido *daquele jeito*, não tão cedo, não tão rápido, não tão profundamente, não tanto, nada nem perto. Por ninguém, nem Natasha. E, como a mãe dissera, Darcy estivera pronta para passar o resto da vida com Natasha, havia a amado e, como resultado, terminara *despedaçada* ao flagrar essa mesma Natasha na cama com uma amiga em comum *delas*. Aquela experiência havia partido seu coração em um milhão de pedacinhos, tomara dela quase dois anos de vida e a fizera se mudar para o outro lado do país para se remendar e, ainda assim, até pouco tempo, ela às vezes se perguntava se havia sido um bom remendo.

Darcy ainda se questionava se ela era mais parecida com a mãe do que queria crer.

O que ela sentia por Elle era grandioso e fazia o que havia sentido por Natasha parecer trivial. Havia amado Natasha, mas nunca se esquecia de respirar quando Natasha a olhava nem se lembrava de volta quando ela sorria. Darcy nunca perdera a cabeça apenas com o som das risadas de Natasha. Nunca ficara olhando fixamente para o celular esperando que Natasha mandasse um mensagem. Nunca contara os minutos para vê-la de novo. Nunca se sentira tão impotente e ao mesmo tempo tão poderosa quando elas se beijavam, como se estivesse com o magnífico e frágil universo inteiro nas mãos quando elas se tocavam. O que ela sentia por Natasha era... estável. Estável e seguro, com ambos os pés plantados com firmeza no chão, em todos os momentos. Um tipo de amor confortável. Sensato.

Natasha equivalia à segurança, e ainda assim ela havia magoado Darcy profundamente.

Se ela sentia isso tudo por Elle, com tamanha intensidade, uma intensidade assustadora, era provável que, com mais tempo, seus sentimentos continuassem a se fortalecer. Como uma daquelas estrelas sobre as quais Elle havia contado, as que ficavam cada vez maiores, que brilhavam e se aqueciam de forma cada vez mais intensa até que um dia, inevitavelmente, explodissem, engolindo a luz de todas as outras estrelas ao redor. Como uma supernova, o coração partido decorrente daquilo obscureceria a lembrança de todos os outros momentos de coração partido, fazendo com que não fossem nada em comparação.

Era inevitável: as faíscas ou se apagam ou pegam fogo e queimam você. Tinha acontecido com sua mãe depois de vinte e cinco anos, e acontecera com Darcy também.

Nenhum lugar na Terra poderia ser longe o bastante para fugir daquele tipo de dor, para recomeçar. Não enquanto houvesse estrelas e uma lua no céu. Darcy olharia para o mesmo céu que Elle todas as noites e nenhuma distância do mundo seria o suficiente para fazê-la esquecer de como era ver a lua iluminando o rosto dela. De como aquilo a fazia sentir que tudo era possível.

Darcy cruzou os braços com mais força, sentindo-se dormente, não só por causa do frio. Precisava responder alguma coisa.

— Eu não sei. Tenho a prova de certificação e...

— Faltam algumas semanas. E depois?

Depois. No mês seguinte e no próximo — planos de longo prazo. Um dia ela se veria tão envolvida por Elle que, quando o inevitável chegasse, não existiria mais possibilidade de um término tranquilo. Quando ela perdesse Elle, perderia parte de si também. Uma coisa que ela havia jurado nunca fazer.

— Eu não *sei*, Elle. Eu não... eu não planejei nada disso, eu não estava *procurando* isso. Eu não *queria* isso.

A expressão de Elle azedou. Seu queixo estremeceu antes de ela jogar os ombros para trás e endireitar um pouco as costas.

— Lamento estragar seus planos perfeitos por ter sentimentos.

Ao que tudo indicava, Darcy ainda não estava dormente o bastante, porque aquelas palavras arderam como um corte de papel, não de forma profunda, mas inesperada. Uma emboscada cortante que arranhava a superfície da pele, provando como era fácil para Elle magoá-la sem o menor esforço. Darcy não era um robô, não era desprovida de sentimentos como Elle fazia parecer. Ela sentia… *Nossa*, como ela sentia, e às vezes desejava não sentir. Às vezes, desejava poder desligar tudo aquilo, porque sentia até *demais*.

Darcy engoliu em seco e observou a respiração sair numa fumaça, cobrindo seu rosto.

— Isso não é justo.

Elle fechou os olhos, cravou os dentes da frente no lábio inferior e as unhas nos antebraços. Então, fungou alto e reabriu os olhos, vidrados e úmidos, os cílios cobertos de umidade.

Para Darcy, foi como uma facada no peito. Havia colocado aquela expressão no rosto de Elle e não era o que ela queria. Nada daquilo estava saindo como queria.

— Não é justo?

Uma risada fraca escapou de Elle e uma lágrima solitária escorreu do canto de um de seus olhos, descendo pela bochecha, levando glitter junto. Um rastro de lágrima holográfica.

— O que não foi justo foi você me fazer acreditar. Por um minuto, eu realmente tive esperanças — disse Elle, engolindo em seco, e sua voz falhou antes de completar — de que poderíamos ter algo de verdade.

Atrás das duas, alguém abriu a porta do hotel, os acordes delicados da versão de Bing Crosby para "White Christmas" se derramando pela calçada. De todas as músicas idiotas que poderiam estar tocando.

— Elle…

Elle sacudiu a cabeça e esfregou a mão nos olhos, limpando as lágrimas e espalhando mais glitter pelo rosto.

— Não. Quer saber? Eu posso ser sonhadora e meio confusa às vezes, e talvez eu tenha, sim, o coração muito aberto — ela respirava com dificuldade pela boca, arfando de leve. — Mas pelo menos eu tenho um coração, Darcy.

Qualquer resquício de calor que ainda havia no corpo de Darcy se apagou, e seu mundo parou de rodar, o tempo ficando mais lento, a ponto de engatinhar. Seu coração não *parecia* estar se partindo, ele *estava* se partindo. Darcy havia calculado mal: ela não estava *se apaixonando*, ela já *tinha se apaixonado*. Levou a mão ao peito como se, ao fazê-lo, pudesse evitar que seu coração se esmigalhasse por completo, mas o estrago já estava feito. Tarde demais.

— Opa, opa.

Darcy se virou, queixo trêmulo e nariz escorrendo, apertando o corpo com os braços com tanta força que mal conseguia respirar. Não perderia o controle. Não naquele momento, não ainda. Não na frente de Elle e nem na frente de Brendon, que havia acabado de sair do hotel, desacelerando os passos à medida que se aproximava.

Ele olhou para Darcy e Elle, os olhos apertados, então parou-os em Elle.

— Elle, isso não é…

Um gritinho frustrado escapou dos lábios de Elle, que balançou a cabeça e recuou, fugindo.

— Sem ofensas, Brendon — disse com dificuldade, com os olhos marejados e embotados, sem nem vestígio daquele brilho que Darcy tanto amava —, mas você não faz a menor *ideia* do que isso é.

Elle começou a dar meia-volta e, naquele segundo antes de ela dar as costas, os olhares das duas se encontraram. Uma faísca tremeluziu no peito de Darcy, um eco de calor, do que foi, do que poderia ter sido. *Se ao menos.*

E então ela se foi, virando e descendo a calçada impossivelmente rápido, ou assim parecia, porque a visão de Darcy estava borrada e, toda vez que piscava, capturava um novo retrato de Elle se afastando, a distância entre as duas aumentando cada vez mais.

Brendon pôs uma das mãos no ombro dela, sussurrando:

— Darce, vamos voltar, você está…

— Ela tem razão.

O ar estava muito frio, maltratando sua garganta arranhada e fazendo o nariz arder, mas nada doía tanto quanto seu coração. Lascado e fraturado, cada inspiração causando a sensação de estilhaços e fragmentos cortantes apontados para seu peito como se fossem punhais. Darcy mal conseguia respirar, era demais para suportar. Ela não queria sentir aquela dor, não queria sentir.

— Você… você não faz *ideia*, Brendon.

— Vai ficar tudo bem — disse ele, soando tão sincero que o pouco que restara da determinação nela ruiu bem ali.

Dobrando o corpo, Darcy se encolheu e soluçou alto, assustando a si mesma e ao irmão.

— Não vai não. Não vai. Isso era… *Porra*, Brendon, era de *mentira*.

Brendon parecia confuso.

— O quê? Darcy…

— Elle e eu, no começo, era tudo de mentira.

Depois que começou, Darcy não conseguiu mais parar. As palavras jorravam de sua boca e as lágrimas salgadas escorriam da ponta do nariz, a visão sendo obscurecida até Brendon não passar de um borrão alto ao seu lado.

— Não era real. Era só para você largar do meu pé e parar de me arranjar encontros, porque eu não queria me apaixonar, Brendon. Eu não queria me apaixonar por *isso*... por esse motivo.

Darcy fechou os olhos com força e estremeceu violentamente, braços e pernas gelados, mais do que ela achava ser possível. Estavam em Seattle, pelo amor de Deus, por que estava com *tanto* frio?

Brendon a abraçou e a puxou para perto, até a irmã apoiar a cabeça no peito dele. A gravata-borboleta dele espetou sua têmpora, mas ela não ligou. Ela levantou as mãos e puxou a camisa dele.

— Isso não parece de mentira — sussurrou ele, acariciando o cabelo dela com uma das mãos.

Engasgada demais para responder, Darcy soluçou e mergulhou mais fundo no ombro do irmão.

Alguma coisa gelada e molhada caiu nas suas costas nuas, várias vezes, até Darcy levantar a cabeça e jogá-la para trás, olhando feio para o céu escuro como breu.

Flocos de neve delicados e generosos caíam do céu, dançando com o vento e pousando nos braços de Darcy, nas costas expostas, irritando a pele desprotegida com pequenas alfinetadas. Ela fechou os olhos e deitou a cabeça de volta no peito de Brendon, mordendo o lábio para abafar mais um soluço.

Maldita neve.

Capítulo vinte

A porta da frente bateu na parede, seguida pelo som de uma série de baques pesados. Os xingamentos criativos de Margot cadenciavam a confusão, interrompendo ainda mais Pat Benatar, que cantava para Elle como o amor era um campo de batalha e que ela era forte.

— Filho da puta idiota de merda — gritou Margot. — Ben pode ir se foder. E o Jerry pode ir junto. Chunky Monkey meu ovo. Jesus Cristo amado, isso *doeu*. — Uma pausa. — Ah, oi, sra. Harrison. Não, eu estou bem. Não, não, não, não tem nenhum Ben ou Jerry idiota aqui. Não. Me desculpe. Sim, eu vou dar um jeito nisso. Vou lavar a boca com *bastante* sabão.

Ah, Margot. O proprietário do apartamento ficaria *superfeliz* em receber uma ligação da sra. Harrison para reclamar delas, *de novo*.

Margot pôs a cabeça no corredor para espiar pela sala. Elle deu um aceno fraco do sofá onde estava e o rosto da amiga se iluminou.

— Oi. Você penteou o cabelo. Boa, Elle.

Vaca.

Elle rolou para o lado e se acomodou na posição em que estava antes de Margot interromper sua fossa com a barulheira dela. Rosto enfiado no braço do sofá, manta puxada quase até o alto da cabeça, um dos olhos abertos para poder ver televisão, neste momento sem som. Ao lado dela estava seu celular, com a tela para baixo, o Bluetooth conectado às caixas de som na bancada da cozinha.

— A sra. Harrison mandou lembranças.

Margot entrou na sala, torcendo o nariz ao ver a mesinha de centro.

Havia algumas embalagens de comida para viagem. Três. Ok, cinco. E alguns lenços de papel. Muitos lenços de papel. Elle ia limpar tudo assim que juntasse força de vontade para sair do sofá por mais tempo que uma rápida ida ao banheiro.

— Por que essa barulheira toda? — murmurou Elle.

Margot chutou uma montanha de folhas de caderno amassadas em bolinhas.

— Ah, você sabe, quase quebrei o pé na entrada. Falando nisso, eu vou guardar as compras que trouxe e aí podemos conversar sobre… *isso*.

Ela franziu a testa para a bagunça de forma incisiva e saiu.

Elle cobriu o resto da cabeça com a manta e cantou sem som a letra de "Love is a Battlefield".

Forte era a última coisa que ela se sentia no momento. Parecia que alguém tinha feito um buraco em seu peito, arrancando o coração e o esmigalhado até que ele se tornasse confete, em seguida guardando-o de volta no corpo e fechando o buraco com fita isolante.

— Eu trouxe sopa — gritou Mar da cozinha. — Sua favorita. *Pho Rau Cai* do Isso é Pho.

Elle pôs o nariz para fora da manta.

— Não estou doente, Margot.

— *Ainda* não está doente. — Uma porta do armário bateu e a da geladeira foi aberta. — Você foi do hotel até a Starbucks na neve, Elle.

Grande coisa.

— Não foram nem dois quilômetros.

— De vestido de alcinha, num frio de dois graus negativos. E *neve*. — Margot bufou alto.

Ela estava parecendo…

Elle fechou os olhos ao sentir mais uma onda de lágrimas ardentes inundarem seus canais lacrimais. *Merda.*

— Isto é, se você queria uma saída dramática, acertou em cheio — continuou a tagarela.

Elle não tivera a intenção de fazer uma saída dramática. Não queria ter ido embora daquele jeito, sem dinheiro, sem chave, sem celular. Não queria ter andado do hotel até a Starbucks vinte e quatro horas a diversos quarteirões de distância, mas a necessidade de se afastar ao máximo de Darcy e de sua incapacidade dolorosa de falar tinham feito Elle atravessar a cidade no piloto automático, sem se importar com a neve ou com os sapatos de salto de tiras finas.

Pelo menos as baristas que estavam trabalhando tiveram pena dela e deixaram que ela usasse o telefone da loja. Depois, elas ainda foram além, encarnando o verdadeiro espírito do Natal e servindo-lhe chá de hortelã de graça até ela descongelar e Margot chegar de carro, porque Elle tinha deixado suas chaves e celular no bolso do casaco que guardara no guarda-volumes do hotel.

— Eu não quero sopa — balbuciou.

Por um instante, Margot não disse nada. A música mudou de "Love Is a Battlefield" para "I Fall Apart", de Post Malone, e o queixo de Elle tremeu.

— Certo — disse ela, abrindo o freezer. — Eu trouxe Chunky Monkey, Half Baked, Phish Food e… — Houve um farfalhar, seguido pelo som de alguma coisa caindo no chão e mais xingamentos criativos de Margot. — Ainda temos meio pote de Chocolate Therapy, mas estava esquecido atrás do pacote de ervilhas congeladas, então talvez esteja queimado do freezer.

Ah, as ervilhas congeladas. Sem dúvidas queimado, então. Margot e ela só mantinham aquelas ervilhas ali para emergências — eram mais baratas que uma bolsa de gelo.

— Elle? Qual você vai querer?

Elle respirou o ar estagnado sob o cobertor.

— Os dois. Os dois está bom.

— Eu te dei quatro opções. Quais *dois*?

— Sim.

Margot suspirou e fechou o freezer. Um minuto depois, a manta que cobria Elle foi levantada e alguma coisa fria e dura apertada contra o rosto de Elle, que berrou. Uma colher. Margot pressionara uma colher no rosto quente e inchado de Elle.

A amiga gesticulou com afetação para a mesinha de centro, onde arrastou algumas das embalagens de comida para o lado, abrindo espaço para os quatro potes de Ben & Jerry's que trouxera.

— Sorveterapia. Pode atacar.

Elle ajeitou a manta em volta dos ombros como uma capa e enfiou a colher no pote de Half Baked. Com uma colherada sabor cookie deliciosa, ela caiu de volta no sofá e começou a comer. O movimento já tomara energia suficiente.

— Ok, agora que temos sorvete, quer me explicar *isso*? — perguntou Margot, indicando a mesinha e seu entorno.

— Não está tão ruim assim — murmurou Elle com a colher na boca. — Eu vou limpar.

Margot suspirou e mergulhou a própria colher no Chunky Monkey.

— Elle, está uma zona.

Não estava. Eram só embalagem de comida e alguns lencinhos de papel. E folhas de caderno. Uma xícara. Meias. Os olhos de Elle arderam.

— Tem razão. — Estava uma zona. *Ela* estava uma zona. — Minha mãe tem razão. Darcy tem razão. Eu sou um desastre.

Margot arregalou os olhos.

— O quê? Não. Eu não disse isso. Darcy não tem razão sobre nada. Foda-se a Darcy. — Margot colocou o sorvete sobre a mesa e engatinhou no chão, subindo no sofá e abraçando Elle, apertando-a até que ela quase não conseguisse mais respirar. — Fala junto comigo. Foda-se. A. Darcy.

Elle balançou a cabeça. Ela não conseguia. Sem palavras, apenas fungou.

— Elle, você não é… — Margot parou e suspirou. — Ok, nesse momento você está meio que um desastre sim, mas é temporário. Você vai limpar isso tudo e vai parar de se sentir assim, tá? Agora coma seu sorvete.

Elle enfiou mais uma colherada na boca e fechou os olhos.

Se fosse fácil assim. Limpar a bagunça e ficar bem. Problema resolvido.

— Eu não sou virginiana, Mar.

Margot se inclinou para trás, soltando os braços.

— Tem razão. É que… Merda, Elle. Só… me conta o que você fez hoje. É óbvio que andou ocupada com… — Ela se abaixou e pegou um punhado de bolas de papel amassado do chão. — Listas! Você ficou fazendo listas. São para o Ah Meus Céus?

Elle assentiu.

Foco no trabalho. Havia sido aquilo que ela planejara fazer depois daquele primeiro encontro pavoroso com Darcy. O plano havia sido interrompido, mas agora ela podia colocá-lo em dia. Quem disse que um coração partido precisava arruinar seu foco?

A amiga começou a ler o papel amassado que estava segurando.

— Asfixia, decapitação por um elevador, queimada viva numa câmara de bronzeamento artificial… — Margot olhou para ela assustada. — Que merda é essa, Elle? Isso é mórbido.

Ela apontou para a televisão com sua colher.

— Maratona de filmes de terror. Com base no signo na sua casa oito, como seria sua morte em *Premonição*?

— Isso… Olha, eu não sei nem o que dizer. — Margot amassou a folha de novo e a arremessou para o outro lado da sala. — Próxima. O que… — Ela virou o papel de lado e franziu ainda mais a testa. — Não consigo ler. Está tudo borrado. O que diz aqui?

Ela enfiou o papel no rosto de Elle. Quando Elle conseguiu descruzar os olhos e empurrar um pouco a folha para trás, fez uma careta, por causa do que estava escrito e também porque a folha estava salpicada de lágrimas… e catarro.

— Essa é boba demais.

— Também envolve morte e esquartejamento? — perguntou Margot, colocando o pote de Chunky Monkey no colo.

— Não — admitiu Elle. Ao menos não literalmente. — São os signos do zodíaco se eles fossem músicas de término de namoro.

Talvez o coração partido estivesse sim tirando seu foco. Mas só um pouquinho.

Margot fez uma cara compreensiva, inclinando a cabeça de lado e levantando o dedo indicador.

— Por isso essas músicas.

Pelo contrário. Bendito Spotify. A playlist "Eu Nasci Para Ser Triste" se mostrara duplamente útil, ajudando Elle a curtir sua fossa e ainda trazendo inspiração. Multitarefas da depressão.

— Devolve — disse Margot, arrancando a folha dela e a aproximando do rosto, apertando os olhos. — Essa é boa, só que… *Elle*.

De acordo com seu signo, qual seria sua música de fim de namoro?

Áries – "Survivor", Destiny's Child

Touro – "No Scrubs", TLC

Gêmeos – "We Are Never Ever Getting Back Together", Taylor Swift

Câncer – "Bleeding Love", Leona Lewis

Leão – "Irreplaceable", Beyoncé

Virgem – "Happier", Marshmello

Libra – "Thank U, Next", Ariana Grande

Escorpião – "Before He Cheats", Carrie Underwood

Sagitário – "Truth Hurts", Lizzo

Capricórnio – "I Am a Rock", Simon and Garfunkel

Aquário – "I Will Survive", Gloria Gaynor

Peixes – "Total Eclipse of the Heart", Bonnie Tyler

Elle pegou o pote de Half Baked da mesinha de centro e enfiou mais uma colherada na boca, ignorando de propósito o olhar de exaustão de Margot.

— "I Am a Rock"? — indagou Margot. — Elizabeth Marie.

— Qual é o problema? — retrucou Elle, suspirando com a colher ainda na boca. — Combina. Ela… Darcy é capricorniana.

E claramente ela era uma rocha, uma ilha onde sentimentos não eram necessários. Pelo menos não sentimentos que tivessem relação com Elle.

Elle enfiou a colher com força no sorvete. Talvez não fosse Darcy, talvez fosse ela. Afinal, Elle *era* o denominador comum em sua vida amorosa, ou falta dela.

— Pronto.

Margot pegou uma caneta e riscou o nome da música, rabiscando outra coisa no lugar.

Elle lambeu a colher e a colocou de volta no pote. Ela não estava com fome.

— O que você escreveu?

Com uma indiferença que Elle, por mais que tentasse, jamais conseguiria ter, Margot largou a caneta e a folha sobre a mesinha.

— "Too Good at Goodbyes", Sam Smith.

Os olhos de Elle arderam mais uma vez, sua visão ficando borrada com as lágrimas. Ela não ia chorar. Não ia. Ficaria olhando para aquela mesinha de centro até estar desidratada e seu corpo ter que absorver aquelas lágrimas. Elas não seriam derramadas. Não seriam. Ela não ia…

Uma lágrima quente escorreu por seu rosto, deslizando para o lado na curva da bochecha e alcançando a lateral da sua narina, o sal queimando a pele irritada. Merda.

— *Elle.*

Margot a segurou pelos ombros e a puxou pelo sofá até que Elle estivesse praticamente deitada no colo dela. Afagou sua cabeça, e aquilo foi a gota d'água.

Jogando a compostura pela janela, Elle afundou o rosto na barriga de Margot e fechou os olhos. Lágrimas pesadas e escorregadias jorravam dos cantos dos olhos, deixando o rosto todo molhado e grudento, o nariz também começando a escorrer. Ela arfou com uma respiração entrecortada e puxou o suéter de Margot.

— O que tem de *errado* comigo?

Margot pôs os fios finos das têmporas de Elle para trás.

— Nada. Absolutamente nada, Elle.

— É obvio que tem alguma coisa.

Só podia ter. Alguma coisa nela devia ter facilitado a decisão de Darcy de deixá-la para trás. Isto é, metaforicamente. Porque Elle quem tinha ido embora e deixado Darcy para trás, mas Darcy também não a havia impedido. Não havia nem tentado.

Elle abrira seu coração para Darcy, sua alma. Desde o primeiro dia, ela fora clara quanto ao que queria, o que desejava. Darcy lhe dera esperanças de que talvez *elas* pudessem ter aquilo juntas. Elle não sabia se era melhor ter esperanças falsas ou esperança nenhuma. De onde ela estava naquele momento, as duas doíam, faziam-na sentir que faltava nela alguma coisa crítica. Aquela luzinha, aquela voz que a mantinha de pé quando todo o resto estava indo mal e parecendo sombrio e pesado. Elle não era um poço sem fundo de esperança, afinal.

Ela não conseguia nem dormir no próprio quarto; não suportava ver as estrelas coladas no teto porque agora elas só a faziam se lembrar da noite em que Darcy dormira lá, da noite delas sob as estrelas.

Darcy Lowell tinha arruinado a porra das estrelas para Elle. De todas as coisas. Elle dera *tudo* a Darcy, e ficara sem nada.

— Darcy tem problemas sérios, ok? E eles são responsabilidade dela, não sua. Você não fez nada de errado. Escutou?

Elle levantou a cabeça e olhou para Margot por entre os cílios encharcados. Ela mordeu a bochecha e teve que baixar a voz até que não passasse de um sussurro, para fazer sua pergunta sem engasgar.

— Mas por que ela não me quer?

Era aquela a pergunta que não a deixara dormir na noite anterior, que a mantivera desperta, encarando o teto da sala até as pálpebras inchadas estarem pesadas demais e ela finalmente cair num sono inquieto, cheio de sonhos com dias melhores. Dias como os da última semana, quando Darcy lhe fizera panquecas pela segunda vez e beijara o pulso de Elle para impedi-la de roubar mais uma do prato. Ou da noite na torre de astronomia da Universidade de Washington, quando Darcy a olhara sob a luz das estrelas e da lua, que faziam seu cabelo parecer raios de sol, vermelhos e dourados, um fogo aceso na noite. Naquela noite, Elle se sentiu vista. Como se Darcy tivesse visto sua alma, escutado o ritmo de seu coração e resolvido que tinha gostado. Gostado o bastante para ficar.

Mas só por um tempo, pelo visto. Uma coisa temporária. Insuficiente.

— Elle...

— Eu não sou o suficiente?

Margot balançou a cabeça, seus olhos resolutos, a mandíbula contraída com veemência.

— Você é, sim. Você é mais que o suficiente.

Suficientemente errada. Seu queixo tremeu, uma nova leva de lágrimas derramando-se pelo rosto. Elle não tinha nem energia para tentar contê-las.

— Então eu sou demais, Margot? Fala a verdade.

A família dela com certeza achava que sim. Darcy também.

— Você é a medida certa, Elle. — Margot jogou a franja dela para trás e passou o polegar por sua têmpora, secando as lágrimas. — Não vale a pena não se sentir boa o bastante ou incrível como você é por *ninguém*, Elle. Se Darcy não consegue enxergar isso, significa que ela não é a pessoa certa para você, tá bom? Significa que não é a *sua* pessoa perfeita.

Elle mordeu a lateral da língua até se sentir capaz de falar sem que as palavras saíssem como soluços.

— Acho que não tenho uma dessas. Uma pessoa perfeita.

Aquilo era a antítese de quem ela era: cheia de medo, dúvidas e desesperança. Mas Elle não se sentia como sempre, nem um pouco. Talvez uma versão desinfetada, lavada e esfregada até os ossos, sem coração. Uma Elle *descarregada*.

Margot segurou o rosto da amiga entre as mãos, forçando-a a olhá-la nos olhos, engolindo e piscando rápido.

— Tem sim. Você com certeza tem, ouviu? E, sinceramente? Você deve ter várias pessoas perfeitas, na real. Olha só para a gente. Você é uma das minhas pessoas perfeitas. Você é minha melhor amiga, Elle. É minha *família*.

Merda.

— Margot.

O nariz de Elle estava entupido e sua garganta queimava como se ela tivesse engolido uma lixa.

— E não precisa mudar coisa nenhuma em você mesma, por ninguém, tá? — Margot inclinou a cabeça, seu cabelo preto encaracolando no pescoço. — Tudo bem, você precisa de uma ducha e, tipo, abrir a janela para arejar o apartamento porque está um ranço absurdo aqui, mas, tirando isso, não precisa mudar nadinha de nada.

Elle tossiu uma risadinha fraca.

— Você merece uma pessoa incrível, Elle. Alguém que te ame exatamente por quem você é, como você é.

Margot puxou um punhado de lenços de papel da mesa de centro. Ela pressionou todos eles no rosto de Elle, fazendo-a rir um pouco mais alto.

Ela começou a secar as lágrimas e se sentou.

— Eu entendo isso aqui — disse, indicando a cabeça e em seguida tocando no peito. — Mas quando é que eu vou *acreditar*?

Elle queria sentir aquela certeza à qual ela estava tão acostumada. A positividade, aquela capacidade infalível de *acreditar* que tudo ficaria bem. Otimismo. Sentia falta disso. Queria de volta.

Margot franziu a testa e balançou a cabeça devagar.

— Eu não sei, meu bem. Mas eu vou continuar repetindo isso para você até você acreditar, tá?

— Pode levar anos, Mar.

— E você vai embora para algum lugar? Porque eu com certeza não vou.

Elle inspirou, ainda um pouco trêmula, e assentiu.

— Obrigada.

— Amiga é para isso, certo? — disse Margot, se levantando e pegando os sorvetes, que começavam a derreter. — E sabe para que mais servem as amigas?

Elle balançou a cabeça. Ela podia pensar em diversas coisas para as quais amigas serviam, mas era mais fácil perguntar, visto que Margot dera a impressão de ter uma coisa específica em mente.

Mar entrou na cozinha e guardou o sorvete de volta no freezer. Depois, pegou um saco de papel de debaixo da bancada e o levantou. Estampado na frente do saco estava o logo da loja de bebidas da esquina.

Ela sorriu.

— Tequila.

✡ ✡ ✡

Elle rolou para o outro lado, tentando se acomodar, mas o sofá estava duro. Sentiu um cutucão nas costelas e alguma coisa embaixo dela fez um barulho agudo terrível. Ela se afastou, batendo o nervo do cotovelo em algo ainda mais duro. Sentiu um frisson de dor disparando do pulso até o ombro, seus dedos formigando. *Ai.*

Abriu ligeiramente um dos olhos — *não*, má ideia. Elle mergulhou a cabeça de volta em… isopor?

Tentou mais uma vez, abrindo os olhos devagar. Embaixo de seu rosto havia uma das diversas embalagens de comida. E Elle a usava como travesseiro porque… ela estava no chão.

— Mas o quê?

Eca. Sua língua estava pastosa e os dentes precisavam de uma escovação. Duas. Só por precaução.

Sentando devagar, Elle estreitou os olhos. A mesinha de centro estava coberta com o mesmo lixo de antes, com a adição de uma garrafa de tequila… quase vazia. Ah. Ela pôs a mão na testa. Por isso que se sentia um caco e havia dormido no chão. *Maldita tequila.*

— Ah, oi, você acordou.

Margot entrou animada na sala, os olhos claros e alertas, sem ressaca alguma. Nem vestígio. Ela estava usando roupas de verdade, calça jeans preta e um body de renda. E maquiagem.

— Mar — queixou-se Elle. — O que aconteceu? Por favor, não me diga que tem um tigre no banheiro.

— Não tem tigre nenhum no banheiro, e eu prometo que você ainda tem todos os seus dentes — respondeu a amiga, se encolhendo um pouco ao olhar para a garrafa de tequila. — É. Você bebeu um bocado disso aí.

— E você?

— Eu?

Margot pôs o copo d'água que estava segurando na mesinha diante de Elle.

— Eu bebi um pouco, mas quis ficar de olho em você.

Elle inclinou o copo e deixou a água fresca descer por sua garganta seca, aliviando a queimação. Estava com tanta sede que pôde sentir a água descer até o peito e o estômago revolto. Agora só precisava de Ibuprofeno e…

— Que merda é essa?

Elle apontou para o chão ao lado do sofá, onde havia uma pilha estranha com a forma semelhante a uma boneca.

Margot seguiu seu olhar, arregalando os olhos e apertando os lábios.

— Eu ia dar um fim nisso antes de você acordar. Você… Do quanto você se lembra?

Sorvete. Choro. Depois tequila. Margot e ela tinham feito uma lista dos atributos mais irritantes de Darcy e… suas lembranças ficaram embaralhadas.

— Fizemos uma lista?

— Ótimo, isso — disse Margot, roendo a unha do polegar. — Fizemos uma lista e você meio que perdeu o fio da meada e começou a enumerar coisas que gostava em Darcy, então tentei te colocar de volta nos trilhos. O que deu certo. Você ficou bem empolgada e depois resolveu…

— O quê?

Entre o álcool e a relutância de Margot em lhe dar uma resposta direta, o estômago de Elle se revirou e sua mente começou a pular entre hipóteses cada vez piores, o pânico só aumentando. Ela resolvera ligar para Darcy? Fazer uma chamada de vídeo? Elle levou o copo até a boca novamente e deu um gole lento para acalmar o estômago.

Margot se encolheu.

— Você fez um boneco de vodu da Darcy.

Elle engasgou, fazendo a água escorrer pelo queixo.

— O quê?

— Você sabe, uma efígie da Darcy…

— Eu sei o que é um boneco de vodu, Margot.

Elle baixou o copo com brutalidade, a água pingando para fora no tampo da mesa. Ela engatinhou pelo tapete e pegou o boneco em formato humano do chão. Na realidade, era uma camiseta, cheia do que parecia ser estofado de almofada, tornada humanoide com a ajuda de elásticos de cabelo que formavam braços e pernas. Felizmente, pelo visto não tinha chegado ao ponto de fazer uma coisa louca — *mais* louca —, como enfiar alfinetes na boneca.

— Que merda estava passando na minha cabeça?

Margot fez uma careta.

— Tequila. Você não estava pensando muito.

— Eu… eu me dei conta de como isso era idiota?

Elle sacudiu a boneca. Ela usara até uns arames vermelhos que as duas guardavam na gaveta de cacarecos, os de fechar pacotes de pão de forma, na cabeça da boneca, de modo que parecessem o cabelo. Era apavorante, como aquelas bonecas rudimentares e antigas possuídas com o espírito de uma criança vingativa. Elle estava assustada por ter sido *ela* a mente por trás daquilo.

— Por favor me diga que eu recuperei a razão.

Margot inclinou a cabeça de um lado para o outro.

— Sinceramente? Você começou a chorar porque não estava conseguindo fazer as sardas direito e depois apagou ao lado da mesinha.

Elle encarou a boneca com os olhos esbugalhados. Lá estavam as manchinhas rabiscadas, pontinhos borrados no tecido de algodão. As sardas. Elle fechou os olhos de imediato e apertou a boneca contra o peito. *Merda.*

Ela não tivera tempo suficiente de decorar quais constelações aquelas sardas e pintinhas formavam. Nem de longe. E jamais as veria novamente.

Elle levou um susto ao sentir a mão de Margot em seu ombro. A amiga puxou a boneca de suas mãos e a colocou de lado. No lugar, deixou o celular de Elle.

— Seria bom você dar uma olhada nisso.

O coração de Elle foi na garganta.

— Eu não liguei pra ninguém, né?

Margot pôs as mãos na cintura com uma careta ofendida.

— Eu jamais te deixaria fazer isso. Mas tem uma nova ligação perdida da sua mãe — disse ela, fazendo um biquinho. — E uma mensagem.

— Você... você olhou? — Margot mordeu o lábio e assentiu. — De quem...

Elle encarou a amiga, de olhos arregalados e coração martelando dentro do peito, a pulsação batendo freneticamente no pescoço.

Um leve balanço da cabeça de Margot foi o suficiente para Elle perder as esperanças.

— É do Brendon.

✡ ✡
✡

Seu celular vibrou dentro do bolso. Brendon, talvez? Ela não estava atrasada.

Não. Sua *mãe*.

Se ela não atendesse, Linda iria simplesmente continuar ligando. A frequência das ligações havia aumentado ao longo das últimas duas semanas. A notícia de que Elle não estava mais evitando Jane e Daniel, apenas a mãe, com certeza tinha se espalhado. Era melhor morder a isca logo do que prolongar o inevitável.

— Alô.

— Elle, você atendeu. Que bom. — Ela parecia aliviada.

Elle fechou os olhos e se apoiou no poste de um semáforo.

— Olha, mãe, não é uma boa hora.

— Eu liguei algumas vezes. Muitas. Deixei mensagens.

Alguma coisa no tom de voz dela, como se *Elle* lhe devesse uma explicação, fez Elle cerrar os dentes.

— Eu não tinha nada a dizer. — Não, não era aquilo. — Ou tinha, mas não achava que você estava pronta para ouvir — concluiu.

Ela foi recebida com silêncio do outro lado da linha, até a mãe pigarrear e interrompê-lo.

— Elle, eu... eu sinto muito. Eu nunca tive a intenção de diminuir o que você faz da vida.

— Mas diminuiu. Você chamou meu trabalho de modinha pseudocientífica. Não percebe como isso me magoou?

E *ainda estava* magoando, o ferrão daquelas palavras mais fresco do que nunca após o término com Darcy.

— Não. Eu só... — Linda suspirou e continuou. — Só estou preocupada. É meu dever me preocupar com você,

Elle-belle. Eu quero o melhor para você. É tudo que eu sempre quis.

E quanto ao que Elle queria? As duas tiveram variações da mesma conversa por anos, sempre pisando em ovos, e Elle estava *farta*.

— Eu sou feliz, mãe. Por que isso não pode ser bom o suficiente?

— Eu me expressei mal. Agora entendo isso.

— Vamos ver se eu adivinho. Jane falou alguma coisa? Daniel?

— Foi Lydia, na verdade. — A mãe riu com o silêncio assustado de Elle. — Ela confessou que concorda com grande parte do que você disse. Que pressiono vocês demais, *todos vocês*, incluindo ela. Eu não… eu não fazia ideia, Elle. Mas Lydia me disse que Marcus e ela estão pensando em se casar em algum lugar longe, só os dois, você acredita? Ela não quer a minha ajuda para planejar o casamento. Ao que parece, tenho critérios *impossíveis*, e não só quando se trata de paletas de cor e locais para a festa. O que fez eu me sentir ótima, pode acreditar. — A risada de sua mãe adquiriu um ar histérico. — Eu só quero o melhor para todos vocês. O melhor, Elle. Li todas essas histórias sobre como ninguém consegue mais se aposentar, ninguém consegue comprar uma casa, sobre a possibilidade de mais uma recessão por aí, e isso tudo me deixa nervosa.

— Olhando pelo lado bom, pode ser que eu não consiga me aposentar, mas pelo menos eu amo o que faço. Vou ser superfeliz trabalhando até o dia da minha morte.

Elle ficou encolhida de expectativa, até ouvir a mãe dar uma risadinha.

— Não sei se era para isso ser engraçado.

— Nem eu.

O sinal abriu e Elle atravessou a rua apressadamente.

— Quem sabe — continuou a mãe, tossindo — no nosso próximo brunch você possa me contar mais sobre essa consultoria que está dando para o OTP. Prometo que vou escutar de verdade dessa vez.

Elle mordeu a pele do polegar, franzindo a testa para o edifício de tijolos, mas esperando para entrar. Brendon a aguardava para uma conversa. Elle não sabia bem sobre o que, mas estava tendo flashes daquele sonho no qual Brendon rasgava os documentos do contrato.

Porém, já estava tudo assinado e seria preciso uma violação gigantesca para que o contrato fosse anulado, caso contrário eles teriam que pagar pela saída dela e de Margot. Aspectos contratuais à parte, Brendon não seria rancoroso daquele jeito. Mas, pensando bem, o que Elle sabia? Nada. Seus instintos estavam todos errados, descalibrados.

Ela esperava que, depois que tudo estivesse conversado e encerrado, ainda existisse um contrato sobre o qual contar para a mãe.

— Claro, mas agora preciso ir. Estou indo tomar um café com uma pessoa.

— Darcy?

A menção do nome fez um caroço se formar na garganta de Elle.

— Brendon, na verdade. Falo com você depois, ok?

— Você vem passar o Natal em casa, não vem?

— Claro. Eu pego o carro e vou no dia 24, combinado?

Um telefonema não desfazia todos os danos acumulados, e Elle apostava que sua mãe ainda assim não passaria a *aprová-la*, mas talvez deixasse de ser tão beligerante. Era um começo, um pequeno peso tirado das costas, que Elle aceitaria de bom grado.

Guardando o celular de volta no bolso, passou pela porta, o cheiro quente de castanhas e café invadindo-a como uma onda. Num canto nos fundos, estava Brendon, de testa franzida para sua xícara.

O peito de Elle começou a martelar ao vê-lo. A semelhança era escancarada, dolorosa.

Em vez de ficar enrolando na porta, Elle deu a volta no balcão de pedidos e foi direto para a mesa de Brendon. Seu estômago estava irrequieto demais para cafeína e a acidez do café só pioraria a queimação no peito. Quanto antes desse fim àquele encontro, mais cedo poderia voltar para casa e… bom, depois pensaria no que viria a seguir. Aquilo ali — seja lá qual fosse o assunto urgente que Brendon precisava discutir — estava tirando todo seu foco, energia e atenção.

Brendon desgrudou o olhar taciturno da xícara e levantou a cabeça, arregalando os olhos castanhos ao vê-la. Descruzando as pernas compridas embaixo da mesa, ele se levantou e deu meio passo na direção dela, antes de congelar, constrangido, como se não soubesse mais como cumprimentá-la.

— Elle. Oi. Você veio.

Elle pôs as mãos nas costas da cadeira de frente para ele.

— Eu disse que vinha.

Brendon assentiu, um pouco rápido demais. Meio trêmulo.

— Você disse — repetiu, pigarreando em seguida ao indicar a cadeira com um aceno. — Desculpe. Por favor, sente-se.

Elle se sentou, os joelhos bambos. Pôs as mãos na beirada da mesa, os dedos se curvando em volta do tampo. Merda, aquilo a fazia parecer nervosa. O que *estava*, mas Brendon não precisava saber. Ela recuou as mãos e as pôs no colo, entrelaçando os dedos com força antes de finalmente enfiá-las entre os joelhos.

— Então.

Brendon desabou na cadeira com um suspiro alto, passando os dedos pelo cabelo e bagunçando-o.

— Então.

Então. Aquilo era constrangedor, ainda mais porque Brendon estava *agindo* de modo constrangedor, exacerbando uma situação já muito espinhosa. Aquilo a deixou com ainda mais ansiedade, se perguntando o que *exatamente* estava deixando Brendon tão tenso assim.

Ela prendeu a respiração, os ombros ficando tensos.

— Está... está tudo certo com a parceria? Entre o OTP e o Ah Meus Céus?

O queixo de Brendon foi até o chão.

— O quê?

— Está...

— Não, eu ouvi.

Brendon esfregou o rosto e fechou os olhos por um instante antes de reabri-los, parecendo cansado. Ele parecia... exausto. Não tão mal quanto ela própria se sentia, mas não estava descansado, aquilo era evidente. Ele a olhou nos olhos, dando um leve sorriso.

— Está tudo certo com a parceria, Elle. É claro que está. Está... está perfeito.

Ela relaxou um pouco os ombros.

— Que bom. Isso é bom.

— Eu não te chamei aqui para falar de trabalho — confessou ele. Então, deslizou um pouco mais para a frente, pôs seu chá de lado e apoiou os braços na mesa. — Isso não tem nada a ver com o OTP.

Elle mordeu o cantinho da boca, nervosa demais para perguntar o *que* ele tinha para conversar com ela então.

Brendon baixou o queixo e olhou para as próprias mãos.

— Darcy.

Mesmo que ela já soubesse o que estava por vir, ouvir Brendon dizer o nome da irmã fez o coração de Elle palpitar pateticamente.

— Hum.

Ele a olhou com aqueles olhos, *exatamente* da mesma cor dos de Darcy.

— Elle, eu preciso que me diga a verdade.

Ela piscou algumas vezes, tentando não levar aquilo a mal.

— Oi?

Brendon umedeceu os lábios.

— Eu disse que…

Elle balançou a cabeça, seus joelhos espremendo as mãos.

— Eu *ouvi*. Quando foi exatamente que eu disse algo que não fosse cem por cento verdade?

— Eu não falei que você não tinha dito, eu…

— Insinuou — completou ela, acalmando os ânimos agitados, porque não era a hora de perder a calma. — Eu sempre fui sincera. Com você e com sua irmã também, aliás. E, sinto muito, mas não gostei de ouvir você insinuando o contrário.

Brendon levantou as mãos em súplica.

— Desculpe. Desculpe. Eu… — Ele passou os dedos pelo cabelo outra vez. — Eu estou em terreno desconhecido, tá? Estou tentando.

Tentando o quê? Elle balançou a cabeça.

— Por que você me chamou, Brendon?

— Estou fazendo tudo errado — disse ele, cobrindo o rosto com as mãos e soltando um grunhido. — Darcy está um caco, Elle.

Darcy estava um caco? Por quê? Não havia sido ela quem tivera o coração partido. Sua vida não ficara de pernas para o ar, seu mundo todo não havia sido virado do avesso.

— Darcy me contou. Ela me contou como tudo começou e também como tudo mudou — continuou Brendon. — Ela me contou… contou *tudo*.

Uma sensação arrepiante de compreensão se instalou no estômago agitado de Elle, esfriando sua raiva até que ela se tornasse apenas uma irritação gelada.

— Bem, lamento por ter arruinado o esquema dela. Não foi minha intenção.

Assim como se apaixonar por Darcy também não tinha sido. Apenas… acontecera. Olhando agora, Elle devia ter sido mais esperta, em vez de achar que não se apaixonaria perdidamente por alguém como Darcy.

Brendon gemeu baixinho.

— Ainda não é… *Porra*, Elle.

Ela o encarou. Será que já tinha visto Brendon falar palavrão alguma vez?

— O que você disse na calçada. Você estava errada, Elle. Darcy não é sem coração, tá?

Elle tirou as mãos do meio dos joelhos e cruzou os braços, protegendo-se da intensidade do olhar de Brendon.

— Você me chamou para me repreender ou coisa assim? Porque, para falar a verdade, estou meio de ressaca, me sentindo péssima e nem um pouco a fim de levar sermão…

Brendon sacudiu a cabeça.

— Não, não. Olha, Darcy não é de colocar as cartas na mesa.

Foi o que ele disse, mas aquilo não era uma partida de pôquer, e ela e Darcy não estavam jogando cartas uma com a outra.

— Acho que a esta altura isso não é desculpa…

— Darcy foi noiva — soltou Brendon.

Elle ficou boquiaberta.

— O quê?

— Eu não devia estar te contando isso — admitiu ele.

Elle sentiu uma pontada de irritação. Não tinha sido exatamente assim que começara toda aquela confusão? Brendon revelando segredos? Bem, isso e a mentira de Darcy.

— Talvez você não *devesse*, então.

Apesar de parte dela estar desesperada para que ele continuasse contando.

Brendon deu de ombros e soltou uma risadinha sem graça.

— Acho que não há mais muito a perder, né? Estou tentando consertar as coisas.

Elle fez um biquinho e esperou.

Ele tomou mais um gole de chá antes de continuar.

— Natasha. Ela se chamava Natasha. As duas se conheceram na faculdade, começaram a namorar, foram morar juntas. Darcy a pediu em casamento. Ela estava feliz. — O peito de Elle estava ameaçando se resumir a um buraco. — Um mês antes do casamento, Darcy saiu do trabalho mais cedo e foi para casa. Ela…

Brendon inflou as bochechas, olhando para a mesa.

— Ela, bem, pegou Natasha na cama com uma amiga. Uma amiga de Darcy. Uma amiga mútua. Ex-amiga, agora. Mas na época era. Darcy terminou tudo.

A solidariedade se espalhou pelo peito de Elle, quente e dolorosa.

— Brendon. Você não devia…

— Tarde demais — disse ele, levantando o rosto de volta e piscando. — Foi feio, Elle. Foi… Bem feio. Darcy tentou ficar na Filadélfia e fazer dar certo, mas foi duro demais. Então ela arrumou as malas e veio para Seattle.

Era por isso que Darcy tinha se mudado. Ela mencionara um término e o desejo de começar do zero, mas não contara sobre *aquilo*, não contara nada que sugerisse um final tão feio ou doloroso.

Caramba.

— Que merda.

— Pode-se dizer que sim.

Nada disso explicava por que Brendon estava lhe contando aquilo.

— Mas por que você está me contando isso?

Ele a encarou.

— Não está óbvio?

Elle podia tentar preencher as lacunas, mas era isso que ela sempre fazia. Tentava preencher as lacunas das outras pessoas. As de Darcy.

— Pode desenhar para mim?

— Minha irmã tem dificuldades em deixar os outros se aproximarem. Ela tem medo, Elle. E pensa que eu não sei. Darcy faz o possível e o impossível para me manter no escuro, porque enfiou na cabeça que tem que ser forte o tempo todo, mas eu a conheço melhor do que ela pensa. Eu ficava pressionando a Darcy para sair com alguém porque, se não fizesse, ela nunca mais conheceria ninguém na vida. Ela acha mais fácil ficar sozinha do que correr o risco de se apaixonar e se magoar de novo.

Elle balançou a cabeça.

— Eu entendo. Eu entendi. Mas sua irmã não me ama, tá? Ela não… Nós não somos mais nada, ok?

Brendon estreitou os olhos.

— Nada? Você não sente nada por ela? Nada?

Não foi isso que ela disse.

— Olha, Brendon. Eu amo como você se preocupa com sua irmã. É nítido que você é um ótimo irmão e eu gosto de você, gosto de trabalhar com você. Você é um bom amigo, mas não acho justo que tente virar o jogo aqui e faça com que isso seja a respeito do que eu sinto, tá? Porque desde o primeiro dia eu fui bem direta quanto ao que estava buscando. Desde o primeiro instante deixei claro o que eu queria para Darcy. Jamais deixei de querer alguém por quem me apaixonar. Minha alma gêmea. E Darcy sabe disso. — Elle precisou parar para buscar ar, hesitante. — Entendo que sua irmã tenha a bagagem emocional dela, mas todos nós temos, Brendon. Todo mundo já passou por alguma merda e eu… — Ela fungou, seus olhos estúpidos se enchendo d'água. — Eu estou cansada de ter que me expor sempre, sem ser correspondida. Não é justo.

Elle não era tão ingênua a ponto de acreditar que a vida era justa, e decerto não o *amor*, ou pelo menos a busca por ele, mas não queria ter que ficar abrindo o coração daquele jeito para dar seu recado.

Brendon mordeu o nó de um dos dedos e concordou com a cabeça.

A cabeça dela estava doendo, os olhos ardendo com as lágrimas contidas. Ela se levantou.

— E, sem querer ofender, mas, da próxima vez, se a Darcy tiver alguma coisa para me dizer, ela pode dizer pessoalmente. Eu… eu mereço isso.

Margot ficaria com orgulho dela. Mas Elle comemoraria aquela pequenina vitória mais tarde. No momento, estava prestes a chorar, ou vomitar, e fazer uma coisa ou outra no meio de uma Starbucks parecia uma receita infalível para humilhação.

Brendon pôs a mão na frente da boca e assentiu, os olhos tristes, mas ainda assim não chegando nem perto da tristeza que Elle sentia.

— É isso… Você tem razão.

Elle tinha. Ela não precisava que Brendon ficasse agindo como intermediário emocional de Darcy, sempre traduzindo o que ela sentia.

Elle apertou os dentes até sentir a mandíbula trincar. Precisava sair dali logo.

— Eu vou… A gente se vê por aí, tá?

Ela não esperou a resposta. Dando meia-volta, Elle saiu da cafeteria rumo à luz gelada e triste daquela tarde. O céu cinzento e as nuvens pesadas prometiam chuva.

Parou na faixa para atravessar e olhou fixamente para o sinal vermelho até ver luzinhas, o brilho queimando seus olhos marejados.

Eu mereço isso.

Talvez, se continuasse repetindo aquilo, quem sabe começaria a acreditar. Não com a cabeça, mas com o coração, onde, para ela, importava mais.

Capítulo vinte e um

O apartamento de Darcy estava quieto de um jeito que não tinha nada a ver com barulho.

Ela sempre gostara do fato de que seus vizinhos eram respeitosos e que os barulhos do trânsito nunca perturbavam seu bairro calmo, enfiado bem no centro da cidade. Aquilo ali era diferente. Pela primeira vez o som mais alto no apartamento era o dos batimentos persistentes de seu coração.

Ela segurou a xícara de café junto ao peito e girou num círculo lento. Talvez o som mais alto não fosse o dos batimentos, mas o dos ecos de Elle que ainda estavam na cozinha e no sofá, no chão, nas prateleiras, na árvore de Natal ao lado da janela. O murmúrio curioso que Elle fizera ao deslizar os dedos pelas lombadas dos livros de Darcy. O tilintar gostoso da sua risada na cozinha quando ela enfiara o dedo na massa de panqueca para sujar o rosto de Darcy. Como aquela gargalhada se tornara, então, o gemido mais lindo, que resultara em panquecas queimadas, um alarme de incêndio estridente, sorrisos envergonhados e Darcy cochichando "que se dane" no pescoço de Elle.

Quanto mais tempo ela ficava ali analisando o apartamento, menos silencioso ele parecia.

Como que Darcy se livraria de um *eco*? Queimando um incenso? Até aquela solução soava como algo que Elle diria, e ela teria adorado ver a reação no rosto de Darcy ao oferecê-la.

Darcy olhou feio para a estante de livros e mordeu a pele da bochecha. Não, ela faria as coisas do jeito dela. Apagar todos os vestígios de Elle seria o primeiro passo, um passo sensato. Ela limparia o apartamento do chão até o teto, se armaria de água sanitária e depois cobriria o vazio com móveis novos, se fosse preciso.

Apagaria todos os vestígios.

Darcy respirou fundo e pôs a xícara de café sobre a mesa. Ela conseguiria.

Os livros estavam organizados em ordem alfabética, de acordo com o sobrenome dos autores. Uma hora depois, estavam em ordem alfabética de acordo com o título, alinhados direitinho numa fileira, com exceção de um, que se projetava mais à frente que os outros. Darcy se certificara daquilo, pegara uma porcaria de régua para se certificar. Elle podia até ter tocado naquelas lombadas, mas não naquela ordem. E ela nunca mais tocaria nelas. Darcy fez que sim com a cabeça.

Não fique pensando nisso.

Em seguida, ela levou a caixa de rosé até a pia e abriu a tampa, deixando o vinho cor-de-rosa escorrer pelo ralo. O plástico interno da caixa foi direto para o lixo e a caixa para a reciclagem. Com a cozinha de volta ao normal, Darcy voltou à sala de estar, riscando mentalmente os itens de sua lista de afazeres, fazendo uma faxina geral.

Ela se ajoelhou e pegou a caneta em gel que rolara para debaixo do rack da TV. *Índigo* céu. Darcy franziu a testa para a caneta. Seu tom chegava bem perto dos olhos de Elle.

Não fique pensando nisso.

Então, encarou a árvore, o peito ardendo. Não conseguia desmontá-la, ainda não. Apenas tentaria não olhar naquela direção. O Natal já era no dia seguinte, de qualquer forma, e ela a desmontaria logo em seguida.

Não fique pensando nisso.

Foi até o quarto. A cama estava coberta por lençóis branquíssimos e um edredom combinando. Nenhum descuido, exceto pelo caderno de capa estampada, cheio de fatos sobre Elle, em cima da mesinha de cabeceira. Data de nascimento. Sabor preferido de ursinhos de gelatina. Todos os planetas... posicionamentos... casas... algo do tipo. Elle resumida. Darcy passou a mão pela capa, roçando o polegar pelas páginas abaixo.

Não era verdade. Porque Elle não podia ser contida em páginas, limitada a um pedaço de papel. Ela era uma força da natureza. Só que aquelas páginas continham uma impressão, o mais próximo que Darcy jamais teria dela novamente.

Reciclagem. Aquilo devia ir para a reciclagem. Tudo que precisava fazer era se livrar daquilo, e o apartamento voltaria a ser uma área livre de Elle. Limpo, arrumado, tudo em seu devido lugar. *Quieto.*

Segurou o caderno junto ao peito e saiu do quarto. Abriu a gaveta sob a pia, então a tampa da lixeira de reciclagem, e parou. *Joga.* Era só um caderno, apenas papel. Não era Elle, então fazia diferença guardar ou não? Mas Darcy só usara algumas páginas, seria um desperdício jogá-lo fora. Arrancaria as primeiras e usaria o resto para outra coisa. E faria aquilo depois. Por enquanto, ela o guardaria no fundo do closet, atrás das caixas de sapato. O que os olhos não veem, o coração não sente. Ela o ignoraria, assim como faria com a árvore.

Apagou a luz do closet e parou de braços cruzados no meio do quarto. Não havia mais nada a fazer, nada para preencher seu tempo, para espantar aquele silêncio que estava tão desesperada para ocupar com ação e barulho.

Ficar sentada ociosa não era uma opção. Se ela se sentasse, talvez não conseguisse mais se levantar. Seguindo a lei da inércia, Darcy precisava continuar em movimento, senão o sentimento que se instalara e criara raízes em seu peito começaria a criar galhos. Como uma planta invasora, eles se enroscariam em volta dela, enforcando-a até ela não conseguir mais respirar, não conseguir mais…

Darcy apertou os olhos com as palmas das mãos. Continue em movimento. Tomaria banho, e depois… *não.* Um passo de cada vez. Segundo a segundo. Grãos de areia numa ampulheta, assim eram os dias de sua vida.

Uma risadinha desesperada e titubeante quebrou o silêncio. Darcy cobriu a boca com a mão e respirou pelo nariz.

Não fique pensando nisso.

Entrou no banheiro e acendeu a luz, pegou a barra da camisa e a puxou pela cabeça. Então olhou para seu reflexo. Havia alguma coisa deslocada em seu rosto. Ela largou a camisa e se aproximou mais do espelho, inclinando a cabeça. Aquilo não estava ali antes, aquilo era…

Glitter.

Uma partícula de glitter grudada na bochecha, logo abaixo do olho saliente e inchado, tão inchado que nenhuma máscara ou compressa gelada poderia combater.

Darcy esfregou a pele com os dedos. Nada. Ela esfregou com mais força, tentando tirar o brilho com a unha, mas ele nem se mexia. Estava grudado em sua pele como cola, relutante em sair. Ela abriu a torneira e molhou o rosto, arfando levemente com o choque da água gelada na pele quente.

Aquilo estava incrustado? Preso embaixo da pele? Era *glitter*, óbvio que não ia sair tão cedo. Glitter é uma coisa que *sempre* vai parar em locais indesejados, sempre em algum lugar onde ele não pertence.

Ela fechou a torneira e abaixou a cabeça, respirando pela boca, visto que o nariz não estava dando conta do recado. De repente ficara entupido. Ela não conseguia respirar por ele, por que não conseguia...

— Darce?

Darcy deu um grito agudo e um salto para trás, quase escorregando na camisa largada no chão de azulejos. Apoiando-se na pia, ela se equilibrou, se abaixou e pegou a camisa, vestindo-a de volta. A etiqueta raspou em seu queixo, a camisa do avesso.

Brendon.

— Mas que merda? Você não sabe bater?

Darcy sentiu a adrenalina disparar da cabeça aos pés, fazendo seus dedos se contraírem.

Brendon ficou olhando-a com os olhos arregalados, suas bochechas rosadas.

— Mas eu bati. Eu bati, liguei, mandei mensagem. Você não respondeu, então usei a chave...

— A chave que te dei para usar em uma *emergência*, Brendon. Meu Deus. Isso não é... não é uma emergência. *Não* é. Você não pode vir aqui e sair entrando como se a casa fosse sua. Uma emergência é se eu não atender por diversas horas ou um dia ou dois. Isto não é uma emergência.

Os cantos da boca de Brendon estavam caídos como os de um peixinho dourado.

— Eu fiquei preocupado. Eu não...

— Não é trabalho seu. — Darcy pôs a mão sobre o peito, sentindo o coração acelerado. — Não é para *você* ficar preocupado *comigo*. *Eu* fico preocupada com *você*, ok? Isso é trabalho *meu*.

— Darce...

— *Não*, Brendon. Eu estou chateada. Com você, tá entendendo? Estou *muito* chateada.

Darcy arfou e mordeu a bochecha. Sua visão ficou borrada, então ela fechou os olhos.

— Meu Deus, qual é o meu problema?

Sentiu mãos apertando seu braço com força, segurando-a à medida que ela ia escorregando até o chão do banheiro. Ela dobrou os joelhos junto do peito e se apoiou no irmão, que a fez se calar com palavras vazias feitas para fazê-la se sentir melhor. *Sinto muito. Não há nada de errado com você. Você está bem. Vai ficar tudo bem.*

— Não vai, não. — Darcy arfou. — Não vai ficar tudo bem.

Ela poderia esfregar o apartamento do teto ao chão. Poderia reorganizar seus livros e se livrar de todas as coisas de Elle, de tudo em que Elle havia tocado. Darcy poderia atear fogo em tudo até que não restasse nada, jogar sal na terra e se mudar para o outro lado do mundo, mas não havia como fugir das lembranças, não havia como fugir do *glitter*. Impressões digitais virtuais das quais ela jamais se veria livre.

Não havia uma parte sequer de Darcy que Elle não tocara, pele, quadris, cabelo, lábios, coração. Ela encontraria glitter por toda a eternidade.

Brendon segurou a nuca de Darcy com dedos frios, contrastando com a pele quente dela.

— Você tem que acreditar que vai ficar tudo bem. *Eu* acredito que vai ficar tudo bem.

Nossa. Ele falava igualzinho a Elle.

Darcy empurrou os ombros do irmão e levantou o rosto.

— Elle queria saber como eu me sentia. Eu respondi que não sabia. Eu estava…

Com medo. Tal qual Brendon a acusara de estar.

E agora ele sabia. Era difícil voltar a fingir que ela era um pilar de força quando ele lhe assistira desmoronar.

Brendon apoiou as costas na parede e olhou fixamente para ela.

— Certo. Então diga para *mim* como você se sente. Me diga alguma coisa sobre a Elle.

Sério?

— Brendon…

— Vamos lá — pediu ele, cutucando-a com o joelho.

— *Por quê?*

A raiva de Darcy se reacendeu, nunca tendo realmente ido embora, apenas ficado em segundo plano, a dor permanecendo. Por que Brendon se importava com aquilo? Quando ele ia parar de forçá-la a fazer coisas que não queria? Coisas que ela tinha tanta dificuldade em negar?

Ele levou sua explosão na esportiva, dando de ombros.

— Por quê? Porque eu gosto de você e você está errada. Não é seu trabalho cuidar de mim.

— É sim…

— Não, não é. Você não é a mamãe, e nunca deveria ter sido seu trabalho cuidar de mim, Darce. Você fez muito mais que precisava, mais até do que devo saber, mas não precisa mais fazer isso sozinha. É trabalho de nós dois cuidarmos um do outro, ok?

— Eu não preciso que você cuide de mim — sussurrou ela.

— Precisar de ajuda, *querer* ajuda, isso não faz de você uma pessoa fraca, Darce. Me deixa entrar. Me deixa te ajudar.

Aquele era Brendon. E, pelo visto, ele sabia demais, era mais perspicaz do que Darcy julgara que fosse. Ele já a vira no fundo do poço; será que se abrir poderia piorar as coisas tanto assim?

— Você quer que eu conte para você sobre a Elle?

Ele a cutucou de novo.

— Por gentileza.

Certo. Darcy umedeceu os lábios.

— Ela tem gosto de morango.

Brendon franziu o nariz, fazendo uma cara de nojo.

— Ah, qual é.

Darcy chutou o pé dele e riu, secando os olhos.

— Eu estava me referindo ao brilho labial dela. Tinha gosto daquela geleia de morango que a vovó fazia. Lembra?

Brendon apoiou a cabeça na parede do banheiro e sorriu.

— É?

Darcy girou o anel em volta do dedo e assentiu.

— Que mais? — instigou ele.

A pergunta mais fácil não era do que ela gostava em Elle, mas do que ela não gostava. Porque Elle não era perfeita — é claro que havia coisas nela que faziam-na subir pelas paredes, como ela nunca usar casaco e às vezes parar de falar no meio da frase porque havia pensado em outra coisa —, mas enumerar tudo o que Darcy amava nela era como lhe pedir que contasse as estrelas no céu. Eles ficariam lá a noite toda e mesmo assim não haveria tempo suficiente.

— Os olhos dela são a minha nova cor preferida e, se você rir de mim por ter dito isso, eu vou…

— Fazer uma ameaça vazia? Bem, não estou rindo, mas saquei. Continue.

Darcy suspirou, encostando de volta no armário do banheiro.

— Eu posso conversar com ela, confiar a ela coisas que não conto para ninguém. Como meu hábito de assistir a novelas e como eu costumava escrever fanfic, e *não* ouse dizer uma palavra. E, quando contei isso, ela não riu, só me disse que eu devia fazer o que quer que me deixasse feliz. — Darcy pôs a mão ao redor da garganta. — Ela me faz feliz. Me *fazia* feliz.

Brendon esticou o braço e pôs uma das mãos sobre o pé dela.

— Pelo visto você a ama.

Darcy fechou os olhos e mordeu a língua.

Ele não dissera aquilo do jeito que a mãe deles dissera, de um jeito intrusivo e ansioso. Brendon fazia a questão parecer simples. *O céu está cinzento. Está chovendo. Você ama Elle.* Como se fosse fácil. Mas não havia nada de simples em como ela se sentia.

— Brendon — disse, engasgada. — Eu não posso. Não posso amá-la. Eu não consigo.

Ele apertou o joelho dela e fez um barulhinho no fundo da garganta, metade murmúrio, metade uma tosse.

— Eu não acho que seja uma questão de poder ou não poder. Ou você ama ou não ama, e acho que nós dois sabemos que você ama. Faça ou... Se eu falar uma frase do mestre Yoda você vai me matar?

— Vou.

Ele sorriu.

— Você sente o que sente, e isso não vai mudar só porque você não contou a ela, porque não disse as palavras. Isto é, você não parou de amá-la depois da festa de Natal, parou? Seu sentimento não é a questão principal aqui, é? A questão é se você vai deixar Elle entrar na sua vida ou não. Se vai deixá-la te amar da forma que você merece ser amada, Darce.

E por acaso Elle ia querer saber o que Darcy sentia, ou era tarde demais? E se Elle a rejeitasse? Pior ainda, e se fosse perfeito só para dar tudo errado de novo em um mês, seis meses, dois anos?

Não havia como contabilizar nada quando se tratava de amor, e aquilo era aterrorizante.

— Vamos lá — disse Brendon. — Qual é a pior coisa que poderia acontecer?

Darcy engoliu em seco.

— Eu tenho medo.

Brendon franziu a testa como se não estivesse esperando que ela admitisse, que ela finalmente enunciasse. Mas já passara da hora de Darcy assumir o fato de que estava sempre com medo. Que seus medos tinham se tornado sua realidade e que a esperança de consertar aquilo só para dar tudo errado de novo era quase o suficiente para fazê-la jogar a toalha e nunca mais arriscar.

— E isso é normal, Darce. Todo mundo tem medo. Você não seria humana se não tivesse.

Mas nem todo mundo tinha medo *daquilo*.

— Não quero que a minha vida seja como a da nossa mãe. Ela construiu a vida inteira ao redor do papai e… olha só no que deu.

Talvez Darcy não tivesse construído sua vida *ao redor* de Natasha, mas construíra uma vida *com* ela e, quando tudo desmoronara, não houve como as coisas terminarem bem, não existiu uma maneira fácil de separar as partes da sua vida que pertenciam apenas a ela. Havia muita coisa sobreposta, muita ambiguidade. Ela perdera o apartamento e os amigos, com exceção de Annie. Darcy ainda tinha seu emprego, então não, não era a mesma coisa que acontecera com a mãe, mas o medo de todo o resto desmoronar mais uma vez, a ideia de ter que reconstruir a vida do zero de novo, depois de já ter feito aquilo antes, era sufocante o bastante para fazer com que as diferenças entre as situações parecessem triviais. Acima de tudo, tinha sido esse o motivo para ela ter jurado nunca mais sair com ninguém e ter mergulhado no trabalho e nos estudos para o exame.

— Não estou tentando tirar nada de você nem subestimar o que aconteceu com Natasha. Você passou por um término, um término bem feio, mas não é a mesma coisa. Você não é esse tipo de pessoa — disse Brendon, e respirou fundo. — Fugir ao primeiro sinal de uma coisa séria só porque tem medo de se magoar não é uma boa. Você vai apenas se fazer sofrer, assim como está sofrendo neste exato momento. E vai continuar sofrendo, até fazer alguma coisa para consertar. Tente. Seja sincera com ela. Confie nela.

Darcy tinha uma escolha. Não quanto a amar Elle, porque Brendon tinha razão — não havia escolha a fazer ali. O que ela podia fazer dizia respeito a outra questão. Porque talvez ela não pudesse controlar o que aconteceria em um mês ou seis, em um ano ou vinte, mas podia fazer alguma coisa a respeito do aqui e do agora.

Brendon franziu os lábios como se lesse os pensamentos dela.

Darcy amassou a barra da camisa nas mãos, torcendo o tecido.

— E se for tarde demais?

— Você a ama?

Darcy fez uma careta. Óbvio, caso contrário ela não estaria naquele estado patético, sentada no chão do banheiro, chorando por causa de glitter. Não que ela não estivesse grata por ter caído na real, mas por que tinha que ter sido *glitter*?

Brendon riu da expressão em seu rosto e lhe deu um chute de leve.

— Então não é tarde demais. Se você ama uma pessoa, nunca é tarde demais.

— Uau — zombou Darcy. — Você parece um cartão da papelaria.

— E para qual ocasião eu seria? Aniversário de namoro atrasado? Mais um ano de vida? Nenhum motivo especial?

— Vai ser de *condolências* se você não sair do meu apartamento. — Darcy sorriu, suavizando a ameaça. Ela segurou a beira da pia e a usou para se levantar. — Preciso tomar banho e pensar no que vou dizer.

Seu coração estava disparado. Não importava o que Brendon dissesse, aquilo não seria nada fácil.

— Sou bom em grandes demonstrações, se precisar de ajuda — disse ele, estalando as juntas dos dedos e se levantando num pulo. — Meus filmes preferidos me deixaram bem preparado para isso.

Darcy estava menos preocupada com o que *fazer* e mais preocupada com o que *dizer*.

— Eu vou ter que contar... tudo a ela. — Darcy apertou os dentes. Que maravilha.

— Falando nisso... — Brendon passou os dedos pelo cabelo, se encolhendo. — Não me odeie, mas eu, bem, talvez eu tenha interferido — confessou, erguendo a mão e aproximando o polegar do indicador. — Só um pouquinho.

Darcy mudou o vaso de planta de braço e fez uma careta.

Tarde demais para pedir ao irmão conselhos sobre grandes demonstrações. Parada diante da porta do apartamento de Elle, estava na hora. Hora do show.

Darcy bateu logo abaixo da guirlanda prateada brilhosa pendurada torta num gancho de plástico colado na porta. Ela esperou. E esperou. E…

A fechadura virou, a porta se abrindo. A bela e inquietante voz de Joni Mitchell cantando "River" jorrou pelo corredor e um braço se apoiou no batente da porta, bloqueando a visão de dentro do apartamento.

Margot.

Margot com uma cara inconfundível de fula da vida. Darcy engoliu em seco e endireitou as costas, mudando sua expressão para uma máscara de descontentamento, sem dúvidas prejudicada pelo vaso de terracota aninhado em seus braços.

— Margot — começou, baixando o queixo num cumprimento educado.

Margot a olhou feio. *Muito feio.*

Merda. O ar parecia sufocante, o calor do prédio transformava o corredor numa sauna. Darcy mudou a planta de braço outra vez e jogou o cabelo para trás.

— Elle não está — disse ela, começando a fechar a porta.

Darcy não tinha passado no mercado para comprar aquela planta idiota, preciosa, e depois ido até o apartamento de Elle apenas para ser rejeitada. Não. Aquele não seria seu beco sem saída. Ela só precisava de uma chance. Precisava tentar, precisava que Elle soubesse como ela se sentia.

Darcy cerrou os dentes e enfiou o bico da bota entre a porta e o batente, encolhendo-se um pouco ao sentir a madeira bater em seu pé.

— Então onde ela está?

— Alexa, pare. — A música parou no meio do refrão. — Caso você não tenha percebido, é véspera de Natal. Tenho uma hora de carro pela frente, *se* o trânsito estiver bom, o que não vai ser o caso. Eu só quero terminar de fazer as malas, cair na estrada, chegar em casa antes que meu pai coma todos os aperitivos e tomar várias doses de gemada. Conversar com você não está no topo da minha lista de afazeres. Na verdade, não está em nenhum lugar dela. Sendo assim, cai fora, Darcy.

— Só me diz onde Elle está e te deixo em paz.

Margot estreitou os olhos.

— Por que você quer saber?

— Olha…

Margot soltou a porta e se apoiou no batente, cruzando os braços e projetando o queixo para a frente.

— Não, olha você. Você não pode vir aqui e exigir ver minha melhor amiga sem ao menos me dizer o motivo.

Darcy mordeu a lateral da língua. Não que Elle deixaria de contar o que acontecera a Margot, mas lá estava a confirmação. A confirmação de que Darcy vacilara feio.

Ela olhou Margot bem nos olhos, para que ficasse evidente como estava sendo sincera.

— Eu vacilei.

Margot fez um biquinho.

— Hum. Pelo menos concordamos em alguma coisa.

Darcy bufou.

— Bom. Pode me ajudar a *des*vacilar?

— Eu poderia — respondeu a outra, deixando claro que o destino de Darcy estava um pouco em suas mãos.

Entre o nervosismo, a subida até Pike Place e a dificuldade para encontrar aquela planta, a planta *certa*, Darcy estava desesperada.

— E você *vai* me ajudar?

Margot inclinou a cabeça de lado, arqueando uma das sobrancelhas finas por cima dos óculos.

— Depende.

— De?

— Você a ama?

Aquela pergunta de novo. Uma centelha de medo acionou o cérebro de Darcy, a parte que sinalizava para suas pernas que ela estava em perigo e que era hora de fugir. Em vez disso, plantou os pés firmes no chão e abraçou a planta nos braços com mais firmeza.

— Acho que eu devia dizer isso a Elle.

— Que chocante, mais uma coisa sobre a qual concordamos. A pergunta é: você *vai* dizer alguma coisa ou vai vacilar feio de novo?

— Pretendo não vacilar. Eis o motivo de ter vindo aqui.

Margot finalmente olhou para a planta nos braços dela.

— Que porcaria é essa?

Darcy pigarreou, o calor subindo pela nuca.

— Não importa. Pode, por favor, só me dizer logo onde Elle está?

Margot suspirou.

— Olha. Eu disse a Elle que não gostava nada disso, dessa merda de *namoro de mentira* que você aprontou com ela. Desde o começo, eu disse a ela para não gastar energia e emoção, porque você não merecia. Para ser bem franca, ainda não sei se você a merece, porque ela é minha melhor amiga e a melhor pessoa que conheço. Eu *sempre* vou achar que ela merece o melhor do melhor e, no momento, não gosto nada de você, então, na minha opinião, você representa o que há de pior. Só que não cabe a mim decidir quem é melhor para ela. Eu sirvo a bebida e dou sorvete a ela, seguro a mão dela quando ela chora e, sim, também dou minha opinião e conselhos de sobra, mas Elle pode tomar as próprias decisões. Seja lá por qual motivo, ela te quer. Mas, juro por Deus, se você partir o coração dela novamente, eu vou rasgar os pneus do seu carro, Darcy Lowell.

— Eu vendi meu carro quando vim morar aqui.

Margot revirou os olhos.

— Então vou arrombar seu apartamento e mudar tudo dez centímetros para a esquerda e ferrar com todo seu *flow*, tá legal?

Darcy a encarou porque, *merda*, aquilo parecia pavoroso de verdade.

O sentimento, entretanto, era bom. Era bom que Elle tivesse alguém para apoiá-la, alguém que a amava o bastante para fazer aquele tipo de ameaça inquietante. Que bom que Darcy pretendia nunca mais partir o coração de Elle. Não se dependesse só dela.

— Entendi. Em alto e bom som. Agora pode por favor me dizer onde eu posso encontrar Elle para tentar consertar isso tudo?

Um sorriso sarcástico foi se abrindo lentamente no rosto de Margot, tão enervante quanto a ameaça de desencadear uma paranoia ao alterar a arrumação de Darcy.

— O que você acha de livrarias esotéricas?

✡ ✡ ✡

O tilintar alto de um sino acima da porta anunciou a chegada de Darcy à livraria. O cheiro de patchuli e sândalo fizeram-lhe cócegas no nariz, quase resultando num espirro. Ela tossiu baixinho e segurou a planta nos braços com mais força, olhando pelo local.

Um labirinto vertiginoso de prateleiras que iam de parede a parede e do chão ao teto se espremia dentro da loja, os corredores estreitos, um verdadeiro risco de incêndio. Perto da vitrine havia uma mesa retangular, envolta por guirlandas prateadas e coberta de cristais translúcidos coloridos e livros de não ficção. *Como despertar seu terceiro olho. Bê-á-bá do sexo tântrico. Você e sua Yoni.*

— Posso ajudá-la?

Darcy deu um pulo, o nervosismo tomando conta. Atrás do balcão estava um homem de túnica vermelha e verde e uma mulher usando um corpete preto, calça de couro e uma porção de piercings na orelha. Darcy olhou para a calça de lã e o suéter verde certinho que estava usando, a planta cravada contra o peito. Fora de sua zona de conforto era pouco.

Ambos a observavam com expectativa. Darcy se forçou a sorrir.

— Na verdade, sim. Estou procurando Elle Jones.

A mulher com os muitos piercings na cartilagem tirou uma agenda de debaixo da mesa e desceu pela página a unha em formato de caixão pintada nas cores de Natal.

— Ela deve terminar com a cliente em alguns minutos. Se você…

Ao lado do balcão, uma cortina de contas roxas se abriu. De trás dela, saiu uma mulher sorridente, que aparentava ter 50 e poucos anos, conversando com alguém que vinha atrás em um tom abafado.

Elle passou pela cortina em seguida, tirando as contas da frente do rosto, e o coração de Darcy errou as batidas.

Elle deu um tapinha delicado no ombro da cliente e acenou para ela. Então, passou os olhos de relance por Darcy, olhando-a de novo em seguida.

Darcy ignorou o nervosismo que ameaçava sufocá-la, deixá-
-la muda. Aquilo era o oposto do que ela precisava.

— Oi.

Elle mordeu o lábio inferior, baixando os olhos até os pés de Darcy. Ela ergueu os ombros e em seguida os olhos, encarando-
-a sem clemência.

— Darcy.

O olhar dela deixou o estômago de Darcy embrulhado e abalou sua determinação. *Não.* Ela já tinha chegado até ali. Fora atrás daquela planta, enfrentara Margot. Podia fazer mais isso.

— Podemos conversar?

Elle cruzou os braços.

— Não vai pedir para Brendon intermediar?

Ai. Darcy merecia aquilo, mas saber disso não fazia doer menos.

Ela endireitou os ombros e balançou a cabeça.

— Não. Não vou. Eu quero conversar com você.

Uma pontada de interesse passou pelos olhos de Elle, que se estreitaram brevemente antes de reassumir uma expressão de indiferença. Darcy conhecia bem aquela cara. Ela aperfeiçoara aquela cara.

— Estou ocupada. Trabalhando, caso não tenha notado.

Darcy não tinha nadado até ali para morrer na praia.

— Quanto custa uma… leitura?

— O quê? — perguntou Elle, arregalando os olhos.

Darcy mudou a planta de braço, se contorcendo até conseguir enfiar a mão na bolsa tiracolo que estava usando e pegar a carteira.

Elle soltou um som baixo de desconforto.

— Você não… você não acredita em astrologia. É uma perda de tempo. Seu e meu.

— Presumo que vocês aceitem cartão? — disse Darcy, e deslizou seu cartão de crédito sobre a bancada de vidro.

Elle fez um discreto som de engasgo, metade gritinho metade bufada.

— *Darcy.*

A ruiva pegou o cartão de volta da mulher e assinou o recibo com afetação, voltando-se para Elle com os olhos arregalados, implorando.

— Por favor, Elle.

Ela prendeu a respiração enquanto Elle pensava, mordendo o cantinho da boca, os olhos fixos no rosto dela. Depois de alguns instantes angustiantes, nos quais Darcy tentou, mental e facialmente, transmitir como estava sendo sincera — e decerto parecendo estar louca, ou ainda pior, constipada —, Elle suspirou, jogando as mãos para o alto e voltando de onde viera pelas cortinas de contas.

— Certo. Quer uma leitura? Vou fazer uma leitura de você.

Capítulo vinte e dois

Elle se jogou na poltrona de veludo atrás da mesa redonda um pouco bamba e observou como Darcy franzia o nariz de tempos em tempos, sem dúvidas tendo todo tipo de opiniões sobre o incenso queimando no canto da sala.

Ela dobrou a perna direita embaixo do corpo e cruzou os braços. Tudo bem. Darcy queria uma leitura? Elle a leria de cabo a rabo.

— Sente-se. — Elle pegou seu celular e encontrou o mapa natal que havia salvado semanas antes, pôs o aparelho sobre a mesa e começou a analisar as casas e posicionamentos de Darcy. — Vamos ver, quer começar com seu stellium em Capricórnio? Talvez investigar um pouco esse Plutão na casa sete? Hmmm, podemos passar uma hora inteira só falando do seu nodo sul em Virgem.

Darcy ajeitou aquela planta idiota no colo — *por que* em nome de Deus ela estava carregando uma porcaria de arbusto para lá e para cá? — e assentiu com firmeza.

— Ok, claro.

E, simples assim, Elle murchou.

Ela não podia fazer isso. Não podia pegar o mapa de Darcy e usá-lo contra ela. A astrologia era uma ferramenta para empatia, não para acertar contas. Ela não distorceria uma coisa tão linda em algo feio, não a tornaria ferina só porque estava magoada. Um senhor eufemismo. Mas ainda assim. Não era do feitio de Elle, e ela não mudaria isso, não importava quão magoada estivesse. Ela não era cruel e não queria machucar Darcy com palavras duras, não queria colocá-la para baixo. Machucá-la não remendaria o coração partido de Elle.

Elle virou a tela do celular para baixo.

— Não consigo fazer isso.

Darcy fez um biquinho, endireitando as costas.

— Eu paguei.

— Peça um reembolso para a Sheila, então. Não vou perder meu tempo fazendo uma leitura para você quando você nem acredita nisso. Ainda mais na véspera de Natal, Darcy.

Darcy envolveu com as mãos aquele vaso terracota feio, as juntas de seus dedos ficando brancas de tanta força. Seu esmalte, aquele mesmo tom sem sal de cor-de-rosa que ela sempre usava, estava descascando no polegar. Todas as suas unhas estavam roídas.

— Tem razão. Não acredito em astrologia.

Apesar de ter dado a Darcy passe livre para ir embora, a garganta e o peito de Elle se apertaram.

O que mais doía no momento era que ela pensara que Darcy havia entendido. Que não era uma questão de ser real ou não, mas sim de entender uma à outra. De se conectar. Sentir-se menos só.

— Legal. Como eu disse, é só pedir um reembolso para a Sheila.

Darcy não se mexeu, não se levantou, não saiu da sala. Ela mal sacudiu a cabeça.

— Mas você sim. Você acredita.

Dã.

— Faz muito tempo desde que acreditei em alguma coisa, qualquer coisa — sussurrou Darcy, deixando escapar um leve soluço. — Mas você me faz querer acreditar em alguma coisa, Elle. E eu acredito. Eu não acredito em astrologia, mas acredito em você e acredito nisso, no que eu sinto. E sei que você está zangada e que deve ser tarde demais, mas pode me deixar explicar? Por favor.

O coração de Elle entrou em curto-circuito, titubeando, acelerando, *parando*, tentando pular do peito a qualquer custo. Era impossível responder com o coração entalado na garganta, então, em vez disso, ela assentiu.

— A verdade é que eu nunca planejei nada disso. Eu não queria me apaixonar, não de novo, não depois que...

Darcy parou, seus lábios tremendo um pouco antes de ela engolir em seco e se recompor. Encarou Elle, sem piscar. Seus olhos castanhos estavam arregalados e vulneráveis, uma das sobrancelhas ligeiramente arqueada, o restante do rosto neutro.

— Brendon me disse que já contou sobre Natasha. Vou te poupar dos detalhes sórdidos, mas me arriscar por aí de novo era a última coisa que eu queria. Então você apareceu.

Elle resfolegou. Ah, é. Ela chegou como uma locomotiva na vida de Darcy, sem ter sido convidada. Como esquecer? Vinho derramado e discórdia. Encantador.

— Você era o exato oposto do que eu queria — continuou Darcy.

Elle cerrou os punhos. Ela pedira sinceridade, mas não pedira *aquilo*. Ouvir seus piores medos confirmados.

— Isso...

— Por favor — sussurrou Darcy, balançando a cabeça. — Eu não... você era o exato oposto do que eu queria, mas acabou que era exatamente o que eu precisava, e em algum momento se tornou algo que eu queria mais do que qualquer outra coisa. O que eu disse para minha mãe não era verdade, Elle. Eu menti para ela, menti para mim mesma. Isso aqui é muito mais do que apenas uma diversão para mim.

Elle respirou o mais fundo possível, os braços ainda cruzados com força.

— Eu sei que não sou a pessoa mais pontual do mundo e que não saberia dizer a diferença entre um Cabernet Sauv… sei lá o que ou um Pinot Noir nem se minha vida dependesse disso. Acredito em astrologia e sigo mais minha intuição do que a cabeça. E tudo isso? Tudo isso é quem eu sou. — Os olhos idiotas dela tinham que ficar cheios d'água. Elle piscou e deu de ombros. — E eu gosto de quem eu sou. Muito. O que eu faço, o meu jeito, isso me faz feliz. E eu… eu mereço uma pessoa que goste de mim exatamente desse modo, mesmo sendo um desastre e tudo mais. Eu preciso saber disso. Preciso ouvir isso. Preciso acreditar. Eu mereço alguém que possa dizer isso.

Cada vez que Elle dizia aquilo, ela ia acreditando mais e mais. Naquele momento, acreditou piamente, assim como acreditava nas estrelas, na lua. Elle acreditava nela mesma e não importava o quanto quisesse ter Darcy — o que era muito —, amar a si mesma não era um mero prêmio de consolação.

Darcy pareceu engolir em seco diversas vezes e finalmente assentiu.

— Sim. Você merece isso, Elle.

Elle fungou e apontou para ela com o queixo, a curiosidade a vencendo.

— E a propósito, não sei cuidar de plantas. Eu tenho o oposto de um dedo verde. Então…

Era melhor dizer tudo logo. O que mais Darcy tinha a perder que já não havia perdido?

Darcy olhou para a planta, rindo secamente.

— Eu devia ter pedido conselhos a Brendon, afinal de contas. Grandes demonstrações não são bem meu forte. E sou ruim em dizer as coisas. Mas não tem nada a ver com você. Sou eu. Eu estava com medo.

Darcy fechou os olhos e apertou os lábios. Uma onda de calor subiu por seu rosto, deixando a face cor-de-rosa, o nariz e a pele sob os olhos vermelhos. Quando ela os reabriu e levantou a cabeça, a expressão de desespero em seus olhos marejados deixou Elle sem ar.

— Eu estava *aterrorizada*. Meu coração já tinha sido partido uma vez e isso me assustou, porque eu vi minha mãe desmoronar, e de repente era *eu* desmoronando, e eu nunca quis me colocar numa posição em que isso pudesse acontecer novamente. Eu vim morar em Seattle e prometi que não deixaria acontecer. Me apaixonar era a última coisa que eu queria, mas então você entrou na minha vida, e em algum momento o que eu sentia por você se tornou maior, *muito* maior do que o que eu já tinha sentido por qualquer outra pessoa. Maior do que o que eu sentia pela pessoa com quem achava que passaria o resto da minha vida. Um mês, Elle. Um mês e eu estava… — Darcy cobriu a boca com o dorso da mão. — Eu me apaixonei por você e isso me assustou, porque, e se eu te perdesse? E se acontecesse alguma coisa? E se você partisse meu coração? — Ela virou o rosto e piscou algumas vezes, seus cílios batendo como asas de borboleta. — Fiquei com medo de te perder e com medo de ficar com você, porque doeria ainda mais se eu te perdesse mais para a frente. Então, eu não disse nada, e te perdi mesmo assim. — Darcy levantou o vaso diante dela. — É coentro. Porque eu gosto de você há mais tempo do que eu poderia saber, antes mesmo de ser capaz de verbalizar. Antes que eu pudesse dizer da forma que você merece ouvir. Mas eu gosto. E gosto de você do jeitinho que você é, Elle. Vinho de caixa, glitter, astrologia e, principalmente... — Darcy inspirou fundo. — Eu amo como você me dá esperança. Você me dá esperança e me faz feliz. Você me faz *tão* feliz, Elle.

A astrologia envolvia certo equilíbrio entre previsão e manifestação, preparação e ação. Mas aquilo ali Elle jamais poderia ter previsto. Era bom demais para ser verdade, e ainda melhor, porque *era* verdade.

— É? — sussurrou.

Ela estava de olhos arregalados e sem piscar porque, se piscasse, choraria, e ela queria poder ver o rosto de Darcy, observá-la, absorvê-la. Gravar aquele momento na memória, uma fotografia perfeita que ela amaria pelo resto da vida, enquanto pudesse.

— Eu te disse que não sabia como me sentia. — Darcy pôs o vaso de coentro sobre a mesa entre elas e se levantou. Passou as palmas das mãos nas coxas, os ombros subindo ao inspirar. — Eu menti. Eu sei como me sinto e tenho quinhentos por cento de certeza de que, numa escala de um a dez do quanto quero estar com você, do jeitinho que você é, eu diria infinito.

Elle pôs os dedos nos lábios, tremendo.

— Infinito? Isso é... um número bem alto.

E o fato de que era Darcy dizendo aquilo fazia ser algo ainda maior.

Darcy deu a volta na mesa e estendeu o braço, segurando a mão de Elle. Sua mão tremeu e alguma coisa naquele pequeno sinal fez Elle sentir uma onda de calor da cabeça aos pés. Darcy gostava dela o bastante para tremer, tremer tanto quanto Elle estava tremendo.

— Tecnicamente, infinito não é um número real. Mas o que eu sinto por você? É real. É a coisa mais real que eu já senti, Elle.

Acariciando o dorso da mão dela com o polegar, Darcy a olhou nos olhos. Uma faísca. Uma conexão, do tipo que não se pode fingir.

Elle subiu na ponta dos pés e pôs a mão que estava livre na nuca de Darcy, sorrindo enquanto a beijava. Champanhe borbulhando e estrelas cadentes, fogos de artifício, noites varadas no banco de trás de um carro rápido demais, luzes da cidade zunindo ao redor, o refrão de sua música preferida tocando alto. Nada daquilo chegava nem perto daquele momento, da sensação queimando nas veias e aquecendo seu peito, borbulhando no estômago e entrando em erupção na forma de arrepios por toda a pele. *Mágica.*

Pela primeira vez, Elle não precisava de um *talvez*, não precisava esperar, porque ela *sabia.*

Era aquilo.

Boom.

Fim de jogo.

Uma vida inteira de frio na barriga.

Agradecimentos

Eu atribuo às minhas estrelas da sorte ter tantas pessoas incríveis na minha vida a quem agradecer. Palavras não poderiam fazer jus ao meu apreço por elas, mas darei o meu melhor.

Sarah Younger, *meu Deus*, obrigada por ver alguma coisa na minha escrita pela qual valia a pena arriscar. Sou mais do que grata por ter você do meu lado ao longo dessa montanha-russa de jornada. Você é uma rock star e a melhor agente que alguém poderia sonhar em ter, e sou extremamente grata por tudo o que você faz. À minha incrível editora, Nicole Fischer, e toda a equipe da Avon, obrigada por apostarem nesta comédia romântica queer um pouco excêntrica e tão querida por mim. Obrigada, obrigada, *obrigada* por acreditarem neste livro e me ajudarem a realizar esse sonho.

Eu definitivamente não estaria onde estou sem os outros autores incríveis que me ajudaram ao longo dessa jornada. Obrigada à turma de 2017 do Pitch Wars e à de 2018 do Golden Heart, as Persisters, por me mostrarem o que significa fazer parte de uma comunidade de autores. Escrever é uma atividade que pode ser solitária, mas vocês me fizeram sentir como se eu não estivesse só. Seus conhecimentos, compaixão e apoio são tudo para mim.

Brighton Walsh, eu poderia muito bem ter desistido de escrever se você não tivesse visto uma sementinha de *alguma coisa* na minha escrita, algo que valia a pena incentivar. Você me ensinou muito e não tenho como expressar como sou grata por você ter lido — e relido — um manuscrito antigo e me dito para não desistir. Eu jamais me esqueceria da sua bondade e disposição em ajudar outros escritores. Obrigada, do fundo do meu coração.

Para Layla Reyne e Victoria De La O, agradeço tanto por terem me escolhido como aprendiz de vocês no Pitch Wars em 2017. Obrigada por me selecionarem entre inúmeras inscrições e me ajudarem a tornar aquele primeiro esboço em algo mais forte. Sem vocês duas, tenho certeza de que eu não seria a autora que sou hoje.

Brenda Drake, obrigada um milhão de vezes por criar o Pitch Wars. Você ajudou tantos escritores em suas jornadas até a publicação, incluindo eu. Não tenho como lhe agradecer o suficiente por construir essa comunidade e dar tudo de si sem nunca pedir nada em troca.

Rompire. Deus, não sei nem por onde começar a expressar meu agradecimento a todos vocês. Sinto-me honrada em chamá-los não apenas de colegas de escrita, mas de verdadeiros amigos. Amy Jones, Lisa Leoni, Megan McGee, Julia Miller, Em Shotwell, Lana Sloan e Anna Collins, obrigada por me ouvirem reclamar, fazer piadas bobas e por não rirem quando meu cabelo fica uma bagunça quando brincamos de Marco Polo. Vocês me mantiveram sã pelos últimos meses — e algumas de vocês, por muito mais — e me inspiram mais do que eu seria capaz de explicar. Por causa de vocês, eu me esforço para ser uma autora melhor e fico maravilhada com as mulheres incríveis que vocês são. E um agradecimento especial a Amy, por ler tantas de minhas palavras, mesmo quando eu não tinha a mínima ideia do que estava fazendo. Seu feedback foi inestimável.

Fui abençoada por ter tantos mestres maravilhosos, que mudaram minha vida para melhor. David Kline, meu professor de escrita criativa e de teatro na escola, agradecimentos nunca serão o suficiente por encorajar minha paixão por contar histórias e criar. Você me fez acreditar que uma vida dedicada à arte nunca será em vão. Por outro lado, agradeço ao professor de escrita criativa que tive na faculdade, que riu do meu interesse em ficção de gênero. Eu simplesmente sou teimosa o bastante, ao ponto de, quando me dizem que não devo fazer uma coisa, fico com ainda mais vontade de me jogar naquilo, de cabeça, corpo e alma.

Para minha filha de quatro patas Samantha, obrigada por ser a melhor primeira leitora que uma garota poderia pedir. E, com isso, quero dizer obrigada por me ouvir falando sozinha e por me olhar como se eu só tivesse enlouquecido *um pouquinho*. Cada vez que você adormecia em cima dos meus cadernos e pisava no meu teclado, me lembrava de que sair um pouco da frente do computador e focar no mundo real ao meu redor é importante. Você é meu maior bebê e eu te amo mais que tudo na vida, Sam.

Por último, mas não menos importante, eu não estaria aqui — literalmente, aliás — se não fosse pela minha mãe. Mãe, obrigada por sempre me incentivar a ir atrás das minhas paixões e por me apoiar, não importa quantas vezes eu tenha mudado de ideia sobre o que queria fazer da vida, ou quantas vezes eu tenha fracassado. Desde o comecinho, quando eu era uma garotinha contando histórias malucas sobre meu marido imaginário, Rodger, um dragão verde cuja mãe me odiava, você apoiou a excêntrica contadora de histórias que existia dentro de mim. Você é minha melhor amiga e eu te amo mais que tudo na vida.

[illegible]

[illegible] este quarto [illegible] que [illegible]

[illegible] em [illegible] de gorro. Eu [illegible]

[illegible] quando [illegible] que não [illegible]

um [illegible] mais [illegible]

de [illegible] corpo [illegible]

Pa a mulher de quatro [illegible]

melhor primeiro [illegible] que [illegible] pode [illegible]

[illegible] quero dizer [illegible]

[illegible]

vez que [illegible]

[illegible]

[illegible] no mundo [illegible]

[illegible] mais [illegible] da vida. [illegible]

[illegible]

[illegible] tudo [illegible] na vida.

Este livro foi impresso pela Cruzado, em 2023, para a Harlequin. O papel do miolo é o pólen natural 70g/m^2 e o da capa é cartão 250g/m^2.